Horst Seidenfaden

Der Tag, an dem Peter Fischer verschwand

B&S
SIEBENHAAR VERLAG

1. Auflage 2015

Umschlaggestaltung: VISULABOR® Berlin / Leipzig
Satz: B&S SIEBENHAAR Verlag
Gesetzt aus der Janson
Druck und Bindung: DDL Dienstleistungen, Berlin
Printed in Germany
ISBN 978-3-943132-06-9

www.siebenhaar-verlag.de

1

Immer diese Tür. Nie konnte er sie leise schließen, dabei schliefen im Haus doch noch alle. Die Treppe aus dem zweiten Stock ging er zwar leise hinunter, unten hörte man dann die Haustür aber doch laut ins Schloss fallen. Wenn es, wie in dieser Januarnacht, heftig geschneit hatte, dann hörte Karl Dietrich in seinem Klappbett im Wohnzimmer der Wohnung im zweiten Stock die Schritte seines Vaters im Neuschnee knirschen. Es war Montag. Nicht irgendein Montag. Die Schule fing heute wieder an, der Alltagstrott begann aufs Neue. Für ihn schon in einer Stunde: seine beiden Schwestern würden aufstehen, sie schliefen im viel zu kleinen Kinderzimmer der Drei-Zimmer-Wohnung in Wehlheiden – dabei waren sie beide schon erwachsen. Sie würden das Badezimmer blockieren – und wenn er, Karl Dietrich, sich aus der Wärme seines Federbetts herausgeschält hatte, dann begannen die Minuten des Tages, die er am wenigsten leiden konnte. Anziehen im kalten Wohnzimmer, in der Küche den Ofen säubern, die Asche nach unten bringen und sie, wenn man mit der Hausordnung dran war, gleich auf den Schnee streuen. Eine Ladung Kohlen aus dem kaum beleuchteten Keller in den zweiten Stock schleppen, ein bisschen Holz auf den Ofenrost legen, Zeitungspapier drunter, Kohle, dann anzünden, gegen Mittag würde es wieder warm sein. Wenn er aus der Schule kam. Karl Dietrich schlief an diesem Morgen nicht noch einmal ein. Er hängte sich das Federbett um die Schultern und ging zum Fenster. Der Schein der Straßenlaterne vor dem Haus spendete ein wenig Licht durch die geschlossenen Vorhänge des Wohnzimmers. Die Kälte der Nacht hatte die Restwärme der Heizung im Wohnzimmer komplett vertrieben, Eisblumen an den Fenstern waren über Nacht erblüht. Er rieb mit der Wärme seiner Hände ein Guckloch hinein und spähte nach draußen: Es hatte mächtig geschneit. Mindestens zehn Zentimeter, wenn nicht mehr.

Mist, dachte der Neunjährige, die ganzen Ferien über hatte es keinen Schnee gegeben – und jetzt, wo man weniger Zeit zum Schlittenfahren haben würde, fiel der in Mengen vom Himmel. Er ging zurück ins Bett. Er war hellwach, musste sich aber ein wenig schlafend stellen, sonst würde die Mutter, die gleich aus dem Schlafzimmer nebenan kommen würde, sofort schimpfen. Er hatte zu schlafen, das war schon immer so gewesen. Wenn er abends ins Bett ging – musste er im Bett seiner Mutter einschlafen, da die Erwachsenen nebenan noch Karten spielten, lasen oder Radio hörten. Und wehe, wenn er gegen 22 Uhr, wenn er in das Klappbett im Wohnzimmer verfrachtet wurde, noch nicht schlief. Es gab eiserne Regeln – zumindest zuhause konnte er ihnen nicht ausweichen.

Um kurz nach sieben Uhr bekam er sein Frühstück: Eine Tasse Muckefuck, eine Scheibe trocken Brot wurde hineingebröckelt, obendrauf zwei Teelöffel Zucker. Kein Nachschlag. Und, er hatte alles aufzuessen.

Sein Frühstück für die Schule stellte die Mutter hin – was drauf war, das war ihm mittlerweile egal. Er aß es, denn hungrig waren Jungs in seinem Alter immer. Als er nach draußen ging und die Leibnizstraße überquerte, kamen aus den anderen Häusern Jungen und Mädchen, manche bewarfen sich in der Dunkelheit mit Schneebällen und strebten dem ersten Schultag im neuen Jahr entgegen. Wie immer, wenn Neuschnee gefallen war, veränderte sich die Akustik im Freien. Man hörte alles klarer, so, als wenn der Schnee eine Art natürlicher Resonanzboden war.

Die Schule – das war ein altes Gebäude in der Gräfestraße. Zehn, wenn man trödelte fünfzehn Minuten waren es zu Fuß. Gegenüber ein unheimlicher Bunker aus dem Krieg. Noch nie hatte er mit seinen Kumpels dieses gruselige Haus betreten, sie erzählten sich aber Phantasie-Geschichten – und sie waren sicher, dass man da Skelette von Menschen finden würde, die in den Bombenangriffen des Zweiten Weltkrieges, die diese einst so wunderschöne Stadt erbarmungslos zerstört hatten, wie ihre Eltern immer wieder erzählten, nicht überlebt hatten. Erstickt in den Mauern, eingeschlossen, verhungert – es gab in ihren Vorstellungen so viele Möglichkeiten, wie man da umkommen konnte, in diesem Bau.

Schon auf ihrem Weg zur Schule kamen sie an manchen Ruinen vorbei, zerstörte Häuser, die immer noch drauf warteten, endgültig abgerissen zu werden. Die Eltern warnten immer wieder davor, dort zu spielen – aber sie hielten sich selten dran. Karl Dietrich hatte immer Angst, wenn er die zerstörten Gebäude betrat – gab es aber nie zu. Die anderen auch nicht.

Am Wehlheider Kreuz, wo Schönfelder Straße/Kohlenstraße und Tischbeinstraße aufeinandertrafen, gab es die einzige Ampel auf dem Schulweg. Alle vier Fußgängerüberwege hatten zur selben Zeit Grün – die Kinder rannten dann im Pulk quer über die Kreuzung, was natürlich streng verboten war. Aber die Zeit zwischen daheim und Schule – das waren wenige Minuten, in denen man sich nicht unbedingt an Regeln halten musste. Karl Dietrich ging zusammen mit seinen Freunden Peter Fischer und Werner Schuster, die beide auch in der Leibnizstraße wohnten, ab der Kreuzung den Rest des Weges zur Schule gemeinsam. Am Nachmittag, das war klar, würden sie bis zur Dunkelheit Schlitten fahren.

„Ich habe noch eine Speckschwarte", sagte Werner, die beiden anderen guckten neidisch. Speckschwarten machten die Schlittenkufen schnell, das war viel besser als Kerzenwachs. Davon hatten sie natürlich reichlich, die Kerzenstumpfe vom Weihnachtsbaum, die hatten sie gebunkert für die Schlittentage.

„Darf ich dann auch mal?", fragte Karl.

„Na klar", antwortete Werner in gönnerhaftem Ton. Sie waren halt Kumpels. Zumindest meistens.

Am Schultor wimmelte es von Schülern, sie warteten auf das Klingelzeichen, dann ging es hinein, hinauf in den ersten Stock. Es roch muffig, wie immer, aber wenigstens war es warm. Bevor die Lehrerin, Frau Vogt, hereinkam, schaute Karl Dietrich aus dem Fenster. Gegenüber der Bunker, massiv und bedrohlich. Am Eingang standen zwei Männer, zündeten sich Zigaretten an und traten, während sie redeten, wegen der Kälte von einem Bein auf das andere. Was die wohl da machen?, fragte sich der Junge. Hatten die keine Arbeit?

Er konnte nicht weiter darüber nachdenken. Die Lehrerin betrat mit energischen Schritten und wie immer finsterer Miene das Klassenzimmer. Die vierzig Jungen und Mädchen riefen ein „Guten Morgen!". Der Schulalltag war zurück.

Als die Schule nach der sechsten Stunde beendet war, gab es auf dem Schulhof eine riesige Schneeballschlacht. Während der Pausen ging das nicht, da passten die Lehrer auf. Jetzt kam höchstens der

Hausmeister und schimpfte, aber der ließ sich nicht blicken, der musste wohl den Fußweg vor der Schule freiräumen, denn es hatte während des Unterrichts erneut geschneit. Karl hätte gern noch weiter mit den anderen getobt, aber die Mutter war streng, was die Essenszeiten betraf, und er wollte schnell Hausaufgaben machen und dann mit dem Schlitten so früh wie möglich raus zu den anderen. Zusammen mit einem ganzen Pulk von Jungen und Mädchen ging er Richtung Leibnizstraße, in dieser Siedlung wohnten Dutzende von Schülerinnen und Schülern der Gräfeschule. Er drehte sich noch einmal um, blickte etwas wehmütig auf den Schulhof zurück und sah, wie seine Freunde Peter und Werner versuchten, sich mit Schnee in der Hand gegenseitig einzuseifen, Schnee im Gesicht des anderen zu verreiben. Die ließen sich Zeit, die beiden. Ihre Mütter waren auch nicht so streng wie Karls. Der lachende Peter Fischer auf dem Schulhof, Schnee im Gesicht und prustend, weil er auch etwas in den Mund bekommen hatte. Es war das letzte Bild, das Karl Dietrich von seinem Freund in Erinnerung haben würde.

2

Schnippelbohnensuppe hatte es mittags gegeben – und die würde es die nächsten Tage auch geben, die Mutter kochte immer für mehrere Tage. Manchmal reichte die Suppe eine ganze Woche, das machte ihm nichts aus, wenn es Linsen- oder Bohnensuppe gab. Aber Schnippelbohnensuppe ... Karl hatte gehofft, dass es vielleicht eine Speckschwarte als Abfall für seinen Schlitten geben könnte, doch die Mutter hatte darauf natürlich keine Rücksicht genommen. Und mit den Resten einer Beinscheibe konnte man den Schlitten wirklich nicht behandeln. Dann musste er wieder Kohlen aus dem Keller holen, danach machte er Hausaufgaben. Rechnen ging flott, nur im Schönschreiben tat er sich schwer. Sie lernten Sütterlin in diesen Stunden – und keiner in der Klasse verstand, warum sie immer und immer wieder diese verschnörkelten Buchstaben lernen und schreiben mussten. Er zeigte der Mutter die Hausaufgaben, die er am Tisch in der kleinen Küche gemacht hatte. Hier zog es mächtig, sie hatten keinen Kühlschrank und als Speisekammer diente ein Schrank unter dem Küchenfenster, der eine Öffnung nach draußen hatte. Bei klirrender Kälte wie in diesen Tagen zog es immer in die

Räume. Er schaute auf die Küchenuhr, es war schon nach drei Uhr am Nachmittag. Es zog ihn mit Macht nach draußen, die Mutter gab Anweisungen – um fünf Uhr müsse er zuhause sein. Karl holte den Schlitten aus dem Keller, wienerte die Kufen und strich sie mit Kerzenwachs ein. Er bildete sich ein, dass das Wachs von roten Kerzen besser wirkte als das von weißen. Den Stumpf steckte er sich in die Hosentasche und zog ab nach draußen. Da gab es einen Mini-Hügel, Höhenunterschied vielleicht zwei Meter – aber mehr hatte diese Siedlung nicht zu bieten. Die Wiese war voller Kinder, Karl schaute sich um. Werner war schon da und hatte bereits gefrorenen Schnee an der Pudelmütze. Er hatte sich also mit seinem Schlitten schon einmal richtig gewickelt. Jürgen aus dem Nachbarhaus, Alfred, Günther, all die, mit denen er auch Fußball spielte, Räuber und Gendarm und alles andere, was sie sich so einfallen ließen, waren da. Peter fehlte, doch Karl wunderte sich nicht, so was passierte häufiger. Wenn sich mal einer zuhause daneben benahm, dann setzte es nicht nur schnell eine Ohrfeige oder eine richtige Tracht Prügel – häufig gab es Stubenarrest. Vielleicht hatte Peter es übertrieben, war zu lange auf dem Schulhof geblieben und musste seine Strafe jetzt absitzen. Karl gab seinem Schlitten Schwung und legte sich bäuchlings drauf. Bauchplätscher nannten sie das – und die erste Fahrt war, wie immer, kümmerlich. Es dauerte immer eine Weile, bis die Kufen wieder richtig glänzten, der Rost weg war. An Peter Fischer dachte er nicht mehr, der würde morgen in der Schule berichten können.

Karl war pünktlich zuhause, der Hunger trieb ihn, er war trotz der Kälte durchgeschwitzt und hatte auch riesigen Durst. Vor der Haustür zog er die Schuhe aus, die Mutter stopfte gleich Zeitungspapier hinein, das die Nässe aus dem Leder ziehen sollte, und stellte sie ins Treppenhaus.

Er zog die Sachen aus, die im Bad aufgehängt wurden. Als er ins Wohnzimmer wollte, um sich seinen Spielsachen zu widmen, fragte ihn die Mutter:

„War denn Peter heute in der Schule?“

„Ja, warum?“, antwortete er erstaunt.

„Seine Mutter war vorhin hier, sie sucht ihn, er ist nicht nachhause gekommen. Bist du mit ihm zusammen zurückgegangen?“

„Nein.“

Er hatte einen mächtigen Schrecken bekommen. Peter war nicht zuhause? Was war passiert?

„Er hat auf dem Schulhof noch gespielt, die haben 'ne Schneeballschlacht gemacht und ich bin mit den anderen los."

Die Mutter schaute ihn nachdenklich an.

„Ich habe dir immer gesagt. Geh nie mit anderen Leuten mit. Hörst du? Mach das nie, Karl!"

„Ist denn Peter mit wem mit?"

„Das weiß niemand. Vielleicht ist er ja jetzt zuhause."

Sie sprach nicht mehr über den Vorfall. Ging nach unten in die Waschküche, wo in einem großen Zuber die Wäsche in heißem Wasser gewaschen wurde. Karl half beim Aufhängen der einzelnen Teile, sie mussten mit allen Kräften die großen Wäscheteile auswringen, keine Zeit, um über Peter Fischer nachzudenken.

Beim Abendessen saßen sie zu fünft, Karl bekam, wie fast jeden Tag, die restlichen Pausenbrote des Vaters. Hasenbrote nannten sie diese Scheiben, sie schmeckten immer muffig, und es war selten das drauf, was er selbst gern aß. Es wurde nicht viel geredet, der Vater schlürfte den Früchtetee, schnappte sich anschließend die Zeitung und stellte das Radio an. Die „Rundschau aus dem Hessenland" war Pflichtprogramm für ihn, da hatten alle anderen Ruhe zu halten. Karl und seine ältere Schwester erledigten den Abwasch, sie reinigte das Geschirr, er trocknete ab. Sie ließ das Besteck bis zum Schluss im Spülbecken, was ihn immer ärgerte – immer wenn er dachte, man sei fertig, hob sie die Berge Messer, Gabeln, Löffel heraus, und da musste er nochmal loslegen.

Es klingelte an der Tür. Marga, seine jüngere Schwester, öffnete. Es waren die Nachbarn, Erwin und Hedwig Becker, sie hatten ein Kartenspiel dabei, heute würde man noch die eine oder andere Partie Rommee spielen – aber er musste ins Bett. Karl Dietrich war hundemüde, hatte diesmal keine Probleme, im Bett seiner Mutter einzuschlafen. Wie immer hatte er Pitt, seinen gelben Teddybär, im Arm. Ohne ihn schlief er nie ein, das war sein allerbester Freund. Das durften die anderen Jungs natürlich nicht wissen, sie würden ihn deswegen hänseln. Obwohl er sicher war, dass die alle auch ein Kuscheltier hatten. Was sollte man auch sonst machen in Zeiten, in denen Zärtlichkeiten zuhause Luxus waren? Pitts Fell roch wunderbar, und wenn man ihn nach hinten kippte, dann brummte er.

Doch das war nicht wichtig. Pitt war weich und ließ sich knuddeln. Karl Dietrich schlief sofort ein.

3

Am nächsten Morgen gingen sie ohne Peter Fischer zur Schule. Es hatte wieder angefangen zu schneien, die Nacht war bitterkalt gewesen, Eiszapfen hatten sich an den Dachrinnen der Häuser gebildet. In der Klasse blieb der Stuhl ihres Mitschülers frei. Frau Vogt, die Lehrerin, verlor kein Wort über das Fehlen des Schülers, der Unterricht ging seinen gewohnten Gang. Nach der ersten großen Pause, sie hatten ihre Mäntel und Jacken gerade auf dem Flur an die Garderobehaken gehängt, kam Frau Vogt mit zwei Männern in grüner Polizeiuniform den Gang entlang. Sie setzten sich alle gespannt auf ihre Stühle. Was hatte das zu bedeuten? Manche hatten Angst, wegen der beiden Polizisten. Frau Vogt sagte:

„Ihr habt ja mitbekommen, dass Peter heute nicht zur Schule gekommen ist. Manche wissen sicher auch, dass er gestern nicht nachhause gekommen ist."

Dann war er also auch über Nacht nicht daheim gewesen, dachte sich Karl. Ob er im Freien hatte übernachten müssen? Bei der Kälte? Angstgefühle raubten ihm ein wenig den Atem.

„Peters Eltern haben große Sorge um ihren Sohn. Sie haben eine Vermisstenanzeige erstattet, und die Polizei sucht nun überall nach ihm. Herr Peters und Herr Geiger sind von der Polizei, und sie wollen Euch jetzt ein paar Fragen stellen. Wer auf die Fragen etwas zu sagen hat, der meldet sich, wie im Unterricht. Klar?"

Frau Vogt war eine strenge Lehrerin, auch in solchen Situationen. Der Mann, der als Herr Peters vorgestellt worden war, räusperte sich.

„Also: Wann gestern habt ihr Peter zuletzt gesehen?"

Silvia Schrader, ein Mädchen aus der Heinrich-Heine-Straße, die meist mit ihnen zusammen den Schulweg ging, meldete sich.

„Ich habe Peter noch gesehen, wie er mit Werner ...", sie drehte sich um und zeigte auf Werner Schuster, „eine Schneeballschlacht auf dem Schulhof gemacht hat. Sie haben sich auch eingeseift. Als meine Mama mich abgeholt hat, weil wir noch in die Stadt wollten, ist Werner aber schon vom Schulhof weg, da habe ich Peter noch gesehen, wie er zum hinteren Zaun des Schulhofs gegangen ist und wie er über den Zaun geklettert ist."

All das war natürlich verboten, Frau Vogts Gesichtszüge waren noch härter geworden als sonst. Über den Zaun kletterten sie trotz Verbots manchmal, wenn sie gemeinsam auf dem Heimweg noch durch die benachbarten Gärten streunten und vor allem im Herbst ein paar Äpfel oder Birnen klauten. Aber im Winter? Das hatten sie noch nie gemacht, dachte sich Karl Dietrich. Warum hatte Peter Fischer diesen Weg genommen? Und dann allein.

„Danke", sagte Herr Peters. Herr Geiger hatte sich alles auf einen grauen Block notiert.

„Hat sonst noch jemand Peter Fischer gesehen, ich meine: Hat jemand dasselbe beobachtet wie Eure Klassenkameradin hier? Oder hat jemand Peter Fischer danach gesehen?"

Ein Junge, Rudi Ellenberger, meldete sich. Er war der Kleinste in der Klasse, wohnte in einem kleinen Backsteinhaus neben der Schule, was er den Beamten auch gleich erzählte. „Ich bin dann zuhause aufs Klo und aus dem Klofenster habe ich gesehen, wie er durch die Gärten gegangen ist. Mehr habe ich nicht gesehen."

Einige berichteten noch von der Schneeballschlacht, Silvia und Rudi mussten dann mit den Polizeibeamten nach draußen, sie sollten den beiden zeigen, wo Peter Fischer über den Zaun geklettert war und wo er von Rudi gesehen worden war. An normalen Unterricht war jetzt erst einmal nicht zu denken, sie sprachen über den Fall. Frau Vogt warnte sie mehrfach davor, allein irgendwelche Umwege zu gehen, mit anderen, fremden Menschen mitzugehen. Die Lehrerin wusste, dass mit den Jungen und Mädchen, die von den Ereignissen aufgewühlt waren und denen die Angst um Peter Fischer und die Angst davor, dass einem selbst so etwas passieren könnte, anzumerken war, nichts mehr anzufangen war. Sie machte ein Quiz zur Ablenkung – und das funktionierte ganz gut. Die Kinder lachten und waren mit Eifer bei der Sache. Als die vierte Schulstunde um war, war die Schule planmäßig beendet für den heutigen Tag. Sie gingen nachhause – und auf dem Heimweg wühlten sich die Gedanken an den verschwundenen Mitschüler wieder an die Oberfläche. Aber sie waren eben Kinder – und verabredeten sich wie immer für den Nachmittag zum Schlittenfahren. Als Karl Dietrich nach Schnippelbohnensuppe, Kohleholen und Hausaufgaben den

Schlitten auf die Straße trug, kam von oben Peter Fischers Mutter den Bürgersteig entlang. Sie wirkte um Jahre gealtert, ihre Augen waren tief gerötet, wahrscheinlich vom Weinen, ihr Körper war gebeugt, sie blickte Karl mit ausdruckslosen leeren Augen an und ging wortlos an ihm vorbei. Karl Dietrich hatte eine Gänsehaut am ganzen Körper. Und einen dicken Kloß im Hals. Er hatte sich nichts zu sagen getraut. Was war mit Peter Fischer? War er etwa tot?

4

Die nächsten Tage berichtete die Zeitung in großen Artikeln über das Verschwinden des neunjährigen Jungen aus Wehlheiden. Er war spurlos verschwunden, es gab, so die Polizei, keine Hinweise, keinen Verdacht gegen irgendjemanden. Angeblich war er am Kirchweg, die Straße, die die Gärten, durch die er gegangen sein musste, auf der anderen Seite begrenzte, in ein Auto gestiegen. Aber sicher war auch das nicht. Niemand konnte sich erinnern. Hunderte Schüler gingen jeden Mittag von der Gräfeschule nachhause. Sie gehörten mittags zum Stadtbild, man beachtete sie nicht. Schon gar nicht bei Eiseskälte, wenn es schneite und jeder, der auf der Straße war, so schnell wie möglich nachhause oder irgendwie ins Warme wollte.

5

Peter Fischers Stuhl in der Schule blieb frei. Nach ein paar Wochen kam ein neues Kind in die Klasse, dessen Eltern in den Stadtteil gezogen waren. Der Klassenraum platzte eh aus allen Nähten, also teilte Frau Vogt dem Jungen, der Hans-Peter hieß, Peter Fischers Platz zu. Die Lücke, die das verschwundene Kind ließ, war zumindest in der Klasse 3a der Gräfeschule geschlossen. Das Leben ging seinen Gang. Als der Schnee nach Wochen taute und sich der Frühling ankündigte, gab es vor den Osterferien die Zeugnisse. Karl Dietrich hatte nur Zweien und eine Drei – ausgerechnet in Sport, seinem Lieblingsfach. Seine Mutter lobte ihn, sein Vater kritisierte die Drei in Sport, seine Schwestern interessierte das Zeugnis ihres kleinen Bruders nicht sonderlich. Während der Osterferien tauchte dann ein Möbelwagen in der Leibnizstraße auf, er hielt vor dem Sechs-Familienhaus, in dem die Familie Fischer wohnte. Die Wohnung wurde ausgeräumt, Fischers, Vater, Mutter und der ältere Bruder Klaus, der schon erwachsen war und immer noch zuhause lebte, sie zogen fort aus dieser Umgebung, in der alles an den Sohn erinnerte, der spurlos verschwunden war. Angeblich, sagte Karl Dietrichs Mutter, seien sie nach Pirmasens gezogen, wo der Vater eine Anstellung in einer Schuhfabrik gefunden hatte. Doch genau sagen konnte das niemand. Denn die Fischers hatten mit niemandem darüber geredet. Hedwig Becker, so stellte es sich heraus, hatte das Pirmasens-Gerücht in die Welt gesetzt. Einer der Möbelpacker habe das gesagt und sich über die lukrative Tour gefreut. Doch Hedwig Becker sagte manchmal Dinge, um sich ein wenig wichtigzumachen. In die Wohnung der Fischers zog ein paar Tage später eine Familie mit einem kleinen Baby ein. Auch hier war die Lücke schnell geschlossen. Das Leben ging weiter. Und schließlich war Karl jetzt in der vierten Klasse. Jetzt ging es für ihn um sehr viel. Er brauchte ein Super-Zeugnis, denn er wollte unbedingt aufs Gymnasium. Obwohl der Vater strikt dagegen war. Karl, so meinte er, solle so schnell wie möglich Geld verdienen. Er brauchte also ein richtig gutes Zeugnis.

6

Anke Dankelmann saß auf ihrem Bürostuhl und hatte ihre Beine, die in Cowboystiefeln steckten, auf ihren Schreibtisch gelegt. Die Kaffeetasse in Reichweite, ihr Tablet auf den Oberschenkeln, der Schreibtisch, für sie ungewöhnlich, blitzblank, bestens aufgeräumt. Es war ein heißer Julitag, und man hatte den Eindruck, dass das Verbrechen von der Hitze des Sommers lahmgelegt worden war. Bernd Stengel, mit dem sie sich das Büro teilte, war noch in Urlaub, sie freute sich auf einen frühen Feierabend und dann auf ein kühles Bier in irgendeinem Biergarten. Sie wusste, dass dies ein Ausnahmetag im Jahr war – aber sie hatte auch nicht den Ehrgeiz, sich jetzt mit irgendwelchen Akten einzudecken, um die Arbeitszeit künstlich auszufüllen. Überstunden machten sie in diesem Kommissariat, K 11, das die Schwerstkriminalität bearbeitete, mehr als genug. Da konnte man auch mal so einen Tag genießen. Sie schaute auf die Uhr: Es war 11.35 Uhr, wenn sie Glück hatte, konnte sie um 15 Uhr Feierabend machen, oder auch früher? Das wäre ja was. Sie wusste gar nicht, wie sich das anfühlen würde, wenn man um 15 Uhr das Büro verließ zum Feierabend. Die Bürotür war angelehnt, das Fenster stand auf, durch den Zug kam ein wenig Kühle in den Raum.

Es klopfte an den Türrahmen, und Richard Plassek, der Leiter des K 11, kam herein, eine junge Frau, etwa Mitte dreißig, im Schlepptau. Anke Dankelmann kannte sie, es war Christiane Matussek, die Polizeireporterin der HNA, der örtlichen Zeitung. Christiane Matussek trug ein helles Sommerkleid, flache Sandalen und eine riesige Handtasche, in der, wie Anke Dankelmann von den Begegnungen wusste, nicht nur die üblichen Handtaschenutensilien, die man als Frau so mit sich führte, enthalten waren, sondern Kamera, Videokamera und mit Sicherheit auch ein Mini-Laptop oder ein Tablet.

„Ich muss Euch ja sicher nicht bekanntmachen“, sagte Richard Plassek. Die beiden Frauen lächelten sich an und gaben sich die Hand.

„Hallo“, sagte Anke Dankelmann, „wir kennen uns vom Sehen, bekannt sind wir uns aber nicht. Wie ich dich kenne, Richard, könnte sich das jetzt bald ändern, oder?“

Christiane Matussek grinste. Plassek ging nicht darauf ein.

„Frau Matussek ist auf mich zugekommen, weil sie eine, wie ich finde, gute Idee für die Sommermonate hat. Aber vielleicht stellen Sie das Projekt Ihrer Zeitung selbst vor?“

„Müssen wir das hier machen oder wollen wir nicht lieber in der Kantine was Kaltes trinken?“

Anke Dankelmann wartete die Antwort der beiden gar nicht ab und setzte sich in Bewegung.

„Bei mir dürfte es auch was Warmes sein, ich habe meinen Koffeinpegel für den Tag noch nicht erreicht“, sagte die Journalistin.

Plassek zuckte mit den Achseln, und sie marschierten Richtung Kantine. Anke Dankelmann bestellte ein eiskaltes Mineralwasser, Matussek einen doppelten Espresso, Plassek einen Pfefferminztee, in den er Berge von Zucker kippte. Wie soll so etwas denn erfrischen, dachte sich Anke Dankelmann. Draußen brütende Hitze, dann ein warmes Plörregetränk mit so viel Zucker – vielleicht hatte ihr Chef deshalb immer so fettige Haare.

„Ich hatte die Idee“, stieg die Redakteurin ohne lange Vorrede ins Thema ein, „mal eine Serie zu machen über ungelöste Fälle. Natürlich nicht irgendwelche Handtaschendiebstähle. Die spektakulären, ungelösten Fälle, gern aus der weiteren Vergangenheit, aber so, dass man noch Zeitzeugen hat. Aber auch die, die ganz anders sind, wie soll ich sagen ... es muss einfach mitreißend sein, es muss eine spannende Geschichte sein, von mir aus auch grausig."

Matussek trank einen Schluck aus ihrer Espressotasse. Anke Dankelmann überlegte kurz.

„Wir haben massenhaft solcher Fälle, auch solche, die ich gar nicht kenne, weil das alles lange vor meiner Zeit war. Und solche, die schon richtig Schimmel angesetzt haben. Klar, das klingt zunächst mal spannend, kann Polizeiarbeit auch erklären. Ist ein bisschen wie eine Fernsehsendung, wo alle den Mörder suchen. Und die Zeitung hat ja garantiert was davon, aber wir?"

Dankelmann blickte Richard Plassek an.

„Wir haben möglicherweise die Chance, tatsächlich so noch einen Fall aufzuklären, der irgendwo aktenmäßig verstaubt und unbeachtet im Keller liegt. Oder eben auch nicht. Unterm Strich bleibt, wie du gesagt hast, dass die Polizei sich offen gibt, Einblick verschafft in ihre Arbeit, die Bevölkerung mitnimmt. Mein Gott, Anke, wir haben hier doch sonst nur noch den Stress, auch den letzten gewalttätigen Idioten nett und fair zu behandeln, der irgendeinem das Hirn halb weggeprügelt hat, nach zwei Jahren rauskommt, die Opfer aber, die haben ein Leben lang damit zu tun, und die Täter sind fröhlich im Leben zurück. Die Menschen zweifeln an unserer Arbeit. Wir doch manchmal auch. Ist doch so. Und mit dem Projekt haben wir die Chance, einfach auch mal zu beleuchten, was aus denen geworden ist, die geschädigt wurden. Denn die wird man befragen müssen. Ich finde die Idee große Klasse."

Anke Dankelmann hatte ihren Chef noch nie so reden hören. Und sie hatte gleich ein schlechtes Gewissen wegen ihrer Schlussfolgerungen zum Pfefferminztee. Klar, die Stimmung in der Polizei war manchmal grenzwertig. In der gesamten Rechtsprechung hatte man oft den Eindruck, dass die Gebeutelten, die Opfer, deren Angehörige irgendwie einen geringeren Stellenwert hatten als der Schutz der Täter. Aber diese Diskussion hatte noch nie zu einem Ergebnis geführt. Man musste Täter überführen – aber manchmal, wenn man dann das Strafmaß erfuhr, dann war das schon ein Grund, über Sinn und Zweck der eigenen Arbeit intensivst nachzudenken. Anke Dankelmann hatte nie am Sinn ihrer Arbeit gezweifelt. Ihr

Vater, ein stramm konservativer Mensch, schon. Der lamentierte häufig genug bei den Besuchen zuhause über die Ungerechtigkeit, die er empfand. Aber gab es die Gerechtigkeit aus Opfersicht überhaupt? Sie verdrängte die Gedanken, sie vernebelten den logisch denkenden Teil des Hirns, und Emotionen konnte sie im Beruf, wenn es ernst wurde, nicht gebrauchen.

„Und was ist meine Rolle dabei? Werde ich für die Zeitung freigestellt?“

„Das wäre meine Wunschvorstellung!“, sagte Matussek und lachte.

Anke Dankelmann war gar nicht zum Lachen. Sie sollte Polizeiarbeit machen und nicht in Archiven Hilfsdienste für eine Redakteurin erledigen, obwohl die ihr sehr sympathisch war.

„Du machst deinen Job. Und schaufelst dir zwischendurch Freiräume, um der jungen Frau ein wenig zu helfen. Wie gesagt, das Ganze ist absolut spannend, und der Präsident ist da meiner Ansicht.“

Aha. Kleiner Hinweis darauf, dass das Ganze schon längst höchstrichterlich im Präsidium abgesegnet war.

„Und warum gerade ich? Bin ich hier die verzichtbarste Pfeife im Kommissariat?“

Plassek verdrehte die Augen, die Matussek schaute betreten weg.

„Nein. Ganz und gar nicht.“

Sein Ton war hart geworden, Anke Dankelmann ging innerlich in Deckung.

„Und das weißt du auch. Aber du bist ein schnelldenkender, sehr kommunikativer Mensch. Dir traue ich das zu. Den anderen nicht. Reicht das fürs Erste?“

„Fürs Erste ...“, murmelte sie und kassierte einen tödlichen Blick von Plassek.

Ein langer Moment des Schweigens folgte. Wenn Plassek ihr die Anweisung geben würde, dann müsste sie mitmachen. Aber er wollte keine Anweisung geben, das merkte sie. Ein Nein würde er auch akzeptieren, aber wollte sie das? Ach, verdammt, dachte sie sich, warum nicht? Mal was anderes, oder, wie der Nordhesse in seiner Mundart sagen würde: mal was anneres. Ungewisser Ausgang, Startlinie bekannt, Ziellinie im Nebel. So mochte sie das eigentlich.

„Okay, bin dabei. Wie gehen wir vor?“

7

Richard Plassek war ein planender und pragmatischer Mensch. Zuverlässig und gerecht in seiner Amtsführung. Das einzige, was Anke Dankelmann störte, war, dass er seit kurzer Zeit beinahe täglich mit einer beigen Rentnerweste zum Dienst erschien. Diese Mode fand sie ohnehin extrem affig, und sie machte sich einen Spaß daraus, am Samstag beim Einkauf im Rewe die Rentner mit Weste zu zählen. Es schien so zu sein, dass man ohne ein solch hässliches Ding nur ein halbwertiger Rentner war – und hatte Richard Plassek etwa beschlossen, jetzt alt zu werden? Der Mann war knapp über fünfzig, was sollte dieser Westenspleen also? Sie würde es ihm mal sagen. Aber im Augenblick wäre das wohl ein denkbar schlechter Zeitpunkt.

Plassek fummelte aus einer der geschätzt vierzig Taschen der Weste ein Tempo heraus, schneuzte sich und hatte den Vorfall augenblicklich abgehakt. Er hatte längst organisiert, dass etwa fünfzig Fälle aus den Archiven herausgegraben worden waren und führte die beiden Frauen in sein Büro. Da hatte er eine Liste. Ein Mord an einem Edeka-Kaufmann, nach Ladenschlusss begangen, der Täter hatte in den sechziger Jahren 125 DM erbeutet. Super, dachte die Kommissarin. Ein echter Brüller. Mord an einer Prostituierten, in einem Kleingartengelände im Stadtteil Waldau. Im Februar 1973. Super, noch so was Besonderes, dachte sie wieder. Wer sitzt im Februar in seiner Datscha in Waldau, glotzt an die Wand, beobachtet die dunkle Umgebung und kann sich fast vierzig Jahre danach als Zeuge plötzlich doch noch daran erinnern, wie er den Mörder beobachtet hat und eine detaillierte Beschreibung der Person und des Geschehens liefern? Und wenn es die Person gab, die damals frierend in der Kleingärtnerbude gesessen hatte, dann hätte die sich schon wegen der erbärmlichen Kälte längst totgesoffen. Oder Ähnliches in irgendeiner Seniorenwohnanlage? Also: Misserfolg programmiert. Wenn man damals niemanden gefunden hatte, der was gesehen hatte – warum vierzig Jahre danach. Ihre Laune sank spürbar weiter ab. Sie schnappte sich die extrem dicke Akte und sagte zu Matussek:

„Gehen wir in mein Büro und besprechen alles?“

Die nickte, und die Frauen marschierten ab. Ihre Cowboystiefel machten auf dem Flur einen Höllenlärm, Matusseks Sandalen knirschten aber mindestens genauso laut.

„Wenn Schuhe knirschen ...“, begann Anke Dankelmann,
„... dann sind sie nicht bezahlt!“, ergänzte die Redakteurin.
„Und?“, fragte Anke Dankelmann und blieb stehen.
„Sind bezahlt. Aber passen nicht so richtig.“
Matussek hob das linke Bein, schnürte die Sandale ab, dann mit dem rechten Bein dieselbe Prozedur, nahm die Sandalen in die linke Hand, lief zu einem Papierkorb auf dem Flur, pfefferte sie hinein und ging barfuß weiter. Anke Dankelmann lachte laut auf, schaute noch einmal in den Papierkorb: Schön waren die Schuhe nicht, teuer wahrscheinlich auch nicht. Und dass sie bei diesem heißen Sommerwetter heute morgen Cowboystiefel angezogen hatte, würde sich auch rächen. Spätestens beim Ausziehen am Abend. Sie würde vorher alle Fenster öffnen müssen.

8

Matussek setzte sich an Bernd Stengels Schreibtisch, sie teilten sich die Aktenordner auf und begannen mit der Durchsicht. Eben noch war Anke Dankelmann Feuer und Flamme gewesen, hatte sich gefreut über die Abwechslung. Nun aber, als sie einen Fall nach dem anderen durchblätterte, schwand ihre Zuversicht auf null. Das sah nach richtig stupider Arbeit aus. Fälle bewerten, nebeneinander legen und heraussuchen, welcher nun medienwirksam vermarktet werden konnte – uff, mehr staubiger Kram, als sie gedacht hatte. Du bist naiv, Mädchen, schalt sie sich selbst.
„An diesen Fall kann ich mich erinnern“, sagte Christiane Matussek plötzlich. „Ein Banküberfall, 1976. Die Täter haben auf der Flucht tatsächlich einen ihrer Komplizen im Reinhardswald kurzerhand erledigt. Erschossen und auf einem Parkplatz im Holzstapel versteckt.“
„Wo kommst du eigentlich her?“, fragte Dankelmann – und hatte einfach so das „du“ gebraucht. „Ach, sorry, ist mir so rausgerutscht, aber wenn wir hier gemeinsam den Staub schlucken, dann können wir uns doch auch duzen. Ich heiße Anke. Oder spricht was dagegen?“
Matussek grinste und schüttelte den Kopf.
„Nein, natürlich nicht. Christiane. Ich bin in Kassel aufgewachsen. Ich war damals neun Jahre alt, und meine Eltern, die am Wo-

chenende immer gern im Reinhardswald spazierengegangen sind, haben sich tagelang über diese Sache unterhalten." Der Reinhardswald, ein großes Waldgebiet im Norden Kassels, war ein märchenhaftes Areal, mittendrin ein Schloss, die Sababurg, das Dornröschenschloss, hier soll sich das Märchen von Dornröschen abgespielt haben. Der Turm der Burg – wenn man ihn einmal gesehen hatte, dann konnte man sich tatsächlich keinen besseren Platz für das Märchen vorstellen.

„Dann leg ihn doch mal raus, dann haben wir schon einen." Eineinhalb Stunden später hatte Anke Dankelmann keinen einzigen Fall herausgelegt, die Reporterin aber vier.

„Das ist doof, ich gehe da zu sehr mit den Augen der Polizistin ran, du hast eine ganz andere Antenne. Das ist keine Faulheit, wirklich, aber schau meine bitte nochmal durch, ich hole auch Kaffee."

Matussek überlegte kurz, die Kommissarin hatte sicher Recht. Sie schaute auf die Fälle und überlegte gleich, wie sie die schreiben, illustrieren konnte – das hatte man als Polizistin sicher nicht so im Blut.

Anke Dankelmann brauchte lange für den Kaffee. Was daran lag, dass sie kein Geld dabei hatte und es sehr umständlich anstellte, sich die drei Euro von einem Kollegen zu leihen. Manchmal wunderte sie sich über sich selbst. Hatte das Portemonnaie aus der Handtasche im Büro mitgenommen und stellte dann erstaunt fest, dass nur noch ein paar Kupfermünzen drin waren. Das passierte ihr gelegentlich und das war schon immer so. Sie registrierte nicht, wenn sie am Automaten nachladen musste. Gendefekt, vermutete sie, um sich nicht über sich selbst aufzuregen.

9

Als sie ins Büro zurückkam, lag eine Akte neben dem Stapel. Christiane Matussek schaute sie an.

„Diese Geschichte hier", fing sie sofort an, „die kenne ich auch. Meine Eltern haben meinen Bruder und mich immer damit konfrontiert. Geht nie mit einem Fremden mit, hieß es, lasst Euch nie ansprechen, rennt weg, wenn Euch etwas unheimlich ist. Sonst passiert Euch dasselbe wie Peter Fischer."

Sie saß da, das linke Bein mit dem nackten Fuß auf den Schreibtischstuhl von Bernd Stengel gestützt und wirkte regelrecht angefasst.

„Sie haben uns die Geschichte immer und immer wieder erzählt. Heute kann ich sie verstehen. Und wenn ich das hier so durchblättere – was muss diese Familie durchgemacht haben. Das Kind ist nie wieder aufgetaucht. Kein Lebenszeichen, kein Erpressungsversuch, keine Leiche. Die werden heute noch jeden Tag daran denken, hoffen, dass er noch lebt. Wenn sie noch leben. Und wenn du stirbst, dann hast du als letzten Gedanken als Mutter vermutlich nur: Sehe ich dich im Himmel?"

Ihr lief eine Träne die Wange herunter. Anke Dankelmann nickte.

„Ist so ein bisschen wie dieses Lied ‚Tears in Heaven' von Eric Clapton. Diese Zeile hat mich auch immer extrem berührt: ‚Would you know my name if I saw you in heaven ...'"

Sie spürte eine leichte Gänsehaut. Sie hatte zwar kein Kind, aber Christiane Matussek hatte Recht. So musste man sich wahrscheinlich fühlen, wenn das Kind verschwunden war und man jahrzehntelang in Ungewissheit lebte. Der Verstand sagte, es ist tot – aber das Muttergefühl hielt felsenfest am Glauben fest, dass es lebte. Nächte zum Heulen, Tage, an denen es Herzstiche gab, wenn man einen Jungen im selben Alter sah, Spielsachen, die man aufgehoben hatte und an Weihnachten tränenüberströmt herausholte, verzweifelte Gebete an einen Gott, an den man vielleicht vorher nicht geglaubt hatte. Es musste das pure Leiden auf der Erde sein. Und was würde man im Himmel vorfinden? Wenn es den gab? Sie schaute die Reporterin an, die sich gerade mit einem Zipfel ihrer Bluse die Augen trockenwischte. Christiane Matussek hatte einen kleinen Bauch, der an ihr aber nicht störend wirkte. Sie war garantiert komplett unsportlich, und was die Farbkombination ihrer Kleidung betraf, da war auch Luft nach oben. Rote Bluse, gelbe Hose. Immerhin. So fiel man auf – aber das war sicher nicht ihre Absicht. Vielleicht achtete sie auch nicht so darauf – endlich mal ein uneitler Mensch also. Die Frau gefiel ihr zunehmend, und sie begann, sich wieder auf dieses Projekt zu freuen.

10

Sie einigten sich darauf, diese fünf Fälle, die Matussek herausgefiltert hatte, in Angriff zu nehmen.

„Kann natürlich sein, dass kein Mensch sich meldet, dass gar nix passiert. Dann nehmen wir den nächsten. Aber wenn auch dann nix passiert, dann war das Ganze ein Schuss in den Ofen. Dann hören wir sicher auf. Mein Redaktionsleiter war sowieso nicht begeistert von der Idee."

Anke Dankelmann zuckte mit den Schultern.

„Versuch macht kluch", sagte sie und schaute auf die Uhr.

Früh am Tag, 18 Uhr, wenn auch nicht so früh, wie vorher gedacht. Aber an der Zeit, das Ganze irgendwo im Abseits zu besprechen. Sie hatte die Nase voll von dem Büro, ahnte, dass diese Aktion mehr erforderte als bürokratisches Abarbeiten. Außerdem wollte sie, dass man sie für ein solches Projekt gefangen nahm. Begeisterte. Das Gefühl hatte sie noch nicht so richtig. Oder irgendwie doch, denn sonst hätte sie nie so gefühlt und noch eine Fortsetzung gefordert.

„Lass uns irgendwo was trinken gehen. Hast du 'ne Lieblingskneipe?"

Matusssek schaute auf die Uhr. 18 Uhr „It's Marguerita time, das hat schon Status Quo gesungen – also ab. Muss aber keine Marguerita sein, ein Weißwein, schön kalt, schön voll das Glas – das tut es auch."

11

Sie fuhren mit zwei Autos, trafen sich bei „Lohmann" im Königstor. Früher eine Spelunke, im Nachkriegs-Kassel auf einem Ruinengrundstück eröffnet, in den sechziger Jahren Treffpunkt für die rebellische Jugend. Damals gab es Flaschenbier, Fettenbrot und Gewürzgurken – und es roch immer nach Joints. Nicht ohne Grund. Heute war es ein festes Gebäude, sah immer noch aus wie eine Baracke – aber mit Charme. Und mit einem schönen Biergarten, mitten in der Stadt, hochgewachsene Bäume, die Schatten spendeten, links und rechts von Häuserwänden eingegrenzt, deren Steine die Wärme speicherten. Eine Art Ruhe-Insel mitten in der Geschäftswelt. Mit rustikaler Küche und den besten rohen Bratkartoffeln weit und breit. Bratkartoffeln, rohe sogar – so etwas wussten viele Kneipenbesucher gar nicht mehr richtig zu schätzen. Die besten Bratkartoffeln, sagte Anke Dankelmann immer, die mache ihre Mutter. Aber das sagten vermutlich alle, die Mütter hatten, die rohe Bratkartoffeln zubereiten konnten. Wie auch immer: die bei „Lohmann“, die schmeckten fast so gut wie die bei ihrer Mutter. Und so etwas zu sagen, das war dann schon eine Art Ritterschlag.

12

„Wie geht das denn jetzt weiter?“, fragte Anke Dankelmann, die sich vorsichtshalber angesichts der immer noch hohen Temperaturen für ein alkoholfreies Hefe entschieden hatte. Sie hatten noch zwei Sitzplätze im Biergarten gefunden, auf den Bierzeltgarnituren drängten sich die Besucher, sie teilten sich den Tisch mit ein paar anderen, die sie etwas schräg angeschaut hatten, als sie gefragt hatten, ob man sich dazusetzen dürfe. So war das in Nordhessen. Geselligkeit wurde großgeschrieben, aber stets in geschlossener Gesellschaft.

„Naja, ich werte die Geschichte mal aus, erzähle sie, portioniere das Ganze, weil ich keinen Text länger als hundert Zeilen schreiben darf, dämliche Regel der Chefredaktion, motze das so auf, dass man es lesen möchte – und wir rufen die Leute auf, die sich erinnern können, die damals schon befragt wurden und so weiter. Dann entsteht eine weitere Geschichte, dann noch eine – und, ach, ich weiß nicht. Wir müssen einfach anfangen. Manches ergibt sich von allein.“

Dankelmann hatte die Akten mitgenommen, und sie machten sich über die Unterlagen her, notierten einige der Namen, Leute, mit denen die Reporterin dringend reden, Personen, zu denen Dankelmann im Präsidium recherchieren musste. Es wurde schnell klar, dass aus einer Idee für die Zeitung ein arbeitsintensives Projekt wurde. Mal so schnell nebenher war das nicht zu wuppen.

„Lass mich aber noch eins machen – als Arzt würde ich sagen: Wir brauchen eine Anamnese. Wir müssen die Vorgeschichte, oder besser: die Vorgeschichten kennenlernen. Was waren die Fischers für Leute? Wo kamen sie her? Hatten sie Wurzeln hier in der Region? Wir brauchen ein Bild von den Personen, was waren das für

Eltern, welche Geschichte verbirgt sich hinter ihnen? Und wenn wir das alles haben, dann kannst du loslegen."

„Keine Ahnung, wie ich das alles in hundert Zeilen schaffen soll. Manchmal denke ich, die da oben in unserem Laden sind nicht von dieser Welt."

„Dann geht es dir so wie mir", lachte Anke Dankelmann und sah, wie die Reporterin ihr Glas kalten Weißweins austrank und den Arm hob, um ein zweites zu ordern. Zeit, die Getränkesituation auch für sich selbst zu verändern.

13

Als Anke Dankelmann ein paar Biere später zuhause in ihrer Dachgeschosswohnung im Kirchweg in ihrem Lieblingssessel saß und bei ausgeschaltetem Licht in den klaren Himmel über Kassel schaute, wechselten ihre Gedanken wieder zu den Fischers, verloren sich wieder in ihre Geschichte. Sie war sehr ergriffen, die Gefühle des Nachmittags kamen wieder ... „Would you know my name ...", summte sie vor sich hin. Ob dieser Artikel, oder besser: diese Seite, die die Reporterin plante, etwas bringen würde? Die Gräfeschule war nur einen Steinwurf von ihrer Wohnung entfernt. Sie kannte die Gegend bestens und konnte sich so leicht ausmalen, wie das früher ausgesehen haben mochte. Sie sah Peter Fischer vor sich, dessen Gesicht ihr mittlerweile durch die Unterlagen vertraut war. Sah ihn in Gedanken auf dem Schulhof toben, Schneebälle formend und damit werfend, lachend. Sah ihn über den Zaun steigen und sah ihn irgendwo im vorderen Teil des Kirchwegs in ein Auto steigen. Und stutzte plötzlich. Denn in ihren Vorstellungen spielte sich alles in schwarz-weiß ab. Sie hatte alle Szenen ihrer Gedanken farblos gesehen. Peter Fischers Kleidung war hell und dunkel, aber nicht rot oder grün oder beige oder schwarz. War das immer so, wenn man an Dinge in der Vergangenheit dachte, die man selbst nicht erlebt hatte? Raubte das Bier die Phantasie? In den Akten war exakt beschrieben, was Peter Fischer an diesem Tag angehabt hatte. Sie wusste es nicht mehr genau, aber das war vermutlich Jahrzehnte später auch nicht mehr wichtig. Man würde kaum mehr fragen können, ob jemand an diesem Tag um eine bestimmte Uhrzeit ein Kind mit einem dunkelblauen Mantel und einem braunen Schulranzen gesehen hatte. Was auch gleich ein Hinweis war, wie vage möglicherweise die Aussagen der Zeugen sein würden. Wenn es überhaupt welche gab. Anke Dankelmann ging ins Bad, zog sich ein T-Shirt zum Schlafen über, putzte die Zähne und ging ins Bett. Und schlief sofort ein.

14

Nach einer halben Stunde Walking in der Goetheanlage, einem kleinen Park in der Nähe des Hauses, in dem sie wohnte, war sie fit für den Tag. Ein Croissant aus der Bäckerei an der Straßenbahnhaltestelle, ab in die Straßenbahn – das Auto blieb heute zuhause. Einfach so, aus einer Laune heraus. Niemand zwang sie, mit dem Auto zu fahren. Und in der Straßenbahn beobachtete sie gern die Menschen. Es gab keinen besseren Ort, diesen Mix aus allen gesellschaftlichen Schichten zu erleben.

Gesellschaftliche Schichten ... Was für ein Scheiß-Begriff. Aber es ist so. Man sieht die Ignoranten und solche, die so wirken und es gar nicht sind. Jugendliche mit Stöpseln in den Ohren, Kaugummi kauend und gleichzeitig das Smartphone bedienend. Die einen völlig fern der Welt, andere, die genauso aussahen, hilfsbereit und freundlich. Nehmen die Stöpsel aus den Ohren und sind behilflich, standen auf, wenn ein älterer Mensch suchend durch die Bahn irrte. Halfen am Kartenautomaten in der Bahn. Man sieht die grobschlächtigen, denen ihre Umgebung egal zu sein scheint. Die sich lümmeln, laut sind. Und man sieht die verängstigten Menschen, wie die Frau ihr gegenüber, einen Einkaufs-Trolly in der Hand haltend, vor ihren Knien stehend, als Schutz sozusagen gegen diese unwirtliche Straßenbahn-Welt.

15

Anke Dankelmann saß auf ihrem Einzelplatz, direkt an den Faltenbälgen in den Gelenkteilen der Bahn, ärgerte sich über die geilen Blicke des Lolli-lutschenden Mitvierzigers schräg gegenüber, der ihre Brüste durch die Bluse zu erkennen versuchte. Er fühlte sich unwiderstehlich, hatte einen Bauch, Tattoos am Hals und am Arm. Tattoos am Hals – wahrscheinlich hatte er auch ein Superman-Symbol auf den Schwanz tätowieren lassen. Armer Superman, das hätte der nicht verdient. Oder gar eine Anakonda. Sie stoppte ihre Phantasie, schüttelte sich vor Ekel innerlich und versuchte, den Kerl zu ignorieren, was ihr auch überwiegend gelang. Am Ständeplatz stieg sie aus und ging den Rest zu Fuß. Cowboystiefel hatte sie zum Glück nicht wieder angezogen. Jeans, T-Shirt, Pumps.

Die große Garderobe war noch nie ihr Ding gewesen, aber für den Tätowier-Idioten in der Bahn hatte das gereicht. Mannomann, dachte sie, wie kann man sich nur den Hals tätowieren lassen? Mit Mitte vierzig?

Aber wahrscheinlich war sein Alter mittlerweile von der Zahl her betrachtet höher als sein IQ.

16

Im Präsidium fuhr sie den PC herauf, neben sich die Akten des Falls Fischer und begann mit ihrer Recherche. Um zehn Uhr klingelte das Telefon. „K 11, Dankelmann", meldete sie sich. Die Nummer auf dem Display kam ihr bekannt, aber nicht vertraut vor. „Ich bins, Christiane", meldete sich eine beinahe röchelnde Stimme. Das war es also, was ihr bekannt vorgekommen war: 2031 – so begannen die HNA-Nummern.

„Ich hab 'nen Riesenkater." Pause.

„Naja, kein Wunder, du hast den Weißwein in dich reingekippt, als würde dein Körper die Flüssigkeit brauchen wie die Kalahari jeden Tropfen Regen nach der Dürreperiode."

„Als ich zuhause war, da hat mein Mann das Schlafzimmer verlassen, weil ich so geschnarcht habe. Sonst ist es umgekehrt."

„Wie? Du schnarchst sonst und gehst auch raus?"

„Quatsch, bring mich nicht zum Lachen, das hält mein Kopf nicht aus. Zum Thema: Hast du schon weitergemacht mit dem Fischer-Fall?"

„Ja, habe ich."

„Und? Mensch, erzähl doch einfach. Zuhören geht, aber fragen dröhnt so."

Anke Dankelmann musste lachen. „Okay, ich spreche auch ganz leise."

Keine Reaktion.

„Also, Folgendes: Die Mutter heißt Erika Fischer, sie ist Jahrgang 1923, geboren in Neustrelitz. Jahrgang 1923 gewesen, muss man sagen, denn sie ist vor ein paar Jahren gestorben. Krebs. In einem Krankenhaus in Bellheim – das ist irgendwo in Rheinland-Pfalz."

„Kenne ich, vom Namen her. Mein Vater ist Fußball-Statistik-Narr, der weiß alles – da gab es einen Fußballclub namens Phönix Bellheim."

„Gut zu wissen", sagte Anke Dankelmann, aber ihre Gesprächspartnerin hatte wohl heute keinen Sinn für ironische Bemerkungen.

„Aber in dem hat sie wohl nicht gespielt."

Und räusperte sich. „Der Vater hieß Heinz-Josef, auch Jahrgang 1923, geboren in Gudensberg. Der Vater ist auch tot, er starb bei einem Arbeitsunfall in Pirmasens. Da sind sie hingezogen, kurz nach dem Verschwinden von Peter. Er starb, Moment, 1970. Wurde von einem Lkw überfahren, den er an eine Laderampe winken wollte. Das heißt: Er wurde nicht überfahren, sondern der hat ihn mit der Heckklappe einfach geteilt. Der Lkw-Fahrer war besoffen und hat zu fest auf das Gaspedal getreten. Es gibt noch einen Sohn, Klaus, Jahrgang 1943. Den hat Heinz-Josef Fischer adoptiert. Peter war sein leibliches Kind. Stell dir aber mal vor: Die Frau verliert den Sohn, dann den Mann ..."

„Das ist furchtbar", die Stimme der Journalistin klang schon ein wenig besser.

„Wirst du langsam nüchtern, deine Stimme klingt beinahe normal!" Anke Dankelmann konnte sich diesen Spruch nicht verkneifen.

„Kamillenbonbons."

Dankelmann hätte eine ausführlichere Erklärung erwartet, aber wahrscheinlich war das Sprachzentrum von Christiane Matussek noch im Promille-Modus.

„Der Vater von Klaus Fischer ist im Krieg geblieben, wurde 1953 auf Antrag der Frau für tot erklärt. Da gibt es noch ein paar Zeugen, Klassenkameraden, Nachbarn, die befragt wurden. Auf die können wir hoffen, vielleicht melden die sich. Die Namen habe ich dir herausgeschrieben. Kommst du vorbei?"

„Ja, klar, ich habe gleich noch einen Termin, eine Pressekonferenz zu irgendeinem Sponsoring von irgendeinem Kulturevent, da bin ich eh in der Stadt und husche rüber zu dir."

Husche, dachte Anke Dankelmann, auch so ein Begriff, den sie lange nicht mehr gehört hatte. Es gab so viele Wörter, die immer sparsamer gebraucht wurden. Hagestolz beispielsweise, ein Wort, das sie in der Schulzeit entdeckt hatte. Kein Mensch gebrauchte es mehr. Was war ein Hagestolz? Hätte sie den Tätowierten in der Straßenbahn heute gefragt – der hätte wahrscheinlich gemeint, es sei eine Zigarettenmarke. Lichtbildner – welcher Jugendliche wusste heute noch, was das war? Schade eigentlich, aber wenn Anke Dankelmann an ihre Muckibude in der Wilhelmshöher Allee dachte, wo sich Menschen mit jedem möglichen Migrationshintergrund tummelten und, egal, in welcher Sprache sie sich unterhielten, jeden zweiten Satz mit dem Fragewort „Weisswieischmein?" beendeten, dann wusste sie, dass diese Veränderung der Sprache nicht zu bremsen war.

Soso, huschen wollte sie, die Dame Journalistin. Um 14 Uhr war immer noch niemand herangehuscht gekommen. Dummerweise hatte der Austausch der Handynummern am Abend vorher nicht mehr so recht geklappt, Christine Matussek hatte sie schlichtweg vergessen und war zudem nicht mehr so richtig in der Lage, Zahlen unmissverständlich zu formulieren. Verheiratet war sie also, das hatte man gestern auch gar nicht besprochen. War aber auch keine Zeit gewesen, sie hatten viel Blödsinn gemacht, vom Berufsleben erzählt, sich den Anmachversuchen einer Skatrunde am Nebentisch erwehren müssen, und wie spät es zuletzt war – Anke Dankelmann hatte keine Ahnung. Es galt ihr eisernes Prinzip: Nie auf die Uhr schauen, denn sonst sorgte das schlechte Gewissen dafür, dass man am nächsten Morgen noch mehr gerädert war. Sie mochten sich, die Journalistin und die Kommissarin, keine Frage. Aber ob sie jetzt bei Matusseks Ehemann einen Stein im Brett hatte, nachdem Christiane nach dem ersten Abend volltrunken nachhause gekommen war?

17

Kurz vor drei erschien Christiane Matussek.

„Entschuldige, ich wollte dich anrufen, aber ich hatte ja deine Nummer nicht."

„Weil du gestern Abend auf deinem Handy keine Taste mehr getroffen hast."

„Dann hättest du mir doch helfen können!“ Matussek klang empört.

„Stimmt. Aber ob ich sie getroffen hätte?“

Beide lachten.

„Okay. Was hast du? Was machen wir? Was soll ich tun?“

„Ich habe das alles mal zusammengeschrieben, lies durch, dann sehen wir weiter.“

Christiane Matussek machte sich an die Zusammenfassung.

„Tja“, die Reporterin klang nach ein paar Minuten unentschlossen.

„Das sind genug Fakten für die Story. Aber für mich ist das auch irgendwie eine komische Situation. Ich schreibe normalerweise immer Artikel, die rund sind, wie wir sagen, wo man alle nötigen Fakten beisammen hat. Hier fehlen aber die wesentlichsten Fakten. Das ist wirklich ungewöhnlich. Mal sehen, wie ich das anpacke. Ich mache mich heute noch dran, die Seite sollte dann in der Montagausgabe erscheinen. Mach dich also bereit, wenn die Telefone heiß laufen und dein Mailaccount explodiert.“

18

„Ein kleiner Weißwein zum Feierabend?“, fragte Anke Dankelmann, die die Frage aber nur stellte, um die Gesichtszüge ihrer Gesprächspartnerin entgleisen zu sehen. Die lächelte in der Tat gequält.

„Ne, lass mal. Heute muss ich Partnerpflege betreiben. Holger war heute morgen noch etwas angefressen, als er ging und ich nicht aus dem Bett kam. Demnächst mal wieder. Bist du eigentlich mit diesem schwarzhaarigen Typen abgezogen? Ich bin ja ins Taxi und du hast noch gezahlt, danke für die Getränke übrigens, ich revanchiere mich aber ...“

„Wie? Was? Welcher Typ denn?“

„Ist dir das etwa gar nicht aufgefallen? Dieser gegelte Schwarzhaarige, der bei uns am Tisch saß. Seine Tussi ist irgendwann los, weil sie früh aufstehen musste, und der hat dich andauernd aufdringlich angeglotzt. Der wollte was von dir ...“

„Hab ich nicht gemerkt. Dann wird das auch kein interessanter Mann gewesen sein. So einer wäre mir aufgefallen.“

Christiane Matussek nahm ihre Tasche, ein paar Unterlagen und marschierte ab. „Ich maile dir die Beiträge", rief sie noch über ihre Schulter zurück.

19

Am Abend, als sie aus der Straßenbahn am Kirchweg ausgestiegen war, drehte sie eine Runde durch die Gräfestraße. Das Schulgebäude war ein alter, wuchtiger Kasten, gegenüber stand immer noch der Hochbunker, eingezäunt. Heute war die Schule keine Hauptschule mehr, sie diente als Schule für lernbehinderte Kinder. Sie ging auf den Schulhof. Und dachte an Peter Fischers Mutter. Wie oft wird die wohl hier gewesen sein, um den letzten bekannten Weg ihres Sohnes nochmal zu sehen, auf ein Zeichen hoffend, eine Eingebung, in Erinnerungen versunken, den Schmerz kaum aushalten könnend. Anke Dankelmann sah Spielgeräte, die in den sechziger Jahren garantiert noch nicht hier gewesen waren. Sah die flache Turnhalle und ging zum Ende des Grundstücks. Auf der anderen Seite des Zauns lief ein asphaltierter Weg. War das der Weg, den Peter Fischer gegangen war? Vermutlich, oder vielleicht gab es damals auch noch keinen geteerten Weg, vielleicht war es einfach ein Trampelpfad durchs Gelände. Für die Recherchen war das vermutlich unerheblich. Aber sie hatte jetzt einen Eindruck von diesem Ort, hatte ein Bild vor Augen, wenn sie in den Akten blätterte und las. Sie drehte sich noch einmal um auf diesem Schulhof, der aussah, wie Schulhöfe halt so aussahen. Und sie bildete sich ein, dass man selbst hier, an der frischen Luft, den typischen Schulgeruch riechen konnte. Schulen riechen, dachte sie, eine wie die andere. Und wenn man sie gefragt hätte, wie denn dieser Geruch sei, dann hätte sie das nicht beschreiben können. Eine Mischung aus Bohnerwachs, zumindest früher, heute irgendein Reinigungsmittel, Schweiß, Kreide, alten Pausenbroten – und noch tausend anderen Sachen. Schulgeruch hatte eine eigene DNA. Und sie war sich sicher, dass jeder, der eine Schule besucht hatte, die Augen zumachen, sich konzentrieren und dann den Schulgeruch riechen konnte.

20

Am Montag erschien der Artikel. Die Redakteurin hatte ihr die Beiträge natürlich nicht gemailt, wahrscheinlich einfach vergessen. Die Überschrift lautete: „Peter Fischer: Seit 50 Jahren keine Spur“, zweizeilig. Sie saß daheim beim Frühstück. Aß eine Scheibe Brot mit Marmelade und las die Seite durch – sie hatte ein E-Paper-Abo, flog jeden Tag morgens über die Seiten und zog innerlich den Hut vor Christiane Matussek. Die hatte den Wust an Fakten wirklich gut gefiltert, hatte den richtigen Ton gefunden, um die Leser in die Geschichte zu ziehen und sie zu fesseln. Aber würde es etwas bringen?

21

Im Büro war Bernd Stengel aus dem Urlaub zurück. Braun gebrannt, er war mit seiner Frau drei Wochen auf Mallorca gewesen, sie hatten ein kleines Apartment in der Nähe von Alcudia im Norden der Insel. Seine Frau hatte nach dem Tod ihrer Eltern eine Menge geerbt, und sie hatten sich für diese Investition entschieden. Sie waren gern dort, Bernd hatte angefangen, Spanisch zu lernen, sie flogen oft nach Mallorca, auch im Winter mal ein paar Tage über ein Wochenende. So etwas war nichts für Anke Dankelmann. Für sie war Urlaub immer Überraschung, sie wollte Neues entdecken und nicht immer an denselben Platz reisen müssen. Aber wann war sie das letzte Mal in Urlaub gewesen? Sie wischte den Gedanken beiseite, für Urlaub, richtigen Urlaub mit einer weiten Reise verbunden, hatte sie auch gar kein Geld.

Stengel begrüßte seine Kollegin mit einer Umarmung und drückte ihr ein kleines Geschenk in die Hand, eine Flasche. Er brachte ihr immer etwas aus Mallorca mit, immer eine Flasche Palo, ein ziemlich süßer Magenlikör, den sie mal gemocht hatte, sich aber jetzt satt getrunken hatte. Nur wagte sie es nicht, das Bernd Stengel zu sagen.

Stengel erzählte davon, wie sie einfach nichts gemacht hatten und nur gegessen, getrunken, manchmal im Meer geschwommen und ansonsten das perfekte Wetter genossen hatten. Ihr drahtiger Kollege, das fiel ihr bei der Erzählung auf, war gar nicht mehr so drahtig wie früher. Er bekam langsam ein kleines Bäuchlein, er sah immer noch gut aus, aber seine Behäbigkeit zahlte er mit leichtem Übergewicht.

Anke Dankelmann berichtete ihm von ihrer derzeitigen Aufgabe, bevor sie zur Frühbesprechung am Wochenanfang gingen. Bernd Stengel hatte keine Frage gestellt, keine Bemerkung gemacht. Aber er hatte etwas ratlos geschaut nach ihrem Vortrag.

22

Klaus Fischer hatte sich die HNA aus dem Briefkasten geholt. Der Rentner war wie immer um sechs Uhr aufgestanden und hatte sein Frühstück zubereitet, ein paar gymnastische Übungen in seinem Wohnzimmer gemacht, war nach dem Frühstück mit dem Hund um die vier Ecken gegangen und hatte sich auf die zweite Tasse Kaffee und die Lektüre der Zeitung gefreut. Als er die dritte Lokalseite aufschlug, blieb ihm fast das Herz stehen. Von einem viel zu groß gedruckten Porträtfoto blickte ihn sein Bruder an, unscharf, weil das Bild diese Größe nicht vertrug, aber natürlich erkannte er ihn. Er las jede Zeile zweimal, dreimal und dachte sich nur: Holt mich das jetzt wieder ein? Er kraulte seinem Rauhaardackel, der auf dem Schoß saß, das Fell, legte die Zeitung auf den Wohnzimmertisch und lehnte sich zurück. Schloss die Augen und tauchte nach langer Zeit mal wieder komplett in das Archiv in seinem Kopf ab. Archiv, war das ein Archiv? Lückenhaft, mal bewegte Bilder, mal einfach Bruchstücke wie Fotos. Und gerade, was das Verschwinden seines Bruders betraf, unzusammenhängend. Kaum kombinierbar. Noch nicht einmal richtig sortierbar, was die Reihenfolge betraf. Das, was da passierte, war vergleichbar mit einer Vorschau auf einen neuen Film im Kino. Bildschnitte im Sekundentakt, er konnte selten ein Bild festhalten. Vergrößern, gar vertonen mit dem Original-Soundtrack. Den Stimmen. Nervend, ätzend halt.

Vielleicht war es ihm deshalb leichtgefallen, das Ganze zu verpakken, zu verstecken – aber vergessen hatte er es nicht. Er rieb sich die Augen, um die Gedanken zu vertreiben. Schüttelte den Kopf, als wolle er sie aus den Ohren schleudern. Machte die Augen auf und sah den Artikel. Diesmal entkam er dem allem nicht. Die Gedanken blieben, festgeklebt in seinem Kopf. Da waren sie immer. Nur schaffte er es manchmal, einen Vorhang davorzuziehen. Diesmal nicht.

23

Klaus Fischer war Rentner. Lebte seit seiner Pensionierung wieder in Kassel. In einer kleinen Wohnung im Umbachsweg im Stadtteil Bettenhausen. In der Nähe war der Eichwald, ein wunderschönes Waldgebiet am Rande der Stadt – aber direkt angrenzend an die Autobahn A 7. Das dumpfe Rauschen des 24-Stunden-Verkehrs konnte er in seiner Wohnung nicht hören, aber beim Spazierengehen im Wald war es Dauerbegleiter.

Er liebte den Sportplatz zwischen den Bäumen, dort spielte Viktoria Bettenhausen, irgendwo in einer der untersten Klassen, grünweiße Trikots, und alle vierzehn Tage kam er am Sonntag zum Fußballgucken. Hier trank er das eine oder andere Bier aus der Flasche, redete mit anderen Rentnern, fühlte sich wohl und fachsimpelte nach dem Spiel noch mit den Spielern, die ebenfalls Flaschenbier tranken. Es war ein bisschen wie auf einem Dorf-Sportplatz. Nur die Bratwurst fehlte, da hatte sich keiner gefunden, der alle zwei Wochen den Grill anwarf.

24

Er war mit seinen Eltern damals, als das mit Peter passiert war, nach Pirmasens gezogen. Man hatte ihn aufgezogen wegen seines nordhessischen Akzents, und er hatte nie gewagt, den Pfälzern zu sagen, dass sie sich anhörten, als hätten sie einen verwesenden Flokati im Mund. Von wegen Dialekt. Er hatte das Gymnasium absolviert, eine Ausbildung bei der Stadtverwaltung angefangen und beendet, war in der Kämmerei gelandet und da geblieben, sein Leben lang. Ein Leben in Pirmasens. Nicht schlechter und nicht besser als ein Leben in Frankenthal, Hildesheim oder Kassel. Oder Hamburg. Es war überall gut, wenn man Wurzeln hatte. Man sich wohlfühlte. Wo Heimat war. Aber er hatte keine Heimat. Er hatte sie verloren. Heimat war Nestwärme. Die vermisste er. Seit – ja, seit wann eigentlich? Er wusste es nicht. Wusste noch nicht einmal, warum er nach Kassel zurückgekommen war. Und dann hierhin, in die Eichwaldsiedlung gezogen war. Die hatte er als Kind gar nicht gekannt. Hier gab es nichts, was ihn hätte nostalgisch anziehen können. Einfach so. Die Wohnung hatte ihm gefallen. Und Oswald, der Dackel, hatte sofort im Garten herumgetollt. Ungewöhnlich für das Tier, das mindestens so ein Eigenbrötler war wie sein Herrchen. Der Dackel hatte sich dafür entschieden, dass hier alles gut war. Das hatte als Argument gereicht.

Ein Frauchen gab es nicht. Hatte es nie gegeben. Hatte sich nie ergeben. Hatte er es jemals gewollt? Müßige Frage, denn wenn er sie mit „Ja" beantwortet hätte, dann wäre das ein Grund gewesen, zu trauern, zu bedauern, Verlustgefühle für nicht Greifbares zu entwickeln. Klaus Fischer hatte sich, was seine Psyche betraf, eingerichtet. Keine großen Widerstände. Keine großen Herausforderungen. Keine Konflikte. Kein Sprengstoff. Er hatte den Explosivkräften seiner Seele die Zündschnur gekappt.

25

Und nun der Zeitungsartikel. Klaus Fischer nahm die Kaffeetasse, merkte, dass er leicht zitterte, als er die Milch einschütten wollte. Oswald war vom Schoß gesprungen, als spürte er, dass im Innern seiner einzigen Bezugsperson irgendetwas nicht stimmte. Er hatte den Kopf schiefgelegt und schaute ihn aus dunklen Knopfaugen an, als wolle er sagen: Was ist los, mir kannst du es doch beichten. Klaus Fischer nippte am Kaffee und stand auf. Schaute aus dem Fenster, nahm seine Jacke, zog sich an, legte dem Hund die Leine an und ging mit ihm nach draußen. Er öffnete die Heckklappe seines Skoda, hob den Hund hinein, der irritiert war vom zweiten Ausflug in so kurzer Zeit, und setzte sich ans Steuer. Der Hund fuhr immer im Heck mit, zu viel Nähe wollte Fischer nicht, Oswald musste auch in der Küche im Körbchen schlafen und nicht bei ihm im Bett. Der Dackel war zwar eigensinnig, aber Klaus Fischer konnte noch eigensinniger sein und hatte am Ende mehr Geduld und Ausdauer gehabt. Er fuhr aus der Eichwaldsiedlung über die Leipziger Straße zum Altmarkt, den Steinweg hoch, vorbei am Naturkundemuseum und der Heimat der documenta, dem Fridericianum, den Weinberg hinab und bog dort von der Frankfurter Straße ab in die Tischbeinstraße, er wollte nach Wehlheiden. Seit er zurück in Kassel war, hatte es ihn nicht hierhin gezogen. Aber irgendetwas trieb ihn jetzt, undefinierbar. In der Leibnizstraße parkte er sein Auto, stieg aus, holte Oswald und leinte ihn an. Er schloss die Heckklappe leise und sah sich um.

26

Es gab Tage, die waren komplett gebraucht, noch ehe man Gebrauch von ihnen gemacht hatte. Christiane Matussek hatte sich schon morgens aufgeregt, als sie, voller stolzer Erwartung, auf ihrem iPad die E-Paper-Ausgabe der HNA hochladen wollte. Das Bild schmierte sofort ab, sie hatte vergessen, den Akku aufzuladen. Sie war ins Edeka gefahren, wollte die Zeitung kaufen – und stellte an der Kasse fest, dass sie ihr Portemonnaie zuhause liegengelassen hatte. Vor der Haustür erinnerte sie sich, dass der Wohnungsschlüssel oben auf dem Küchentisch lag. Sie klingelte bei der Nachbarin Sturm, die einen Notschlüssel hatte – Frau Göttlicher war Gott sei Dank zuhause und schon aufgestanden, es war ja erst sieben Uhr. Die alte Dame, Christiane Matussek wusste gar nicht, wie alt sie eigentlich war, hatte noch nicht mal böse geguckt und ihr den Schlüssel gegeben. Immerhin kam sie jetzt in die Wohnung. Da stellte sie fest, dass sie das iPad immer noch nicht angeschlossen hatte und war nahe dran, das Ding an irgendeine Wand zu pfeffern. Ihr Mann war längst auf der Arbeit, Frühschicht bei Mercedes, sie musste erst um neun Uhr im Büro sein und hatte keine Lektüre am Morgen. Dann gebe ich es mir richtig, dachte sie. Und räumte die Spülmaschine aus, ein Job, den sie hasste wie im Büro das Umschreiben von Vereinsmeldungen. Und machte den Fehler, erst die obere Lade herauszuziehen und damit das Restwasser auf das trokkene Geschirr unten zu schwappen. Sie ließ es bleiben. Sollte sich Holger drum kümmern. Bis dahin war das Geschirr unten wieder trocken.Viel machte er im Haushalt eh nicht. Außer sich beschweren über dies und das. Wenn sie abends noch zu einem Polizeieinsatz musste, nach einem 11-Stunden-Tag heim kam, und der Herr Gemahl sich beschwerte, dass kein Brot im Haus war. Dabei hatte er etwa sechs Stunden Zeit zum Einkaufen gehabt. Immerhin: duschen und anziehen klappten pannenfrei. Es war kurz nach acht Uhr, als sie in ihr Auto in der Geibelstraße, einer kleinen Straße neben der Martini-Brauerei nahe der Innenstadt stieg.

27

Sie fuhr die paar hundert Meter zum Polizeipräsidium. Verabredet war sie nicht mit Anke Dankelmann, wusste auch gar nicht, ob die Kommissarin überhaupt da war. Aber sie wollte mal über den Artikel quatschen und mal horchen, ob sich irgendjemand gemeldet hatte. Kurz, nachdem sie aus dem Auto ausgestiegen war, begann es zu regnen. Warmer Regen – dabei war der Himmel fast vollständig blau und wolkenlos. Heute lohnt es sich nicht, Lotto zu spielen, dachte sie, mein Glückstag scheint das nicht zu sein. Folgerichtig war Anke Dankelmann natürlich noch nicht im Büro. Christiane Matussek setzte sich ins Auto, holte ein Päckchen Zigaretten aus dem Handschuhfach und zündete sich eine HB an. Dann geht alles wie von selbst, dachte sie, so hieß der alte Werbeslogan der Marke. Am besten, heute rauche ich gleich zwei, dachte sie. Zehn Minuten vor neun fuhr sie los. Es hatte aufgehört zu regnen. Immerhin. Von der Kommissarin war nichts zu sehen gewesen. Aber die Zeit hier auf dem Parkplatz vor dem Hauptbahnhof hatte sie entspannt. Sie hatte einfach mal Menschen beobachtet, an einem Ort, den man in der Regel nur in Eile zur Kenntnis nahm. Man hastete zum Zug, zum Termin – und sie hatte nur zugeschaut. Interessiert, immer mit der Frage verbunden, wer von diesen Menschen heute ihre Geschichte, die über Peter Fischer, gelesen hatte. Sie sah fast nur geschäftige Menschen, solche, die aus den Nahverkehrszügen strömten und zur Arbeit oder in die Schule hetzten. Manche hatten bestimmt schon einen langen Weg hinter sich, zehntausende pendelten jeden Tag morgens in die Stadt und abends wieder hinaus. Sie sah jene, die schon am Morgen zu Burger King gingen und sich einen Kaffee holten. Und einer kam sogar mit einem dicken Burger in der Hand über den Parkplatz geschlendert. Warum man morgens sich so ein Ding verabreichen konnte, entzog sich ihrem Zugriff. Bei der Vorstellung, hineinzubeißen um diese Uhrzeit, wurde ihr regelrecht schlecht. Und sie hatte immer wieder an Peter Fischer gedacht. Besser gesagt: an die Story, die sie fabriziert hatte. Und sich ausgemalt, dass sie mit all dem ein wenig Ruhm ernten konnte.

In der Redaktion schaute sie auf den Bildschirm, auf dem angezeigt wurde, welche Artikel online gerade am meisten gelesen wurden. Der über Peter Fischer stand ganz oben auf der Liste. Über hundert Zugriffe parallel gerade – das war ein Spitzenwert. Aber dieser Wert sagte nichts darüber aus, ob es auch eine Resonanz geben würde. Im Sekretariat hatte es noch keine Anrufe gegeben, im Mailaccount der Redaktion war auch noch nichts eingegangen. Man brauchte Geduld.

28

Anke Dankelmann hatte alles erneut gelesen und fand, dass das ein rundes, unterhaltsames, informatives Paket geworden war. Die nächste Folge der Serie über die ungelösten Fälle stand erst im nächsten Monat an, da konnte sie erst einmal wieder eintauchen in den normalen Job. Stengel und sie wurden gegen zehn Uhr alarmiert, am Erlenloch, einem kleinen Teich im Habichtswald, hatte ein Spaziergänger einen Mann gesehen, der querbeet durch den Wald lief und eine Handfeuerwaffe in der Hand trug. In der Nähe stand ein Gasthaus, aber er hatte sich in die andere Richtung bewegt, ein Anruf ergab, dass in der Ausflugskneipe alles in Ordnung war.

Sie fuhren raus, vom Präsidium brauchte man knapp zwanzig Minuten, auf dem Parkplatz, der zum Ausflugslokal gehörte, stand ein Streifenwagen, zwei weitere waren nach oben gefahren, wo die Kneipe mit idyllischem Biergarten lag.

„Nix zu sehen von dem Kerl“, brummte einer der Streifenbeamten, man hatte den umliegenden Wald bereits durchkämmt, nicht systematisch, aber mit Hilfe weiterer Beamte, die mittlerweile einen anderen Teil des Waldes durchsuchten. Anke Dankelmann schaute auf ihr Handy – Empfang gleich null. Gut und schlecht zugleich. Was man auch hätte sagen können, wenn der Empfang exzellent gewesen wäre. Aber es gab keine Chance zu telefonieren und auch keine Möglichkeit, dass man sie erreichte.

Man hatte Spaziergänger und Jogger befragt, niemand sonst hatte den Mann gesehen. Dass es ein Mann war, das hatte der Zeuge eindeutig gesehen. Sie sprachen mit dem jungen Mann, der hier jeden Morgen seine Runde joggte, der war konzentriert, nicht geschockt, belastbare Aussagen, glaubwürdig ohnehin. Wirr habe er gewirkt, sagte der Jogger, der Mirko Habig hieß und in Harleshausen, dem Stadtteil unterhalb des Habichtswaldes, wohnte. Er hatte beim Joggen natürlich keine Papiere dabei, man würde ihn nachhause fahren und die Routine dort erledigen.

„Sollen wir für die Suche einen Hubschrauber anfordern?“, fragte Stengel.

„Kann nix schaden“, sagte die Kommissarin.

Stengel ging zum Auto, um über Funk die Dinge zu regeln.

„Warten Sie“, rief plötzlich einer der Uniformierten und lauschte in sein Funkgerät. „Kann sein, dass wir ihn gefunden haben. Kommen Sie mit!“

Dankelmann und Stengel gingen hinter dem Mann her, der etwa zehn Meter vor ihnen mit raschem Schritt durch den Wald stampfte. Der hatte festes Schuhwerk, dachte Anke Dankelmann und schaute etwas bedröppelt auf ihre Sandalen. Sie zog solche Dinger selbst im Sommer nicht so gern an – aber heute hatte sie es eben getan. Inspiriert von der Matussek wahrscheinlich. Sie liefen ein paar Minuten, bis sie an eine Bundesstraße kamen. Auf der anderen Seite der Straße ging es steil den Abhang hinunter. Vor einem Baumstamm lag ein leblos wirkender Körper. Ein Beamter drehte gerade das Gesicht weg. Die beiden Kommissare sahen sofort, was los war: Der Mann hatte sich in den Kopf geschossen, ein Teil des Schädels fehlte, die Augen blickten leblos, die Waffe lag neben dem Körper. Er war rundlich, mittelgroß, nicht mehr jung, aber auch nicht alt. Aber aus den Gesichtszügen konnte man schwer etwas Genaues feststellen. Hirnmasse war über das Gesicht geschwappt, Blut war überall.

„Und?“, fragte Stengel.

„Der is hin“, sagte ein anderer Polizist. „Null Puls – aber ohne Kopp haste au kinnen Puls mehr.“ Er sprach den breiten nordhessischen Dialekt, den Dankelmann so liebte.

„Aber wieso hat denn keiner einen Schuss gehört?“

Stengel schaute irritiert.

„Naja, Bernd, das ist eine vielbefahrene Straße, Lkw, jede Menge Motorräder, die hier leicht mal richtig den Hahn aufreißen. Vielleicht hat er darauf gewartet, dass da oben ein Höllenlärm ist und dann abgedrückt.“

Stengel nickte. Sie informierten den Rest der Einsatzkräfte, die Zentrale, orderten die Spurensicherung und machten schon einmal ein paar Bilder.

„Papiere?“, fragte Anke Dankelmann.
Ein Beamter nickte.
„Perso, Geldbörse mit Scheckkarte. Peter Willrich, 3. Juli 1956 in Gießen. Wohnt, Moment, Bilsteiner Born 12, Brasselsberg.“

29

Suizide, und das sah hier alles nach einem aus, waren einfach undankbare Ermittlungsfälle. Aber welcher Fall war eigentlich im K 11, in dem nur die schwersten Delikte aufliefen, dankbar? Am Ort des Geschehens konnten sie kaum noch etwas ausrichten, sie mussten die Ergebnisse der Untersuchungen abwarten, mussten aber auch die Angehörigen, so es welche gab, informieren. Anke Dankelmann ging in die Hocke und betrachtete das Einschussloch.
„Aufgesetzter Schuss“, sagte sie und deutete auf die typischen Wölbungen am Schädel, die nur ein aufgesetzter Lauf beim Abfeuern der Waffe erzeugte.
Stengel betrachtete die Hände, an der rechten Hand wies der Tote leichte Schmauchspuren auf.
„Das sieht nun wirklich alles nach einer Selbsttötung aus“, meinte er und stand wieder auf.
Fotos hatten sie gemacht, die Papiere eingesteckt, alles nur mit Handschuhen angefasst, alles in Plastiktüten eingepackt. Bilsteiner Born 12 – das war das nächste Ziel. Als vermisst gemeldet hatte den Mann niemand. Stengel fuhr durch den Regen, der wieder eingesetzt hatte und den Kollegen, die jetzt noch den Tatort untersuchen mussten, das Leben und die Arbeit nicht leichter machten. Sie fuhren am Schloss Wilhelmshöhe vorbei, Anke Dankelmann schaute aus dem Fenster und zuckte plötzlich zusammen.
„Wann nochmal ist der Mann geboren?“
„Sowas merke ich mir immer, das weißt du ja. 3. Juli 1956 in Gießen.“
„Weißt du was, Bernd?“ Der schüttelte den Kopf und schaute sie kurz an.
„Das ist der Geburtstag von Peter Fischer. Und Peter heißt der ja auch mit Vornamen.“
„Okay, okay. Aber warten wir erst einmal ab. Kaum denkbar, dass einer als Peter Fischer in Kassel spurlos verschwindet, als Peter

Willrich wieder auftaucht und sich dann Jahrzehnte später, ohne dass seine wahre Identität jemals geklärt worden wäre, die Birne wegpustet."

„Ja", sagte Dankelmann. „Unwahrscheinlich. Aber ein komischer Zufall ist es schon."

Sie musste dringend die Matussek anrufen. Holte das Handy aus der Handtasche und schaute aufs Display. Sie hatte den Ton ausgestellt. Und sah, dass gerade ein Anruf auflief. Unbekannte Nummer, sowas ignorierte sie in der Regel. Aber diesmal nahm sie den Anruf entgegen.

„Dankelmann", meldete sie sich.

„Entschuldigen Sie die Störung", meldete sich eine sehr alt klingende Stimme.

30

„Mein Name ist Volker Weisbrod. Wir sind sozusagen Kollegen, ich war auch mal Kriminalkommissar bei der Kasseler Polizei. Ich hatte im Präsidium angerufen und mein Ansinnen vorgetragen, da hat mir die freundliche Dame netterweise Ihre Nummer gegeben. Störe ich etwa?"

„Nein, Herr, äh, Kollege. Aber was ist denn Ihr Ansinnen?"

„Nun ja", der alte Mann räusperte sich, und sie hörte, wie er einen Schluck trank. Hoffentlich war es Wasser, dachte sie. Du bist zu ungeduldig, wie immer, schalt sie sich.

„Ich habe heute morgen den Artikel über Peter Fischer gelesen, da tauchte ja auch Ihr Name auf. Sogar mit Bild, das ist 'ne patente Frau, die musst du anrufen, dachte ich mir. Also. Sie werden ja die Akten durchgearbeitet haben und dabei nicht auf meinen Namen gestoßen sein. Ich habe aber in den Jahren nach dem Verschwinden des Jungen mich immer wieder um den Fall gekümmert. Seine Mutter war meine Cousine, Peter also mein Großcousin, ich kannte ihn zwar kaum, habe aber das Leid meiner Cousine immer wieder zutiefst bewegt erlebt. Ich kann Ihnen vielleicht etwas zu der Sache erzählen, Dinge, die nicht in den Akten stehen."

Anke Dankelmann war plötzlich hellwach.

„Ja klar, das wäre super. Wann kann ich Sie denn treffen? Im Augenblick sind wir gerade in einer anderen Sache unterwegs."

„Naja, nach Feierabend vielleicht. Ich wohne im Altenheim, bin 91 Jahre alt. In der Seniorenwohnanlage am Lindenberg."

„Okay, heute Abend? 19 Uhr? Sollte zu machen sein."

„Jaja, ich bin da, laufe ja nicht weg. Bringen Sie die Akten mit, bitte. Und, Frau Dankelmann?"

„Ja?"

„Wir müssen uns beeilen. Ich habe Krebs. Im Endstadium. Lange mache ich es nicht mehr. Bis heute Abend."

Der alte Mann legte auf.

31

Anke Dankelmann blickte Bernd Stengel konsterniert an. „Was war das denn?", fragte er.

„Wer war das denn? Das wäre die bessere Frage." Sie klärte ihn über das Gespräch auf.

„Wie denn? Der Großcousin von Peter Fischer hat bei uns im Präsidium gearbeitet? Hat sich sogar um den Fall gekümmert? Das geht doch gar nicht."

„Ne. Heutzutage geht das auch nicht mehr. Aber andererseits: wenn wir in einem Fall ermitteln würden, der einen deiner Verwandten betrifft, dann würdest du doch auch neugierig sein und ab und an mal um ein paar Infos bitten oder in die Akten linsen." Stengel zuckte mit den Schultern.

„Wahrscheinlich hast du recht. Und jetzt gehst du heute Abend ins Altersheim?"

„Vorübergehend, lieber Bernd. Keine falschen Hoffnungen und vor allem keine falschen Bemerkungen. Ich bin gerade vierzig geworden und was das betrifft, sehr empfindlich."

Bernd Stengel lächelte und bog in die Konrad-Adenauer-Straße, die Hauptstraße, die unterhalb des Habichtswaldes durch den Brasselsberg hin zur Autobahn A 44 führte.

32

Anke Dankelmann, das wusste er, hatte sich mit der 40 ziemlich schwergetan. Und trug offensichtlich immer noch heftig an der Alterslast. Dabei hatte sie aus seiner Sicht keinen Grund. Sie sah nach wie vor blendend aus, war jugendlich im Denken und Handeln. Aber selbst er wusste nicht, was da in ihr nagte. War die vierzig ein Signal, dass ein weiblicher Single wie sie einen möglicherweise unterschwellig vorhandenen Kinderwunsch nun endgültig begraben konnte? Hatte sie überhaupt so eine Sehnsucht nach Nachwuchs, nach Muttersein? Sie hatte immer, wenn man zu nahe an das Thema kam, die Gesprächsebene gewechselt. Ein Indiz dafür, dass dies ein sensibles Thema war? Sie arbeiteten schon so lange zusammen, mochten sich, tauschten sich über so viele Dinge aus, auch privat – aber diesen Bereich ihrer Seele hatte er nie berühren dürfen.

33

Sie bogen ab in den Bilsteiner Born, Stengel schaute aus den Augenwinkeln seine Kollegin an. Ihr war nichts anzumerken, er hatte keine Ahnung, was gerade in ihrem Kopf vorging. Dabei konnte er, wie kein anderer, ihre Gedanken lesen. Aber diesmal waren ihre Gedanken wieder einmal in einer Tiefenhöhle abgetaucht.

Sie parkten vor dem Haus, ein gelb verputztes Einfamilienhaus mit einem Eingang an der Seite.

Anke Dankelmann schaute ihn an und sagte: „Bernd, wenn da Familie wohnt …"

„Schon gut", sagte Stengel, „ich mache das."

Anke Dankelmann hatte einen Höllenrespekt vor der Aufgabe, schlimme Nachrichten Menschen direkt zu überbringen. Er machte es auch nicht gern, klar. Aber er hatte sich da mehr im Griff, war ein Stück weit mehr abgeklärt. Um ihre Ängste und das Mitgefühl den Angehörigen gegenüber zu übertünchen, hatte sie sogar einmal, auch im Fall eines Selbstmordes, in einem kleinen Ortsteil von Grebenstein mit dem Namen Burguffeln an der Tür geklingelt, sich dann vorgestellt und gesagt:

„Herr Gräber hat sich erhängt."

Die Ehefrau, die sie mit erwartungsvollen, hoffnungsvollen Augen angeschaut hatte, war in Ohnmacht gefallen. Seitdem hatte Bernd Stengel die Rolle des Überbringers der tödlichen Nachricht übernommen.

Zwischen den Waschbetonplatten auf dem Zuweg zur Haustür wuchs Gras, hier hatte seit langer Zeit keiner mehr das Unkraut gerupft. Der Rasen war gemäht worden, aber auch das war schon ein paar Wochen her. Die Hecken wucherten, alles machte einen ungepflegten Eindruck. Die Farbe an den Holzfenstern splitterte ab, geputzt hatte sie auch schon lange niemand mehr. Sie wussten, dass Willrich verheiratet war – aber es gab keine Kinder. Die Frau war noch hier gemeldet. Was aber nichts heißen musste. Sie klingelten. Mehrfach. Niemand öffnete. Sie gingen um das Haus herum, hinten bot sich ein noch trostloserer Anblick als vorn. Hier war in diesem Jahr garantiert noch kein einziges Mal der Rasenmäher zum Zug gekommen. Auf der Terrasse wölbten sich ein paar der Waschbetonplatten, die Rollos waren unten, man konnte nicht ins Innere schauen.

„Wir müssen rein, da hilft nichts", sagte Stengel. Sie gingen zurück zum Auto und riefen im Präsidium an, sie brauchten technische Hilfe.

34

Anke Dankelmann nutzte die Zeit des Wartens, um mit Christiane Matussek zu telefonieren. Sie erzählte von dem Selbstmord und dem Telefonat mit Volker Weisbrod, die Reporterin bat sie allerdings, das Gespräch mit dem alten Mann allein zu führen und die Information über den Selbstmord vertraulich zu behandeln.

„Wenn ich heute schon wieder abends beruflich unterwegs bin, dann bringt mich Holger zwar nicht um, aber er macht zumindest Stress. Wir sehen uns wegen seines Schichtdienstes ohnehin selten. Ist das schlimm, wenn ich nicht mitkomme?"

„Quatsch, ich weiß ja eh nicht, ob das was bringt. Der ist zwar schon ewig pensioniert, aber normalerweise reden gerade die Älteren im Präsidium immer über irgendwelche längst ausgeschiedenen Kollegen – aber von dem habe ich noch nie was gehört. Wenn ich im Büro bin, dann muss ich mich erst einmal schlaumachen. Mach dir mit deinem Ollen 'nen schönen Abend! Ich melde mich dann morgen! Hat sich denn jemand auf deinen Artikel hin gemeldet?"

„Es gibt ein paar Anrufe und E-Mails, von Leuten, die damals in der Siedlung gelebt haben, auch ein Klassenkamerad von Peter Fischer ist dabei, ein Rudi Ellenberger. Mit dem treffe ich mich die Tage mal, ich meine, wir hätten sogar schon einen Termin für Freitag ausgemacht. Warte mal ...“, es raschelte im Hintergrund. „Genau. Um zehn ist er hier.“

„Das ist ja noch nicht so berauschend“, sagte Anke Dankelmann.

„Unser Job ist manchmal wie das Zubereiten von Bratkartoffeln“, sagte Matussek.

„Wie meinen?“, sagte die Kommissarin.

„Man braucht Geduld, vor allem und viel Geduld. Mach’s gut!“ Matussek lachte kurz und unterbrach das Telefonat.

35

Anke Dankelmann blickte sich um. Das Haus lag an einer steilen Straße, an deren Ende im Westen der Stadt dann die Hügel des Habichtswaldes begannen.

„Hier hast du garantiert nur morgens Sonne, wenn die im Osten aufgeht“, sagte sie zu Bernd Stengel. Der nickte.

„Ich verstehe auch nicht, warum dies ein so begehrter Stadtteil zum Wohnen ist. Dunkel, keine Infrastruktur, keine Kneipe – und dann donnert auch noch den ganzen Tag der Linienbus an deinem Wohnzimmerfenster vorbei“, sagte er – und schon fuhr ächzend ein blauer Linienbus der KVG den Berg hinauf.

„Aber deshalb bringt sich ja niemand um“, meinte Anke Dankelmann. Stengel zuckte mit den Schultern.

„Weiß man’s?“ Er nickte in Richtung der abfallenden Straße. Ein Auto kam, ein wenig zu schnell, den Berg herauf. „Da kommen die Kollegen.“

36

Als sie die Haustür aufbekommen hatten, wehte ihnen eine Wolke unangenehmer Gerüche entgegen.

„Mann, stinkt das!“, empörte sich Stengel. „Wie auf ’ner Müllhalde.“

„Vielleicht ist das auch so etwas“, meinte Anke Dankelmann beim Blick in den Flur, der zugepflastert war mit vollen Mülltüten. Sie kämpften sich durch die Müllberge, die teils verschimmelt waren, fanden ähnliche Zustände in den Zimmern, vor dem Fernseher im Wohnzimmer lag ein gigantischer Berg leerer Bierdosen.

„War das ein Messie?“, fragte Nils Berg, ein Kriminaltechniker, seit etwa einem halben Jahr im Team: Anke Dankelmann hielt sich mittlerweile ein Stofftaschentuch vor die Nase, der Waschmittelgeruch dämpfte die widerlichen Ausdünstungen in der Wohnung zumindest zum Teil.

„Sieht so aus. Ob wir hier in den nächsten Tagen so etwas wie einen Abschiedsbrief finden werden, so er denn einen geschrieben hat, das wage ich mal zu bezweifeln. Aber irgendwie symbolisiert das gesamte Haus ja so etwas wie einen Abschied vom geregelten Leben, oder?“

Die Kollegen antworteten nicht. Im Obergeschoss sah es etwas besser aus, der Hausmüll war zumindest nicht extra nach oben getragen worden. Das Badezimmer war seit Monaten nicht mehr gesäubert worden, wahrscheinlich noch nicht einmal gelüftet. In der Dusche, am Waschbecken – überall hatte sich schon dick Schimmel gebildet. Das Schlafzimmer bestach durch einen vor Dreck strotzenden Bettbezug. Vom Schlafzimmer führte eine Tür direkt in ein kleines Arbeitszimmer, das zur Überraschung aller, penibelst aufgeräumt war. Auf dem Schreibtisch lag eine Ausgabe der aktuellen HNA, daneben ein Foto einer Frau, über das mit dickem Filzstift ein „X“ gemalt war.

„Ist das die Frau, die zu ihm gehört?“, fragte Stengel.

„Keine Ahnung, finden wir raus. Jedenfalls scheint er sie im wahrsten Sinn des Wortes abgehakt zu haben“, meinte Anke Dankelmann, „auf den ersten Blick würde ich sagen, da hat eine Frau ihren Mann sitzenlassen, der ist verwahrlost und hat sich dann mit einem letzten Rest seines Willens das Leben genommen.“

„Kann sein“, meinte Stengel und nahm das Foto der Frau in die Hand. „Dennoch würde ich gern mal wissen, wo sie steckt. Woher Willrich die Pistole hatte, wie es um ihn, einen Job, die Finanzen bestellt ist. Einen Abschiedsgruß kann ich hier jedenfalls nicht entdecken. Und warum lässt der Mann die ganze Bude verwahrlosen und das Arbeitszimmer ist aufgeräumt wie zum Empfang bereit. Rätselhaft, absolut rätselhaft.“

„Wenn es einfach wäre, dann bräuchte man ja uns beide nicht“, Anke Dankelmann grinste und stupste ihrem Kollegen den Ellenbogen in die Seite.

37

Oswald hatte sich auf der Wiese, wo früher einmal ein Kinderspielplatz gewesen war, hingehockt und machte leidenschaftslos seinen Haufen. Klaus Fischer wusste, dass er hier hinter ungezählten Gardinen beobachtet wurde. Das war schon vor über vierzig Jahren so gewesen und daran würde sich auch in vierzig Jahren nichts ändern. Er konnte die Visitenkarte seines Dackels unmöglich liegenlassen, holte einen Plastikbeutel aus der Hosentasche, stülpte ihn nach links um und griff den harten Hundehaufen, um ihn in einer Mülltonne zu entsorgen. Zumindest die hatten sich geändert. Anfangs hatte es hier noch Blechtonnen mit Deckeln und einem runden Knauf gegeben. Oben in der Mitte hatten die Deckel so etwas wie einen Dutt, wenn die Müllmänner die Tonnen zu den Autos rollten, dann kontrollierten sie den Lauf, indem sie diesen Dutt durch eine Hand gleiten ließen. Später hatte es dann Großraumtonnen gegeben, nun war alles aus Plastik und verschiedenfarbig, für unterschiedliche Müllsorten unterschiedliche Farben. Er entschied sich für die braune Biotonne, leinte Oswald wieder an und ging langsam die Leibnizstraße weiter hoch. Vor dem Haus, in dem er mit seinen Eltern und seinem Bruder gewohnt hatte, blieb er nicht stehen, seine Gedanken schossen unsortiert und verstörend wirr durch seinen Kopf. Bilder von damals – waren sie echt oder Geburt seiner Phantasie? Manchmal konnte er schon nicht mehr sicher trennen zwischen dem, was er tatsächlich erlebt und in Erinnerungen gespeichert hatte, und dem, was im Laufe der Jahre durch Träume und in Gedanken hinzugekommen war. Oben am Ende der Straße angekommen, blickte er auf eine Weinhandlung – hier hatte damals die belgische Siedlung begonnen, eigens erbaut für die belgischen Besatzungssoldaten, eine fremde Welt für ihn und seinen Bruder damals. Wo jetzt die Weinhandlung war, war früher das belgische Kaufhaus gewesen – wie oft hatte er sich die Nase plattgedrückt am Schaufenster, um Waren zu sehen, von denen sie bei den kargen Einkommen ihrer Eltern nur träumen konnten. Dies hier war die Heinrich-Heine-Straße, eine Straße bestehend aus dickem Kopfsteinpflaster und unzähligen Teerflicken. Er erinnerte sich an das Radrennen „Rund um das belgische Dorf“, das ausgerechnet auf dieser Buckelpiste einmal im Jahr stattgefunden hatte. Ein Volksfest für die in der Siedlung, man legte zusammen, was man an Taschengeld hatte – und dann wurden Pommes frites gekauft. Gespart hatten sie extra dafür, die paar Groschen zusammengelegt und dann die Tüte Pommes unter sich aufgeteilt. Jeder bekam dann fünf oder sechs Kartoffelstäbchen, die sie genussvoll verzehrten. Klaus Fischer erinnerte sich daran, wie Peter einmal nur ein Pommes gegessen und den Rest in die Tasche gesteckt hatte, um den Eltern was abzugeben. Zuhause waren die Dinger natürlich kalt und knüppelhart, außerdem hatte er Fettflecken in der Hose – statt eines Dankeschöns hatte es eine Ohrfeige der Mutter gesetzt.

„Was mache ich hier eigentlich? Was suche ich?“, fragte er sich in Gedanken. Hier fand er keine Antworten, hier konnte er sich nur die Fragen erneut stellen, die ihn die meiste Zeit seines Lebens beschäftigt hatten. Oswald setzte sich vor ihn und sah ihn fragend an. Er beugte sich hinunter, kraulte den Dackel unterm Kinn und ging dann zurück zum Auto. Er fuhr los, in Gedanken, und staunte nicht schlecht, als er, wie von Geisterhand manövriert, plötzlich vor dem Gebäude der früheren Gräfeschule parkte. Doch er stieg nicht aus. Was sollte er finden außer die neuerliche Last der Trauer? Er wendete, fuhr zurück zur Schönfelder Straße und schlug den Heimweg ein. Kurz dachte er daran, in der HNA-Redaktion anzurufen und verwarf den Gedanken. Besonders deshalb, weil Oswald, der auf dem Beifahrersitz hockte, einen Hund auf dem Bürgersteig gesehen hatte und entsetzlich laut zu bellen begann.

38

Am Ende des Tages standen sie, was den Selbstmord von Peter Willrich betraf, immer noch vor Rätseln. Die Frau, das hatten die Nachbarn ausgesagt, war schon vor zwei, drei Jahren verschwunden. Sie war zehn Jahre jünger als Willrich, hatte im Urlaub, bei dem Willrich dabei gewesen war, auf irgendeiner Insel einen Lebenskünstler getroffen, sich in ihn verliebt und war dann irgendwann getürmt. Welche Insel das war – ungeklärt. Die Durchsuchung des Hauses war noch nicht abgeschlossen, vielleicht gab es Reiseunterlagen, aus denen man Rückschlüsse ziehen konnte. Willrich war bis vor einem Jahr bei einer Wohnungsbaugesellschaft angestellt gewesen, man hatte ihm gekündigt, nachdem er einige Male nicht zur Arbeit erschienen war und auch Abmahnungen keine Besserung brachten.

Seitdem war er arbeitslos. Das Haus am Brasselsberg gehörte ihm und seiner Frau, es war weitgehend abbezahlt, nur in der Zeit der Arbeitslosigkeit hatte er weder Zins noch Tilgung geleistet. Es gab ein Sparbuch mit ein paar tausend Euro Rücklagen, hier hatte er in den vergangenen Monaten immer mal wieder Kleinbeträge abgehoben. Auch seine Frau hatte ein Konto, wie er bei der Kasseler Bank. Anke Dankelmann saß im Büro und blätterte in den Kontounterlagen. Am 10. Juni 2010 hatte Grit Willrich einen hohen Betrag abgehoben – das also könnte ein Hinweis sein, wann sie verschwunden war. Sie notierte das Datum. Und schaute auf die Uhr. Ihre aufkommende Müdigkeit war ein Signal, dass es dem Ende eines Arbeitsages zugehen sollte. Aber ihr Hirn wusste, anders als ihr Körper, dass da noch der Besuch in der Seniorenwohnanlage Lindenberg wartete.

39

„Feierabend!“, sagte sie laut, Bernd Stengel schreckte hoch. War der etwa über seiner Arbeit eingenickt gewesen? Ermattet vom Urlaub, dachte sie. Keine ungewöhnliche Sache, war ihr auch schon passiert: Aber da hatte sie auf Mallorca eine Woche durchgefeiert. Und so etwas konnte sie sich bei Bernd Stengel nun absolut nicht vorstellen.

Hunger hatte sie keinen, nur Durst. Es war mal wieder unerträglich schwül im Kasseler Becken, alles lechzte nach einem befreienden Gewitter – und das konnte tagelang so weitergehen. Am Platz der Deutschen Einheit holte sie an einer Tankstelle eine Flasche Mineralwasser. Und vergaß, wie jedes Mal, die leeren Flaschen, die sich auf ihrem Rücksitz sammelten, abzugeben. Sie trank das Wasser aus und warf die Plastikflasche über die Schulter nach hinten. Wie bei Willrich zuhause, dachte sie und ärgerte sich über ihre Unordnung und ihre Vergesslichkeit.

Sie wollte nicht zu früh ankommen, alte Leute hatten ihren festen Lebensrhythmus, vielleicht saß der alte Mann gerade beim Abendessen, da wollte sie nicht stören. Sie fuhr noch ein wenig durch die Gegend. Hier im Kasseler Osten war sie selten gewesen, kannte sich auch nicht so gut aus. Fuhr am Lindenberg die Straßen entlang, Ahornweg, Birkenweg, kam an eine Straße namens „Bunte

Berna" – was immer das auch bedeutete. Saubere kleine Häuschen überall, gepflegte Vorgärten, wahrscheinlich wurde in den meisten Gärten jetzt gegrillt, zufriedene Geselligkeit, und jetzt bekam sie doch Hunger. Sie fuhr weiter herum, auf der Suche nach einem Imbiss. Anke Dankelmann wurde fündig, „Grill 30" hieß der Laden gleich neben einem türkischen Supermarkt. Den allerdings erkannte sie wieder, hier hatte es vor Jahren mal einen Bombenanschlag gegeben, eine Serie von Anschlägen auf türkische Einrichtungen. Ein Obdachloser war bei dem nächtlichen Anschlag ums Leben gekommen – aber jetzt wollte sie schnell was essen und nicht an alte Fälle denken. Sie aß einfach eine Portion Pommes mit Ketchup, vor dem Imbiss saßen ein paar Männer, wahrscheinlich aus der Nachbarschaft, und tranken Bier aus Flaschen, heftigst diskutierend. Ein kaltes Pils hätte ihr jetzt auch gut getan – aber auf Flaschenbier hatte sie keine Lust. Sie putzte sich die Hände mit einer Papierserviette, spürte die Blicke der Männer in ihrem Rücken, als sie zum Auto ging. Sie stieg ein, bündelte ihre Haare zu einem Pferdeschwanz, fixierte das Ganze mit einem Haargummi und kontrollierte ihr Aussehen im Rückspiegel. Müde bist du, Frau Kommissarin, dachte sie und wollte den Besuch bei Volker Weisbrod schnell hinter sich bringen. Und dachte daran, dass sie im Präsidium gar nicht danach gefragt hatte, ob irgendjemand etwas über den Ex-Kollegen sagen konnte. Sie wusste also absolut nichts über ihn.

40

Volker Weisbrod erwartete sie im Empfangsbereich der Seniorenwohnanlage. Es erstaunte sie immer wieder, dass diese Altersheime alle denselben Geruch ausströmten. Sie fand kein passendes Wort dafür, es roch irgendwie nach Alter. Jedes Mal, wenn sie einen solchen Besuch machen musste, dann schwor sie sich, niemals im Alter in so einer Einrichtung auf das Ende warten zu müssen. Bestandteil des besonderen Geruchs zu sein. Aber konnte man das alles selbst bestimmen? Weisbrod ging am Stock, hatte sie wohl anhand des Bildes in der HNA von heute erkannt. Er lächelte und ging mit kleinen Schritten auf sie zu. Sein Gesicht war eingefallen, die Augen betrachteten sie aus tiefen Augenhöhlen, die Haut schien gelblich zu schimmern. „Weisbrod, Sie müssen Frau Dankelmann sein." Er streckte ihr eine dürre, knochige Hand entgegen. Er war gut gekleidet, trug eine frisch gebügelte weiße Hose, ein hellblaues Poloshirt, das um seinen abgemagerten Oberkörper schlabberte. Sie nickte, ergriff die Hand und hatte Angst zuzudrücken. Weisbrod bemerkte das und lächelte. „Unangenehm, wenn man einem Halbtoten begegnet, oder?“, sagte er, wartete die Antwort aber nicht ab und schlurfte vorweg. Anke Dankelmann schnürte es ein wenig die Kehle zu. Sie trottete hinterher, der Mann hatte in der Cafeteria wohl einen Tisch reserviert, zwei Gläser, eine Wasserflasche standen darauf. Weisbrod goss, ohne zu fragen, die Gläser halbvoll und setzte sich – mit einem erleichterten Stöhnen. „Bis vor einem halben Jahr war ich noch sehr gut zu Fuß, habe Wanderungen gemacht, das Schicksal hat es im Alter gnädig mit mir gemeint, andere sind da längst Pflegefälle. Ich war richtig fit. Doch jetzt die Krankheit, ach, lassen wir das. Auf Ihr Wohl, für meines ist es leider zu spät!“

Er trank einen Schluck und wischte sich mit einer Serviette den Mund ab. Anke Dankelmann hatte es mittlerweile vollends die Sprache verschlagen. Was Weisbrod nicht im Geringsten zu stören schien.

„Ich erzähle Ihnen einfach mal ein wenig. Ich war bis vor genau dreißig Jahren Polizeihauptkommissar im Präsidium, damals noch in dem alten Gebäude am Königstor. Ich hab im Wesentlichen Wirtschaftskriminalität gemacht und politische Sachen, da war in den siebziger und Anfang der achtziger Jahre ja wegen der RAF und so einiges zu tun. Als die Sache mit Peter passierte, war ich gerade zur Fortbildung in Wiesbaden. Habe das also tatsächlich erst mit ein paar Tagen Verspätung mitbekommen, als ich mal ein Wochenende in Kassel war. Und wie das dann so ist: man fragt immer mal bei den Kollegen nach, was sich so ergeben hat. Mein Kontakt zu Peter war eigentlich keiner. Meine Cousine, Peters Mutter Erika, und ich, wir sind beide in Neustrelitz geboren. Als Kinder hatten wir ganz guten Kontakt, aber als Erika dann ihren ersten Mann geheiratet hat, da ebbte das komplett ab. Auch durch den Krieg – ich kam 1943 schon in amerikanische Gefangenschaft. Glück gehabt. Aber vor allem, weil ich mit ihrem ersten Mann Hinrich nicht so gut klarkam schlief der Kontakt ein. Das war ein komischer Typ, eigenbrötlerisch, aufbrausend, manchmal aggressiv. Frau Dankelmann“, er nahm erneut das Wasserglas zur Hand, „wenn ich Ihnen zu unsortiert erzähle, dann unterbrechen Sie mich einfach."

Er trank einen Schluck.

„Neinnein, ich höre Ihnen gern zu", Anke Dankelmann machte eine beschwichtigende Handbewegung. „Erika Fischer war schon mal verheiratet? Das wusste ich gar nicht. Ich muss aber auch gestehen, dass ich die Akten nicht so intensiv studiert habe, ist ja eigentlich auch keine Ermittlung im eigentlichen Sinn. Mehr so eine PR-Aktion."

Auch Anke Dankelmann trank einen Schluck.

„PR-Aktion? Na, ihr habt Nerven. Also. Erika ist eine geborene Manns. Meine Mutter und ihre Mutter waren Schwestern. Sie hat dann, ich meine, es war 1941 oder 1942, diesen Hinrich kennengelernt. Der war bei der Wehrmacht und hatte eine Freundin in Neustrelitz. Bei einem Heimaturlaub lernte er dann Erika kennen, die war da gerade 18 oder so, und hat seiner Freundin den Laufpass gegeben. Die beiden haben dann, wie das im Krieg so oft passiert ist, ziemlich schnell geheiratet. Ich meine, das war Ende '42, Anfang '43. Hinrich musste dann zurück nach Russland, Erika hat, das muss man sich vorstellen, nie wieder etwas von ihm gehört. Er galt als vermisst. Mitte 1943 hat sie dann ihren ersten Sohn bekommen, Klaus. Der arme Junge hat seinen Vater nie gesehen. Auch so ein Schicksal, wie es in den Jahren tausenden passiert ist." Wieder trank er einen kleinen Schluck Wasser.

„Wie hieß denn Peters Mutter nach der Hochzeit, wie hieß der Mann? Und was heißt: Hinrich galt als vermisst?" Anke Dankelmann machte sich jede Menge Notizen.

„Ach so, ja, entschuldigen Sie. Erika hieß Neumaier. Hinrich Neumaier hieß der Bursche und Klaus hieß dann logischerweise auch so. Jahre nach dem Krieg, sie waren vor den Russen Richtung Westen geflohen, fand sie mit dem Kleinen bei einem Bauern in Elgershausen Unterschlupf. Sie hat dort auch als Haushaltshilfe bei einem Großbauern gearbeitet und hat dann einen aus dem Dorf kennengelernt. Die hatten ganz sicher was miteinander, warum auch nicht, sie war ja immer noch eine junge Frau. Wollte ihn aber nicht heiraten. Weil sie ja noch verheiratet war und pflichtbewusst darauf wartete, dass der Vater von Klaus wieder auftauchen könnte. Wir hatten in den Jahren überhaupt keinen Kontakt. Niemand wusste, wo sie abgeblieben war. Ihre Mutter, meine Oma also, war zwischenzeitlich gestorben, meine Mutter, die einzige Schwester, war auch früh gestorben. Ihr Vater, mein Opa also, ach, was erkläre ich das andauernd ... Opa war schon gestorben, als sie noch ein Kind war. Ich sage Ihnen, die Frau hat was mitgemacht. Ich weiß das alles auch nur aus Erzählungen von ihr, unsere Wege haben sich erst 1963 wieder gekreuzt, aber das erzähle ich Ihnen später."

„War denn dieser Mann aus dem Dorf schon Heinz-Josef Fischer?"

Weisbrod nickte. „Der hatte einen kleinen Hof, den er aber nicht mehr bewirtschaften wollte, weil er meinte, er könne bei Henschel in Kassel leichter und mehr Geld verdienen. Nachdem sie dann doch geheiratet hatten ..."

„Hat sie sich denn scheiden lassen, oder wie ist das gelaufen?"

Anke Dankelmann faszinierte diese Nachkriegsgeschichte – Weisbrod hatte sicher recht, davon gab es tausende in ähnlicher Form.

„Neinnein, als die letzten Heimkehrertransporte Mitte der fünfziger Jahre in Deutschland ankamen und sie nichts Neues über Hinrich erfuhr, da wurde er für tot erklärt, und sie hat dann HeJo, das war sein Spitzname, geheiratet. Und 1956 kam dann Peter auf die Welt. Als der geboren worden war, hat er auch Klaus adoptiert. Sie haben den Hof verkauft und sind nach Kassel gezogen. Und dann kamen die Ereignisse, die sie kennen. Sagen Sie mal, ich habe zu Erika nach dem Verschwinden Peters keinerlei Kontakt mehr gehabt. Sie sind dann ja weggezogen, nach Pirmasens. Ich habe ihr noch ein paar Mal geschrieben, ein, zweimal hat sie geantwortet, danach war Funkstille. Lebt sie denn noch?"

„Nein, sie ist vor ein paar Jahren gestorben."

„Woran denn?"

„Sie hatte Krebs."

„Familienschicksal, oder?", sagte Weisbrod und kippte den Rest Wasser in einem Zug hinunter.

41

Als Anke Dankelmann kurze Zeit später den sichtlich vom Erzählen erschöpften Weisbrod verließ, schwirrten die Gedanken nur so durch ihren Kopf. Es regnete in Strömen, aber der Regen brachte keine Abkühlung, die Luft war schwül und lastete auf der Stadt. Sie fuhr nachhause und hatte zumindest einen Plan für den nächsten

Tag: Sie würde beim in Kassel ansässigen Volksbund Deutsche Kriegsgräberfürsorge anrufen und nachforschen, was aus Hinrich Neumaier geworden war. Vielleicht gab es nach all diesen Jahrzehnten Erkenntnisse, wo er abgeblieben war. Ob das irgendetwas zur Klärung des Falles beitragen konnte – sie hatte keine Ahnung. Aber zumindest war es besser, als auf Hinweise der Zeitungsleser zu warten, auf den Zufall eben.

Am nächsten Morgen war es immer noch schwül, aber nicht mehr so heiß wie die vergangenen Tage. Sie rief noch von zuhause Christiane Matussek an, berichtete ihr von den Erzählungen des alten Kommissars.

„Wir haben uns für heute Abend noch einmal verabredet, dann will er noch mehr erzählen. Mehr als eine halbe Stunde kann er sich nicht mehr konzentrieren, er ist einfach zu krank."

„Okay, heute komme ich dann mal mit. Holger geht zum Sport, da gibt es dann keine Konflikte." Sie verabredeten sich für den Abend vor dem Seniorenwohnheim, das Matussek von einigen beruflichen Terminen her kannte.

42

Sie war spät dran, als sie ins Büro kam. Bernd Stengel telefonierte, er versuchte, den Aufenthaltsort von Grit Willrich herauszufinden. Es gab keine näheren Verwandten, bei der Firma, für die der Tote gearbeitet hatte, gab man ihm den Tipp, es mal bei seinem Hausarzt zu versuchen – Dr. Karl Schnabel, die beiden seien auch so etwas wie befreundet gewesen. Und genau den hatte Stengel jetzt am Telefon.

„Okay, ich komme um 13 Uhr bei Ihnen vorbei, wenn Ihnen das passt."

Der Arzt schien den Termin zu bestätigen, Stengel sagte „Bis nachher!" und legte den Hörer aufs Telefon zurück. Allerdings nicht, ohne vorher das Kabel glattzuziehen – das machte er ständig, und diese Angewohnheit ging Anke Dankelmann mittelschwer auf die Nerven.

„Das war Dr. Schnabel, Hausarzt und Freund von Willrich. Er sagt, er habe eine Ahnung, wo die Frau sein könnte. Ich fahre nachher hin."

„Zu der Frau?"

„Quatsch, Anke, lass deine Späße am frühen Morgen. Zum Doc. Der hat seine Praxis in der Innenstadt, ist Internist und gleichzeitig auch als Psychologe unterwegs. Schaun mer mal, vielleicht löst sich das alles heute schon auf. Dann haben wir Luft für die nächsten, die sich aus der Welt schaffen möchten."

Anke Dankelmann nickte. Suizide – das war ein Hauptschwerpunkt der Arbeit in Nordhessen geworden. Durchschnittlich brachten sich in der Region am Tag zwei Menschen um – jedes Jahr töteten sich 700 bis 800 Menschen auf die unterschiedlichste Art und Weise, unfassbar diese Zahl. Jedes Jahr verschwand also ein ganzes Dorf von der Landkarte.

„Schön wär's", sagte die Kommissarin. „Wissen wir denn, woher die Waffe stammt?"

„Ne, keine Ahnung. Aber so schwer ist das ja auch nicht, wenn man mal einen Kontakt hat."

„Ist die Waffe denn bekannt? Wurde damit schon mal irgendwo geschossen?"

„Bisher nichts bekannt, also in unseren Speicherdaten kommt da nix vor."

„Wenn der Liebeskummer hatte wegen seiner Frau – warum erschießt er dann nicht die Frau – sondern sich?"

„Hast du jemals erlebt, dass ein Mensch, der Selbstmord verübt, logisch tickt?", fragte Stengel.

„Naja, wenn man sich vor den Zug wirft, dann schaut man vorher in den Fahrplan und zieht da die richtigen Schlüsse draus. Sonst wird das nix ..."

„Ach, Anke, das ist jetzt aber irgendwie sehr makaber. Such du mal deinen Jungen weiter, ich kümmere mich mal um die Willrich-Nummer hier." Als Stengel kurz auf Toilette ging, linste sie mal in die Unterlagen zu dem Fall. Willrich war 1956 in Kassel geboren worden, das war bekannt, und in Gudensberg im Jahr 1963 eingeschult worden. Die Schule, auf die auch Peter Fischer gegangen war. Das wiederum war neu und überraschte sie. Anke Dankelmann spürte dieses Kribbeln im Bauch, das sie immer hatte, wenn ihr Instinkt ihr sagte, dass in diesem Puzzle plötzlich zwei Teile zusammenpassen könnten. Sie musste herausfinden, ob die Jungen in dieselbe Klasse gegangen waren. Auf Stengels Schreibtisch lag ein altes

Fotoalbum, das hatten sie gestern aus dem gut aufgeräumten Arbeitszimmer mitgenommen. Ein Einschulungsfoto war dabei, „Peter Einschulung" hatte jemand in Erwachsenen-Handschrift druntergeschrieben. Sie steckte das Foto ein, sie wollte es abends ihrem alten Ex-Kollegen im Seniorenheim zeigen. Beide Jungs hießen Peter, hatten am selben Tag Geburtstag und gingen auf dieselbe Schule – ziemlich viele Zufälle, meinte sie, und ihr Bauch signalisierte erneut, dass es zuviele Zufälle waren.

43

In der Mittagspause ging sie die paar Schritte zum Volksbund. Der hatte seine Büros in der Werner-Hilpert-Straße in direkter Nachbarschaft zum Polizeipräsidium. Sie hatte am Vormittag mit einem Mitarbeiter telefoniert, der wollte nach Hinrich Neumaier forschen und die Ergebnisse präsentieren – aber nicht am Telefon. Dirk Dubs hieß der Mann – und sah auch so aus, dachte die Kommissarin, als sie ihn dann in seinem Büro das erste Mal sah. Klein, rundlich, gewellte dunkelblonde Haare, trug ein Polohemd mit Pullunder drüber – ein einziger modischer Schandfleck –, aber er musste ja auch nichts fürs Publikum verkaufen, dachte sie sich. Er gab ihr ein paar Computerausdrucke.

„Darf ich die hier studieren? Wenn ich Fragen habe, dann kann ich die gleich loswerden, das ist sicher praktischer." Dubs nickte. „Klar. Ich hole mir nur kurz was zu trinken aus dem Automaten. Wollen Sie auch was?"

„Ein Weizenbier!", sagte Anke Dankelmann und erfreute sich am fassungslosen Gesichtsausdruck des Mannes.

„Kleiner Scherz meinerseits", Anke Dankelmann lachte, „ein Wasser wäre nicht schlecht."

Dubs nickte, seine Gesichtszüge entspannten sich, und dann entschwand er durch die Bürotür auf den Flur.

44

Hinrich Neumaier, so stand es auf dem Ausdruck, war am 4. Februar 1919 in Dessau geboren worden. Er diente seit 1938 in der Wehrmacht, zuletzt als Hauptfeldwebel der Infanterie. Seine Spur verlor sich, so die Unterlagen, am 17. Februar 1944 bei Rückzugsgefechten am Gniloi Tikitsch, einem Fluss in Russland.

„Noch nie gehört“, sagte Anke Dankelmann, „Gniloi Tikitsch?“

Und bemerkte dann, dass ihr niemand zuhörte. Sie nahm ihr Smartphone und googelte. Was sie bei Wikipedia zu lesen bekam, war wenig hilfreich.

„Hnylyj Tikytsch ist der linke Quellfluss des Tikytsch, dem rechten Quellfluss der Synjucha, in den Oblasten Kiew und Tscherkassy der Ukraine.“

Nun weißt du Bescheid, sagte sie sich und beschloss, mal eine Landkarte zu studieren. Immerhin. In der Ukraine war das. Obwohl sie nicht präzise wusste, wo genau die Ukraine lag. Irgendwo im Südosten von Deutschland, irgendwo rund um Tschernobyl. Und an Tschernobyl, besser gesagt: die Reaktorkatastrophe, da hatte sie Erinnerungen. Sie war dreizehn Jahre alt gewesen, etwa. Wenige Tage nach Bekanntwerden des Zwischenfalls gab es Bundesjugendspiele in der Schule, sie waren in Fritzlar auf dem Sportplatz, dieser von ihr so geliebten Stadt im Schwalm-Eder-Kreis in Nordhessen mit dem so bescheidenen und doch so beeindruckenden Dom, als es plötzlich anfing zu regnen. Sie hatten natürlich von der Nuklearwolke gehört, die nach Westen zog. Hatten im Unterricht darüber gesprochen. Und nun regnete es. Die Lehrer waren hysterisch: „Ab in die Umkleidekabinen!“, hieß es immer wieder. Dort warteten sie dann. Trauten sich erst raus, als der Regen nicht nur aufgehört hatte, sondern erst, nachdem alles abgetrocknet war. Sie selbst war nachhause gegangen, hatte geduscht – in der vagen Hoffnung, die Radioaktivität abspülen zu können. Sofern sie welche abbekommen hatte. Das hatte sie wohl nicht. Sie war erst kürzlich beim jährlichen Check beim Hausarzt gewesen, alles okay, vor allem die Leberwerte. Die Radioaktivität von damals, so es sie denn überhaupt gegeben hatte, war an ihr abgeperlt, weggeduscht.

45

Dubs kam zurück. Sie hätte eine Wette abschließen können, welches Getränke er sich holen würde – sie hätte gewonnen: Er trank einen Kakao. Im Sommer. Tagsüber. Vielleicht erklärte das auch sein sichtbares Übergewicht.

„Was sagen Sie dazu?", fragte er sie. Klar, dachte sie sich, er hatte das vor ihr gelesen.

„Ich kenne diesen Fluss nicht. Nie gehört."

„Ich habe davon gehört", sagte er. „Echt ein Zufall. Mein Großvater hat davon erzählt. Er war Soldat. Leider in der SS. Aber was wissen wir heute schon, warum und wie die damals in die SS gekommen sind. In den dreißiger Jahren, okay, das waren die 150-prozentigen Nazis, aber dann im Krieg. Mein Opa war ein wunderbarer Mann, ich kann mir nicht vorstellen, dass der in SS-Uniform zum Monster geworden ist. Aber ich schweife ab, entschuldigen Sie. Zurück zum Gniloi Tikitsch. Das muss ein furchtbares Rückzugsgefecht gewesen sein. Es gab wohl kaum Brücken oder Pontonbrücken. Hatten die das damals überhaupt? Wahrscheinlich meine ich provisorische Brücken. Er ist, so hat er es immer wieder erzählt, so eindringlich, dass es wohl stimmen muss, in diesem Winter in der Ukraine auf einem toten Pferd mit der Strömung über den Fluss. Oder halbwegs, keine Ahnung, ist ja auch egal."

Dubs redete mit hoher Geschwindigkeit, Anke Dankelmann hatte keine Ahnung, warum der Mann so aufgeregt war.

„Also, Opa war auch da. Er ist leider tot. Vielleicht sind die sich ja begegnet. Obwohl: Infanterie und SS? Aber da ging wohl viel durcheinander. Sagte mein Großvater. Unendlich viele Tote. Erschossen von den Russen, zerfetzt vom Artilleriebeschuss – und so viele müssen ersoffen sein in diesem Fluss mit dem komischen Namen. Opa hat erzählt, dass manche einfach ertrunken sind, weil sie Kameraden, die nicht schwimmen konnten, helfen wollten. Die haben das einfach nicht gepackt. Wurden von den in Todesangst durchdrehenden Kameraden mit in die Tiefe gezogen. Zupp. Ersoffen in Russland. Ohne jeden Sinn und Verstand. Ich bin so froh, dass ich das nicht erleben musste. Denken Sie mal. Da hockt man da, hinkommandiert, wird erbarmungslos befeuert, steht einer Übermacht gegenüber, es ist eiskalt, kälter, als man es je erlebt hat, die Klamotten sind zu dünn. Und wenn Sie dann bei diesen Minustemperaturen durch einen eisigen, reißenden Fluss durch sind, frieren ihnen am anderen Ufer die Kleidungsstücke am Leib fest. Hat mein Opa erzählt. Die Russen hatten die Wehrmachtsverbände wohl eingekesselt, der Ausbruchsversuch, bei dem er dabei war, ist sogar gelungen, aber mehr als die Hälfte ist umgekommen, in Gefangenschaft geraten, ist vermisst. Kein Wunder, all die, die in dem Fluss ertrunken sind, für die gab es kein Grab in Russland. Und von denen, die die eigenen Linien erreicht haben, war wieder die Hälfte verletzt, die durften wenigstens zurück nach Deutschland. Mein Opa ist dann zum Glück am Kriegsende in amerikanische Gefangenschaft geraten. Er hat diese Kriegsgeschichten immer wieder erzählt, vor allem die mit dem toten Pferd und wie sehr er gefroren hat. Die haben dann Holzhütten angezündet, um sich zu wärmen. Die Bewohner konnten dann im Freien schlafen und hatten kein Hab und Gut mehr – was waren das Zeiten voller Hass und Gewalt, man fasst es heute nicht. Geht es Ihnen nicht auch so?"

Anke Dankelmann nickte. Sie sah sich häufig Dokumentationen über diese Zeit an. Konnte praktisch nicht genug davon bekommen – und verstand mit jeder Sendung mehr trotzdem nicht, wie das alles so hatte passieren können.

46

Sie schaute noch einmal auf den Ausdruck.

„Dieser Hinrich Neumaier kann also im Fluss ertrunken und verschwunden sein. Oder ist er in Gefangenschaft geraten und dann umgekommen?"

„Beides ist möglich. Es gibt ja auch nicht von jedem Kriegsgefangenen einen Aktenvermerk, da sind sicher Unterlagen verlorengegangen. Und wenn dann jemand in Sibirien oder woanders gestorben ist und es gibt keine Aufzeichnungen mehr – naja, dann ist das so ein für immer ungeklärtes Schicksal. Grauenhaft für die Angehörigen. Warum interessiert sich denn die Polizei für gerade diesen Fall?"

„Schwer zu erklären. Wir versuchen ja mit Hilfe der Zeitung, diesen Fall des verschwundenen Jungen noch einmal aufzurollen, Peter Fischer, vielleicht haben Sie ja die Geschichte gelesen."

Dubs nickte. „Fand ich sehr berührend. Und was hat Hinrich Neumaier damit zu tun?"

„Das wollte ich gerade erklären. Eigentlich nichts. Er war der erste Mann von Peter Fischers Mutter. Ich wollte mir nur mal ein Bild von den Personen in der Familie verschaffen. Darf ich den Ausdruck mitnehmen?"

Dubs nickte und trank einen Schluck Kakao.

„Wenn Sie noch was brauchen – jederzeit und gern!"

Anke Dankelmann bedankte sich und ging zurück ins Präsidium. Wie hieß der Fluss noch einmal? Dukru Tullitsch? Sie sah auf den Ausdruck des Volksbundes. Gniloi Tikitsch. Das würde sie sich im Leben nicht merken können. Klang irgendwie wie ein Bösewicht aus einem Science-Fiction-Film. Sie steckte das Blatt ein und machte einen Umweg in die City, wo sie sich bei Baguettski ein Thunfisch-Baguette holte und mit großem Hunger auf dem Rückweg verspeiste.

47

„Bingo!", rief ihr Bernd Stengel aus dem Büro entgegen. Die Tür stand auf und er sah sie von weitem auf dem Flur.

„Was, Bingo?"

„Wir wissen jetzt, wo Grit Willrich sich aufhält."

„Wo denn? Könntest du mir einfach mal alle Fakten in einem Vortrag rüberbringen, sodass ich nicht ständig fragen muss?"

Sie hasste diese Angewohnheit von Stengel, der bei besonderen Ermittlungserfolgen gern alles portionsweise servierte und sich so ein wenig mehr im Glanz der guten Tat sonnen wollte.

„Okay, okay. Also: Dr. Schnabel wusste präzise, wohin die gute Grit Willrich abgehauen ist. Er sagt, sie habe tatsächlich eine Liaison mit so einem Lebenskünstler gehabt, ging dann tatsächlich im Juni 2010 zu diesem Burschen, dessen Namen er aber nicht mehr weiß. Das scheint auch unerheblich zu sein, es war irgendwo auf Sardinien. Das hielt aber nicht lange. Sie hat sich dann an Schnabel gewandt, als ihr das Geld ausging, ob er möglicherweise zwischen ihr und dem Gatten vermitteln könne. Er hat sie dann auf Sardinien besucht, da hat sie ihn dann nach ein paar Flaschen Rotwein verführt, das hat den Mann so verzaubert, dass sie seitdem mit ihm zusammen ist und in seinem Ferienhaus auf Mallorca wohnt – am Wochenende fliegt er meist hin."

„Moment mal, dann ist das also der Klassiker: Ehefrau brennt mit dem Freund des Ehemannes durch."

„So isses", sagte Stengel, „Schnabel sagt, er ist sich eigentlich sicher, dass Willrich von der Beziehung nichts gewusst hat. Aber: nix

Genaues weiß man nicht. Ach so, die Pistole. Schnabel sagt, die habe Willrich mal bei einer Haushaltsauflösung bei dieser Wohnungsbaugesellschaft gefunden, das habe er ihm damals völlig aufgeregt erzählt. Die Wohnung wurde zwangsgeräumt und dann musste die renoviert werden. Willrich musste sich drum kümmern, die Möbel kamen raus, und da muss der Mieter das Ding irgenwo versteckt haben und hatte bei der plötzlichen Zwangsräumung keine Zeit mehr, die Pistole mitzunehmen. Die Mieter wurden dann abgeschoben und hatten dadurch auch keine Chance mehr, sich nach dem Schicksal ihrer nicht registrierten Waffe zu erkundigen. Munition war wohl damals dabei. Schnabel sagt, er habe damals im Spaß gesagt, Willrich solle das Ding behalten und verstecken – und das hat Willrich wohl genau so gemacht."

„Hast du schon mit Grit Willrich gesprochen?"

„Japp. Schnabel hatte natürlich 'ne Handynummer. Sie war ein wenig verstört – aber nur, weil sie ihrem Mann den Mut gar nicht zugetraut hat, sich umzubringen. Und: man ist not amused, jetzt die Müllhalde am Brasselsberg auflösen zu müssen. Aber sie kommt nach Deutschland, morgen oder übermorgen."

„Könnte also sein, dass Willrich das rausbekommen hat und dann – sag mal, wie eng waren die denn befreundet?"

„Schnabel sagt, der gute Willrich habe keine Freunde gehabt. Ein eigenbrötlerischer, grantelnder Unsympath, der nie lachte. Aber er als sein Arzt war wohl eine Vertrauensperson." Stengel grinste.

„Naja, wenn das so ist, dann schießt man doch eher den anderen als sich selbst über den Haufen."

„Ach, Anke, wer weiß, was bei dem alles zusammenkommt. Schnabel wusste von diesem Messiehaus gar nichts. Er sagt, dass Willrich ihn nie wegen irgendwelcher psychischen Probleme konsultiert habe. Er war auch bei Fragen nach Privatem und nach Beruflichem immer absolut verschlossen. Schnabel sagt, er wundere sich, dass Grit Willrich diesen Burschen geheiratet habe. So richtig erklären konnte sie es ihm bisher auch nicht. Vielleicht war sie bei der Trauung betrunken, hat er gesagt."

Anke Dankelmann schüttelte den Kopf und war sich sicher, dass sie diesem Mediziner nicht begegnen wollte. Sie zog den Ausdruck des Volksbundes raus und fragte Stengel:

„Weißt du, was Gniloi Tikitsch ist?"

„Ein Fluss in Russland oder der Ukraine, warum?"

„In der Ukraine. Stimmt. Woher weißt du denn sowas? Weil du am Wochenende im Garten die Kreuzworträtsel-Lexika auswendig lernst?"

„Nein, weil ich historisch interessiert bin und gelegentlich im Internet Kriegstagebücher lese. Und über diesen Fluss gibt es jede Menge schlimmer Geschichten. Und warum fragst du das?"

Sie reichte ihm wortlos den Ausdruck.

„Und bringt uns das jetzt weiter?"

Die Kommissarin schüttelte den Kopf. „Immerhin weiß ich aber jetzt, dass es da diesen Fluss, diesen Hullu Dullu oder so gibt."

„Gniloi Tikitsch", verbesserte Stengel seine Kollegin.

„Danke!", sagte die und griff zum Telefonhörer, um Christiane Matussek anzurufen.

Die war in der Redaktion und gut gelaunt.

„Ich werde mir wohl jetzt mal die Mühe machen und schauen, welche Klassenkameraden von Peter Fischer ich ausfindig machen kann. Das wird 'ne mühselige Arbeit, kannst du mir da mit den Daten helfen?

„Ja klar", sagte Anke Dankelmann, die plötzlich eine Idee hatte. „Aber sag mal, Christiane, da gibt es doch auch diesen Bruder, Klaus hieß der doch, vielleicht sollte man den erst einmal ausfindig machen und kontaktieren. Warum sind wir denn nicht gleich drauf gekommen?"

„Stimmt. Also ich war, glaube ich, zu sehr fixiert auf Reaktionen aus der Leserschaft. Da ist mittlerweile auch was eingegangen, zwei von den Klassenkameraden haben sich gemeldet, mit denen fange ich heute auch noch an. Wohnen beide noch in Kassel."

„Okay, ich kümmere mich um die Fischer-Daten, und wir sehen uns dann heute Abend bei Volker Weisbrod. Bis später."

48

Klaus Fischer ging mit Oswald im Eichwald spazieren. Anfangs war er immer dieselbe Strecke gelaufen, mittlerweile marschierte er da lang, wohin ihn seine momentane Laune trieb. Er hatte ein Mittagsschläfchen gemacht – und nun war es Zeit für Oswald. Vor ihm auf dem Weg hatte ein Mountainbiker offensichtlich eine Panne.

Das Fahrrad hatte er auf den Kopf gestellt, es stand auf Sattel und Lenker neben dem Waldweg, das Vorderrad hatte er aus dem Rahmen genommen und mühte sich, den Reifen von der Felge zu bekommen. Oswald näherte sich mit leisem Knurren der Stelle, der Radfahrer schaute missmutig auf den Dackel.

„Oswald, komm!“, rief Klaus Fischer, doch der Dackel war eben ein Dackel und kümmerte sich nicht um das Kommando. Der Radfahrer stellte das Vorderrad ab und streckte dem Hund seine Hand entgegen.

„Wer bist du denn?“, fragte er, und Oswald kam misstrauisch näher. Schnupperte an der Hand und leckte an den Fingern. Das Salz vom Schweiß schien lecker zu sein. Mittlerweile war Klaus Fischer ebenfalls am Pannenort angekommen.

„Tut mir Leid, aber so richtig hören tut er nicht“, meinte er entschuldigend.

Der Radfahrer lächelte. „Das machen doch die wenigsten Hunde, oder? Ist halt nur blöd, wenn die einen beim Fahren dann anbellen oder hinterherkommen. Aber der ist ja total niedlich. Und er heißt Oswald? Wie kommen Sie denn auf den Namen?“

Klaus Fischer zuckte mit den Schultern. „Da musste ein anderer her. Vom Züchter her hieß er Onno vom Ockenberg. So kann man ja einen Hund nicht nennen. Irgendwas mit O sollte es schon sein und da fiel mir nix Besseres ein.“

„Na, Oswald, schmeckt die Hand?“, sagte der Radfahrer.

Der Hund wedelte leicht mit dem Schwanz und ließ von der Hand ab, schnupperte am Rad herum und machte Anstalten, am Sattel sein Bein zu heben.

„Oswald, nein!“, rief Klaus Fischer und zu seinem eigenen Erstaunen gehorchte der Hund.

„Kann ich Ihnen helfen?“

„Ne, geht schon. Hab alles Werkzeug dabei und einen Ersatzschlauch auch. In fünf Minuten bin ich durch.“

„Na dann, gute Fahrt“, sagte Klaus Fischer und ging weiter.

Der Radfahrer machte sich wieder ans Werk. In Gedanken war er noch bei diesem Spaziergänger mit seinem Hund. Die Stimme, sie kam ihm irgendwie bekannt vor, hatte er das Gesicht auch schon einmal gesehen? Er grübelte und fand keinen Ansatz. Er baute das reparierte und aufgepumpte Vorderrad wieder ein, fixierte den Schnellverschluss, hakte die Bremse ein, drehte das Rad wieder um und säuberte den Sattel. Karl Dietrich setzte sich auf das Rad, klickte die Schuhe in die Pedalen ein und fuhr in die andere Richtung davon. Klaus Fischer ging seinen einsamen Weg weiter. Als die Häuser der Siedlung in Sicht kamen, nahm er Oswald an die Leine bis nachhause. Immer noch lag die Zeitung mit den Artikeln, die sich mit dem Verschwinden seines Bruders beschäftigten, auf dem Wohnzimmertisch, daneben das Telefon. Er nahm die Zeitung zur Hand, schaute gedankenverloren auf das Foto und versuchte wieder einmal, die Zeit zu rekonstruieren. Es machte ja wenig Sinn, sich bei der Polizei zu melden, wenn man nichts mitzuteilen hatte.

49

An dem Sonntag, dem Tag, bevor Peter Fischer verschwand, hatten sie in der Leibnizstraße wie üblich am Nachmittag, als es dunkel wurde, im Wohnzimmer gesessen und Kuchen gegessen. Die Erwachsenen gönnten sich Bohnenkaffee, den Peter in der Mühle selbst mahlen durfte. Meistens klaute er sich die eine oder andere Bohne und aß sie – was die Mutter natürlich herausbekam, denn er roch aus dem Mund wie eine ganze Kaffeerösterei. Sie ließ es aber durchgehen. Peter bekam Muckefuck, Klaus, der immerhin dreizehn Jahre älter war, durfte schon richtigen Kaffee trinken.

Klaus Fischer erinnerte sich noch ziemlich genau an den Tag, denn er wollte sich abends eigentlich noch auf einen Spaziergang mit einem Mädchen aus der Nachbarschaft treffen. Jutta Jung, siebzehn Jahre alt, blond und ein stilles Wesen. Er schaute zwischendurch immer wieder auf die Uhr. Und dann ging er in das Zimmer, in dem er gemeinsam mit Peter schlief und wollte sich etwas Schikkeres anziehen. Und dann knirschte es unter seinen Schuhen – und er sah die Bescherung: Er hatte das Lieblings-Wiking-Auto seines Bruders zermalmt. Ein VW-Bus, noch ohne Plastikscheiben, ein Polizeiauto, grün-weiß, mit einem kleinen Blaulicht auf dem Dach. Peter liebte dieses Auto, er wollte selbst später mal Polizist werden, und er spielte oft genug allein in dem Zimmer mit seinen Autos. Und fuhr Streife mit dem Bus.

Klaus Fischer erinnerte sich, wie Peter bitterlich weinte, als er die Bescherung mitbekam. Die Eltern hatten Peter auch noch geschimpft. Warum er auch nicht Ordnung halten könne, da sei er dann selbst Schuld, das so etwas passierte. Klaus Fischer war ganz anderer Ansicht.

Als die Eltern endlich Ruhe gaben, hatte er seinen Bruder in den Arm genommen, getröstet und ihm versprochen, am Montag nach Ersatz Ausschau zu halten – aber würde man so ein altes Exemplar bekommen? Nach der Schule am nächsten Tag klapperte er die Spielzeuggeschäfte ab. In der Schönfelder Straße gab es eines, auf dem seine letzten Hoffnungen ruhten. Ein dunkles Loch, gegenüber der Fleischerei Jacob, der Inhaber war ein faltiger alter Kauz, der sich mit mürrischem Gesichtsausdruck Klaus Fischers Beschreibung des Wiking-Autos anhörte. Er schlurfte in ein Hinterzimmer und kam tatsächlich mit einem Exemplar des zerstörten Modells zurück. Vier Mark sollte das Auto kosten – Klaus Fischers Taschengeld für den Monat war damit fast aufgebraucht. Jutta Jung hatte er am Sonntag fürs nächste Wochenende auf eine Cola eingeladen – das Geld würde dafür nicht mehr reichen.

Er ging durch das verschneite Kassel nachhause, in der Manteltasche den VW-Bus aus Plastik. Peter Fischer aber sah das Auto nie. Denn an diesem Tag kam er nicht nachhause. Und blieb für immer weg.

Klaus Fischer hatte die Wiking-Sammlung seines Bruders immer aufgehoben. Doch als er aus Pirmasens fortgezogen war, da hatte er die Autos für zweihundert Euro an einen Sammler verkauft. Nur den Polizeibus hatte er behalten. Er stand auf dem Schrank neben Familienfotos. Klaus Fischer stand auf und nahm das kleine Auto in die Hand. Es schnürte ihm mal wieder das Herz zusammen. Er merkte, wie ihm die Tränen in die Augen stiegen. Eigentlich hatte er den Kontakt zur Polizei nach dem Artikel vermeiden wollen, weil er Angst hatte, das alles in seinem Innern wieder aufgewühlt würde. Doch das war ja längst passiert.

Er stellte das Polizeiauto auf die Zeitung neben das Bild von seinem Bruder und griff zum Telefon.

50

Als die Telefonzentrale bei Anke Dankelmann anrief, war die Kommissarin noch mit der Schreibarbeit zum Willrich-Selbstmord beschäftigt.

„Da ist ein Mann am Telefon, er heißt Fischer und will dich sprechen."

„Her mit dem Mann!", rief Anke Dankelmann, offensichtlich so laut, dass Bernd Stengel am anderen Schreibtisch zusammenzuckte.

„Dankelmann, K 11!", sagte sie, als die Verbindung stand.

„Mein Name ist Klaus Fischer, guten Tag, Frau Dankelmann. Vielleicht können Sie sich denken, warum ich anrufe?"

„Wenn Sie der Bruder von Peter Fischer sind und den Artikel in der HNA gelesen habe – dann kann ich mir das allerdings ziemlich gut vorstellen."

„Nun", Klaus Fischer machte ein kurze Pause, „wie soll ich sagen? Das fällt mir natürlich nicht leicht, das ist so lange her und ist doch gleichzeitig so präsent und quälend. Wie kann ich Ihnen denn helfen?"

„Am besten wäre es, wir träfen uns, zusammen mit Frau Matussek, der Reporterin, und wir lassen Sie einfach erzählen. Wenn Sie das wollen und es Ihnen nicht zu schwer fällt."

„Schwer fällt mir das natürlich, aber wir machen das einfach mal. Morgen früh?"

„Äh, Herr Fischer, wo wohnen Sie denn?"

„Na hier, in Kassel. Ich dachte, das hätten Sie längst ermittelt. Hab mich schon gewundert, dass sich niemand bei mir meldet."

„Und wo da? Und würden Sie mir auch Ihre Telefonnummer geben? Im Augenblick segeln Sie ja mit unterdrückter Nummer durch die Telefonwelt, wie mir mein Display zeigt."

„Ja klar, mache ich. Ich wohne im Umbachsweg 52 im Eichwald, die Nummer ist 527028."

Sie vereinbarten ein Treffen am nächsten Morgen um 9 Uhr. Als sie aufgelegt hatte und ein „Na also, geht doch!" ins Büro posaunt hatte, schaute Bernd Stengel kritisch herüber.

„Ich weiß nicht, was das bringt, Anke. Da investieren wir so viel Zeit in einen Fall, den wir nie auflösen werden. Aber naja, wenn's Spaß macht ..."

„Du bist eine alte Unke, Bernd. Na klar macht das Spaß. Und im Zweifel mache ich das auch in meiner Freizeit. Ich weiß, dass man die Fälle nicht zu sehr in den Kopf und ins Herz lassen darf. Aber das hier ist eine Ausnahme. Fast fünfzig Jahre her – und der kleine Kerl, was aus dem geworden ist?"

„Und? Was bringt es, wenn wir durch Zufall erfahren, dass irgendein Kinderschänder sich an ihm vergangen und ihn dann umgebracht und irgendwo begraben hat?"

„Dann weiß sein Bruder wenigstens, wo er künftig Blumen hinlegen kann", sagte sie mit harter Stimme.

Bernd Stengel schwieg. Das ist auch besser so, dachte sie und rauschte aus dem Büro.

51

In der Kantine rief sie mit ihrem Handy Christiane Matussek an. Sie nippte an ihrem Kaffee und wartete eine Weile, bis sich die Journalistin meldete.

„Entschuldige, ich war gerade im Edeka an der Kasse. Was gibt es denn?" Anke Dankelmann hörte im Hintergrund Supermarkt-Geräusche.

Sie berichtete von dem Anruf und man einigte sich darauf, Klaus Fischer zuhause zu besuchen, dann wäre der in seiner gewohnten Umgebung und würde möglicherweise etwas entspannter erzählen. Es war noch knapp eine Stunde bis zum Treffen mit Volker Weisbrod und sie hatte keine Lust, nochmal ins Büro zu gehen. Bernd Stengel hatte sie richtig verärgert und sie hatte keinen Bock auf die Fortsetzung ihres Gesprächs von eben. Sie rief Klaus Fischer zuhause an, der war einverstanden mit einem Treffen in seinen eigenen vier Wänden.

„Ich bin irgendwie ein wenig aufgeregt, muss ich Ihnen sagen."

„Das verstehe ich, aber machen Sie sich nicht verrückt, ja? Wenn es Ihnen zu viel wird, dann sagen Sie das, und wir verschwinden."

„Wird schon gehen. Bis morgen!"

Klaus Fischer unterbrach die Verbindung. Anke Dankelmann hielt ihre Kaffeetasse mit beiden Händen und schaute in die Flüssigkeit. Auf der einen Seite kam etwas Bewegung in die Sache – auf der anderen Seite konnte es aber auch sein, dass man sich im Kreis drehte. Auch das war Bewegung, aber man kam keinen Schritt weiter. Sie trank den Kaffee aus. Sie war ein positiv denkender Mensch und wischte den Gedanken zur Seite. Volker Weisbrod – mal sehen, was der weiter zu erzählen hatte.

52

Sie war vor Christiane Matussek am Seniorenwohnheim. Einige der Bewohner nutzten die Abendsonne für einen kurzen Spaziergang, Anke Dankelmann setzte sich auf eine Mauer und ließ ein paar Minuten die Seele baumeln. Schaute sich um und das, was sie sah, weckte ein beklemmendes Gefühl. Vor hundert Jahren noch, da waren alte Menschen von ihren Familien versorgt worden. Klar, da wechselte man auch nicht alle Naselang den Job und arbeitete mal in Flensburg, mal in Freiburg oder gar im Ausland. Vieles änderte sich halt – aber irgendwie wirkten all diese Menschen, die mit Stock, Rollator oder ohne Hilfe langsam ihre Runden drehten, einsam. Da hatten sie ihr Leben lang alles getan, gearbeitet, Kinder groß gezogen, wahrscheinlich sogar die Enkel betreut und lebten nun in diesen Senioren-Gefängnissen, last exit cemetery, letzte Ausfahrt Friedhof. Furchtbar. Lohnte es sich also, alt zu werden? Das, dachte sich Anke Dankelmann, ließ sich wohl eher beim dritten Weizenbier sinnvoll erörtern.

Christiane Matussek war auf die Minute pünktlich. Jeans, T-Shirt, salopp aber schick gekleidet sah sie aus. Störend wirkte eine übergroße Sonnenbrille, die sie ins Haar gesteckt hatte. Dekoration, dachte Anke Dankelmann, denn das Ding konnte man sicherlich nicht ernsthaft als Sonnenbrille verwenden, dann sähe man aus wie ein Panzerknacker. Volker Weisbrod empfing sie, betrachtete mit müden Augen neugierig die Reporterin und ging dann voraus. Wieder in die Cafeteria, sie setzten sich an denselben Tisch, an dem Anke Dankelmann und der Ex-Kommissar schon einmal gesessen hatten.

„Wie geht es Ihnen denn, Sie sehen müde aus?“, fragte die Kommissarin.

„Naja, ich behaupte mal, dass man mir meinen Zustand ansieht. Zum Glück habe ich die Schmerzen im Griff. Sie werden es nicht glauben: Ich bin einundneunzig Jahre alt, weiß seit langem, dass meine Krankheit nicht heilbar ist. Ich habe mit dem Leben abgeschlossen. Aber stelle mit Erstaunen fest, dass ich daran hänge. Ich würde gern noch erleben, wie es nochmal Frühling wird. Aber daraus wird nichts. Schluss damit, ich will sie nicht belasten, Sie sind beide so jung, da müssen wir nicht vom Tod reden.“

Er trank einen kleinen Schluck Wasser, die Frauen schwiegen. Ein wenig betreten von Weisbrods Worten.

„Wissen Sie, ich habe ja den ganzen Tag Zeit, und ich habe noch mal in meinem Gedächtnis gekramt. Irgendwann, ich weiß nicht, in welchem Jahr das war, hat mir Erika erzählt, sie habe Kontakt zu einer Schulfreundin aus Neustrelitz gehabt. Warum und wie das geschehen ist – keine Ahnung. Aber die habe ihr erzählt, es habe kurze Zeit in Neustrelitz das Gerücht gegeben, Hinrich Neumaier sei als Spätheimkehrer Mitte der fünfziger Jahre wieder aufgetaucht und sei aber sehr schnell aus Neustrelitz verschwunden, nachdem er Frau und Kind nicht gefunden habe. Sie selbst hat den Mann wohl nicht gesehen, aber eine andere Schulfreundin habe ihn auf der Straße getroffen und sogar kurz gesprochen. Ich weiß nicht, warum ich dieses Ereignis so verdrängt habe. Ich kann Ihnen leider keine Namen sagen."

Anke Dankelmann und Christiane Matussek sahen sich an.

„Das ist komisch", sagte die Kommissarin. „Ich war heute beim Volksbund und habe mich nach Hinrich Neumaier erkundigt. Seine Spur verliert sich an einem Fluss in der Ukraine, Februar 1944. Gniloi Tikitsch heißt der Fluss. Ich hoffe, ich habe den Namen jetzt richtig gesagt.

Naja, was ich damit ausdrücken will: wenn er als Spätheimkehrer zurückgekommen wäre, dann wäre der Name beim Volksbund registriert. Gerade bei den Spätheimkehrern wäre den Behörden sicher niemand so durchgerutscht. Also entweder hat sich die Frau in Neustrelitz getäuscht, oder sie wollte sich einfach nur wichtig machen."

„Oder er hat in der Gefangenschaft einen neuen Namen bekommen, hat die Identität eines toten Kameraden angenommen. Ich habe mal gehört, dass die Russen in den Lagern versucht haben, die Soldaten in ihrem politischen Sinn umzuerziehen, um die dann in der Ostzone beziehungsweise der DDR als Funktionäre einzusetzen", sagte die Matussek. Volker Weisbrod nickte.

„Ja, das habe ich auch schon mal irgendwo gelesen. Aber warum sollte Hinrich Neumaier das getan haben? Hatte er etwas auf dem Kerbholz? Wollte er seine Situation verbessern? Und dann brauchte er doch nach der Freilassung seinen Namen, um Frau und Kind zu finden und wieder in seine Ehe zurückzukehren."

„Man müsste mal versuchen herauszufinden, in welcher Einheit er gedient hat und ob es gegen diese Truppe irgendwelche Vorwürfe gibt. Vielleicht haben die da massenweise Leute massakriert. Und vielleicht hat er die Chance genutzt, mit neuer Identität bei den Russen besser wegzukommen. Die haben doch gnadenlose Verhöre geführt und die Gefangenen dann zu Jahrzehnten Straflager verurteilt. Und die Schlimmsten haben die doch sowieso gleich erschossen. Vielleicht war Neumaier ein ganz Schlimmer. War er denn strammer Nazi?", fragte Christiane Matussek.

Volker Weisbrod dachte kurz nach. „Das fällt mir jetzt schwer, das richtig zu beurteilen. Er war sicher mehr als ein Mitläufer. Aber wer weiß, was der Krieg im Osten mit den Soldaten gemacht hat. Richard von Weizsäcker hat das mal so gesagt: Wir jungen Soldaten glaubten zuviel und wussten zu wenig. Das stimmt, trifft auch auf mich zu."

„Stimmt, vom Alter her müssten Sie ja auch noch im Krieg gewesen sein, da habe ich gar nicht dran gedacht ..." Anke Dankelmann schaute Weisbrod interessiert an.

„Ich bin nach dem Abitur sofort eingezogen worden, habe aber Gott sei Dank nie an der Front kämpfen müssen. Ich habe mir im ersten Winter eine schwere Lungenentzündung geholt, lag Monate im Lazarett und hatte dann eine Krankheit nach der anderen. Zuletzt war ich tatsächlich in Kassel stationiert und bin nach der Kapitulation der deutschen Truppen am 4. April 1945 in amerikanische Gefangenschaft, wo man mich aber schon im Sommer entlassen hat. Immerhin habe ich es trotz des Lazaretts zum Obergefreiten gebracht." Er trank wieder einen Schluck Wasser und lächelte. „Glück gehabt, das denken Sie gerade, Frau Kollegin, oder?"

Anke Dankelmann musste lächeln. „Ja, irgendwie schon. Verzeihen Sie, dass wir so neugierig gefragt haben. Lassen Sie uns zu Neumaier zurückkommen. Haben Sie denn irgendwann mal irgendetwas von ihm gehört?"

Weisbrod schüttelte den Kopf. „Bis auf diese eine Geschichte – nein. Aber Sie sollten tatsächlich mal nachforschen, vielleicht kommt man so ja weiter. Ich meine, wenn der tatsächlich zurückgekommen ist, vielleicht lebt er ja noch?"

Vor dem Seniorenheim steckte sich Christiane Matussek eine Zigarette an. „Mannomann, wenn das tatsächlich stimmen sollte –

dann ist das wirklich eine Super-Fortsetzung für die Story. Ist jetzt schon 'ne Riesengeschichte, die Leute werden das lesen und auf die nächste Folge warten. Tenor: Wo ist Hinrich Neumaier?"

Die Nachforschung, was die Einheit von Neumaier betraf, wollte Anke Dankelmann am nächsten Tag übernehmen. Ich geb' dem Dubs 'nen kleinen Schubs, dachte sie, als sie auf dem Parkplatz in ihren Golf stieg.

53

Zuhause in ihrer Wohnung im Kirchweg machte sie sich wie üblich kein Abendbrot. Sie schnitt sich ein Stück Ahle Wurscht ab. Diese rote Wurst, luftgetrocknet und geräuchert, liebte sie seit ihrer Kindheit. Sie zog die Pelle ab und biss herzhaft in das etwa zehn Zentimeter lange Stück hinein. Dazu noch eine Scheibe Natursauerteigbrot und alles wäre perfekt. Nur. Sie hatte kein Brot eingekauft. Sie aß nur Ahle Wurscht. Der Brotersatz war eine Flasche Hütt naturtrüb, ein ungefiltertes Bier, der zusammengemixte Geschmack in ihrem Mund war nordhessisches Paradies.

Sie fühlte eine Unruhe in sich. Hatte den ganzen Abend vor sich und keinen Plan. Nochmal raus, in irgendeine Kneipe – das war zu aufwändig. Fernsehen? Sie hatte noch nicht einmal Lust, in das Programm zu schauen. Telefonieren? Mit Eltern oder Bruder? Zu anstrengend. Keine Lust auf Lebensgeschichten, selbst auf die von ihrer Familie nicht. Ein Buch? Auch keine Lust. Sie nahm die Flasche Bier und setzte sich auf ihren Lieblingssessel, blickte hinauf gen Himmel über Kassel.

Und merkte, dass ihr die Geschichte dieses kleinen Jungen so naheging, wie sie es nicht erwartet hätte. Peter Fischer, dachte sie, lebst du noch? Was wäre, wenn der Vater seines Bruders Klaus tatsächlich mal da gewesen wäre? Krieg und Gefangenschaft überlebt hätte? Aber wenn Peter Fischer noch lebte: Was für ein grausiges Schicksal hätte denn seine Mutter gehabt? Jahrzehntelange Trauer, Ungewissheit, Verzweiflung, Hoffnung, und die immer wieder durch Vernunft zerstört, zerfressende Gefühle, schlaflose Nächte, auch in den schönsten Augenblicken des Lebens, ausgelöst durch was auch immer, der Schnitt, der Gedanke an Peter, mit allen Reaktionen.

Anke Dankelmann tat diese Frau so leid. Mütter, das wusste sie schon wegen ihrer beruflichen Erfahrungen, waren ihren Kindern immer enger verbunden als die Väter.

54

Und da hatte sie plötzlich eine Leere im Kopf, und dieses Gefühl, das sie in den vergangenen Jahren immer wieder beschlichen hatte, keimte erneut in ihr auf. Wie das ist, ein Kind zu gebären, wirst du niemals erleben, sagte etwas in ihr. Sie war vierzig, heutzutage kein Alter, um Mutter zu werden. Aber man bräuchte schon einen Vater. Und ein solcher Partner war für sie nicht in Sicht. Sie war eine lebenslustige Frau, aber langsam auch so weit, ihr Leben dauerhaft mit jemandem zu teilen. Die Lebenslust dennoch zu behalten, ja, sie war sogar so weit, Kompromisse einzugehen. Einige Male hatte sie versucht, mit jemandem zusammenzuleben. Irgendwann gingen ihr die Typen auf den Senkel. Sie saßen zu lange auf dem Klo oder pinkelten im Stehen, wenn sie besoffen waren sogar neben das Bekken und kümmerten sich nicht die Bohne darum, das wegzuwischen. An ihren Zahnbürsten entstanden Wulste von alter Zahnpasta – und sie merkten es nicht einmal. Wenn sie kochten, dann musste sie hinterher den Boden wischen und die Spüle putzen.

Sie war immer auf der Suche nach einem perfekten Mann gewesen. Und hatte dabei ganz vergessen, dass sie selbst möglicherweise gar nicht perfekt war. Sie war aufbrausend, nachtragend, zumindest manchmal, sie war höchst ordentlich, konnte sich so schnell verlieben und entlieben, war besitzergreifend und freiheitsliebend – wie konnte ein Partner das ertragen?

So im zeitlichen Umfeld um ihren 40. Geburtstag war es ihr klar geworden. Wunsch und Wirklichkeit, Selbstwahrnehmung und Wirklichkeit – da hatte sie lange Zeit ein Leben gelebt, das so nicht funktionieren konnte. Der Kinderwunsch würde unerfüllt bleiben, der Wunsch nach einem Partner auch? Ihr war ein wenig schwer ums Herz. Sie strich sich über den Bauch. Sie schloss die Augen und sah Bilder vor sich. Anke mit Baby auf dem Arm. Anke mit Kinderwagen. Anke vor einer Schule, ein Kind mit Zuckertüte im Arm an der Hand. Sie gab endlich nach und vergoss die Tränen, die halt da waren. Trauere ich?, fragte sie sich. Ja, Anke, das tust du. Lass es bitte zu. Sie nickte, nur für sich, und schluchzte ohne Taschentuch in ihre Arme.

Und irgendwann war es vorbei. War das ihre Midlife-Crisis? Oder der Beginn davon? Sie zog ein Snoopy-T-Shirt zum Schlafen an und holte sich ein Buch zur Ablenkung. Guido Knopp „Die Gefangenen". Es ging um Kriegsgefangene und Spätheimkehrer. Als sie zwei Stunden später das Buch zur Seite legte und das Licht ausknipste dachte sie: Was hat mein Vater eigentlich im Krieg gemacht? Sie wusste praktisch nichts davon. Sie nahm ihr Handy und rief ihre Eltern an. Ihr Vater war am Apparat.

„Papa, was hast du eigentlich im Krieg gemacht?"

„Wie kommst du denn darauf, Kind?"

„Nur so. Hab gerade ein Buch gelesen."

„Du meldest dich seit Wochen nicht und dann rufst du deswegen an?"

Immer dieser vorwurfsvolle Ton. Immer musste sie sich melden. Ihre Eltern riefen nie an. Nie.

„Ja. Weil ich das gern wissen möchte."

„Ja. Erzähle ich dir. Aber nicht jetzt am Telefon. Deine Mutter will schlafen. Melde dich wieder, ja?"

Er hatte die Verbindung unterbrochen. Sie war vierzig Jahre alt und hatte dem Befehlston ihres Vaters nichts entgegenzusetzen. Vielleicht auch aus Rücksicht auf ihre Mutter, die jede Form von Zwist in der Familie nicht ertragen konnte. Ihre Mutter wollte sicher schlafen, aber sie könnte es jetzt definitiv nicht, weil sie sich nicht traute, den Mann zu fragen, warum die Tochter angerufen hatte und warum sie, die Mutter, nicht mit der Tochter hatte sprechen dürfen. Jede Form von Beziehung, dachte Anke Dankelmann, ist kompliziert. Wie weit passen die Puzzleteile der Menschen zusammen? Und wieso hielten Puzzleteile manchmal zusammen, obwohl sie nicht zusammenpassten? Wie bei ihren Eltern.

Sie stand noch einmal auf, schaute auf die Uhr: 22.08 Uhr. Alle Zeit der Welt für eine ausgeruhte Nacht. Der Gedanke an ihren Vater und das Gespräch eben machte sie zornig. Selbstgerechtes, egoistisches Arschloch, dachte sie. Und schalt sich gleich dafür, Nein!, brüllte etwas in ihr. Sei ein bisschen dankbarer, es ist dein Vater. Hör auf zu kuschen, sagte eine andere Stimme im Innern. Er ist dein Vater, ja. Aber würdest du ihm so etwas durchgehen lassen, wenn er in deinem Büro säße? Als Arbeitskollege? Sinnlose Überlegungen am Abend, dachte sie.

Sie trank die Flasche leer und freute sich. Dieses Bier schmeckte auch warm. Sie schnitt sich noch ein paar Zentimeter Ahle Wurscht ab – und zahlte den Preis: Essensreste in den Zahnzwischenräumen. Du wirst alt, Anke, dachte sie, und putzte sich erneut die Zähne.

55

Nach einer traumlosen Nacht erwachte sie vom Geräusch des prasselnden Regens auf ihrem Dachfenster. Ein bisschen wie im Zelt hörte sich das an und eigentlich hörte sie das gern – aber heute morgen hatte sie eine große Walkingrunde auf dem Plan – die fiel nun aber aus, weil sie überhaupt keine Lust hatte, quatschnass und mit verdreckten Klamotten durchs Treppenhaus in den vierten Stock zu laufen. Wenn Sie Pech hatte, dann stand die alte Frau Rode im Parterre am Fenster oder an der Tür und würde ihr sofort Vorhaltungen machen, dass bei solchen Mietern wie ihr, Anke Dankelmann, jede Form von Hausordnung vergeblich sei. Man müsse die Dreckspatzen dazu verpflichten, das ganze Haus höchstselbst von oben bis unten zu reinigen. Womit sie nur das Treppenhaus meinte, aber immerhin: vier Stockwerke plus Zugang zum Keller und alle Flure – da hatte man alle Hände zu tun. Sie würde das eh nicht machen – aber allein die Aussicht auf eine sinnlose Diskussion ließ sie in den Federn bleiben.

Irgendwie hegte sie immer noch einen Groll auf Bernd Stengel, als sie mit Regenschirm zu ihrem Golf, der im Hinterhof parkte, rannte. Und beschloss, direkt in den Eichwald zu fahren. Sie steuerte den Golf am Jüdischen Friedhof entlang, auf der anderen Straßenseite der Bettenhäuser Friedhof.

Sie wusste kaum etwas von dieser Gegend, mit dem Jüdischen Friedhof hatte sie bisher nur zu tun gehabt, wenn da mal Grabsteine umgestoßen oder beschmiert worden waren. Sie wusste, dass dort weite Teile unbenutzbar waren, weil während des Zweiten Weltkrieges ungezählte Zwangsarbeiter und Kriegsgefangene anonym bestattet, besser gesagt: verscharrt worden waren. Männer und Frauen, deren Schicksal in ihren Familien nie bekannt wurden. Wie auch? Und was, wenn es Hinrich Neumaier ähnlich ergangen war?

Was waren das für rohe Jahre gewesen. Sie war froh, keine Sekunde davon erlebt zu haben.

56

Das Gespräch mit Volker Weisbrod hallte langsam wieder in ihr nach. Was wäre, wenn jemand anderes als Hinrich Neumaier begraben worden und der mit anderer Identität zurückgekehrt wäre? Sie musste sich zügeln, denn es war mehr Hoffnung als Überzeugung, was ihr Denken dominierte. Sie hoffte, dass der Fall weitergehen würde. Ja, sie hoffte, dass er eine sensationelle Wendung nehmen würde, sie hoffte, irgendwie das Schicksal von Peter Fischer aufklären zu können.

57

Als sie vor dem Haus am Umbachsweg parkte, erhielt sie eine SMS von Christiane Matussek. Die musste zu einem schweren Verkehrsunfall auf der Autobahn A 7 – wieder mal waren Richtung Norden mehrere Lkw aufeinander aufgefahren. Hoher Sachschaden, Autobahn dicht, angeblich ein Lkw-Fahrer tot. Das Aufräumen würde den Tag über dauern, die Stadt würde komplett unter dem Ausweichverkehr zusammenbrechen. Anke Dankelmann dachte pragmatisch. Nun hatte sie richtig Zeit und könnte jede Verspätung mit der Verkehrssituation erklären. Als sie klingelte, hörte sie einen Hund bellen, ein kleiner Hund, das beruhigte sie. Angst vor den Tieren hatte sie nicht, aber große Hunde in einer Wohnung fand sie immer nicht normal. Als wenn man einen sechstürigen Ikea-Pax-Schrank in ein Einzimmer-Apartment packte.

Der Mann, der ihr öffnete, war ein gepflegter Rentner. Der hatte sich nicht für den Besuch herausgeputzt, der Mann legte immer Wert auf gepflegte Kleidung. Sie wusste, woran man den Unterschied merkte. Die einen kleideten sich mit spielerischer Eleganz und dauerhaftem Gespür für das, was passte – bei den anderen wirkte alles aufgesetzt, manchmal, gerade bei Farben, um eine Nuance zu grell.

Braune Cordhose, braune Slipper, wohl als Hausschuhe gedacht, blaues Hemd, burgunderroter Seidenschal. Mittelgroß, graues, volles Haar, leicht gewellt an den Seiten, nach hinten gekämmt. Altersflecken auf der Gesichtshaut, glatt rasiert. In der Wohnung bellte der Dackel weiter, aber hinter einer verschlossenen Tür. „Guten Tag, ich bin Anke Dankelmann, wir hatten telefoniert!"

Die Kommissarin war die sechs Holzstufen zur Eingangstür der Parterrewohnung hochgestiegen und streckte dem Mann ihre unbeschmuckte Hand entgegen.

„Klaus Fischer, sehr angenehm, Frau Dankelmann. Kommen Sie rein. Wie ist Ihr Verhältnis zu Hunden?"

„Gut. Ich habe keine Angst vor ihnen – äh, also vor den Hunden, vor Ihnen habe ich natürlich auch keine Angst."

Klaus Fischer lachte.

„Das müssen Sie auch nicht. Ich habe Jahrzehnte in der Kämmerei gearbeitet, vor mir hatte aber noch nicht mal der Kämmerer der Stadt Pirmasens Angst. Ich frage nur wegen Oswald, das ist mein Rauhaardackel. Er ist eigentlich pflegeleicht, und nun sage ich das, was Hundebesitzer immer sagen: Der macht nichts, der will nur spielen."

„Dann will ich Herrn Oswald mal kennenlernen", sagte Anke Dankelmann und war froh, eine Jeans anzuhaben, falls der Hund hochspringen sollte. Oswald kam aus dem Raum geeilt und schoss auf die Kommissarin zu, blieb unvermittelt stehen, beschnupperte sie und wedelte dann mit dem Schwanz, bevor er sich in Richtung Hundekörbchen im Flur trollte.

„Test bestanden, Sie dürfen bleiben", sagte Klaus Fischer und deutete ihr an, ihm ins Wohnzimmer zu folgen.

Er blieb an einer Schrankwand stehen, auf der viele gerahmte Schwarzweiß-Fotos standen. Er griff in die Reihe der Fotografien hinein und holte eine hervor. Sie zeigte einen Jungen, ganz eindeutig Peter Fischer, der an einer Schulbank saß, vor sich ein aufgeschlagenes Buch, die Hände auf dem Tisch vor der Brust gefaltet und treu in die Kamera schauend.

„Das Foto hat bis zu ihrem Lebensende auf dem Nachttisch meiner Mutter gestanden", sagte Klaus Fischer und stellte es zurück. Er atmete tief durch und deutete wieder mit einer Hand an, dass sie sich setzen möge.

„Kaffee? Wasser? Saft?", fragte er.

„Kaffee, schwarz, bitte", sagte Anke Dankelmann.

Und wusste nicht warum. Sie trank selten schwarzen Kaffee. Aber vielleicht war heute so ein Tag. Er ging in die Küche und kam mit einem kleinen Tablett zurück. Zwei kleine Porzellantassen, beinahe Mokkatassen, auf ebenso kleinen Untersetzern. Er goss den dampfenden Kaffee ein, sie nippten am Getränk, und dann schaute er sie aus müden Augen, deren Farbe nicht klar zu definieren war – blaugrau oder nur grau? – an.

„Muss ich Ihnen wirklich alles noch einmal erzählen? Jedes Detail ist protokolliert, ich weiß nicht, wohin das führen soll. Ich kann doch heute gar nicht genauer berichten als vor, ja fünfzig Jahren oder so."

„Nein, ich denke, da haben Sie recht. Ich stelle am besten einfach mal ein paar Fragen – aber die erste wirklich nur aus Interesse, weil ich nichts über Sie weiß: Sie leben allein hier, haben Sie Kinder?"

„Ja und Nein. Also ja, ich lebe allein hier, nein, ich habe keine Kinder. Es hat sich nie ergeben – und das wiederum hat nichts mit Peters Fall zu tun, glauben Sie mir."

Anke Dankelmann nickte.

„Das glaube ich Ihnen auch. Aber ich überfalle Sie jetzt einfach mal: Haben Sie Ihren Vater jemals kennengelernt oder gesehen?"

Klaus Fischer schaute sie überrascht an.

„Wie kommen Sie darauf? Sie wissen doch, dass er vermisst war im Krieg und für tot erklärt wurde."

„Schauen Sie: ich habe beim Volksbund in Kassel recherchiert. Von Ihrem Vater gibt es keine Spur, er ist verschwunden – wie hunderttausende, Millionen andere auch."

„Ja, das stimmt."

„Es gab da gestern in unserem kleinen Kreis – ein Ex-Kollege, der zu der Zeit des Verschwindens Ihres Bruders bei der Polizei in Kassel arbeitete, Volker Weisbrod ..."

„Onkel Volker? Der lebt noch? Das hätte ich nie gedacht, der war doch schon immer so krank?"

„Ach, stimmt ja, das ist ja ..."

„... der Cousin meiner Mutter, ja. Ehrlich gesagt, den hatte ich komplett vergessen, meine Mutter wollte auch keinen Kontakt mehr zu ihm, sie sagte, er wolle sie immer nur aushorchen. Meine Mutter hat allen Ernstes eine Zeit lang geglaubt, Onkel Volker habe sie als Mörderin meines Bruders in Verdacht. Wo lebt er denn?"

„Gar nicht weit von hier, am Lindenberg."

„Gibt's nicht, oder? Geben Sie mir Rufnummer und Adresse? Den muss ich besuchen!"

Anke Dankelmann nickte. „Ja, gleich. Zurück zu meiner Frage: haben Sie Ihren Vater jemals gesehen oder kennengelernt? Als wir gestern Abend, Ihr Onkel, Frau Matussek, die den Artikel geschrieben hat, und ich, uns über den Fall unterhalten haben, da kam der Gedanke auf, dass er vielleicht die Gefangenschaft überlebt haben könnte und unter anderem Namen wieder aufgetaucht ist."

„Warum sollte er das tun oder getan haben?"

Klaus Fischers Stimme war tonlos geworden. Was hatte ihn so berührt?

„Eine Erklärung wäre, dass er mit seiner Einheit in irgendwelche Wehrmachtsverbrechen verwickelt gewesen wäre."

„An so was habe ich auch schon mal gedacht. Man liest ja so viel, aber ob das auf ihn zutrifft? Ich kenne ihn ja nicht, kann nichts sagen über seinen Charakter, ob er zu so etwas fähig gewesen wäre. Wissen Sie, mein Adoptivvater, der war ein herzensguter Mann. Er hat meine Mutter geliebt, er hat uns Kinder streng, aber mit großer Zuneigung erzogen. Er hat mich als erwachsenen Menschen früher ernstgenommen, als es meine Mutter tat. Na gut, die hatte ein Kind verloren und wollte den anderen Sohn als Kind behalten. Und behütete ihn über alle Maßen. Wir hatten unglaublich oft Streit, Mutter und ich. Er hat geschlichtet, sie verwöhnt, mich behütet, uns zusammengeführt. Ich habe ihn sehr liebgehabt. Aber meinen Vater, den hätte ich wirklich gern kennengelernt. Das hat mir mein ganzes Leben gefehlt. Wissen Sie", Klaus Fischer goss erneut Kaffee ein, diesmal ohne zu fragen, „es gibt eine Situation in meinem Leben, die kriege ich nie aus dem Kopf. Ich war mit meiner Mutter allein in Kassel einkaufen, Peter war klein, lag noch im Kinderwagen, er wird eineinhalb gewesen sein – ich dann also fünfzehn oder vierzehn. Ich musste aufs Klo und bin auf eine öffentliche Toilette auf dem Königsplatz. Als ich wieder rauskam, da unterhielt sie sich mit einem Mann. Ich habe praktisch keine richtige Erinnerung, hab das eher so nebenher mitbekommen, meine Mutter hat ja vor Peters Verschwinden immer mit irgendwelchen Leuten, die sie kannte oder eben gerade kennengelernt hatte, mal ein Schwätzchen gehalten. Sie war sehr kommunikativ – nicht zu vergleichen mit der Frau, die sie nach dem Tag, an dem Peter verschwand, wurde. Ich schweife aber ab", Klaus Fischer trank einen Schluck und schaut sie an, „was ich sagen wollte: Als ich näherkam, da hörte ich den Mann so etwas sagen wie ‚Ist er das?', und Mutter nickte. Und dann meine ich gehört zu haben, wie er sagte ‚Ich glaube dir von der ganzen Geschichte kein Wort!'. Dann drehte er sich um und ging weg. Mutter schaute mich beinahe ängstlich an. Aber ich habe nicht mal gefragt, wer das gewesen war. Jahre später, als ich unbedingt wissen wollte, wer mein Vater ist, habe ich mir gedacht, dass das ja vielleicht mein Vater gewesen sein könnte."

„Haben Sie Ihre Mutter mal danach gefragt?"

„Ja klar. Sie hat immer ausweichend geantwortet: Ein Bekannter sei das gewesen. Sie wirkte gar nicht unsicher dabei, deswegen habe ich ihr das auch abgenommen. Und ich konnte mich ja auch nicht hundertprozentig an die Worte erinnern. Das hat sie natürlich gemerkt und hat dann immer gesagt, dass das so nicht gewesen sei. Aber warum ist mir genau diese Szene so in Erinnerung? Ich bin mir mittlerweile sogar ziemlich sicher, dass das mein Vater war. Und dann stellt sich mir die Frage, warum er dann nie wieder aufgetaucht ist. Nie wieder! Vielleicht redet man sich das aber im Lauf der Zeit alles auch nur ein ..."

58

Anke Dankelmann wusste einige Augenblicke nichts zu sagen. Gab es so etwas? Spürte man in ganz besonderen Situationen ganz besondere Verbindungen? Vielleicht – vielleicht aber auch nicht. Sie wischte die ziellosen Überlegungen beiseite und schaute Klaus Fischer an, der sein Gesicht in beide Hände vergraben hatte.

„Es tut mir so leid, dass ich Ihnen durch diese Geschichte jetzt die Seele aufhobele."

„Neinnein, schon gut, mir wird ja jetzt erst wieder deutlich, dass auch das so eine verpasste Chance war. Vielleicht hätte ich mehr bohren müssen – wenn es mein Vater war, dann hätte ich ihn da ja kennenlernen können. Danach, irgendwann. Ach, Mist, da ist man siebzig Jahre alt, und die Eltern belasten einen immer noch. Ist man so doch noch sein Leben lang Kind? Und Peter ... Das mag komisch klingen, wenn man so resümiert, aber: Ich habe da mein Leben lang diese Last, mal schwer, mal leicht, mit mir herumgetragen. Immer wenn ich anfange, mich zu bedauern, dann stelle ich mir vor, wie es ihm ergangen sein könnte, wahrscheinlich ja schlimmer. Dann tut er mir leid, und nicht ich mir selbst. Die Therapie hilft immer, auch jetzt. Frau Dankelmann, zu was führt das hier alles?"

„Fangen wir mit dem Positiven an." Sie zückte einen Stift, nahm die Zeitung, die auf dem Tisch lag und notierte eine Nummer, die sie auf dem Handy gespeichert hatte.

„Das ist die Telefonnummer Ihres Onkels. Die hatten Sie Jahrzehnte nicht. Und jetzt weiter: wir kommen dem Schicksal Ihres Bruders auf die Spur. Und wenn alles nur dahin führt", sie dachte kurz an die Worte, die sie Bernd Stengel an den Kopf geworfen hatte, „dass Sie eines Tages wissen werden, wo sie Blumen hinlegen können."

Klaus Fischer sah sie einen Moment entgeistert an. Dann nickte er, seine Augen schimmerten feucht. „Okay", sagte er mit brüchiger Stimme. „Dann lassen Sie uns daran arbeiten. Sie glauben auch, dass Peter tot ist, oder?"

„Ich bin Kriminalbeamtin. Ich kann mich nicht nur auf mein Gespür, meine Gefühle, meine Hoffnungen verlassen. Dann würde ich nie einen Fall lösen. Ich verlasse mich aber gelegentlich auf meinen Instinkt. Und der sagt mir, dass wir dringend weitermachen müssen."

Klaus Fischer stand auf, ging in ein anderes Zimmer; Oswald reckte in seinem Körbchen den Kopf und sah ihm nach. Als er zurückkam, hatte er eine blauweiße Packung Tempo-Taschentücher in der Hand, ein benutztes steckte er gerade in seine Hosentasche.

„Darf ich Ihnen auch eins anbieten?", fragte er und lächelte müde.

Anke Dankelmann steckte den Stift wieder in ihre Handtasche und schüttelte den Kopf.

„Machen wir weiter. Wissen Sie noch, wie dieser Mann auf dem Königsplatz aussah?"

„Da habe ich schemenhafte Erinnerungen. Sicherlich nicht belastbar. Ich sehe ihn als dunkle Erscheinung vor mir. Dunkle Haare, dunkle Kleidung. Größer als meine Mutter. Eine eher schnarrende Stimme, an die kann ich mich noch am besten erinnern. Das war's."

Aus unerfindlichen Gründen stand Oswald plötzlich auf, stieg aus dem Körbchen, reckte und streckte sich, schnaufte tief durch, schaute sein Herrchen an und trottete in den Flur.

„Hat er da noch ein Körbchen?", fragte Anke Dankelmann.

„Nein, das ist ein Dackel. Der macht manchmal Dinge, die könnte er selber nicht erklären. Wenn er Mensch wäre, würde er beim Skat vermutlich ohne Asse und Buben einen Grand spielen. Nur weil sein merkwürdiges Dackelhirn ihm so etwas eingibt."

Anke Dankelmann konnte Skat spielen und wusste, was Klaus Fischer meinte.

„So Typen mag ich aber", sagte sie. „Mit vier Buben, vier Assen und zwei Zehnen kann das jeder. Komischerweise feiern die sich aber immer als große Helden."

„Stimmt", sagte Klaus Fischer.

„Aber den ohne Buben und Asse kann man nicht gewinnen."

„Aber genau den spielen wir doch gerade. Wir haben keine Buben, kein Ass, wir kommen noch nicht einmal raus, haben nichts zu stechen – und wollen diesen Fall lösen. Im Skat unmöglich. Aber Skat ist ein Spiel. Dies ist das Leben – und noch leben genug Leute, die man befragen könnte, um am Ende nicht mit leeren Händen dazustehen. Mit anderen Worten: da ist noch manche Überraschung bei den Blinden."

Klaus Fischer schaute sie an, eine Spur Bewunderung war in seinen Augen.

„Wissen Sie, Frau Dankelmann, Sie sind nicht nur eine schöne Frau, ich alter Mann darf das mal so sagen, Sie sind auch sehr klug. Na dann, packen wir's an."

Sie nahm ihre Kaffeetasse, ignorierte die Proteste des Mannes und brachte sie in die Küche – ein Versuch, einen anderen Raum zu sehen und sich ein umfassenderes Bild zu machen. Sie stellte die Tasse auf die Spülmaschine, sah sich um, alles piccobello aufgeräumt, hier wohnte einer, der seit Jahrzehnten als Single insgesamt ein außerordentlich aufgeräumtes Leben führte. Auf dem Herd standen zwei Kochtöpfe, irgend etwas irritierte sie daran, aber das Bellen von Oswald unterbrach sie in ihren Gedanken.

„Er hört den anderen Hund im Treppenhaus, und die beiden können sich nicht ausstehen", sagte Klaus Fischer, der mit der anderen Tasse in die Küche trat.

Auch er stellte das Geschirr auf der Spülmaschine ab.

Anke Dankelmann verabschiedete sich schnell, die Worte gingen in dem Gebell der beiden Hunde beinahe unter, wobei der Hund im

Treppenhaus wegen des Halls zumindest die Auseinandersetzung um die Lautstärke gewonnen hatte.

59

Als Anke Dankelmann langsam den Umbachsweg hinunter Richtung Leipziger Platz fuhr, da war sie sich sicher, dass dieser Hinrich Neumaier den Krieg überlebt hatte. Aber unter welchem Namen? Wo? Und warum hatte er nie Kontakt zu seiner Familie und zu seinem Sohn gesucht? Sie informierte die Matussek über den neuen Stand der Dinge und fuhr zum Präsidium. Stellte den Wagen ab und ging zum Volksbund. Sie hatte sich nicht angemeldet und traf Dirk Dubs in seinem Büro, einen Joghurt löffelnd und auf den Bildschirm seines PC schauend.

„Hallo, komme ich ungelegen?", sagte sie durch die geöffnete Tür vom Flur aus.

Dubs war überrascht, aber offensichtlich angenehm überrascht, stellte den Joghurtbecher ab und stand auf.

„Äh, nein, nur überraschend, warum haben Sie nicht angerufen vorher?"

Sie gaben sich die Hand. Anke Dankelmann merkte, dass er sie durchaus sinnlich wahrnahm. Mach dir keine Hoffnungen, sagte sie im Geiste.

„Ich hatte da eben spontan eine Idee", log sie und setzte sich unaufgefordert auf einen Stuhl neben seinem Schreibtisch. Beim Setzen überprüfte sie kurz ihre Kleidung, die weiße, leicht durchsichtige Bluse war für einen wie Dubs möglicherweise etwas zu erotisch, naja, vielleicht war das aber auch hilfreich.

„Ich würde gern mal wissen, ob die Einheit, in der Hinrich Neumaier war, in irgendwelche Gräueltaten in der Ukraine oder anderswo verwickelt war. Sie wissen schon, Erschießungen, Judenverschleppungen oder so."

Dubs klickte gerade eine Internetverbindung weg, sie konnte nicht erkennen, welche Seite er gerade studiert hatte.

„Ich habe komischerweise heute morgen auch schon so eine Idee gehabt. Aber da ist nichts. Er war Angehöriger des Artillerieregiments 34 der 34. Infanteriedivision – und da gibt es keine Belege für irgendwelche Kriegsverbrechen. Noch nicht einmal Hinweise.

Nix Belastbares. Also kein Motiv dafür, dass er seine Identität gewechselt hat, um einer Strafverfolgung durch die Russen zu entkommen. Aber die haben die richtigen Kriegsverbrecher ja ohnehin gleich umgebracht. Und was da im Detail alles gelaufen ist an Vergehen gegen die Zivilbevölkerung – das wird heute eh niemand mehr herausfinden."

„Hinrich Neumaier taucht in keinen Unterlagen über Kriegsgefangene auf. Es gibt keine Hinweise darauf, dass er irgendwo in einem Soldatengrab liegt. Dennoch, und das ist neu für sie, gibt es belastbare Hinweise, dass er nach dem Krieg in Deutschland aufgetaucht ist und hier gelebt hat. Vermutlich unter anderem Namen. Und er hat nie Kontakt zu seiner Ehefrau gesucht, nie Kontakt zu seinem Sohn. Warum das alles?"

Dubs zuckte mit den Schultern. „Traumatische Erlebnisse im Krieg oder in der Gefangenschaft? Vielleicht hatte er als Spätheimkehrer Angst vor der Familien-Wirklichkeit? In die Seelen diese Männer kann sich doch keiner hineinversetzen. Arme Schweine ..."

Anke Dankelmann nickte und verabschiedete sich.

Dubs schaute ihr direkt auf die Bluse. Sie hoffte, dass dies der letzte Besuch hier gewesen war. Und kam gleich zurück auf das, was dieser Dubs zuletzt gesagt hatte. Wie konnte man all das ertragen, was die Spätheimkehrer ertragen hatten? Krieg, den auch noch verloren, tausende Kilometer entfernt von zuhause in Gefangenschaft, Hunger, Kälte, nicht wissend, was daheim vorgegangen war oder vorging. Wie vielen dieser Männer war ein Kind gestorben, möglicherweise eins, das sie nie gesehen hatten? Was musste das für ein Seelenschmerz sein? Und dann, so manche, heimgekommen und fremd im Land, fremd mit der eigenen Ehefrau. Ihr fiel der wunderbare Film „Das Wunder von Bern" ein, der genau das thematisierte. Sanft und unaufdringlich. Aber berührend. Ein Nebenthema zum Fußball in der Handlung, aber sie hatte das mitgenommen, mehr als der Sieg im Endspiel.

60

Klaus Fischer hatte, nachdem Anke Dankelmann gegangen war, ein paar Fotoalben aus dem Schrank geholt und angefangen, drin zu blättern. Er fand ein Bild, das zeigte ihn auf einem Bauernhof auf den Steinstufen vor der Eingangstür zur Wurstküche sitzend, er putzte Bohnen. Trug eine kurze Lederhose und schien ganz versonnen in seine Tätigkeit gebunden. Er konnte sich an die Situation nicht mehr erinnern, sie waren in irgendeinem Dorf gewesen, den Bruder seines Adoptivvaters besuchen. Er meinte, es sei Bromskirchen gewesen, lag irgendwo im Kreis Waldeck-Frankenberg, er war nie wieder dagewesen und würde, wenn er hinführe, ohnehin nichts wiedererkennen. Ob der Bruder noch lebte, das wusste er auch nicht, er würde in den nächsten Tagen versuchen, die Spuren seiner Familie aufzunehmen. Er hatte das die vergangenen Jahrzehnte nicht gemacht, möglicherweise aus Angst, Dinge zu erfahren, die sein Leben verändern würden. Aber auch aus Zuneigung zu seinem Stiefvater – das zumindest war der Grund, warum er nie versucht hatte, etwas über die Familie seines leiblichen Vaters herauszufinden. Er hatte Heinz-Josef Fischer viel zu verdanken, der hatte ihm das Nest geboten, das er als junger Mensch gebraucht hatte und war ihm väterlicher Freund und Berater sein Leben lang gewesen. Da wollte er keinen Nebenvater und dessen Familie entstehen lassen. Nun war Hejo Fischer schon lange tot, er selbst ein alter Mann. Durch das Gespräch mit der Kommissarin spürte er jetzt so etwas wie einen Wunsch, etwas über seine Vorfahren herauszufinden. Und dieser Wunsch, das überraschte ihn, war tatsächlich drängend. Blutsbande, ein Magnet besonderer Art. Das spürte er immer beim Gedanken an Peter.

Er fand ein anderes Bild. Er selbst hatte es wohl mit seiner ersten Kamera gemacht. Vater und Mutter, sie bei ihm untergehakt, in einem Park in Pirmasens. Sein Vater lächelte in die Kamera, auch seine Mutter mühte sich, freundlich zu schauen. Aber ihr war die Lebensfreude abhandengekommen. Und sie hatte sie nach dem Tag, an dem Peter Fischer verschwand, nie wiedergefunden. Auch dieses Bild ein Dokument der menschlichen Tragödie. Er blätterte weiter und fand das Einschulungsbild von Peter. Es war im Frühjahr gewesen, sein Bruder war eigentlich krank, und die Eltern hatten ihn dennoch ein wenig herausgeputzt, mit Ranzen und Zuckertüte ausstaffiert und ihn in die Schule gebracht. Er war dabei gewesen, hatte gesehen, wie der kleine, schwächliche Junge durch das Spalier der älteren Schüler ging, die die Neuen mit lauten „i-Kleckser"-Rufen begrüßten. Es waren über vierzig Kinder in dieser ersten Klasse.

Aus den Ranzen baumelten die Schwämmchen, mit denen man die Schiefertafeln, auf denen die Kinder die ersten Schreibübungen machten, reinigen konnte. Peter hatte eine Weile gebraucht, bis er es schaffte, mit dem Griffel ohne Quietschgeräusche zu schreiben. Und jeden Mittag, wenn er heimkam, hatte ein anderes Kind das Schwämmchen abgerissen. Man musste es neu verknoten – und am nächsten Tag dieselbe Prozedur. Erst in der dritten Klasse fingen sie an, in Hefte zu schreiben.

Warum nur hatte Peter an dem Tag, als er aus dem Leben seiner Familie und Freunde verschwand, diesen anderen Weg genommen? Was wäre passiert, wenn er mit den anderen Klassenkameraden nachhause gegangen wäre? Was wäre überhaupt aus ihm geworden? Ein dicker Kloß senkte sich auf sein Herz und seine Seele. Er nahm die Alben und schloss sie in den Schrank. Die Kommissarin hatte recht. Man musste jetzt versuchen, Licht in die Sache zu bringen. Jetzt oder nie. Und wenn es tatsächlich nur dazu führte, einen Ort zu haben, wo man Blumen hinlegen konnte. Er suchte im Telefonbuch die Nummer der Seniorenwohnanlage Lindenberg heraus.

61

Anke Dankelmann war allein im Büro, Bernd Stengel war nochmal zum Brasselsberg gefahren, zusammen mit Grit Willrich, die am Morgen aus Mallorca eingeflogen war. Harry Böttcher, ein Kollege von der Drogenfahndung, den sie in der Kantine traf, erzählte, dass er die beiden gesehen habe.

„Das ist vielleicht ein Geschoss", sagte er.

„Wie meinst du das denn?"

„Naja, braune Lederhaut, extrem geschminkt, wallende Kleidung, die lebt irgendwo nicht in dieser Welt. Aber 'ne Superfigur, muss man sagen."

„Stimmt. Die lebt auf Mallorca. Da bin ich mal gespannt, was unser Berndi erzählt."

Doch der tauchte erst einmal nicht auf. Sie beschloss, an diesem Tag früher Feierabend zu machen, schickte Stengel eine SMS, meldete sich bei Plassek ab und trat in den Sommernachmittag hinaus. Sie hatte ein freies Wochenende vor sich, diesmal verlängert um einen Drittel-Freitag. Das empfand sie als Luxus. Auch die Tatsache, dass sie nichts vorhatte. Sie fuhr nachhause, packte ihre Sporttasche und ging zu Fuß vom Kirchweg Richtung Muckibude. Fitness First hieß das Ding, ziemlich groß und entsprechend unpersönlich. Das fand sie aber gar nicht so schlimm, da konnte man sich aufs Training konzentrieren und musste nicht ständig mit irgendwelchen Leuten reden.

Sie packte ihre Sachen in einen Spind, schloss mit ihrer Mitgliedskarte ab, nahm Kopfhörer und Handtuch mit auf die Trainingsfläche und setzte sich auf ein Ergometer. Die Fernseher, die an der Decke angebracht waren, boten sechs verschiedene Programme an. ARD und ZDF – das war dann noch halbwegs akzeptabel, auf den anderen aber die üblichen Trash-Programme. Auf einem Sender lief an diesem Tag aber etwas in schwarz-weiß, sie setzte die Kopfhörer auf und lauschte. Begann langsam zu treten, stellte das Trainingsprogramm ein und schaute dann gebannt auf den Bildschirm. Eine Dokumentation über das Grenzdurchgangslager Friedland mit Bildern von den Spätheimkehrern, die 1955 als letzte deutsche Kriegsgefangene aus der Sowjetunion gekommen waren. Sie schaute in die Gesichter der Männer, die mehr als zehn Jahre ihre Familien nicht gesehen hatten. Man merkte bei den Bildern, wie schwer sich die Männer und Frauen, die sich nach so langer Zeit erstmals wieder begegneten, miteinander taten – trotz aller Freude darüber, dass dieses Kapitel vorbei war. Und wie viele dieser Männer wohl nach dem Überleben in Sibirien feststellen mussten, dass sie keine Familie mehr hatten? Und wie lange es wohl bei dem Einzelnen dauern würde, bis er in der Bundesrepublik Fuß fassen würde? Sie dachte an Hinrich Neumaier – wie war es ihm ergangen, war er überhaupt in Friedland angekommen? Zum Schluss des Beitrags blendete man die Internetadresse des Lagers ein. Und da durchzuckte eine Idee die Gedanken der Kommissarin: das Internet! Es gab doch sicher jede Menge Websites, auf denen man die Geschichte der Straflager nachlesen konnte. Berichte von Zeitzeugen, von denen sicher nicht mehr viele lebten. Aber wenn sie lebten und geistig noch fit waren, dann würden Kinder oder Enkel immer wieder auf die Suche nach Neuigkeiten für diese Menschen gehen und das Internet nutzen. Wie das geschehen sollte – da fand sie noch kein richtiges Packende, sie würde das mit der Matussek besprechen müssen. Vielleicht konnte die Online-Redaktion der Zeitung da helfen.

Sie strampelte fünfundvierzig Minuten auf dem Gerät, stieg komplett verschwitzt nach einem Puls von zuletzt hundertvierzig Schlägen pro Minute ab und säuberte das Fahrrad mit Desinfektionsmittel. Der Behälter dafür stand an der Wand, daneben rannte ein Mann in langen Schritten auf einem Laufband.

Als sie den Behälter nahm und ihm den Rücken zudrehte, tat es plötzlich einen Donner und einen Schlag – sie drehte sich um, und der Mann, eben noch mit langen Schritten unterwegs, lag zwei Meter hinter dem Laufband und hielt sich mit schmerzverzerrtem Gesicht den Rücken.

„Um Gottes Willen, was ist denn passiert?“, hörte sie sich fragen.

Sie ging zu ihm hin, ein paar andere eilten auch herbei.

„Kleines Missgeschick, kann ich Ihnen aber nur erzählen, wenn niemand sonst zuhört“, sagte der Mann und rappelte sich auf.

„Alles in Ordnung, ich war nur zu blöd, das Laufband zu bedienen“, sagte er und hob beschwichtigend die Hände in die Runde.

Die anderen trollten sich, Anke Dankelmann stand noch da, die Flasche mit der Desinfektionslösung in der einen und ein paar Papiertaschentücher in der anderen Hand. Sie schaute den Mann erwartungsvoll an. Der war einen halben Kopf größer als sie, wirkte nicht besonders trainiert, hatte aber warme sympathische Augen. Kurzgeschnittene dunkle Haare, leicht gräulich durchzogen.

„Nun?“, sagte sie und blickte den Mann aufmunternd an.

„Also, ich heiße Rolf, hier duzen sich ja alle. Ist erst mein zweites Training. Ich lief da so vor mich hin, als du plötzlich kamst, und ich dachte, die kenne ich doch, aus der Zeitung. Da war doch neulich ein Bericht drin, es ging um so einen verschwundenen Jungen. Da waren Sie, äh, warst du mir schon aufgefallen. Und jetzt kommst du da entlang und ich war völlig überrascht, bin dann neben das Laufband getreten, da natürlich nach vorne gelaufen dann, bin mit dem Körper gegen den Notknopf und das hat mich dann nach hinten weggesemmelt. Einfach blöd gelaufen, im wahrsten Sinne des Wortes. Und jetzt tut mir einfach der Allerwerteste weh.“

Anke Dankelmann fing laut an zu lachen. „Schade, dass ich das nicht gesehen habe.“

„Ne, ich bin eigentlich ganz froh, dass du es nicht gesehen hast.“

Er rieb sich sein lädiertes Hinterteil.

„Ach so, ich heiße Anke“, sagte die Kommissarin.

„Ist alles in Ordnung?“, fragte eine der Trainerinnen, die mit einem Schützling zum Einzeltraining nach oben zu den Geräten wollte.

Rolf nickte und sagte dann: „Ich glaube, ich gehe mal duschen, das wird heute eh nix mehr.“

Anke Dankelmann nickte. „Ich bin auch für heute fertig. Also, bis die Tage.“

Sie blickte dem Mann hinterher, der sich offensichtlich nur unter Schmerzen bewegen konnte. Netter Bursche. Und schöne Augen.

Als sie fünfzehn Minuten später frischgeduscht und frischgeföhnt zur Rezeption zum Auschecken ging, saß Rolf wie ein Häufchen Elend auf einem Barhocker.

„Ob du es glaubst oder nicht: Ich kann praktisch nicht laufen. Ist wahrscheinlich besser, wenn ich zum Arzt gehe. Nicht, dass ich mir da am Steißbein irgendwas gebrochen habe.“

„Und wie kommst du da hin? Glaubst du denn, du kannst Auto fahren?“

Rolf schüttelte den Kopf.

„Würde mich am liebsten auf den Rücksitz legen“

„Sollen wir einen Krankenwagen holen?“, fragte Jens, der Studiomitarbeiter beim Empfang.

„Also, wenn du willst, ich könnte dich auch ins Klinikum fahren, ich bin zu Fuß hier – wo steht dein Auto?“

„In der Tiefgarage. Würdest du das wirklich machen? Hier ist der Schlüssel, und das Parkticket muss ich noch entwerten.“

Anke Dankelmann schulterte die Tasche des Mannes und ging zum Ausgang. Rolf schleppte sich förmlich Richtung Fahrstuhl. In der Tiefgarage deutete er auf ein Taxi, einen Mercedes.

„Wie, du bist Taxifahrer?“

„Ja und nein. Ich bin einer von zwei Geschäftsführern der Firma, wir sind auch die Eigentümer. Der andere ist mein Bruder. Manchmal fahre ich selbst noch, wenn Not am Mann ist. Meist aber sitze ich in der Zentrale.“

Anke Dankelmann öffnete die hintere Tür, Rolf kroch hinein und legte sich auf den Rücksitz.

„Na, dann wollen wir mal“, sagte die Kommissarin und startete den Wagen. Sie versuchte, das Fahrzeug so sanft wie möglich durch den Freitagsverkehr zu steuern, aber bei jeder Bodenwelle schrie der Mann im Fond auf. Der stellte sich garantiert nicht an – und sie hatte mal gehört, dass ein Steißbeinbruch höllische Schmerzen verursacht. Im Klinikum zeigte sie ihren Dienstausweis und konnte so bis vor den Eingang der Notaufnahme fahren. Sie hatten Glück, es war kaum etwas los. Rolf erhielt eine Nummer, die nach wenigen Minuten aufgerufen wurde.

„Wartest du hier oder musst du los?", fragte er. „Ich kann auch meinen Bruder anrufen, der kommt mit einem zweiten Wagen und einem Fahrer, dann kannst du los."

„Quatsch, jetzt bin ich hier, da kann ich auch die paar Minuten warten. Jetzt ab zur Untersuchung."

Aus den paar Minuten wurde mehr als eine Stunde. Und sie traute ihren Augen nicht, als die Tür aufging und Rolf mit flottem Schritt zurückkam.

„Hab Glück gehabt, es ist kein Bruch. War eine Luxation des Steißbeins, das Röntgen hat nur so lange gedauert. Dann haben sie mir das Steißbein wieder eingerenkt und mir 'ne Spritze verpasst, jetzt können wir wieder in die Muckibude."

Anke Dankelmann schaute ihn fassungslos an.

„Neinnein, schon gut. Aber es ist jetzt gleich 19 Uhr, ich habe Hunger und würde dich gern als kleines Dankeschön zum Essen einladen. Oder hast du schon was vor?"

Sie hatte nichts vor und überlegte nur einen Augenblick.

„Okay, aber ich will so gegen 21 Uhr zuhause sein, ich habe mich für ein Telefonat mit meinem Bruder verabredet."

Das stimmte zwar nicht, aber sie wollte einfach ein wenig auf die Bremse treten und hatte tatsächlich Lust auf Alleinsein. Die Ereignisse überschlugen sich an diesem Tag und sie war sich nicht sicher, ob dieser Typ einer war, der ihr in den Kram passte.

Einerseits hatte sie schon seit Monaten keine Affäre mehr gehabt, andererseits hatte sie mit Turbo-Beziehungen bisher nur miese Erfahrungen gemacht.

„Super. Wo gehen wir hin?"

„Du bist der Taxifahrer und kennst dich in der Stadt sicher am besten aus. Ich hab da keine Vorlieben."

Was nicht ganz stimmte, am liebsten saß sie in Lokalen, in denen man ein gepflegtes naturtrübes Bier trinken konnte, rustikale Einrichtung bevorzugt, bloß kein Schickimicki.

„Es ist Freitag, wird schwer, ohne Reservierung was zu kriegen. Und ich weiß ja gar nicht, was du magst. Deutsch, Italienisch, Spanisch, Griechisch? Chinesisch? Thailändisch?"

Auf asiatisches Essen hatte sie nun überhaupt keine Lust. Sie war schon ein paar Mal von Männern in chinesische Restaurants eingeladen worden, die wollten sich dann immer profilieren und bestellten Stäbchen. Waren immer peinliche Vorstellungen gewesen – was für sie noch schlimmer war: Nach chinesischem Essen hatte sie spätestens nach zwei Stunden wieder Heißhunger. Aber griechisch essen war sie schon lange nicht mehr gewesen, und sie entschied sich dafür.

„Super. Gehen wir zum Odysseus in Kirchditmold? Da habe ich das erste griechische Essen meines Lebens gegessen, ich war sechs Jahre alt, oder sieben oder so. Ich rufe mal an."

Er suchte die Nummer, die er offensichtlich gespeichert hatte, und telefonierte. Danach klappte er sein Handy zu.

„Wenn wir gleich kommen, haben wir einen schönen Tisch. Dimitrios ist ein Freund von mir, du wirst nicht enttäuscht sein. Aua!"

Er rieb sich sein Hinterteil.

„Tut doch noch ein bisschen weh. Willst du wissen, wie die mir das Steißbein eingerenkt haben?"

Anke Dankelmann schüttelte den Kopf.

„Nicht zwingend. Aber ich habe so 'ne vage Vorstellung: Wahrscheinlich haben sie dir ein Brecheisen in den Hintern gesteckt und so lange dran rumgewürgt, bis es Knack gemacht hat."

Rolf lachte laut.

„Es war so ähnlich. Finger in den Po, Mexiko, und dann von außen mit dem Daumen aufs Kreuzbein gedrückt. Knack. Ende. Alles gut. Dann Spritze."

Sie waren am Auto angekommen, diesmal fuhr er. Sie brauchten knapp zwanzig Minuten, bis sie in der Nebenstraße im Stadtteil Kirchditmold ankamen und einen Parkplatz vor dem Restaurant fanden.

Anke Dankelmann war schon ein paar Mal hier gewesen, sie bewertete die Qualität eines griechischen Restaurants immer danach, ob ihr das Zaziki und der Gyros schmeckten. Der Rest war ihr meist egal. Und der Ouzo danach durfte nicht zu scharf sein. Dimitrios empfing Rolf überschwänglich, duzte die Kommissarin auch gleich und führte sie zu einem Tisch in einer Ecke des Restaurants. Und stellte sofort einen Ouzo vor sie hin.

„Du, ich weiß eigentlich gar nix von dir. Das ist irgendwie ein putziger Tag. Plötzlich fliegst du durch die Muckibude, wir beide landen im Krankenhaus, dann sitzen wir hier – es gab Zeiten in meinem Leben, da haben sich Bekanntschaften langsamer entwickelt. Bist du oft mit Frauen hier? Bist du verheiratet?"

„Ja, gelegentlich bin ich mit Frauen hier gewesen – aber ich bin nicht gebunden, oder wie man das so sagt."

Falscher Satz zur falschen Zeit, dachten beide. Aber warum hatte sie nach anderen Frauen gefragt? War genauso deplatziert. Anke Dankelmann verzieh ihm den Spruch, vielleicht war er einfach nur nervös, er wirkte nicht wie ein Angeber.

„Aber bei dir will ich mich ja auch nur bedanken. Und ich habe dir meinen Nachnamen noch gar nicht gesagt: Ich heiße Rolf Weller, unser Taxiunternehmen heißt Taxi-Weller."

Sie kannte das Unternehmen, die Wagen tauchten schließlich im Stadtbild häufig auf.

„Wir haben zwölf Wagen im Einsatz, Tendenz steigend. Ich bin nicht reich, ich bin nicht arm. Ich bin fünfundvierzig Jahre alt, habe keine Kinder, habe aber immerhin Abitur und drei Jahre VWL-Studium in Marburg. Und nun stoßen wir einfach mal an. Yammas!"

Er kippte den Ouzo hinunter.

„Aber du musst doch noch fahren!", sagte Anke Dankelmann.

„Frau Kommissarin, lass dir eins gesagt sein: Taxis werden nicht angehalten. Das ist Euer Problem. Ein Kernproblem sogar. Deshalb würde ich als Verbrecher nie im eigenen Auto fahren. Ich würde mir immer ein Taxi nehmen."

62

Klaus Fischer saß vor dem Fernseher und schaute sich eine DVD an. „Die Feuerzangenbowle" – wie er diesen Film mit Heinz Rühmann liebte. Er hatte am späten Nachmittag in der Seniorenwohnanlage angerufen. Onkel Volker hatte sich sehr gefreut, sie hatten lange miteinander geredet und sich für Sonntagabend verabredet.

„Gehst du zur Krebsvorsorge?", hatte der Onkel zum Schluss gefragt.

„Nein!“, hatte Klaus Fischer geantwortet. „Ich bin praktisch nie krank. Warum sollte ich?“

„Mein Junge, ich habe das Gefühl, das ist in unseren Genen. Schau deine Mutter an, schau mich an. Geh hin.“

Dann hatte er aufgelegt. Klaus Fischer hatte gerade an dieses Telefonat gedacht. Nun schaute er wieder den Film. Heinz Rühmann, der Pfeiffer mit den drei F, hatte mit seinen Kumpels ein Schild am Schultor angebracht. Inhalt: die Schule sei heute wegen Bauarbeiten geschlossen. Könnte es sein, dass vor fünfzig Jahren irgendjemand seinem Bruder auch eine Falschnachricht überbracht hatte, die Peter dazu verleitet hatte, einen anderen Heimweg zu nehmen?

63

Anke Dankelmann stieg etwas beschwipst aus dem Taxi. Es war kurz nach 21 Uhr, Rolf Weller wollte sie am Samstag oder Sonntag, je nachdem, wie es bei ihm von der Arbeit her passte, mal anrufen. Sie fand ihn unkompliziert, nett. Keine Perle von Mann. Aber auch keiner, den man unterschätzen durfte, fand sie. Sie hatte einen schönen Abend erlebt und freute sich jetzt aufs Bett.

Das musste aber noch warten, sie beschloss, noch ein Absacker-Glas Wein zu trinken und ein wenig zu zappen. Beides tat seine Wirkung, nach fünfzehn Minuten schaltete sie den Fernseher aus und ging schlafen.

Rolf Weller meldete sich am Samstagabend kurz, er war für einen erkrankten Fahrer eingesprungen und musste in der Nacht arbeiten. Sie hatte das Gefühl, dass er sich nur meldet, weil er das versprochen hatte und nicht, weil es ihm eine Bedürfnis war. Das enttäuschte sie ein wenig. Ihr Gefühlsleben, was Männer betraf, konnte sie nicht mehr richtig einschätzen. Sie hatte schon Jahre keine lang andauernde Beziehung gehabt, hatte das auch nie so richtig gewollt, vielleicht auch, weil nie der Partner vorhanden war, mit dem sie es mal hätte versuchen wollen. Und nun meldete sich doch unterschwellig aber häufiger das Bedürfnis, dass doch mal jemand zuhause sein sollte, wenn man heimkam. Oder am Wochenende, beipielsweise wie heute. Sie schaltete die Glotze an und ließ sich vom Aktuellen Sportstudio die letzte Müdigkeit verabreichen, die sie noch brauchte, um ins Bett zu gehen. Schwafelnde Trainer, schwafelnde

Spieler, schwafelnde Moderatoren. Nicht mal zum Zappen hatte sie heute Lust. Auch der Absacker fiel aus, bleiern war die Müdigkeit, sie kuschelte sich unter die Decke, machte das Licht aus. Und konnte nicht einschlafen. Warum hatte sich dieser Typ nur so kurz gemeldet? Auf pflichtbewusste Anrufe der Form halber konnte sie verzichten. Sie stand auf und trank doch noch einen Schluck. Das hast du nun davon, dachte sie. Wer gemeint war, blieb allerdings unklar.

Als sie am Sonntagmorgen komplett ausgeruht erwachte, prasselte ein Sommerregen an ihre Scheiben. Warum war in dieser Stadt das Wetter immer so arbeitnehmerunfreundlich? Die Woche über ein Traum-Sommer, am Wochenende das Desaster. Nach einem kurzen Frühstück mit zwei Tassen Kaffee hockte sie sich vor ihren Laptop. Sie sammelte Informationen über das Lager Friedland, studierte Internetseiten von Weltkriegsveteranen, deren Angehörigen und Hobby-Historikern: Dubiose Websites waren dabei, solche mit vertrauensfördernd klingenden Web-Namen – und dann verbarg sich doch ein kostenpflichtiger Dienst dahinter oder es handelte sich um die verdeckte Bewerbung der Dienstleistung einer Detektei. Sie versuchte es dann selbst mit ein paar willkürlich ausgewählten Suchbegriffen, landete bei www.weltkriegsopfer.de, wo sie einen Überblick über andere Suchdienste bekam. Es gab nicht nur den Volksbund, auch die Kirchen hatten Suchdienste, das DRK sowieso. Sie nutzte alle Kontaktformulare, ohne sich als Polizistin auszugeben. Sie suchte Hinrich Neumaier – beziehungsweise sie suchte jemanden, der etwas über ihn wusste. Es war halb drei am Nachmittag, als sie den Laptop herunterfuhr. Große Hoffnungen machte sie sich nicht, wer sollte nach all den Jahren plötzlich präzise Erinnerungen an eine einzige Person haben? Sie klappte das Gerät zu und merkte, dass sie großen Hunger hatte.

Sie fuhr in die Kohlenstraße zu McDonald's, bestellte am Autoschalter ein Big Mäc-Menü mit Cola light und fuhr, die ersten Pommes schon im Auto kauend, zurück durch den Regen in den Kirchweg. Es war halt ein fauler Sonntag, nichts geleistet, nichts gemacht – und dennoch hatte sie immer eine Spur schlechten Gewissens an solchen Tagen. Sie vertilgte den Big Mäc in Windeseile und hatte plötzlich Lust, ein bisschen Walking durch den Regen zu machen – später, sagte sie sich und hockte sich erneut vor den Laptop. In ihrem Mailaccount fand sie eine Mail von Dirk Dubs. Wie kam denn der an ihre private Mailadresse? Er bezog sich auf ihre Suchanfragen bei verschiedenen Diensten und bot ihr seine Hilfe an. Nachtigall, ick hör dir trapsen, sagte sie sich. Wollte er ihr beim Suchen helfen oder wollte er einfach nur Kontakt mit ihr? Zumindest warmhalten musste man sich diese Quelle, dachte sie und antwortete ihm unverbindlich und höflich. Die nächste Mail erschien ihr wie eine Spam-Mail und sie wollte sie eigentlich gleich löschen, war dann doch neugierig und öffnete sie. Ein Werner Edelmann steckte als Absender dahinter, hatte den Account seiner Firma, einer Spedition namens Edel-Ex, benutzt. Edel-Ex klang wie 'ne Partnervermittlung für ehemalige Lover, weiblich und männlich. Doch es war anders. Es war eine seriöse Firma, er hatte wohl auch einen faulen Sonntag verbracht und im Internet den einen oder anderen Spaziergang unternommen. Sie hatte bei ihren verschiedenen Anfragen immer die Regimentsnummer von Hinrich Neumaier genannt und den Ort, an dem sich seine Spur verlor, jenen Gniloi Tikitsch. Und dieser Edelmann berichtete nun, dass sein Vater ebenfalls am Gniloi Tikitsch verschollen sei – nach dem Krieg aber wieder aufgetaucht war und 1953 als Spätheimkehrer wieder zu seiner Familie kam. Edelmann war Jahrgang 1960, wie er schrieb, sein Vater war mit 19 in Gefangenschaft geraten und lebte noch in einem Seniorenstift in Erfurt. Dort hatte der Sohn auch seine Firma. Er wolle seinen Vater am Nachmittag, wenn er ihn besuchte, fragen. Edelmann versprach, sich zu melden, sobald er Näheres wisse. Anke Dankelmann spürte ein leichtes Kribbeln, das war dieses Spürhund-Gen, der Jagdtrieb, sie war gepackt von dem Wunsch, den Fall aufzulösen. Aber welchen Fall eigentlich? Es ging ja eigentlich um Peter Fischer, und hier war sie jetzt dabei, das Schicksal eines Kriegsvermissten zu klären. So richtig hilfreich war das möglicherweise alles gar nicht, um Peter Fischers Verschwinden aufzuklären. Ist auch wurscht, dachte sie sich, ist ja eher ein Freizeitvergnügen. Und die Freizeit endete am nächsten Morgen um sechs Uhr. Da klingelte der Wecker, und die Pflicht im Präsidium ging los.

64

Klaus Fischer drehte am Nachmittag mit Oswald wieder eine Runde durch den Eichwald. Als er in den Ruhestand wechselte, da waren es gerade die Sonntagnachmittage gewesen, die ihn belasteten. Keine Pläne, keine Kontakte, die Zeit zog sich endlos und manchmal hatte die Langeweile ihm regelrecht den Atem geraubt. Das war mittlerweile anders, er hatte sich dran gewöhnt. Und redete sich, wenn ein Langeweile-Anfall kam, ein, dass diese Form von Zeitverschwendung doch Luxus sei. Und außerdem würde er am Abend Onkel Volker besuchen. Oswald hatte keine Langeweile, er schnüffelte, pinkelte hier und da, schaute gelegentlich mit angewinkelter linker Vorderpfote in das Dickicht, in der Hoffnung, etwas Jagdbares zu erspähen. Sah er ein Eichhörnchen oder gar ein Karnickel, dann gab es kein Halten mehr. Er sprintete los, bis Klaus Fischer ihn an der langen Schleppleine irgendwann festhielt. Der Dackel war dann schwer beleidigt, vergaß die Prozedur aber bald wieder – bis zum nächsten Eichhörnchen. Oder Karnickel.

Klaus Fischer war seit der Begegnung mit der Kommissarin noch nachdenklicher geworden. Er kramte immer wieder in seinen Erinnerungen auf der Suche nach einem Hinweis, warum und wie sein Bruder an diesem Tag seinen Heimweg änderte und so spurlos hatte verschwinden können. Und es quälte ihn die Frage, ob sein Vater möglicherweise doch irgendwann aufgetaucht war und ob es der Mann gewesen war, an den er sich so schemenhaft erinnerte. Kurz vor dem Abzweig in den Umbachsweg fiel ihm etwas ein: Als er den Haushalt seiner Eltern aufgelöst hatte, da packte er ganze Zigarrenkisten mit Fotos, auf denen er niemanden zu erkennen glaubte, in einen Umzugskarton, der irgendwo auf dem Dachboden stand. Er hatte kein Foto von seinem Vater oder gar von seinen Eltern gemeinsam. Seine Mutter hatte aus Rücksicht auf seinen Adoptivvater auf solche Erinnerungsgegenstände verzichtet. Ihm hatte ein Foto seines Vaters nie gefehlt – weil der selbst ihm ja auch nicht gefehlt hatte. Er würde wohl mal ein wenig Zeit auf dem Dachboden verbringen müssen.

Als Klaus Fischer am Abend zu Volker Weisbrod fuhr, hatte er diese Zigarrenkiste voller Fotos dabei. Sie fremdelten bei der Begrüßung, wussten nicht, ob sie sich umarmen sollten oder nicht. Sie ließen es bleiben.

Der Ex-Kommissar sah extrem schlecht aus, Klaus Fischer erschrak bei seinem Anblick und hätte den Mann auf der Straße garantiert nicht als seinen Onkel wiedererkannt. Weisbrod freute sich sehr über das Wiedersehen mit seinem Verwandten. Sie erzählten kurz ihre Lebensgeschichten, um die Lücken im Wissen über den anderen zumindest behelfsmäßig zu überbrücken. Und beugten sich dann über die Fotos.

„Du hast kein Foto von Hinrich, deinem Vater?", fragte Weisbrod entgeistert.

Klaus Fischer schüttelte den Kopf.

„Ich glaube nicht. Mutti wollte das nicht, ich kann das auch verstehen. So ein Foto in irgendeiner Ecke der Wohnung wäre ja extrem ärgerlich für Papa gewesen, also meinen Stiefvater. Und bei mir war irgendwann der Zeitpunkt gekommen, an dem ich gar nicht mehr daran gedacht habe. Ich weiß, dass sie mir einmal ein Bild, ein Foto gezeigt hat. Aber ich kann mich nicht an Details erinnern. Aber eigentlich kann ich das ja gar nicht mit Sicherheit sagen – vielleicht habe ich ja hier ein Foto und weiß es selbst gar nicht."

Volker Wiesbrod nickte.

„Dann zeig mal her, bin mal gespannt, ob ich überhaupt jemanden drauf erkenne."

Er nahm eine Handvoll Fotos.

„Deine Großeltern hast du gar nicht mehr richtig gekannt, oder?"

Fischer schüttelte den Kopf.

„Das sind die Eltern deiner Mutter."

Klaus Fischer hatte einen Bleistift in der Hand und beschriftete das Foto auf der Rückseite. Es war keine gute Aufnahme, die Gesichter waren kaum zu erkennen. Ein dicker Mann, im Sonntagsanzug, daneben eine wesentlich kleinere, schlanke Frau, im geblümten Kleid. Weisbrod sichtete weitere Fotos.

„Die kenne ich alle nicht, das hier ist deine Mutter, da war sie vielleicht fünfzehn, sechzehn. Hinten siehst du den Park in Neustrelitz, wo man sonntags immer spazieren ging. Das war langweilig, aber zum Schluss gab es für die Kinder immer was zum Schnucken. Als wenn man für die Langeweile und die Geduld belohnt werden sollte."

Klaus Fischer betrachtete das Mädchenfoto seiner Mutter. Sie sah lebenslustig aus, ein hübsches Ding. Ihm wurde ein wenig warm ums Herz. Wenn sie da fünfzehn, sechzehn war, dann war das kurz vor Ausbruch des Krieges.

„Und was haben wir denn hier?“

Volker Weisbrod hielt ein Foto hoch – ein typisches Motiv, ein Mann in voller Lebensgröße, die Arme auf dem Rücken verschränkt, ernst in die Kamera blickend.

„Das ist Hinrich Neumaier, dein Vater!“

Klaus Fischer riss ihm das Foto aus der Hand und starrte auf das Bild. Der Mann war schlank, hatte dunkle Haare, blickte streng. War das Foto dem Mann ähnlich, den sie mal auf dem Königsplatz getroffen hatten?

„Was denkst du, wenn du das Foto siehst?“, fragte Weisbrod.

„Weiß nicht. Irgendwie erkennt man ja keine Ähnlichkeit mit mir, da fällt es einem schwer, den Mann als Vater zu betrachten. Meine Gefühlswelt? Völlig intakt. Ich sehe das Bild eines Unbekannten, höre keine Stimme, kann in keine Augen sehen, kann keine Bewegungen beobachten, aus denen man irgendwas erkennen könnte. Vielleicht muss ich mich aber auch an das Bild erst gewöhnen. Würde er vor mir stehen, müsste ich mich ja auch erst einmal daran gewöhnen.“

Weisbrod lächelte.

„Lass dir einfach mal Zeit, vielleicht hilft das Bild ja bei Erinnerungen.“

„Welche Erinnerungen, Onkel Volker? Ich habe ihn ja nie gesehen.“

„Lass deine Phantasie einfach mal arbeiten.“

„Verstehe ich nicht ...“

„Du hast ja recht, wie will man sich an etwas erinnern, was nie passiert ist. Auf diese Art bildet man sich nur Dinge ein, die gar nicht passiert sind. Dein alter Onkel erzählt Unsinn.“

Sie schauten sich die anderen Foto an, eines zeigte eine Feier in irgendeinem Garten in Neustrelitz, Volker Weisbrod saß neben Hinrich Neumaier, Weisbrod war ein gutaussehender Mann, sympathisch lächelnd, Klaus Fischers Vater dagegen blickte wieder ernst, beinahe streng in Richtung Fotograf.

„Das war die Geburtstagsfeier bei Onkel Willi, das war aber kein Verwandter, der wohnte in unserer Straße neben uns und hatte einen riesigen Garten. Wir Kinder nannte ihn einfach Onkel und das blieb so, auch als wir selbst schon erwachsen waren. Das Foto muss vielleicht 1942 entstanden sein. Deine Eltern waren da schon verheiratet, kurz danach war deine Mutter schwanger und dein Vater musste in den Krieg. Alles Weitere kennst du ja."

Ja, dachte sich Klaus Fischer, alles Weitere ist lückenhaft bekannt.

Nach einer Stunde war Volker Weisbrod mit seinen Kräften am Ende. Er nahm beim Abschied seinen Neffen in den Arm und weinte.

„Hätten wir uns bloß früher getroffen, jetzt ist es bald vorbei. Ich bin so froh, dich wieder getroffen zu haben."

Er drückte ihn leicht, das war wahrscheinlich, dachte sich Klaus Fischer, so fest er konnte mit seiner Krankheit. Er hatte schon wieder einen Kloß in sich von der Größe der Zugspitze.

Als er später im Bett lag, hielt er noch lange ein paar Fotos in der Hand und besah sie sich immer und immer wieder. Das also ist mein Vater. Ich habe niemals im Leben auch nur einmal Papa zu dir gesagt. Wie würde ich dich begrüßen? Was würde ich empfinden, wenn du vor mir stehen würdest? Wie lange würde es dauern, bis ich dich lieben könnte?

Langsam entfaltete sich so etwas wie Gefühl in ihm. Kein Zorn, eher Mitleid, ein wenig Bedauern oder gar Sehnsucht. Wie es dir wohl ergangen sein mag?, fragte er sich. Die Geschichte hatte seine Familie, mehrere Generationen um das betrogen, was normalerweise Eltern, Kindern, Großeltern erleben durften. Betroffen waren Millionen. Oswald kratzte an der Tür, das machte er eigentlich nur, wenn er dringend raus musste. Klaus Fischer öffnete die Tür. Diesmal aber wollte der Dackel sich nur auf dem Teppich im Schlafzimmer hinlegen. Er schaute Klaus Fischer aus großen Augen an. Mit dem Herrchen stimmte heute etwas nicht. Dafür hatte dieser eigenwillige, manchmal starrsinnige Hund dann doch ein Gespür. Doch wenige Minuten später war er eingeschlafen, fiepste irgendwann in seinen Hundeträumen. Vielleicht jagte er diesmal einem Eichhörnchen hinterher, und keine Leine bremste ihn im letzten Augenblick.

Klaus Fischer ließ das Licht in dieser Nacht lange brennen.

65

Anke Dankelmann hatte das lausige Wetter genutzt, um ohne schlechtes Gewissen auf ihren Sport zu verzichten, sie hatte gelesen, noch einmal eine Stunde geschlafen – und dann wie wild im Netz weiter recherchiert. Sie machte sich weiter keine großen Hoffnungen auf Hinweise dieses Edelmann – und wusste, dass sie den Fall ohnehin nicht mit derselben Intensität weiter verfolgen können würde. Bisher war das Ganze reiner Luxus gewesen – und zwar komplett ohne Ergebnis. Sie rief Christiane Matussek an, die sehr enttäuscht war von den bisherigen Erkenntnissen.

„Ist ohnehin unpassend, am Mittwoch erscheint der nächste Fall, das ist ein Mord im Jahr 1995. Du weißt ja noch, als wir die Akten eingesehen haben, waren wir ja beide sehr überrascht. Auf einem Parkplatz im Reinhardswald war ein Mann erschossen augefunden worden, er lag versteckt in einem Holzstapel. Zeugen? Fehlanzeige. Der ist, so die Ermittlungen, an dem Ort erschossen worden. Keiner hat was gesehen, keiner hat was gehört. Was ich sagen will: da kann es sein, dass sich da mehr Leute melden, weil das ja noch nicht so lange her ist. Mal sehen, was aus Peter Fischer wird. Ich habe die Befürchtung, dass wir da nicht weiterkommen, und du?"

Anke Dankelmanns Hirn sagte ihr, dass es logisch sei, diesen Fall erneut zu den Akten legen zu müssen. Aber ihr Instinkt sagte ihr, dass da irgendwas bei rumkommen würde.

„Ich weiß nicht, Christiane, rational betrachtet hast du natürlich Recht. Aber bedenk mal: diese Story um den Vater, der verschollen ist"

„Wie hunderttausende andere im Krieg!", unterbrach sie die Journalistin.

„Ja, sicher. Aber ... ach, nur so ein Gefühl ..."

„Kenne ich, das habe ich als Journalistin auch manchmal. Man sollte darauf vertrauen, aber nur, solange das Gefühl einen antreibt und man nicht gegen den Verstand arbeiten muss."

Die Frau hatte recht, das wusste Anke Dankelmann.

Die Matussek lud sie spontan noch zu einem Glas Wein ein, sie hätte zwar gern deren Mann mal kennengelernt, aber sie war, trotz des Dauer-Faulenzens am Wochenende, todmüde. Und setzte sich dann doch noch, statt früh ins Bett zu gehen, in ihren Lieblingssessel mit Blick auf den Nachthimmel über Kassel. Sie hatte irgendwo gelesen, dass Ingwerwasser sehr gesund sei und hatte ein Glas davon in der Hand. Trank widerwillig zwei Schluck und stand dann abrupt auf. Ging zur Spüle, schüttete das Zeug weg, schüttelte sich angewidert und packte die offene Flasche Rotwein. Gesund war das, was man tat und sich dabei wohlfühlte, dachte sie und goss sich ein großes Glas ein.

Zurück auf dem Sessel, wanderten ihre Gedanken erstmals nicht zurück zu dem Fall. Dachte an Rolf Weller und den Tag mit dessen Auftritt in der Muckibude und musste lächeln bei der Vorstellung. Sie nippte am Rotwein und hatte von einer Sekunde auf die andere mal wieder das brennende Gefühl, irgendetwas in ihrem Leben verpasst zu haben. Sie war ein extrem positiv denkender Mensch, keineswegs anfällig für Momente, die ihre Mutter immer so umschrieben hatte: „Ich kriege einen Moralischen.“ Heute Abend aber war es so, dass sie dachte, mal wieder Zärtlichkeit und Leidenschaft im Leben spüren zu wollen. Hier in ihrer Wohnung würde sie niemanden kennenlernen – und mit der festen Absicht, jetzt den Märchenprinzen zu finden, auf die Piste zu gehen, war sicher auch der falsche Plan. Also weiter auf den Zufall hoffen? Liebe Anke, sagte sie zu sich selbst, du hast diese Gedanken schon so oft gehabt. Pragmatisch, wie du bist, machst du besser keine Pläne, nimmst dir keine großen Vorsätze ins Visier, das Leben lebt so, wie es das vorhat. Und du hast da noch eine Flasche Rotwein stehen, um die muss sich auch jemand kümmern. Sei ein Kümmerer und versink nicht in dir selbst. Ein paar Minuten später, zurück im Lieblingssessel, schaute sie auf die Uhr. 21.35 Uhr. Alkohol, sehnsuchtsvolle Gedanken, Lust auf Fleischliches – es war eine explosive Mischung, die die Vernunft beiseite drängte. Sie griff zum Telefon und rief ihren Immer-wieder-zwischendurch-problemlos-Lover Pablo an. Pablo kannte das. Er hatte Zeit und Lust. Anke Dankelmann hatte eigentlich keine Zeit. Aber Lust.

Dachte danach, es war 0.30 Uhr, kurz an Rolf Weller. Wieso kroch der in ihren Gedanken herum, fragte sie sich verwirrt, beinahe zornig. Und sie fühlte sich plötzlich alles andere als gut. Sie bat Pablo, nicht über Nacht zu bleiben. Aber das hatte er ohnehin nicht vorgehabt. Das frühe Aufstehen der Kommissarin, das war nicht seine Welt. Als er gegangen war, kam sie sich schäbig vor. Wechselte die Bettwäsche, als wolle sie sich mit der Arbeit bestrafen. Duschte.

Und schlief dann hundemüde ein. Was regst du dich so auf? Fragte sie sich. Und fand keine Antwort.

66

Als der Tatort aus Frankfurt endlich vorbei war, griff Karl Dietrich zum zigsten Mal in den vergangenen Tagen zur HNA. Wieder nahm er die Seite über Peter Fischer in die Hand. Wieder griff er im Kopf auf all die Archivaufnahmen zurück aus dieser Zeit, aus diesen schrecklichen Tagen vor fast fünfzig Jahren, als sein Freund verschwand. Er wusste nicht, ob er etwas beitragen konnte zur späten Aufklärung des Falles. Und er traute sich deshalb nicht, sich als Zeitzeuge zu melden. Er saß auf dem Sofa seiner kleinen Wohnung in der Wißmannstraße im Forstfeld. Früher hatte man diese Gegend Togo-Siedlung genannt – weil so viele Straßennamen den deutschen Kolonien entlehnt waren. Er war vor zwanzig Jahren hierhergezogen, hier in der Nähe war er geboren worden, bevor die Familie dann nach Wehlheiden gezogen war. Karl Dietrich war Busfahrer, am Samstag hatte er eine Kaffeefahrt nach Bad Zwischenahn kutschiert, heute hatte er frei gehabt, morgen hatte er auch keinen Dienst. Er liebte seinen Job, immer neue Menschen, immer neue Strecken, neue Städte, manchmal, in den letzten Jahren allerdings zunehmend weniger, hatte er sogar die Chance, diese neuen fremden Orte richtig zu erleben. Am Dienstag würde er eine Reisegruppe des CVJM nach Avignon kutschieren, würde sogar da bleiben können, die Rückreise und neuerliche Anfahrt wäre teurer als sein Aufenthalt dort. Er machte die Fahrten für den Verein seit vielen Jahren, sie forderten ihn auch jedes Mal direkt an. Mittlerweile kannte er in Avignon jeden Stein, es gab eine Bar, „Bar Central“, in der wurde er wie ein Dauergast begrüßt. Er sprach ein wenig Französisch, deswegen fand er dort immer wieder schnell Anschluss. Ab Dienstag wäre er also eine Woche weg. Wenn er bei der Polizei oder bei der HNA anrufen wollte, dann müsste das morgen am Montag geschehen. Aber was sollte er erzählen? Immer wieder hatte er an diesen Tag gedacht, an die Szene, an die Situation, als er aus dem Fenster des Klassenraums geblickt und diese beiden unbekannten Männer vor dem Bunker gegenüber gesehen hatte. Wie merkwürdig ihm das vorgekommen war. Standen da im Dunkel und rauchten. Aber könnte er sie beschreiben? Und was würde diese so vage Beschreibung heute noch nutzen? Erneut folterte er sein Gehirn, wollte Erinnerungen herausquetschen. Und war sich sicher, dass alles, was er jetzt neu dachte oder ersann, mit der Realität von damals nur wenig zu tun hätte. Er legte die Zeitung beiseite und wollte die Entscheidung, ob er sich als Zeitzeuge melden würde, der Stimmung am Montag überlassen.

67

Anke Dankelmann kam übernächtigt ins Büro. Sie hatte Pablo geradezu gierig verschlungen und war dann doch froh, dass er weg war – und hatte eine Stimmung verspürt, die mit Wohlbefinden oder Zufriedenheit so rein gar nichts zu tun hatte. Sie verdrängte die Gedanken auf dem Weg ins Präsidium und konzentrierte sich auf die Woche. Als sie aus dem Auto stieg, klingelte ihr Handy. Sie hatte aus Jux ein neues Klingelzeichen heruntergeladen – die Glocken des Fritzlarer Doms. Immer, wenn jemand anrief, lärmte ihr Telefon jetzt wie das Läuten zur Weihnachtsmesse. Die Leute schauten immer entgeistert – sie fand das aber witzig. Der Fritzlarer Dom läutete Sturm in ihrer Handtasche. Sie nahm den Anruf an.

„Guten Morgen, Frau Dankelmann, hier ist Klaus Fischer. Entschuldigen Sie die frühe Störung, ich nerve Sie auch nur mit einer Kleinigkeit."

Klaus Fischer machte eine Pause, wollte wohl die Gemütsverfassung seiner Gesprächspartnerin erkunden.

„Alles in Ordnung, Herr Fischer. Und Sie stören überhaupt nicht. Was gibt es denn?"

„Ja, ich weiß nicht, ob das wichtig ist. Aber ich habe zusammen mit meinem Onkel mal alte Bilder, die meine Mutter aufbewahrt hatte und die bei mir auf dem Dachboden in einer Kiste vergammelten, durchgesehen. Und da hat Onkel Volker auf zwei Fotos meinen Vater identifiziert. Vielleicht können Sie die ja gebrauchen?"

„Warum nicht? Wie können Sie mir die zukommen lassen?"

„Ich habe die heute morgen eingescannt, ich wollte die auf dem Rechner haben, dieses alte Fotopapier hält ja auch nicht ewig und so bewahre ich zumindest die Qualität von heute. Ich kann sie ihnen mailen, wenn sie mir Ihre Mailadresse geben würden?"

„Klar. Also: anke.dankelmann@polizei.hessen.de. Da bin ich ja mal richtig gespannt!"

„Die Fotos haben Sie in ein paar Minuten, vielleicht rufen Sie mich an, wenn sich etwas Neues ergibt?"

„Klar, vielen Dank – und einen schönen Tag!"

Klaus Fischer erwiderte die Wünsche und unterbrach die Verbindung.

Auf die Bilder von Hinrich Neumaier war sie absolut gespannt. Aber ob die was mit dem Fall zu tun haben könnten, das war ihr immer noch schleierhaft.

„Hui, Madame sehen etwas derangiert aus!"

Bernd Stengel, wie immer unverschämterweise am Morgen ein Abbild blühenden Lebens, grinste sie an, als er ins Büro kam. Anke Dankelmann winkte nur ab, die Sprüche hatte sie in den vergangenen Jahren so oft gehört. Aber „Madame" hatte er noch nie zu ihr gesagt.

„Liegt was an?", fragte sie mit müder Stimme.

„Ach ja, du kannst ja jetzt neben deinem Sonderauftrag wieder richtig für uns arbeiten."

Wieder so ein Seitenhieb, den er sich gerade am Montagmorgen gerne sparen könnte.

„Grit Willrich kommt um 11 Uhr vorbei, ich denke mal, dass wir da heute den Deckel auf den Fall machen können. Der Mann hat sich umgebracht, das ist eindeutig. Irgendeine Verbindung zu einer Straftat gibt es nicht. Die Herkunft der Waffe ist nicht komplett geklärt, aber es gibt zumindest eine mögliche Erklärung. Die Waffe ist auch nicht polizeilich bekannt – da wurde also bisher bei keiner Straftat mit geschossen. Ist übrigens eine Makarov, also russisches Model älterer Bauart, die wurde nur bis 1991 produziert. Wie die hier in den Westen gekommen ist – naja, als die Russen nach der Wiedervereinigung abgezogen sind, haben die armen Schweine von Soldaten wahrscheinlich alles verhökert, was sich zu Devisen machen ließ."

„Prima. Die Willrich will ich mir auch mal ansehen, reine Neugier. Will mal sehen, wie so eine Flippi-Tante ist, wie sie redet und so."

Bernd Stengel verdrehte die Augen. Weiber!, dachte er, immer sind so viele Emotionen im Spiel.

„Und weißt du was? Es gibt mittlerweile wohl Fotos vom Vater dieses Klaus Fischer. Ob uns das hilft weiß ich nicht, aber er hat sie mir geschickt."

Sie öffnete ihren Mailaccount und fand die Mail von Klaus Fischer. Klickte auf eines der beiden Bilder und sah diesen dunkelhaarigen, so streng und ernst dreinschauenden Mann, der die Arme auf dem Rücken verschränkt hielt.

„Wie kriege ich das denn hin, dass ich das Foto in groß ausdrukken kann?"

Hilfesuchend blickte sie Richtung Stengel, der eindeutig der Bessere im Umgang mit dem Computer war. Der stand auf, ging um den Schreibtisch, klickte mit dem Mauszeiger ein paarmal auf dem Bildschirm herum, und schon begann der Drucker mit seiner Arbeit. Es war ein sehr pixelig gedrucktes Foto, deshalb machte er das Ganze noch einmal – mit einer leicht verkleinerten Darstellung.

„Danke", murmelte Anke Dankelmann und schaute sich das Blatt an. Dieser Mann war also irgendwo in den kalten Weiten Russlands verschollen. Oder tot.

Sie legte den Ausdruck auf ihren Schreibtisch, holte sich einen Kaffee und ging dann mit Stengel und den anderen Kollegen zur Morgenlage bei Richard Plassek. Der Blick aus dem Fenster machte sie zornig. Das Wochenende hatte es geregnet, was das Zeug hielt. Und nun schien die Sonne strahlend vom Himmel und versprach eine richtige Sommerwoche. Petrus hatte kein Herz für die arbeitende Bevölkerung. Zur Strafe würde sie demnächst den Klingelton wieder ändern.

68

Grit Willrich kam ein paar Minuten vor der Zeit. Blondgefärbte, mittellange Haare, Sonnenbrille im Haar, braun gebranntes Gesicht, braune, eindringlich blickende Augen. Etwas kleiner als Anke Dankelmann, schlank, farbenfroh adrett gekleidet – von flippigem Aussehen und Auftreten keine Spur. Sportliche Figur, der tiefe Ausschnitt ihrer knallroten Bluse zog die Blicke von Bernd Stengel an. Anke Dankelmann beobachtete amüsiert ihren Kollegen, der alle Mühe hatte, seine Augen zu kontrollieren. Sie saßen im Besprechungsraum, jeder eine Tasse Kaffee vor sich. Grit Willrich trauerte nicht um ihren Mann und gab sich auch gar nicht die Mühe, zu schauspielern.

„Ich habe eine Firma beauftragt, das Haus zu entrümpeln. Ich hoffe, die Polizei hat da nichts gegen einzuwenden? Oder müssen Sie noch einmal etwas durchsuchen?“

Stengel schüttelte den Kopf.

„Nein, aus unserer Sicht ist der Fall eigentlich abgeschlossen. Gibt es denn so etwas wie ein Testament?“

„Zu der Zeit, als ich noch hier wohnte, gab es das nicht. Wo fragt man denn da nach?“

„Beim Amtsgericht, wenn es eins gibt und es dort hinterlegt wurde.“

„Haben Sie da eine Adresse, Telefonnummer, Sie haben doch häufiger mit solchen Fällen zu tun?“

„Geben wir Ihnen nach dem Gespräch, kommen Sie einfach noch mit ins Büro.“

Bernd Stengel räusperte sich. „Ich muss Sie das noch einmal fragen, Frau Willrich. Es gibt ja keinen Abschiedsbrief, der etwas über die Motive Ihres Mannes erkennen ließe, warum er sich umgebracht hat. Glauben Sie, es hat möglicherweise etwas damit zu tun, dass Sie ihn verlassen haben?“

„Ich kann es Ihnen nicht sagen, nach all den gemeinsamen Jahren glaub ich aber nicht, dass seine Gefühle zu mir so existentiell waren, dass er jetzt nach diesem zeitlichen Abstand plötzlich in den Wald rennt und sich aus Verzweiflung wegen mir umbringt. Da muss es einen anderen Grund, vielleicht ja auch eine andere Frau gegeben haben.“

Grit Willrich musterte Anke Dankelmann eindringlich.

„Darf ich mal fragen, warum Ihre Kollegin bei dem Gespräch dabei ist? Sie hatte doch bisher nichts mit der Sache zu tun, oder?“

Grit Willrichs Ton hatte etwas Schnippisches an sich. Mein Gott, Weiber ..., dachte Bernd Stengel erneut und merkte, wie sich Anke Dankelmanns Augen verengten. Er gab ihr mit Blicken zu verstehen, dass sie bitte ruhig bleiben solle und sagte in beruhigendem Tonfall:

„Meine Kollegin und ich, wir waren sozusagen die ersten Ermittler am Fundort der Leiche. Sie hat also sehr wohl was mit der Sache zu tun. Zurück zu Ihrem Mann: Hat er Anzeichen für eine

Depression gehabt, oder könnte es sein, dass er herausbekommen hat, dass Sie und Dr. Schnabel liiert sind?"

„Kann sein, aber umgehauen hätte ihn das sicher nicht, zumindest nicht so, dass er sich umbringt. Und Sie haben mir ja selbst erzählt, dass er nach der Trennung nicht den Arzt gewechselt, sondern weiter Herrn Schnabel auch als psychologischen Ratgeber aufgesucht hat. Da muss irgendwas anderes vorgefallen sein, auch dieses Messie-Dasein, das kannte ich früher nicht. Das Haus ist ja eine einzige Müllhalde, ich habe mich so geekelt, als ich da durchgegangen bin."

Sie strich sich mit den Fingern durch die Haare.

„Es hat einen Knacks bei ihm gegeben, der nichts mit mir zu tun hat. Zumindest hoffe ich das. Und bin mir eigentlich auch sehr sicher."

„Wohnen Sie derzeit bei Schnabel?"

Grit Willrich lächelte. „Naja, in der Müllhalde am Brasselsberg geht das ja kaum. Aber ich wohne nicht bei Schnabel. Ich wohne im Ramada-Hotel. So lange Zeit zusammen – das ginge mit uns beiden nicht gut."

Es waren halbherzige Fragen, die er stellte, einfach, um das Gefühl zu haben, aus ihrer Sicht tatsächlich den Fall zum Abschluss gebracht zu haben. Irgendwann atmete Stengel tief durch und sagte:

„Okay, Frau Willrich. Wir kommen nicht weiter. Aber vielleicht geht es ja sowieso nicht weiter, weil alles gesagt ist. Kommen Sie mit?"

Sie gingen noch ins Büro der beiden Kommissare. Grit Willrich schaute sich interessiert um, Stengel kramte auf seinem Schreibtisch.

„Woher haben Sie denn dieses Foto?", sagte sie plötzlich und zeigte auf den Ausdruck auf Anke Dankelmanns Schreibtisch.

„Entschuldigen Sie, wenn ich die Frage zunächst mit einer Gegenfrage beantworte, Frau Willrich, die richtige Antwort bekommen Sie gleich: Woher kennen Sie das Foto, beziehungsweise das Bildmotiv? Kennen Sie den Mann?"

„Ja klar, das ist Hanspeter Willrich, der Vater meines Mannes. Das Foto müsste am Brasselsberg irgendwo stehen. Mein Schwiegervater ist vor etwa zehn Jahren verstorben, Peter hat sehr an ihm gehangen. Vielleicht sagt Ihnen der Name ja was. Der war lange

Zeit Bürgermeister in Gudensberg, alte SPD-Größe. Und jetzt die Antwort bitte?"

Anke Dankelmann erzählte die Geschichte des Bildes. Grit Willrich setzte sich langsam auf den Besucherstuhl.

„Das gibt es doch nicht!", flüsterte sie und schaute die Kommissarin entgeistert an.

„Das gibt es nicht", Anke Dankelmann fiel nichts Besseres ein, als die Worte zu wiederholen. „Wie passen denn diese Fäden zusammen? Willrich. Neumaier. Das ist der Vater Ihres Mannes? Fiel irgendwann mal der Name Neumaier?"

„Nein. Ist mir nicht erinnerlich. Wer ist Neumaier?"

„Hatte ich eben kurz erwähnt. Das ist insgesamt eine noch längere Geschichte als die, die ich Ihnen eben erzählt habe. Aber zunächst will ich wissen, ob die Fotos identisch sind. Wir müssen zum Brasselsberg. Helfen Sie uns? Haben Sie Zeit?"

Grit Willrichs Augen funkelten. Interessiert. Gespannt. Sie nickte.

Zehn Minuten später war Anke Dankelmann auf dem Weg zum Brasselsberg. Sie ging ins Haus, ekelte sich zum wiederholten Mal über diese Müllansammlungen und begann trotzdem zaghaft mit der Suche, Grit Willrich würde ebenfalls gleich eintreffen. Die Frau war wie ausgewechselt, nachdem sie die Geschichte um das Foto erfahren hatte. Die Kommissarin schaute sich um. Öffnete hier eine Schublade, da die nächste. Und sah ein, dass das alles sinnlos war. Sie hatte hier keine Idee, wie sie systematisch vorgehen konnte. Der Müll und der Gestank – jede Minute zusätzlichen ergebnislosen Suchens machte sie aggressiver und zielloser.

69

Nach wenigen Minuten blieb Anke Dankelmann in der Küche stehen, schaute aus dem Fenster und atmete tief durch. Das musste sie jetzt erst noch einmal verinnerlichen. Der Start mit der Serie für die HNA. Die Auswahl der Fälle. Peter Fischer – eine aussichtslose, aber absolut spannende Story. Dann der Nebenkriegsschauplatz mit dem Vater des Bruders und erstem Ehemann der Mutter, Hinrich Neumaier, verschollen irgendwo in Russland. Der Selbstmord von Peter Willrich. Die Sache mit dem Foto. Und nun also Hanspeter Willrich. Waren die wirklich ein und dieselbe Person? Und wenn ja

– was war das dann plötzlich für ein Fall? Verschollener Russlandsoldat taucht unter falschem Namen auf und wird Bürgermeister einer Kleinstadt in Nordhessen – und nimmt nie Kontakt mit seinem leiblichen Sohn auf? Sondern hat ein weiteres Kind mit einer anderen Frau? Schräg, sehr schräg, schräger geht es nicht, dachte die Kommissarin. Und man müsste auf jeden Fall versuchen, per DNA-Analyse zu ermitteln, ob Klaus Fischer und Peter Willrich Geschwister waren. Aber mit Blick auf die Hürden, die vor so einem Gentest standen, stellte sie den Gedanken erst einmal hinten an.

Was für ein Hammer das auch für Klaus Fischer sein musste. Da verliert der Mann einen Halbbruder, und nun den nächsten, von dem er noch nicht einmal weiß, dass der existiert.

70

Grit Willrich stand plötzlich vor ihr und riss sie aus den Gedanken.

„Ich habe noch einen Schlüssel für das Haus, brauche ich ja auch wegen der Haushaltsauflösung und so“, sagte sie entschuldigend.

„So weit ich das beurteilen kann, ist das Ihr Haus jetzt. Also: warum sollten Sie keinen Schlüssel haben?“

„Soll ich mal sehen, ob ich uns einen Kaffee machen kann?“

Grit Willrich hatte plötzlich eine warme Stimme, als ahnte sie, dass die Frau ihr gegenüber in ihren Gedanken durcheinander gewirbelt war. Unterstützung brauchte. Sie wartete die Antwort nicht ab und machte sich auf die Suche nach Kaffee in der Küche.

„Es gibt nur Nescafé, das Mindeshaltbarkeitsdatum ist längst überschritten, ich versuche es trotzdem mal, okay?“

„Kann denn so ein Pulverkaffee schlecht werden?“

„Weiß nicht, nach zehn Jahren könnte es eng werden, wenn der langsam grün geworden ist. Ist aber nur ein halbes Jahr.“

Sie kochte Wasser und goss es dann in zwei frisch gereinigte Tassen.

„Wissen Sie, ich hab ein wenig Bammel davor, das Bild zu finden – vielleicht ist alles ein Irrtum und die ganze Hammerstory entpuppt sich als Rohrkrepierer“, sagte Anke Dankelmann.

Grit Willrich nippte am Kaffee und verzog wegen des unsäglich miesen Geschmacks das Gesicht. „Bäh, grauenhaft, aber ich brauche jetzt Koffein.“

„Vielleicht sollten wir das Pulver pur schlucken. Mein Bruder hat mal irgendwann einen Film mitgebracht, ein ganz früher Streifen von Marius Müller-Westernhagen. ‚Harakiri Whoom' hieß der. Und der Westernhagen fuhr einen Lkw und hat immer diese komischen dreieckigen Tüten aufgebissen und sich den Kaffee reingekippt. So sollten wir es dann hier auch machen, wenn es länger dauert.

Grit Willrich lachte laut.

„Gute Idee! Aber den Streifen kenne ich gar nicht, naja, egal."

„Wissen Sie, ich bin hier in diesem Haus und habe, wie gestern auch schon, überhaupt kein Gefühl. Ich komme mir vor wie eine Maklerin, die jetzt die Bude entmottet und dann zum höchstmöglichen Preis verkloppt. Kohle einsacken, Notar bezahlen, Abflug und das war's."

„Hmmm. Haben Sie hier keine schönen Tage erlebt?"

„Weiß nicht, eher nicht. Oder ja, vielleicht. Muss ja so gewesen sein. Aber ich weiß nichts mehr. Dann kann es nicht so wichtig gewesen sein. Ich habe bis heute keine Ahnung, was mich an dem Typen interessiert hat. Ach, ist jetzt auch egal, jetzt ist Malle, und wer weiß, was danach kommt ... Ich suche jetzt mal das Foto."

Anke Dankelmann sah sich in der Küche um und wunderte sich, dass inmitten des Chaos der Herd sauber war, auf dem zwei Töpfe mit langen Griffen standen. Wie passte denn das zusammen. Naja, vielleicht hatte Grit Willrich gestern schon mal einen sauberen Fleck geschaffen.

Ihr war klar, dass die Frau wahrscheinlich wusste, wo sie zu suchen hatte. Und die kam genau nach maximal drei Minuten wieder.

„Hier", sagte sie und streckte Anke Dankelmann eine gerahmte Fotografie entgegen.

Anke Dankelmanns Pulsschlag beschleunigte sich.

Es war dasselbe Foto. Oder besser: dasselbe Motiv, derselbe Mann, derselbe Hintergrund, dieselbe Haltung. Sie nestelte am Rahmen und holte das Foto heraus. Keine Anmerkungen auf der Rückseite.

„Darf ich das mitnehmen?", fragte sie Grit Willrich.

„Ich habe dafür keine Verwendung, klar können Sie das mitnehmen. Einziger Wunsch: halten Sie mich auf dem Laufenden, was die gesamte Geschichte angeht, bitte!"

Anke Dankelmann nickte und überlegte kurz.

„Frau Willrich, können Sie mir nicht ein bisschen über Ihren Schwiegervater erzählen? Bei einem Glas Wein oder beim Bier, was immer sie gern hätten?"

„Klar, warum nicht. Am besten heute Abend. Der Schnabel spielt im Augenblick den Psychologen und will den Selbstmord analysieren – darauf habe ich keine Lust, das nervt ziemlich. Der soll daheim bleiben, und wir beide treffen uns – kennen Sie den ‚Lichtenhainer'?"

Anke Dankelmann nickte.

„Um 8 Uhr?", schlug sie vor.

„Beschlossen und verkündet!" Grit Willrich reichte ihr die Hand und entschwand. Anke Dankelmann blickte ihr nach und revidierte ihr Urteil ein wenig. 'Ne patente Frau, dachte sie und lächelte, als sie sich vorstellte, was Bernd Stengel jetzt sagen würde. ‚Weiber'...

71

„Lichtenhainer" – das war eine Kneipe, wie man sie in Kassel kaum noch fand. In einem alten Haus, Fertigstellungsdatum unbekannt, an einem kleinen Platz gelegen im Vorderen Westen. Erdgeschosskneipe. Ein paar Treppenstufen durch ein stinknormales Treppenhaus rauf, dann durch eine Wohnungstür. Man kam in einen Flur. Wie in einer Wohnung. Links die Küche, für die knappe und einfache Karte, rechts die Gasträume. Und die waren wie eine Wohnflucht. Rechts ein Raum mit Theke, links ein Raum – Holzstühle, einfachste Möblierung. Und ein Raum dazwischen. Hier spielte die Nachbarschaft Skat oder Doppelkopf, schummrige Beleuchtung, es gab Fettenbrot, Kochwurst, Gurke. Eine Traditionskneipe. Sie war schon ein paar Mal hier gewesen und fragte sich, warum sie so selten reinschaute. Denn eigentlich war diese Pinte urig-gemütlich. Anke Dankelmann fand einen freien Tisch im mittleren Raum, bestellte ein naturtrübes Bier und schaute sich um. Sie kannte niemanden und war froh darüber. Dann wurde man wenigstens nicht in oberflächliche Gespräche verwickelt. Das Bier wurde von einer rundlichen Bedienung gebracht, sie dankte und nippte am kalten Getränk. Sie war ein wenig zu früh und wartete, genoss diese Zeit, obwohl sie eigentlich eine ungeduldige Person war. Sie beobachtete die Menschen, folgte den abgehackten Gesprächen einer Skatrunde am Nebentisch. Sie war früher selbst einmal Mitglied in einer Doppelkopfrunde gewesen, wusste, wie sehr man sich über eine Pechsträhne oder dusselige Mitspieler aufregen konnte.

Beim zweiten Bier, es war bereits kurz vor neun und sie hatte sich ein paar anmachenden Versuchen des grauhaarigen, etwas fettleibigen Skatspielers am Nebentisch erwehren müssen, wurde sie dann doch ungeduldig.

Aber dann rauschte Grit Willrich herein. Und die Gespräche verstummten. Sie hatte sich, warum auch immer, aufgebrezelt, ihre Lippen waren mit knallrotem Lippenstift geradezu zum Leuchten gebracht worden, sie trug einen Minirock und Pumps, eine knallenge Bluse, so weit aufgeknöpft, dass ihre üppigen Brüste gerade noch bei ihren wippenden Schritten in Schach gehalten wurden. Solche Frauen tauchten hier wahrscheinlich eher selten auf.

„Sorry wegen der Verspätung, aber ich habe noch einem Interessenten aus der Nachbarschaft das Haus gezeigt, der hat eine Menge Geld von seinen Eltern geerbt und will das jetzt angesichts der niedrigen Zinsen in Immobilien anlegen. Der war aber mehr an meinem Ausschnitt interessiert – und ich hatte gehofft, das Outfit würde ihn vom Hauskauf überzeugen helfen. Und was die Immobilienpreise betrifft: Kassel scheint ja sowas wie eine Boomtown zu sein oder zu werden."

Sie bestellte einen Prosecco an der Theke und setzte sich auf einen Stuhl neben Anke Dankelmann. Der Minirock schob sich hoch, was dem Skatspieler am Nebentisch die Konzentration komplett raubte.

„Du bist dran, Karle, wo biste dann mit dinnen Gedanken?", schnauzte ihn ein Mitspieler mit nordhessischer Klangfarbe an. Karle zuckte zusammen, knallte eine Karte auf den Tisch und blickte wieder Richtung Minirock. Grit Willrich amüsierte das sichtlich.

„Und? Will er das Haus kaufen?", fragte die Kommissarin.

„Weiß nicht, ist aber vielleicht nicht schlecht, eine Option zu haben. Eigentlich kommt es mir nicht auf zehn- oder zwanzigtausend Euro an. Wenn ich abreise, soll das Haus verkauft sein."

Der Kellner kam mit dem Glas Prosecco. „Bringen Sie mir am besten gleich die Flasche", sagte Grit Willrich, prostete Anke Dankelmann zu und kippte die Prickelbrause in einem Zug hinunter.

„War ziemlich staubig im Haus", sagte sie grinsend.

„Erzählen Sie mir doch mal ein bisschen von Ihrem Schwiegervater", sagte Anke Dankelmann.

„Erstmal den Nachschub abwarten, und was zu essen könnte ich auch gebrauchen", antwortete Grit Willrich.

Der Prosecco kam, und beide bestellten ein Schmalzbrot mit Gurke. Grit Willrich goss sich nach und sagte:

„Mein Schwiegervater war ein komischer Kauz. Eng vernetzt in der nordhessischen SPD. Kam aber nicht von hier. Ist irgendwann in den Fünfzigern oder so aus der Ostzone geflohen und hat dann eine Weile in einem Auffanglager, ich glaube in Gießen, gearbeitet. Immer gewerkschaftlich aktiv, gleich in die SPD eingetreten, und irgendwann hat es ihn dann nach Kassel verschlagen. Ich meine, er hätte bei der SPD gearbeitet. Peter ist in Gießen geboren worden, konnte sich an seine Mutter aber nicht mehr erinnern. Die ist gestorben, da war er drei Jahre alt. Er ist mit seinem Vater nach Gudensberg gezogen, wo die Eltern der Mutter lebten. Da ist er auch weitgehend aufgewachsen, der Vater war immer mehr politisch aktiv und wurde irgendwann zum Bürgermeister gewählt. Und so führte er sich auch immer auf, wie ein kleiner König. Rechthaberisch, bestimmend, andere mussten für ihn die Laufarbeit machen. Als wir heirateten, bestand er darauf, dass wir in Gudensberg zum Standesamt gingen. Kirchliche Hochzeit kam für ihn nicht in Frage. Und er bestand darauf, dass meine Eltern, wie es eben Tradition sei, die ganze Chose bezahlen sollten. Haben die auch gemacht, aber Sie können sich bestimmt vorstellen, was das für eine Atmosphäre war. Die Feier war im Ratskeller, er hat einen Alleinunterhalter, natürlich ein alter SPD-Rentner, engagiert, der grauenhaft spielte und sang. Es wird vermutlich die ödeste Hochzeitsfeier des Jahrhunderts in Gudensberg gewesen sein. Und ein schlechtes Omen für Peter und mich."

„Woran ist denn die Mutter gestorben?"

Grit Willrich zog die Augenbrauen hoch. „Sie werden es nicht glauben, Peter hat das ja auch erst herausbekommen, da waren wir schon verheiratet – oder besser: beinahe schon getrennt, also vor ein paar Jahren. Die hat sich auch umgebracht. Wird das Leben mit dem Kerl nicht mehr ausgehalten haben."

„Wie?", fragte Anke Dankelmann.

„Was jetzt? Was meinen Sie mit wie?“

„Wie sie sich umgebracht hat?“

„Die hat einen kleinen Job gehabt, beim Eisenbahn-Ausbesserungswerk in Rothenditmold als Putzfrau, abends zwei Stunden. Da hat sie dann wohl einfach an einem Abend Eimer und Schrubber in die Ecke gestellt und ist vor den nächsten Zug gelaufen.“

Grit Willrich schüttelte sich, auch Anke Dankelmann wurde es mulmig.

„Da muss man ja schon ziemlich verzweifelt sein, wenn man als Mutter den kleinen Sohn zurücklässt und sich umbringt“, sinnierte die Kommissarin.

„Vielleicht hatte sie ja auch Depressionen, denken Sie mal, in den fünfziger Jahren hat das doch niemand ernstgenommen oder eine klare Diagnose gestellt. Von einer Therapie ganz zu schweigen. Würde ja ins Bild passen. Wenn man jetzt Peters Verhalten rückblickend bewertet, könnte der auch ... “

Sie trank einen Schluck. „Haben Sie denn nie etwas gemerkt?“

„Er war schon immer ein ernster Mann – aber wenn man mit jemandem zusammenlebt, dann fallen einem leichte Veränderungen über die Jahre ja nicht so auf. Weiß nicht ...“

Grit Willrich stand abrupt auf. „Für kleine Mädchen“, murmelte sie.

Anke Dankelmann nutzte die Zeit, um Christiane Matussek eine SMS zu schreiben. Sie hatten abends noch kurz telefoniert, und die Reporterin war völlig aufgeregt gewesen. „Denk aber mal dran, Anke, dass wir nach Peter Fischer suchen und nicht nach einem Mann, der noch nicht einmal mit ihm verwandt ist.“

„Ja, schon klar. Aber was da so alles ans Tageslicht kommt, wenn man mal bei einer Familie genauer hinschaut. Echt Wahnsinn. Hast du denn überhaupt noch Zeit, dich um das alles zu kümmern? Ich meine, du hast ja auch noch einen richtigen Job, oder?“

„Ich weiß nicht. Hab irgendwie schon ein schlechtes Gewisssen. Die anderen machen das Tagesgeschäft.“ Sie überlegte kurz. „Komischer Ausdruck bei Gewaltverbrechen, ich weiß, aber so redet man halt, wenn man ständig damit zu tun hat. Jeden Tag. Aber ich habe beschlossen, ich feiere im Zweifel Überstunden ab, wir sind derzeit gut besetzt, dann bleibe ich halt mal zwei Wochen zuhause oder bin im Büro, aber halt nicht im Dienst. Geht schon.“

„Wie? Du würdest für diese Geschichte Überstunden abbauen? Das ist ja wie Urlaubstage opfern ...“

„Ja klar, das Ganze fasziniert mich unbändig. Ich will da den Faden nicht loslassen, und jetzt wird es ja gerade richtig spannend. Wie hängt das alles zusammen, Christiane?“

„Eben, das ist die Frage. Das finde ich auch hochgradig interessant. Egal, was für die Zeitung bei herauskommt – ich denke mal, wir sollten da auf keinen Fall mit den Recherchen aufhören.“

Am Ende des Abends war Grit Willrich eine etwas schaukelnde Person, die kichernd die Treppe vom „Lichtenhainer“ in den Hausflur hinunterstakste. Sie verabschiedete sich mit einer Umarmung von Anke Dankelmann, die es bei drei Bieren belassen hatte und sehr froh darüber war. Die beiden hatten sich für den nächsten Tag nun doch noch einmal im Haus am Brasselsberg verabredet. In den nächsten Tagen würde die Entrümpelungsfirma kommen, und es waren noch so viele Fragen offen, was den Tod von Peter Willrich betraf. Man würde halt im Müll wühlen und hoffen, etwas Verwertbares zu finden. Irgendwann hatte Grit Willrich Anke Dankelmann einfach geduzt, und man hatte es dabei belassen. Und beide hatten sich einen Riesenspaß daraus gemacht, den dicken Skatspieler, der ununterbrochen auf die Beine von Grit Willrich schielte, so aus dem Konzept zu bringen, dass er Spiel um Spiel verlor und von seinen Skatbrüdern irgendwann regelrecht zusammengefaltet wurde, weil er nichts mehr auf die Reihe bekam. Wahrscheinlich, hatte Grit Willrich irgendwann geflüstert, war der nach diesem Abend der Meinung, ein Grand Hand sei eine Onaniertechnik. Beide hatten losgeprustet, bis Anke Dankelmann gefragt hatte, was denn dann ein Grand Ouvert sei ...

Sie schaute Grit Willrich hinterher, die die Straße überquerte – und Anke Dankelmann traute ihren Augen nicht: Eben noch hatte die sich ziemlich volltrunken von einer Polizistin verabschiedet und stieg nun quietschvergnügt in ihr Auto, startete den Motor und fuhr los. Wir müssen reden, dachte sie sich. Und legte den Gedanken sofort ad acta. Auch sie hatte schon unzählige Male Glück gehabt, wenn sie nach Kneipenbesuchen der Vernunft zum Trotz mit dem Auto nachhause gefahren war. Sie selbst ging Richtung Bebelplatz, auf den Straßen war in dieser lauen Sommernacht jede Menge los, die Straßencafés bedienten noch draußen – solange die Anwohner nicht meckerten. Unter den alten, hohen Bäumen den oberen Kirchweg hinunter, überquerte die Wilhelmshöher Allee und war froh, in ihrer Wohnung ein wenig Ruhe zu finden. Allerdings war die Luft unterm Dach so stickig, dass sie erst einmal komplett durchlüften musste. Sie sog die Sommerluft ein, die durch die Wohnung getrieben wurde, und fühlte sich absolut entspannt.

Als sie vor dem Zubettgehen ihr Handy ans Ladekabel stöpselte, schaute sie noch einmal auf ihre SMS.

Und staunte. Rolf Weller, der Taxifahrer, der in der Muckibude diese extravagante Vorstellung auf dem Laufband gegeben hatte, er hatte sich gemeldet. Es war eine lange SMS, in der er sich entschuldigte, sich nicht gemeldet zu haben – aber er lag wohl jetzt wegen seines Sportunfalls im Krankenhaus, Taxifahren und diese Form der Verletzung passten wohl nicht zusammen. Die SMS freute sie sehr. Sollte sie ihn besuchen? Sie würde das je nach Laune entscheiden. Aber eigentlich fühlte sie, dass sie ihn gern wiedersehen wollte.

72

Karl Dietrich legte den Telefonhörer auf die Ablage seines alten Telefons. Es war keins mit einer Wählscheibe, hatte schon Tasten, in einer dieser Farben, die die Telekom, beziehungsweise ihr Vorgängerunternehmen für das Telefonieren, die Post, in Massen auf den Markt geworfen hatte. Irgendwie typisch deutsch. Die im Osten bauten Trabbis in unerklärlich hässlichen Farben, die im Westen nutzten ähnliche Farben für Telefone. Seines war dreckig-grün. Es gab auch welche in Orange oder in einem schmutzigen Beige. Beziehungsweise: es hatte sie mal gegeben. Er hatte grün gewählt, weil es seiner Meinung nach noch die natürlichste der hässlichen Farben gewesen war. Eben hatte er seinen Auftrag zurückgegeben und sich krank gemeldet. Magen-Darm. Hatte er jedenfalls gesagt. Aber er konnte nicht fahren, zu sehr hatten ihn in den vergangenen Tagen die Ereignisse des Jahres 1965 eingeholt und beschäftigt. Er war mit seinen Gedanken stets abwesend, so konnte er keinen Bus fahren und so konnte er auch nicht in Südfrankreich bleiben, so sehr er das auch liebte. Morgen würde er zum Arzt gehen, müde und abgekämpft sah er sowieso aus, der würde ihn schon krankschreiben.

Er setzte sich auf die Bettkante und überlegte. Nein, noch immer wollte er die Polizei nicht anrufen, warum auch? Ihm fielen Dinge von damals ein und wieder wunderte er sich, dass er sich an die realen Farben dieses Jahres nicht erinnern konnte. Aber diese Alltagsszenen aus seinen Erinnerungen würden doch Jahrzehnte danach nicht helfen können, seinen Freund Peter wiederzufinden.

Es war schon erstaunlich: Wenn er sich stärker auf einzelne Szenen konzentrierte, dann sah er die Farben, aber im schnellen Durchgang der Ereignisse verlor er sie aus den Augen. Wieder wie ein Schwarzweißfilm. Wieder erinnerte er sich, diesmal an ein Ereignis, das nun gar nichts mit dem Verschwinden Peter Fischers zu tun hatte. Sie hatten damals im Sandkasten gespielt, es gab drei davon in der Siedlung, aber sie hatten immer nur den genutzt, der eine Steinmauer hatte, die anderen waren holzumrandet. Es war auch der größte von den dreien. Hatten Wasser besorgt, einen großen Sandhaufen errichtet und dann in diesen Haufen hinein mit größter Akribie Straßen gebaut. Rundherum. Wie eine Auffahrt auf eine Burg – aber für sie war es eine Abfahrt gewesen. Das letzte Teilstück war sehr steil, führte dann in einen Tunnel durch die Sandburg hindurch. Jeder hatte sein schnellstes Lieblingsauto in der Tasche. Von Matchbox. Karl Dietrich hatte jede Menge Wiking-Autos, Matchbox konnten sich seine Eltern eigentlich nicht leisten, aber zu seinem achten Geburtstag hatte er zwei bekommen – eins von den Eltern, ein zweites von den Schwestern. Eins war ein Feuerwehrauto, das andere ein Maserati-Sportwagen – das Feuerwehrauto war immer schneller im Sandkastenrennen. Man musste die Autos fitmachen für solch ein Rennen, die Sandkörner blieben in den kleinen Achsen hängen. Sein Cousin Franz, der Automechaniker war, hatte ihm beigebracht, wie so etwas ging. Man musste das Auto unter fließendem Wasser reinigen, und dann einen Tropfen Nähmaschinenöl auf die Achsen träufeln. Und dann immer wieder hin und her rollen. Und vor dem Rennen musste man das Öl mit einem Taschentuch wegputzen, sonst blieben zu viele Sandkörner hängen und die Kiste wurde langsam. Karl Dietrichs Auto war schnell wie nie unterwegs. Zumindest zuhause auf dem Linoleumfußboden.

Peter Fischer hatte immer einen Porsche dabei. Natürlich hatten sie sich ausgetauscht, immer wieder, was denn das beste Rezept sei, um die Autos schneller zu machen. Sie ölten alle die Autos, er hatte den Trick erzählt, aber heute waren nur er und Peter im Sandkasten. Wenn man von den paar Mädchen absah, die in einer Ecke mit ihren Förmchen Kuchen backten und dabei ununterbrochen redeten. Peter und Karl strichen wieder und wieder die Straße glatt. Die Sonne schien zum Glück nicht mehr auf den Sandkasten, sonst wäre die nasse Oberfläche der Straße sofort getrocknet, sandig und beinahe unbefahrbar geworden. Dann ging es los. Sie einigten sich auf eine gemeinsame Zählweise, Uhren hatten sie nicht. Peter fing mit seinem Auto an.

„Auf die Plätze, fertig, los!“, er gab dem Wagen einen Schubs, und der fuhr, immer schneller werdend, den Rundkurs um den Sandhügel. Nahm Fahrt auf, schoss durch den Tunnel und stürzte dann in den Sand. Ziel! Fünf Sekunden, darauf einigten sie sich. Dann Karl Dietrichs Feuerwehrauto.

„Auf die Plätze, fertig, los!“, riefen sie gemeinsam. Das Auto war viel schneller als das von Peter Fischer – und das wurde ihm zum Verhängnis. Es flog vor dem Tunnel aus der Kurve und landete kopfüber im Sand.

„Gewonnen!“, jubelte Peter Fischer.

Karl Dietrich war geknickt. Ausgerechnet heute hatten sie um etwas gespielt. Um einen Dart-Pfeil. Mit diesen Dingern machten sie immer Wettbewerbe. Keine großen Zielscheiben, man musste immer nur den nächsten Baum treffen. Und nun musste er einen Pfeil abgeben. Aber von denen hatte er etliche, die meisten gewonnen. War also zu verschmerzen. Aber er hätte das Autorennen garantiert gewonnen, und nun das. Er hatte keine Lust auf eine Revanche, sie reinigten die Autos sofort im Wassereimer und überließen den Sandkasten und ihr Kunstwerk von Rennstrecke den gackernden Mädchen. Karl Dietrich griff in die Seitentasche seiner Lederhose, da hatte er in einem Stoffsäckchen zwei Dart-Pfeile dabei. Er bot Peter Fischer die beiden zur Auswahl an. Der schüttelte großmütig den Kopf.

„Lass mal gut sein, Karl. Du hattest heute ganz viel Pech, das Auto war ja ganz klar schneller. Und außerdem hast du mir in der Schule heute geholfen, als Frau Voigt nach den Hausaufgaben gefragt hat. Hast ja gewusst, dass ich keine hatte, und du hast sie super abgelenkt mit deiner ganzen Nachfragerei. Die war dann so genervt, dass sie gar nix mehr kontrolliert hat. Du bist schon ein Fuchs, Karl!"

Der grinste und freute sich, dass er die beiden Pfeile behalten durfte.

„Komm, dann lass uns mit den Pfeilen werfen!", schlug Karl vor.

Peter nickte und holte einen funkelnagelneuen Pfeil aus seiner Lederhosentasche heraus.

„He, was ist denn das für ein Teil? Der hat ja echte Federn und nicht so'n Plastikkram, wo hast du denn den her? Muss ja richtig teuer gewesen sein."

„Geschenk ...", murmelte Peter und schaute sich nach einem Ziel um.

„Von wem denn?", wollte Karl Dietrich wissen, die Neugier und auch ein wenig Neid blitzten aus seinen Augen.

Peter Fischer winkte nur ab. „Da vorn die Birke, wer zuerst den Stamm trifft, hat gewonnen!"

Er fing an und warf den Pfeil, der wenige Meter vor ihm im Rasen stecken blieb. Karl Dietrich konnte weiter werfen, das wusste er aus dem Sportunterricht. Hier würde er gewinnen. Hier konnte ein Pfeil nicht aus der Kurve fliegen.

Karl Dietrich machte sich einen Kaffee und setzte sich an den Schreibtisch in seinem Schlafzimmer. Nahm Stift und Papier und notierte sich ein paar Stichworte zu diesen Erinnerungen. Wer hat ihm den Pfeil geschenkt?, schrieb er in Großbuchstaben darunter. War es der gewesen, der ihn dann möglicherweise mit Geschenken aus der Schule gelockt und entführt hatte? Er erinnerte sich aber auch daran, wie dieser Tag ausgegangen war. Sie waren mit ihrer Pfeilwerferei durch die Siedlung getobt, immer weiter weg von daheim, hatten die Uhr am Kirchturm nicht mehr sehen können, und auch das Rufen der Mütter aus dem Fenster nicht mehr gehört. Beide kamen zu spät zum Abendessen, ein großes Vergehen im Erziehungskodex der Familien. Und beide waren froh gewesen, dass sie Lederhosen trugen und die Schläge mit dem Kochlöffel, die sie zur Strafe bekamen, nicht so richtig merkten.

Karl Dietrich hatte irgendwann aufgehört zu zählen, wieviele Kochlöffel seine Mutter und sein Vater auf seinem Hintern beim Verprügeln zerbrochen hatten. Einmal hatte er in weiser Voraussicht einen Kochlöffel mit einem Laubsägeblatt leicht angesägt. Das

Ding war nach zwei Schlägen zerbrochen. Sein Vater hatte die Manipulation entdeckt und zur Strafe gab es mit der Hand etwas auf den blanken Hintern. Ein Spinner, dachte Karl rückblickend. Hätte froh sein sollen, ein so pfiffiges Kind zu haben. Aber waren seine Eltern jemals so richtig froh gewesen? Unbeschwert? Und wenn es die Eltern von Peter Fischer jemals gewesen waren, dann ab diesem Tag, an dem Peter Fischer verschwunden war, definitiv nicht mehr. Zum Schluss legte er Block und Papier beiseite. Nein, das war alles zu wenig, zu vage, um es der Polizei zu erzählen. Er zog sich um, ging in den Keller und holte sein Rad hervor. Ein paar Kilometer an der frischen Luft mit ein paar giftigen Anstiegen hinauf zum Herkules würden die trüben Gedanken vertreiben. Er hatte sich zwar krankgemeldet, aber mit Sportklamotten, Fahrradhelm und Sonnenbrille würde ihn ohnehin niemand erkennen.

73

Anke Dankelmann hatte im Präsidium die Nachricht hinterlassen, dass sie noch einmal durch das Haus am Brasselsberg gehen wolle. Christiane Matussek konnte nicht mit, sie musste die nächste Story über die ungelösten Fälle der Polizei fertigstellen, neue Erkenntnisse aus Leserreaktionen gab es nicht, schon deshalb, weil seit Tagen kein Hinweis mehr eingegangen war. Das Wetter war extrem schwül, sie zog sich luftig an und fuhr schon früh hinauf. Grit Willrich war schon da, sah ausgeschlafen aus und wirkte in ihrer in hellem Rot schimmernden Kleidung wie eine hüpfende Mohnblume im Vorgarten.

„Guten Morgen“, rief die Kommissarin ihr zu, „hast du gut geschlafen?“

„Bestens“, kam es fröhlich zurück.

„Und? Kater?“

„Ne, alles prima.“

„Grit, dass du aber noch Auto gefahren bist, vor den Augen der Polizei ...“

Anke Dankelmann schaute die hüpfende Mohnblume vorwurfsvoll an. Die winkte ab. „Man nimmt sich ja immer vor, vernünftig zu sein, und dann ist man zu bequem und fährt doch mit dem Wagen los. Sorry. Hab auch ein wenig ein schlechtes Gewissen.“

„Was machst du da eigentlich im Vorgarten?“

„Ein bisschen Gymnastik“, kam es leicht atemlos zurück.

Diese Form der Gymnastik hatte Anke Dankelmann noch nie gesehen, sah eher aus wie eine Elektroschockbehandlung, nach der Methode, die wahrscheinlich in Flippi-Guru-Kreisen auf Malle gerade angesagt war, wollte sie sich lieber nicht erkundigen, sie hatte in ihrem Leben schon zu viel von irgendwelchen Mantra-bildenden oder Mantra-befreiendem Quatsch gehört, da brauchte sie ein weiteres Kapitel wirklich nicht. Sie fragte nur:

„Gehen wir rein?“

Leider hatte sie Pech, denn Grit Willrich hatte eine andere Mission.

„Die Gymnastik habe ich selbst erfunden“, sagte sie stolz. „Es geht dabei darum, den Körper von Kopf bis Fuß mit allen Muskeln durchzuschütteln. Das genaue Gegenteil von autogenem Training. Bei dem schaltest du ja systematisch alle Muskeln aus und schläfst ein, so knipst du sie alle wieder an und bist wach. Ich gebe da auf Malle mittlerweile Kurse!“, sagte sie.

Wusste ich's doch, dachte sich die Kommissarin und sah der Frau zu, die sich, wie ein nasser Hund, noch einmal schüttelte, die Arme über den Kopf gestreckt.

Hätte sie wie ein Hund einen Schwanz, so würde der jetzt wahrscheinlich in Lichtgeschwindigkeit den Plattenweg zum Haus säubern. Endlich war sie fertig, sah Anke Dankelmann aus strahlenden Augen an und sagte nur: „Los geht's!“

Hoffentlich hielt der Tatendrang an, dachte sie.

„Wie sah das eigentlich hier aus, als du noch hier wohntest?“, fragte sie Grit Willrich.

„Du musst dir nur die ganzen Müllsäcke wegdenken, am Mobiliar verändert hat er eigentlich nichts, soweit ich das sehe. Ich habe damals nur ein paar Klamotten mitgenommen und ein wenig Geld vom Konto abgehoben, ich musste ja die ersten Wochen von irgendwas leben. Und bevor du fragst: später hat mir Schnabel finanziell etwas geholfen, aber das wollte ich natürlich auf Dauer nicht. Hab dann gejobbt, in Kneipen, an Strandbars. Naja, und so weiter.“

Was immer das heißen mochte, vielleicht konnte sie ja mittlerweile von ihren Gymnastikkursen leben.

Grit Willrich räumte ein paar der Müllsäcke von einer Seite auf die andere, so gab es zumindest einen geraden Durchgang durch den Flur.

„Nach was suchen wir eigentlich?"

„Weiß nicht so recht, irgendwelche Dinge, die zusätzliche Informationen zu seinem Vater liefern, über den weiß man bisher einfach zu wenig. Und wenn es tatsächlich so ist, dass er identisch ist mit diesem Hinrich Neumaier, von dem ich dir gestern Abend erzählt habe, dann steckt da noch irgendeine heiße Geschichte dahinter. Ob man damit das Verschwinden dieses Jungen, um das es ja eigentlich geht, aufklären oder zumindest erklären kann – das steht alles in den Sternen."

Grit Willrich tänzelte voraus, so ganz waren die Elektroschocks noch nicht aus ihrer Muskulatur gewichen.

„Früher hatte er in seinem Arbeitszimmer immer so eine Ecke mit persönlichen Dingen, Steuererklärungen, ein paar alte Fotos, darunter auch das, was du kennst, das steckte ja in einem Rahmen und hing an der Wand. Schauen wir mal, ob wir noch mehr finden."

Die Kollegen, die das Haus durchsucht hatten, waren sicherlich auch auf diese Dinge gestoßen, Kontoauszüge waren in erster Linie bei einem Suizid von Belang, wenn man daraus Geldprobleme als Grund für den Selbstmord annehmen konnte. Alte Bilder wurden in der Regel nicht so hoch bewertet. Sie fanden ein paar Kontounterlagen, bei Willrich war finanziell auf dem Konto alles im Lot. Versicherungsunterlagen, Anke Dankelmann blätterte den Ordner durch. Immer sofort nach Erhalt der Rechnung wurde bezahlt, Willrich war eigentlich ein ordentlicher Mensch, zumindest was das betraf. Hatte auf den Versicherungsrechnungen das Datum der Überweisung notiert. Im Bücherregal und anderswo hatten die Kollegen garantiert auch nach einem Abschiedsbrief oder dergleichem gesucht. Doch normalerweise legten Menschen, die planvoll aus dem Leben schieden, diesen Abschiedsbrief an einen Ort, der sofort ins Auge stach. Sie schaute sich die Bände im Regal einzeln an.

„Hier stehen ja ein paar Bücher auf Russisch, ziemlich abgegriffen ...", sagte sie leicht erstaunt.

„Wenn das Russisch ist ..."

„Ja, das sind ein paar Bücher, die er aus dem Nachlass seines Vaters hatte. Der konnte perfekt Russisch."

Anke Dankelmann überlegte. Klar, wenn Neumaier und Willrich senior ein- und dieselbe Person waren, dann war diese Person lange in russischer Gefangenschaft gewesen, naheliegend, dass man da langsam die Sprache der Bewacher lernte.

„Sein Vater hat mal versucht, mir Russisch beizubringen, ich hatte aber nach einer halben Stunde einen Krampf im Kehlkopf oder so, jedenfalls habe ich nur noch gekrächzt, und die Männer haben sich gebogen vor Lachen."

Hättest du damals schon deine Salatschleuder-Gymnastik erfunden, dann hättest du das im Handumdrehen geheilt, dachte Anke Dankelmann. Aber sie behielt es für sich.

„Konnte er denn Russisch?"

„Wer? Peter?"

Anke Dankelmann nickte.

„Ne, glaube nicht."

Aber es war an der Zeit, Nachforschungen über diesen Hanspeter Willrich anzustellen. Was war das bloß für ein krummer Lebensweg?

„Ich frage mich ja, wie man es schafft, jede Nacht in diesem Müll und in diesem Gestank einzuschlafen ...", sinnierte Anke Dankelmann.

„Der wird sich jeden Abend einen eingetrichtert haben, das konnte er früher schon ganz gut", kam die prompte Antwort.

Grit Willrich hatte begonnen, einige in einem Karton gesammelte Fotos durchzublättern. Und schüttelte immer wieder den Kopf.

„Habe ich alle noch nie gesehen, kenne keine einzige Person", sagte sie zum Schluss und gab den Stapel an Anke Dankelmann weiter. Die steckte die Fotos in eine Plastiktüte, sie würde sie mit Klaus Fischer oder Volker Weisbrod durchsehen.

„Ich ertrage das hier drin nicht, sei mir nicht böse, Anke, ich gehe raus und mache noch ein wenig Gymnastik."

Anke Dankelmann nickte, die Gartenbesitzer im Umkreis von einem Kilometer würde diese Nachricht freuen, für Stunden würde nach dieser Gymnastikeinheit kein Vogel auch nur ansatzweise den Mut haben, dieses Vogelscheuchengebiet anzufliegen. Sie öffnete noch einmal alle Schubladen, schaute im Schreibtisch auch an den Rückwänden innen und außen nach. Nahm sich Zeit, war für ihre Verhältnisse über Gebühr geduldig – aber es gab nichts, was ihr Interesse weckte. Die Bilder mussten reichen. Sie klopfte sich den Staub von den Knien, stand auf und fühlte, wie ihr Handy in der Handtasche brummte. Sie meldete sich.

„Hier ist Klaus Fischer, Frau Dankelmann. Ich wollte Ihnen nur sagen, dass Onkel Volker heute nacht plötzlich verstorben ist. Das Seniorenheim hat angerufen, er hat nach meinem letzten Besuch meine Nummer dort hinterlegt, die sollten, falls etwas passiert, mich als nächsten Verwandten informieren."

„Ups, das ging aber schnell und plötzlich."

„Eigentlich ist es gut so für ihn. Sein Herz hat einfach aufgehört zu schlagen, man hat ihn dann heute morgen gefunden, er ist, wie man so sagt, friedlich eingeschlafen. Viele Schmerzen sind ihm so erspart geblieben. Ich bin sehr froh, dass ich ihn noch besucht habe. Vielleicht war er es auch, vielleicht hatte er, wie soll ich sagen, dadurch abgeschlossen, sein Neffe war da, Familie, die er ja sonst nicht mehr hatte."

Seine Stimme wurde brüchig.

„Danke für die Information, mein Mitgefühl haben Sie. Ist ja komisch, da finden sich Verwandte nach so langer Zeit wieder – und dann wird das so beendet."

„Ja, stimmt, ich bin tatsächlich auch mehr betroffen, als ich gedacht habe. Ich werde mich dann ab heute Mittag um alles kümmern, das Apartment auflösen, die Beerdigung organisieren. Vielleicht findet sich ja etwas, was uns weiterhelfen könnte."

Anke Dankelmann kam ein Gedanke.

„Hat Ihr Onkel etwas davon erzählt, dass Ihr Vater Russisch konnte?"

„Russisch? Nein, kein Wort hat er davon erzählt. Es gibt ja dieses Foto von der Gartengesellschaft, auf dem mein Vater ja zu sehen ist. Als wir das gemeinsam betrachteten, da hat er nur gesagt, die Zeiten hätten sich so extrem geändert – jedes Kind könne heute eine Fremdsprache, und sie alle konnten damals nur Deutsch. Oder ein paar Brocken Latein. Spricht also einiges dafür, dass er kein Russisch konnte. Warum fragen Sie?"

Anke Dankelmann erklärte ihm den Hintergrund ihrer Frage. Und Klaus Fischer sagte nach einer kurzen Pause nur:

„Das Ganze wird immer mysteriöser, finden Sie nicht? Ich melde mich bei Ihnen. Auf Wiedersehen, Frau Dankelmann."

Mysteriös. Das war sicher das richtige Wort.

Draußen hatte die Vogelscheuche wohl ihren Einsatz beendet, man hörte kein Schnaufen, kein Hüpfen mehr und sah auch nicht den Schatten der Dame durch den Garten wischen. Die Batterie war schneller leer, als Anke Dankelmann befürchtet hatte, aber auch jeder Duracell-Hase wäre bei diesem Bewegungs-Taifun frühzeitig in die Knie gegangen.

74

Anke Dankelmann fuhr vom Brasselsberg durch die Stadt in Richtung Präsidium und versuchte, ihre Gedanken zu ordnen. Neumaier, Willrich, Russischkenntnisse – wie passte das alles zusammen, und welche Geschichte verbarg sich dahinter? Sie musste sofort zum VdK und eine neue Recherche nach Hanspeter Willrich starten. Wenn Neumaier nicht mit seinem richtigen Namen nachhause gekommen war, dann konnte man auch lange nach ihm suchen. Willrich, das war das neue Stichwort. Sie fuhr durch die Frankfurter Straße, es hatte begonnen zu regnen. Gleichzeitig schien die Sonne, und über der Südstadt wölbte sich ein wunderschöner Regenbogen. Sie fühlte sich bei diesem Anblick extrem glücklich, dieses Wunder der Natur hatte sie schon immer emotional sehr berührt. Mit einem Auge achtete sie auf den zäh fließenden Verkehr, mit dem anderen schaute sie nach dem Regenbogen. Der wurde schwächer, die Sonne wurde zunehmend von Wolken verdeckt. Den Anblick dieses glasklaren Farbenspiels von eben speicherte sie tief in Kopf und Herz, als Kraftquelle für den Tag.

Als sie den Wagen am Präsidium abgestellt hatte, wählte sie auf ihrem Handy die Nummer von Dirk Dubs, der sofort am Apparat war. Sie fragte, ob sie kurz wegen einer neuen Nachfrage vorbeikommen könne und hinterließ, als Dubs das bejahte, gleich den Namen des zu suchenden Menschen. Als sie beim VdK eintraf, sah sie die geöffnete Bürotür von Dubs und hörte das typische Rascheln einer Papiertüte. Und siehe da: er kaute, während er in seinen Bildschirm starrte, heftigst auf einem Puddingteilchen herum.

„Ich hab gerade Pause“, murmelte er mit mindestens hundertfünfzig Gramm Pudding im Mund. Ja, sollte sie jetzt ein paar anerkennende Worte herausquetschen, dankbar sein dafür, dass der

Mann seine kostbare Pause mit Arbeit füllte? Sie überwand sich und sagte:

„Das ist aber lieb von Ihnen, danke, dass Sie sich die Zeit für mich nehmen."

Dubs winkte ab.

„Ist doch klar. Sie stehen ja auch unter Zeitdruck."

Was hieß hier eigentlich ‚auch'? Den einzigen Zeitdruck, den dieser Mann verspürte, war doch der Druck, die Zeit totzuschlagen.

„Was hat es denn mit diesem Willrich auf sich? Und was wurde aus Neumaier? Ist der spurlos verschwunden?"

Sie erklärte ihm die Zusammenhänge und sah belustigt, wie sich Dubs' Augen ständig veränderten. Die Geschichte fand er bemerkenswert bis spannend, am Ende ihrer Erzählung sagte er:

„Das gibt's doch nicht! Und Sie meinen wirklich, das könnte einund dieselbe Person sein? Dann wollen wir mal schauen ..."

Warum, zum Teufel, hatte sie ihm die Daten durchgegeben, und der fing jetzt erst an zu recherchieren?

Er wendete sich seinem Bildschirm und der Tastatur zu und tippte in eine Suchmaske ein. Der Rechner meldete: keine Suchergebnisse. Anke Dankelmann merkte, wie ihr die Hoffnung zu schwinden begann.

„Das ist jetzt die Abfrage nach Kriegstoten gewesen."

Wieso, fragte sich die Kommissarin, fragte der Mann auf der Suche nach einer eindeutig nichttoten Person nach Kriegstoten ...

„Und jetzt mal bei den Vermissten."

Es dauerte ein paar Sekunden, da kam ein Treffer als Suchergebnis. Dubs druckte das Ganze zweimal aus, und beide studierten die Angaben:

„Hanspeter Willrich, 21.4.1917 geboren in Stralsund, ledig, keine Kinder, 1941 zur Wehrmacht eingezogen, diente in Frankreich, danach in Russland, vermisst auf einem Flugfeld nahe Kiew, vermutlich am 31. Oktober 1943. Letzter Dienstgrad Hauptfeldwebel. Gefangenenlager: Unbekannt."

„Wieso steht bei dem, dass er ledig ist und keine Kinder hat?"

Dubs zuckte mit den Schultern. „Da hat irgendein fleißiger Sachbearbeiter mal ohne Grund gecheckt, ob es Anfragen von Verwandten gab und hat das dann eingefügt. Das ist wahrscheinlich so, wie es da steht, aber sicher ist es natürlich nicht. Also: ich habe das nicht eingefügt."

Dubs grinste sie an. Klar, dachte sich Anke Dankelmann, die Rede war ja auch von einem fleißigen Sachbearbeiter.

„Und was machen wir jetzt mit den Erkenntnissen?", fragte sie. „Kann man noch mehr abfragen?"

„Sicher!", kam es stolz aus Dubs herausgeplatzt. „Jetzt schauen wir mal, ob der Mann irgendwann bei einem der Heimkehrertransporte registriert worden ist."

Wieder eine Suchmaske, wieder Warten. Wieder die Antwort: keine Suchergebnisse. Dubs hob den Zeigefinger.

„Das war noch nicht alles. Hier habe ich jetzt nur die seit langer Zeit bestehenden Daten aus den westdeutschen Auffanglagern abgefragt, also Friedland und so. Aber in den fünfziger Jahren gab es ja schon die DDR. Viele der Transporte haben direkt an der Grenze zu Polen haltgemacht und haben da diejenigen abgeladen, die in die DDR gehörten oder dahin wollten. Die armen Schweine wussten ja oft gar nicht einmal, dass es zwei so unterschiedliche Staaten gab. Wollma sehen ..."

Wieder die Suchmaske, neu ausgefüllt, wieder das Warten. Diesmal das Ergebnis: ein Treffer. Erneut druckte Dubs das Resultat doppelt aus. „Hanspeter Willrich, 21.4.1917, angekommen am 15.5.1954 in Frankfurt an der Oder, Zielort: Neustrelitz. Kam aus einem Gefangenenlager in der Nähe von Workuta in Sibirien."

Anke Dankelmann schnappte sich einen Stuhl und setzte sich. Da war er also, der kleine, aber so wichtige Zusammenhang zwischen diesen beiden Namen.

„Mehr an Daten kann ich Ihnen nicht bieten", sagte Dubs und hob beinahe entschuldigend die Arme.

„Das ist schon sehr viel, kann ich mich im Zweifel ..." – sie musste nicht zu Ende reden, Dubs nickte heftig, offenbar inständig hoffend, dass er mit einem weiteren Besuch rechnen könne. Sie verabschiedete sich. Als sie auf dem Gang war, hörte sie aus dem Büro wieder ein Rascheln einer Papiertüte.

75

Im Büro war Stengels Schreibtisch leer, ein gelber Zettel klebte auf ihrem Bildschirm – eine Angewohnheit, die sie hasste. Sie nahm den Zettel ab und säuberte den Bildschirm von den Kleberückständen. Er bat um Rückruf, war unterwegs, in Ihringshausen, einem Vorort von Kassel, hatte er den nächsten Suizid zu bearbeiten. Sie rief ihn an.

„Danke, dass du dich meldest. Hier fischen wir gerade einen Typen aus der Badewanne, der hat sich alles an Adern aufgeschlitzt, was er in seinem benebelten Kopf noch erwischen konnte. Der Doc meint, er habe eine tödliche Mischung aus Alk und Tabletten in sich, die Sauerei hier hätte er gar nicht veranstalten müssen. Scheint ziemlich eindeutig zu sein, aber warten wir erst mal ab. Warum ich mit dir sprechen wollte: ich habe heute morgen mit Richard Plassek geredet und ihm gesagt, dass du dich im Augenblick, wenn du weiter den normalen Dienst und diese PR-Aktion nebenher machst, aufreibst. Du hast mir ja gesagt, dass du im Zweifel Überstunden abbauen würdest."

Kurze Pause, wartete er auf eine Entgegnung von ihr? Und hatte sie ihm den Gedanken gegenüber wirklich erwähnt?

„... Da kommt ja jetzt der nächste Fall, der Artikel steht heute in der Zeitung, der Fall ist ja noch nicht so alt und folgerichtig gibt es schon einige Hinweise. Also: eigentlich ist das ein Fulltime-Job, und Plassek sieht das jetzt auch so. Ich hoffe, das ist in deinem Sinn?"

„Wenn ich dich richtig verstanden habe, dann habe ich diesen anderen Fall jetzt auch noch am Hals, oder?"

„Ich merke, dass du begeistert bist. Aber wir können diese Aktion ja nicht so aufbauen, dass nach dem sechsten Artikel das halbe Präsidium lahmgelegt ist. Da musst du dann selbst Prioritäten setzen, was man wie weiter bearbeitet. Ist nicht meine Idee gewesen, die von Richard."

„Und das kannst du mir nicht persönlich sagen, deswegen muss ich dich anrufen?"

Sie war ein wenig verärgert.

„So ist das nicht gemeint. Ich hätte vermutet, dass du ebenfalls rauskommst und wollte dir nur sagen, dass du das nicht brauchst. Können wir später weiter vertiefen, jetzt will ich erst einmal aus dem Blutbad hier raus."

Anke Dankelmann unterbrach die Verbindung grußlos und ging schnurstracks zu Plassek.

„Hallo, Anke, schön, dass du reinschaust. Hat Bernd schon mit dir gesprochen?“

Sie nickte. Plassek merkte, dass es in ihr brodelte.

„Alles halb so wild, reg dich nicht auf, ist ja nicht so, dass wir dich hier nicht für wichtigere Dinge brauchen. Ich habe, als ich mit der Matussek das Projekt besprochen habe, wirklich nicht geahnt, welche Dimension das alles annehmen könnte. Nun haben wir den Salat. Bitte tue mir den Gefallen und kümmere dich um die beiden Angelegenheiten – und am besten wäre es, wenn nicht im Vierzehn-Tage-Rhythmus weitere Fälle folgten. Wir kommen da sonst überhaupt nicht mehr hinterher. Dass du das machst, das liegt doch auch auf der Hand. Du bist derzeit in keine aktuelle Sache eingebunden, hast den ersten Fall bereits in Arbeit, kennst die Matussek ganz gut. Ich bitte dich wirklich nur um einen Gefallen, Anke.“

Er schaute sie an, und da er immer offen, geradlinig und ehrlich war, glaubte sie ihm das alles. Ihr Zorn verrauchte peu à peu.

„Okay, Richard, ich mache das. Aber nur bis zum Ende des Monats. Dann will ich auch mal wieder richtig arbeiten. Und wenn zwischendurch was passiert und man mich braucht, dann will ich mitmischen.“

Plassek nickte und atmete erleichtert auf.

„Einverstanden. Aber mach der Zeitungstante klar, dass dann auch nicht im Stakkato Artikel mit neuen Fällen erscheinen dürfen.“

Im Büro rief sie sofort Christiane Matussek an. Die war geradezu euphorisch, es hatte einige Mails auf den Artikel und ein paar Anrufe gegeben.

„Hat sich denn bei Euch auch jemand gemeldet?“, fragte sie mit hoffnungsvoller Stimme.

„Kann ich dir nicht sagen, ich war heute nochmal wegen des Suizids am Brasselsberg und dann noch einmal beim VdK. Ich mache mich aber gleich schlau.“

„Ich will für morgen einen Artikel schreiben, in dem ich die Reaktionen auf den heutigen Bericht zusammenfasse. Da brauche ich schon ein Statement der Polizei.“

„Kriegst du, kriegst du. Ich bin übrigens auch für den neuen Fall deine Ansprechpartnerin.“

„Das ist ja super! Ich denke ja, dass wir den anderen Fall erst mal hintanstellen können, da kommt keine Bewegung rein, oder?"

Anke Dankelmann war gänzlich anderer Ansicht und legte die am Telefon dar.

„Naja, das gibt dann wie erwartet eine andere Story, die ist auch interessant, sicher, aber dieser Mord im Reinhardswald, der ist vielen noch erinnerlich und deshalb viel attraktiver, journalistisch gesehen. Sagst du mir Bescheid, wenn du einen Überblick hast? Ich muss jetzt in die Konferenz, bis später!"

Sie legte auf. Mein liebes Mädchen, dachte Anke Dankelmann, was wir hier als erstes und als zweites machen, das entscheide ich. Und ich will wissen, was es mit Hanspeter Willrich auf sich hat.

Pflichtbewusst, wie sie nun einmal manchmal zu ihrem eigenen Ärger war, ging sie trotzdem zuerst zum Sekretariat, wo man die Protokolle der Hinweis-Anrufe gesammelt hatte. Die schnappte sie sich und las dann im Büro endlich den Artikel. Die Story war ihr zwar grob bekannt, doch wie die Matussek das journalistisch auf den Punkt gebracht hatte, das war schon richtig gut. Zunächst hatte es in einer Sparkassenfiliale in Holzhausen, einem Stadtteil von Immenhausen, einen Überfall gegeben. Drei Täter, alle maskiert, im Auto hatte nach Zeugenaussagen ein vierter gesessen, der Fahrer. Das Auto stand mit laufendem Motor vor der Filiale, was an diesem Freitag im Mai einem Passanten komisch vorgekommen war, der aus einer nahen Telefonzelle, allerdings ohne Blickkontakt zur Filiale, die Polizei angerufen hatte. Die drei waren in die Filiale marschiert, mit gezogenen Waffen. In der Filiale selbst war der Kassierer gerade nicht am Schalter, also setzte einer über den Tresen, zwei andere hielten die beiden Angestellten in Schach, hinter dem Tresen wurde der Kassierer aus dem Nebenraum geholt, der Filialleiter hatte Urlaub. Es war kein Kunde in der Bank. Bevor irgendjemand einen Alarm auslösen konnte, hatten sie das Bargeld in einen Sack gepackt, die Angestellten in den Tresorraum geführt, wo der Stellvertreter des Filialleiters Mühe hatte, den Geldschrank aufzubekommen. Eine gerade hereingekommene Kundin hatte man ebenfalls in den Raum gepackt, das Geld aus dem Tresor entnommen, ein paar kleine Goldbarren dazu, die Tür wurde abgeschlossen. Als sie aus der Filiale stürmen wollten, kam ein weiterer Kunde herein, ein Bauer, der seinen Traktor auf den Parkplatz gestellt hatte. Dem zog einer der Täter mit dem Knauf seiner Pistole eins über den Schädel, der Bauer brach bewusstlos zusammen – er hatte sich den Schädelknochen angeknackst und verbrachte sechs Wochen im Krankenhaus. Als die erste Polizeistreife eintraf, hatten weitere Kunden die Angestellten, die laut um Hilfe gerufen hatten, längst befreit und den Kassenraum praktisch mit ihrer Anwesenheit geflutet – Tatort-Kontamination nannte man das heutzutage. Alle Spuren verwischt, lautete das resignierte Resümee der Spurensicherung. Und die Täter hatten Handschuhe getragen, keine Fingerabdrücke, nichts, was die Bande zurückgelassen hätte. Und DNA-Analysen gab es zu der Zeit sowieso nicht.

Wäre ohnehin schwierig gewesen, bei dem Kundenverkehr irgendetwas Verwertbares zu finden, was man in Zusammenhang zu den Tätern bringen durfte. Knapp 30.000 DM hatten sie erbeutet in Bargeld, etwa 20.000 in Gold, und waren mit ihrem beigefarbenem BMW 1600 spurlos verschwunden. Der Wagen hatte ein Hamburger Kennzeichen gehabt – an die zweite Buchstabenkombination oder die Zahlen erinnerte sich der Zeuge aus der Telefonzelle nicht. Und: der Fahrer hatte natürlich keine Gesichtsmaske getragen, er hatte hellblonde Haare, trug eine dunkle Sonnenbrille und ein Hawaii-Hemd in den unterschiedlichsten Farben. Genau einen solchen Blonden mit solcher Kleidung – aber ohne Sonnenbrille hatte drei Tage später ein Spaziergänger entdeckt. Der musste dringend pinkeln, ging hinter einen abseits gelegenen Holzstapel und staunte nicht schlecht, als ihn aus dem Holzstapel ein paar leblose Augen aus einem blondgelockten Schädel anstarrten. Die Komplizen hatten den Mann an Ort und Stelle erschossen, ein Schuss ins Herz hatte gereicht, ihn dann auf den Stapel gelegt und zwei Holzschichten darüber drapiert. Der Mann hatte keine Papiere dabei, war aber polizeilich registriert – wegen mehrfachen Einbruchdiebstahls in in verschiedenen Orten in Nordhessen. Werner Köhler hieß er, war an diesem 25. Mai 1976 vierunddreißig Jahre alt, wohnte im Kasseler Stadtteil Bettenhausen an der Leipziger Straße, hatte keine Familie. Alle Recherchen waren im Sande verlaufen. Wie er mit den anderen Männern in Kontakt getreten war, wo sie sich getroffen hatten – Köhler war ein eigenbrötlerischer Typ gewesen, es gab keinen erkennbaren Freundeskreis, keinen Verein, in dem er Mitglied war, keine Stammkneipe.

Nun also der Neubeginn. Aber das Kümmern um die Angelegenheit, entschied Anke Dankelmann, das konnte noch ein paar Stunden warten.

76

Sie rief Klaus Fischer an und berichtete ihm von den neuen Erkenntnissen. Der war seltsam schweigsam.

„Ist irgendwas?", fragte sie mitten im Gespräch vorsichtig.

„Nein, eigentlich nicht und eigentlich doch. Mir wird das im Augenblick alles ein wenig zu viel, verstehen Sie? Jahrelang ruht der See, spiegelglatte Oberfläche, und jetzt wimmelt es von hohen Wellen, die aus unterschiedlichen Richtungen ankommen. Da deutet ja immer mehr darauf hin, dass dieser Willrich möglicherweise mein Vater ist. Und anders als bei Ihnen ist es bei mir natürlich so, dass ich mir die Frage stelle, warum mein Vater sich all die Jahre nicht gemeldet hat?"

„Ja, das stimmt, bei Ihnen hängt emotional viel mehr dran. Entschuldigung, das hatte ich in meiner Begeisterung wegen der neuen Erkenntnisse nicht bedacht. Soll ich Sie in den nächsten Tagen verschonen mit weiteren Neuigkeiten?"

„Neinnein, das wäre ja auch blödsinnig. Ich will das ja wissen. Aber ich brauche eben auch Zeit und Muße, um alles zu sortieren. In all den Jahrzehnten habe ich um meinen Vater eine Art Legende gewoben. Habe ihn mir mal so und mal so vorgestellt. Bis dahin, dass er vielleicht doch noch irgendwo leben und wir uns kennenlernen könnten. Ich meine, ein Vater muss doch den Drang haben, sein Kind mal sehen, mal berühren zu können. Das ist mein Kind, mein Sohn, das Gefühl will man doch mal haben. Oder? Wissen Sie: ich hätte gern mal ‚Papa' gesagt."

Nach dem Gespräch saß sie im Büro, und ihr tat der Mann einfach leid. Eigentlich, dachte sie, hat der mittlerweile regelrecht Angst vor neuen Informationen.

Da hat er sich in all der Zeit ein Bild von seinem Vater gemacht, vielleicht sogar um ihn getrauert in der Annahme, dass der einen jämmerlichen Tod in den Weiten Russlands gestorben sei – und dann diese extreme Art der Auferstehung. Sie rief noch einmal die Matussek an.

„Du, Christiane, ihr habt doch ein Archiv. Kann man da mal schauen, was so alles über Willrich aus seiner Zeit als Politiker gespeichert ist?“

„Naja, gespeichert ist da sicher nichts, der war ja noch zu Gutenbergs Zeiten Bürgermeister.“

Sie machte eine kurze Pause, Anke Dankelmann verstand nur Bahnhof, bis der Groschen fiel. Die Reporterin meinte das Vor-Computer-Zeitalter, den guten, alten Bleisatz.

Die Matussek fuhr fort: „Da müsste also jemand mal Zeitungsbände wälzen, oder vielleicht hat unsere Lokalredaktion vor Ort ja noch ein altes Archiv, früher haben die immer ihre Lokalseiten auseinandergeschnippelt und dann in dicken Aktenordnern die Artikel aufgehoben. Die alten Redaktionsleiter waren immer sehr penibel, ich mache mich mal schlau. Du denkst aber auch an unseren neuen Fall, Anke, oder?“

Notgedrungen, dachte Anke Dankelmann, sagte das aber nicht und verabschiedete sich gut gelaunt.

77

Karl Dietrich blätterte an diesem Morgen wieder in der Zeitung, und sein Blick klebte plötzlich am Bild dieses Werner Köhler fest. Den Mann kannte er, keine Frage. Und nachdem er den Artikel gelesen hatte wusste er, dass er jetzt die Polizei anrufen musste. Er hatte damals, als der Mord passiert war, offenbar gar nicht mitbekommen, dass die Polizei nach Informationen über den Mann suchte. Karl Dietrich konnte sich gut erinnern, weil er es, frisch von der Schule gekommen, plötzlich mit einer knallharten Drückertruppe zu tun bekam. Er hatte damals seinen Zivildienst im CVJM abgeleistet. Eine abwechslungsreiche, aber auch anstrengende Tätigkeit mit verrückten Dienstzeiten. Er machte viel Jugendarbeit am Nachmittag, leitete die so genannten Gruppenstunden, das machte richtig Spaß. Aber er musste auch manchmal morgens um 6 Uhr die Turnhalle wischen, im Foyer des Hauses, das in der Wolfsschlucht mitten in der Kasseler Innenstadt lag, Dienst leisten – also Schlüssel verwalten, den Verkauf von Süßigkeiten und Getränken abwickeln – und im Spätdienst oft bis weit nach 22 Uhr. Es gab absolut tote Zeiten im Foyer, am frühen Morgen, mittags, wo manchmal nur ein paar Schüler Tischtennis spielten oder am Kicker lärmten und auch am späten Abend. Dieser Werner Köhler, von dem er nur den Vornamen kannte, war häufig in den toten Zeiten aufgetaucht, vor allem im Winter, um sich aufzuwärmen. Nein, der war kein Penner gewesen, schlicht, aber ordentlich und sauber gekleidet. Einfach eine einsame Seele, mit der er manchmal ins Gespräch gekommen war. Weil der ihm irgendwann erzählt hatte, dass er schon im Knast gesessen hatte, war es ihm immer unheimlich gewesen, wenn Werner der letzte Gast gewesen war und er sozusagen in dessen Begleitung die Türen des Hauses abschloss. Naja, diese Erkenntnisse würden der Polizei nicht sehr viel weiterhelfen – aber es gab da diese Begebenheit, und die könnte tatsächlich von Bedeutung sein. Wieder griff Karl Dietrich zum Telefon. Und diesmal rief er bei der Polizei an.

78

Anke Dankelmann saß vor ihrem Computer und jubilierte: Heute schien ein Glückstag zu sein, sie las zum zweiten Mal die neue Mail dieses Speditionsunternehmers aus Erfurt, dieses Werner Edelmann. Der hatte mit seinem Vater gesprochen.

„Sehr geehrte Frau Dankelmann, leider hat es ein paar Tage gedauert, bis ich meinen Vater sprechen konnte. Wir haben hier derzeit einige Personalausfälle, und ich bin in den vergangenen Tagen selbst gefahren und habe ein paar tausend Kilometer durch Europa zurückgelegt, habe endlose Stunden in Staus zugebracht und noch mehr Stunden auf dieser unbequemen Pritsche im Führerhaus verbracht – naja, das wird Sie wenig interessieren, und möglicherweise habe ich an Informationen auch nicht besonders viel zu bieten. Nur so viel. Mein Vater kannte niemanden mit Namen Neumaier, auch ein Kamerad, der Hinrich mit Vornamen hieß, war ihm nicht erinnerlich. Er erzählte nur, dass die Russen mit Inbrunst und ziemlich streng versucht haben, die deutschen Gefangenen politisch umzuerziehen. Bei den meisten ist ihnen das trotz unfassbarer Strafen, mit denen Druck ausgeübt werden sollte, nicht gelungen. Aber einige haben sich verbesserte Haftbedingungen erhofft und sind umgeschwenkt. Mal abgesehen von den Problemen, die der eine oder andere danach mit den anderen Gefangenen bekam – die mussten dann nach der Rückkehr natürlich in der DDR bleiben. Wo sie es, wie andere Spätheimkehrer im Westen, natürlich auch nicht einfach hatten. Vielleicht ist das ja ein Rechercheansatz, mal in ostdeutschen Archiven zu schauen, ob die was haben. Oder gar die Stasi-Behörde, wer weiß ...

Ich grüße Sie herzlich

Werner Edelmann“

Das war nicht viel, aber zumindest ein neuer Denkanstoß. Das Telefon riss sie aus den Gedanken.

„Anke Dankelmann, K 11“, meldete sie sich mit etwas zu harscher Stimme, das Display zeigte einen anonymen Anruf an.

„Mein Name ist Karl Dietrich, ich habe heute den Zeitungsartikel über diesen ermordeten Werner Köhler gelesen. Ich glaube, ich kann Ihnen etwas zu dem Mann sagen, aber ob es von Bedeutung ist ...“, er machte eine zögerliche Pause, offensichtlich unschlüssig, wie er jetzt weitererzählen sollte und ob er überhaupt an der richtigen Adresse gelandet war.

„Nur zu, Herr Dietrich“, sagte sie jetzt wesentlich freundlicher, obwohl sie eigentlich keine Zeit für diesen Fall verwenden wollte.

„Alles kann uns weiterhelfen und wenn Sie mir das nicht am Telefon erzählen wollen, dann können Sie auch gern ins Präsidium kommen.“

Wieder gelogen, aber was will man machen, dachte sie.

„Das wäre mir lieber, ganz ehrlich. Also, ich wohne hier in Kassel und könnte in einer halben Stunde spätestens da sein, ich würde das gern hinter mich bringen, sonst grübele ich den ganzen Tag.“

„Einverstanden!“

So ein Mist, dann könnte sie nur eine halbe Stunde Mittagspause machen. Was ist denn das für ein Gedanke, schalt sie sich. Sie sagte ihm, wo sie zu finden sei und legte auf. Vielleicht überlegte er es sich ja anders, die Hoffnung stirbt zuletzt, dachte sie. Sie hatte auf diesen Fall keine Lust und überlegte immer noch, ob sie Rolf Weller nur anrufen oder besuchen sollte. Eigentlich wollte sie ihn besuchen, irgendetwas in ihr weigerte sich aber.

79

Von wegen Glückstag. Es klopfte ein paar Minuten später an der Tür, und Norbert Hempel steckte den Kopf durch den Türspalt. Er war Kommissar im Betrugsdezernat, Mitte vierzig, seit etwa neun Monaten hier im Präsidium, und er hatte offensichtlich ein Auge auf sie geworfen. Beziehungsweise: er warf ein Auge auf jede Frau. Ein schlanker 1,85-Meter-Mann, der nach ihren groben Schätzungen sechzig Prozent seiner Bezüge in Mode, Kosmetik und Körperpflege investierte. Er färbte sich graue Strähnchen in sein dunkles, welliges Haar, ließ sich die Augenbrauen behandeln, was ihrer Ansicht nach bei Männern immer so aussah, als würden sie in alten Historien-Schinken aus den sechziger Jahren irgendwelche gruseligen Liebhabertypen spielen, die dann hinterrücks von genauso mies geschminkten Schurken zu entsetzlicher Musik gemeuchelt wurden. Das Unangenehmste an diesem Menschen war aber sein Rasierwasser-Geruch. Wahrscheinlich irgendein teures Zeug, das aber so penetrant roch, dass man auch mit unterentwickeltem Geruchssinn noch nach Tagen auf den Gängen verfolgen konnte, wo er seine Runden gedreht hatte. Käme ein Drogensuchhund mit seinem hoch empfindlichen Geruchssinn in seine Nähe, würde das arme Tier wahrscheinlich sofort in Ohnmacht fallen und qualvoll auf den Gängen des Präsidiums verenden. Schon quoll die erste Duftwolke in das arme Büro. Sie würde Stunden lüften müssen. Kurzum: er fand sich unwiderstehlich und verstand überhaupt nicht, warum die Kommissarin ihm nicht zu Füßen lag. Und sie verstand nicht, warum es hier im Gebäude tatsächlich Frauen gab, die diesen fleischgewordenen Parfümladen anhimmelten. Und es waren nicht wenige.

„Anke, ich kam zufällig vorbei, schaute auf die Uhr und dachte, es träfe sich doch hervorragend, wenn wir zusammen ein Häppchen zu uns nehmen würden."

Säuselte er durch den Türspalt. Um Gottes Willen, bloß nicht das, wäre es beinahe aus ihr rausgerutscht. In seiner Anwesenheit schmeckte selbst die schärfste Currywurst nach Seife.

„Das ist lieb von dir, Norbert, aber gleich kommt ein möglicher Zeuge zu dem Fall, der heute in der Zeitung steht. Da muss ich in Sachen Mittagspause kürzer treten."

Das Rasierwasser entfaltete erste Wirkung in ihren Atemwegen, sie hatte den intensiven Wunsch, mal ausgiebig zu röcheln.

„Oh, das klingt ja spannend. Sehr schade natürlich für mich. Und natürlich für dich.“

Sein Mund verzog sich zu einem breiten Grinsen und gab zwei Reihen makellos weißer Zähne frei. Sie zuckte die Schultern und sah ihn entschuldigend an.

„Ich versuche es wieder, ich kann hartnäckig sein, Teuerste!“, rief er noch in den Raum und verschwand. Sie wartete eine halbe Minute, riss dann alle Fenster auf und schaute, ob der Konferenzraum auf der Etage belegt war – sie hatte Glück, das Zimmer war frei. Hier würde sie sich mit diesem Karl Dietrich unterhalten. Wenn der ihr Büro betreten würde, hätte der vermutlich sofort den Verdacht, die nordhessische Polizei arbeite bei Zeugenvernehmungen mit Giftgas. Sie schnüffelte auf dem Flur, naja, das ging ja noch. Allerdings war ihr jeder Hunger vergangen.

80

Karl Dietrich war schon nach zwanzig Minuten im Präsidium. Ein braun gebranntes Gesicht, graue Haare, ein Hilfiger-Polohemd in blassem Grün, Jeans, schwarze Halbschuhe, kräftiger Händedruck. Er nahm auf einem der Konferenzstühle Platz, fühlte sich ganz offensichtlich nicht besonders wohl in seiner Haut. Wie die meisten Menschen, die erstmals das Präsidium betraten. In den ersten Minuten fragte sie das Persönliche ab, der Mann war Busfahrer, obwohl er Abitur gemacht hatte. Er hatte Sozialwesen studiert, irgendwann den Busfahrerschein gemacht, angefangen, ein bisschen Geld nebenher zu verdienen und war dann, nach eigener Darstellung aus Bequemlichkeit, hängengeblieben.

Karl Dietrich erzählte von seinen Begegnungen mit diesem Werner Köhler. „Ich habe damals gar nicht mitbekommen, dass er im Mittelpunkt der Ermittlungen stand. Vielleicht war irgendeine Freizeit vom CVJM, wo ich als Zivi mit war – und wenn man dann zwei Wochen nicht zuhause war, dann hat man eben auch keine Zeitung gelesen. Ich weiß auch gar nicht, ob der überhaupt irgendjemand anderem im Verein aufgefallen ist, der kam zu so unmöglichen Zeiten, und das war auch so ein Typ, der fiel nicht auf. Wenn er in der Ecke saß und 'ne Zeitung gelesen hat, dann hat man immer über den hinweggesehen.“

„Und wieso hatten Sie Kontakt mit ihm?"

„Der wollte irgendwann abends mal ein Bier, hatte aber nur neunzig Pfennige dabei – zehn Pfennig habe ich ihm geschenkt, da hat er sich bedankt. Und kam ein paar Tage später, hat mir den Groschen gegeben und dann abends mal spät im Foyer einen ausgegeben. Ich durfte zwar eigentlich nichts trinken, aber der Chef war krank, und von den anderen Angestellten war nur der Hausmeister noch da. Der hat da nie was gesagt, der trank selbst ganz gern mal einen.

Naja. Aber ich wollte Ihnen eigentlich vor allem eine Begebenheit erzählen, die mir sofort beim Lesen des Artikels wieder in den Sinn gekommen ist. Eines Tages tauchten plötzlich um die Mittagszeit so drei Vertretertypen auf. Die haben mich gefragt, ob ich schon vermögenswirksame Leistungen in Anspruch nehmen würde. Ich wusste gar nicht, dass man da als Zivildienstleistender Anspruch drauf hat. Und wusste auch nicht, was das überhaupt ist. Die haben mich dann zugetextet, mir von allerlei Vorteilen erzählt, richtig Druck gemacht haben die. Die hatten auch gleich Vertragsunterlagen dabei – von der Hamburg-Mannheimer waren die, weiß ich noch wie heute. Weil diese Typen so penetrant aufgetreten sind, habe ich um den Laden dann in meinem ganzen Leben einen Bogen gemacht. Naja, zurück zu der Story. Meine Zivildienstkollegen und ich, wir waren drei, haben uns dann zusammengesetzt, haben das beraten und sind dann mal zur Sparkasse, die Hauptstelle ist da ja in der Wolfsschlucht praktisch gleich nebenan. Die waren sehr kompetent und nett, da haben wir kurzerhand da unsere Verträge gemacht. Mit der Folge, dass die Typen am nächsten Mittag wieder im Sturmschritt ins Foyer kamen, unsere Unterschriften wollten und, als wir ihnen sagten, dass wir anderweitig unterschrieben hätten, grußlos aufgesprungen und raus sind. Ich bin dann ans Fenster und wollte mal sehen, wohin die rennen – aber vor dem Haus stand in der zweiten Reihe ein Auto, da sind die rein und losgefahren. Am Steuer saß Werner Köhler. Ich konnte das genau sehen, weil ich von vorn in den Wagen schauen konnte. Offensichtlich waren die als organisierte Versicherungsvertreter-Kolonne in der Stadt unterwegs. Ich weiß nicht mehr, was es für ein Fahrzeugtyp war. Aber es war ein Hamburger Kennzeichen – das fiel mir auf wegen der Verbindung zu Hamburg-Mannheimer, verstehen Sie?"

Anke Dankelmann schaute ihn entgeistert sein. Konnte das alles so einfach sein? Und dann haben die mal schnell im Umfeld 'ne Bank ausgeraubt und ihren Fahrer final im Holzstapel abgelegt? Sie fasste es nicht.

„Wann war das denn?"

„Ich habe in meinen alten Unterlagen nachgeschaut, diesen Sparvertrag habe ich am 10. Mai 1976 abgeschlossen."

Das passte ins Zeitfenster und musste dringend weiter verfolgt werden.

„Warten Sie bitte einen Augenblick, ich muss mal einen Kollegen hinzuziehen, der das Ganze im Detail protokolliert."

„Äh, Frau Dankelmann ...", Dietrich schob zögernd noch etwas nach. Sie stand schon mit der Hand am Türgriff und drehte sich noch einmal um. „Verzeihen Sie, aber da ist noch etwas. Ich, wissen Sie, ich war Klassenkamerad von Peter Fischer. Ich weiß nicht, ob ich Ihnen da auch was sagen kann, aber vielleicht können wir uns auch darüber unterhalten."

Anke Dankelmann war wie vom Donner gerührt. Was war denn das für ein Wunderknabe? Vielleicht sollte man ihm noch ein paar ungelöste Fälle vor die Nase halten, und er hätte auch da ein paar Hinweise in petto?

„Sie waren ein Klassenkamerad von Peter Fischer? Und melden sich erst jetzt?"

Sie klang absichtlich ein wenig vorwurfsvoll. Karl Dietrich schaute ein wenig betroffen aus dem Fenster.

„Naja, ich weiß ja nicht, ich war damals acht Jahre alt, und nun, fast fünfzig Jahre danach, ist es vielleicht eher die Phantasie, die einem Dinge einflüstert, die so eventuell gar nicht passiert sind."

Er schaute sie an.

„Probieren wir es halt", sagte sie und entschwand durch die Tür.

81

Das Büro von Richard Plassek war offen, er saß an seinem Schreibtisch, sie klopfte dezent gegen den Türrahmen, und er hob den Kopf, nahm die Lesebrille von der Nase und schaute sie fragend an.

„Hi Anke, was führt dich denn zu mir? Bist du noch sauer oder ist der Zorn verraucht?"

Sie winkte ab. „Thema durch, ich habe da drüben einen Zeugen sitzen, der uns zu dem heute veröffentlichten Fall möglicherweise ganz entscheidende Hinweise geben kann, ich hab da jedenfalls so ein typisches Gefühl, du weißt schon ..."

„Deine Spürnase ist bei uns berühmt und bei den Kriminellen berüchtigt. Dann erzähl mal."

Er deutete auf einen Stuhl vor seinem Schreibtisch, sie setzte sich und fasste das Gespräch mit Dietrich knapp und präzise zusammen. Als sie fertig war, pfiff er durch die Zähne.

„Donnerwetter. Das hört sich wirklich interessant an. Wer könnte sich denn um das Ding kümmern?"

Er schaute auf einen Plan hinter seinem Schreibtisch.

„Anja kann das machen", sagte er und griff zum Telefon. „Anja, kannst du gerade mal zu mir kommen? Es gibt einen Fall, mit dem kannst du richtig berühmt werden ..."

Anja Arslan war eine junge Kommissarin, Vater Türke, Mutter Russin, in Deutschland geboren und aufgewachsen, die man auch wegen ihrer Sprachkenntnisse häufig in Migrantenfällen eingesetzt hatte. Eine ehrgeizige attraktive Frau, die nur einen Fehler hatte: sie schwärmte unsterblich für Norbert Hempel, was Anke Dankelmann an der Funktionstüchtigkeit ihres Geruchssinns zweifeln ließ. Machte in diesem Fall aber nix, schließlich sollte sie kein Rauschgift erschnüffeln, sondern ihre grauen Zellen benutzen. Sie mochte das Mädel, das mit schnellen Schritten über den Gang geeilt kam.

„Hi Anke!" Sie winkte der Kollegin zu und schaute Plassek erwartungsvoll an.

82

Zehn Minuten später saßen die beiden Frauen mit Plassek im Besprechungsraum und redeten mit Karl Dietrich, der jetzt zumindest einer Tasse Kaffee zugestimmt hatte. Anke Dankelmann überließ das Gespräch den beiden Kollegen, vor allem Anja Arslan bemühte sich intensiv, Dietrichs Gedächtnis bis in kleinste Details auf die Sprünge zu helfen. Zwei Stunden später merkten sie, dass der Mann dringend eine Pause brauchte. Für weitere Ermittlungen reichte das, was man herausgefiltert hatte, aber aus für weitere Recherchen. Immerhin hatte er sich auch an die Farbe des Autos erinnert. Beige sei es gewesen, da war er sich ziemlich sicher. Sie hatten das Gespräch aufgezeichnet, Anja Arslan würde es auswerten und hatte angedeutet, Karl Dietrich für Nachfragen möglicherweise noch einmal behelligen zu müssen.

Anke Dankelmann blieb im Raum mit Dietrich allein zurück.

„Ganz schön anstrengend, was?“, sagte sie.

Der Mann nickte.

„Haben Sie überhaupt noch Luft für den anderen Fall?“

Karl Dietrich schaute sie an.

„Vielleicht können wir es so machen, dass wir das Angenehme mit dem Nützlichen verbinden. Ich meine, lassen Sie uns doch einfach mal in diese Siedlung fahren, wir gehen ein wenig herum, und ich erzähle, was mir zu diesem Tag einfällt und zu der Zeit davor und danach. Ich habe das die vergangenen Tage ja schon gebündelt und immer wieder überlegt. Das kriege ich hin, aber ich brauche jetzt mal Bewegung und frische Luft.“

Ungewöhnlich, dachte sich Anke Dankelmann. Besser auf Nummer sicher gehen.

„Das können wir so machen, spricht denn etwas dagegen, wenn Frau Matussek, die Reporterin der HNA, dazukommt?“

Dietrich schüttelte den Kopf. „Nein, gewiss nicht. Aber die wird doch nicht gleich über so einen Spaziergang berichten, oder?“

„Wir werden es ihr sagen, dann hält sie sich auch daran. Treffen wir uns dort?“

„Ja, am besten vor der Gräfeschule, die heißt heute anders. Wilhelm-Lückert-Schule, glaube ich.“

„In einer Stunde?“

Dietrich nickte, winkte ihr zu und ging hinaus.

Junge, Junge, dachte die Kommissarin, was für ein Nachmittag. Aber wer zum Teufel war Wilhelm Lückert? Und wonach war die Gräfestraße benannt? Völlig nebensächlich das Ganze, aber sie brauchte auch eine Pause oder wenigstens eine Ablenkung. Sie nahm ihr Handy und ging ins Internet, zumindest zu Lückert fand sie nach einigem Suchen einen Hinweis: benannt nach einem Oberschulrat, der im 20. Jahrhundert wahrscheinlich segensreich an Kasseler Schulen Generationen von Schülern verprügelt hatte. Sei nicht so streng, sagte sie sich, vielleicht war es ja ein guter Lehrer, so einer wie aus der „Feuerzangenbowle“. Aber sicherlich auf jeden Fall

SPD-Mitglied, denn zu Lebzeiten Lückerts, 1905 bis 1970, wurden Straßen, Schulen und Brücken mit einer Unterbrechung durch das Naziregime nur nach Mitgliedern der die Stadt allein regierenden Partei benannt. Wer in den sechziger Jahren einmal als SPD-Mitglied in der Straßenbahn seinen Platz für eine ältere Person freigegeben hatte – der hatte, schwups, seine eigene Straße in irgendeinem Neubaugebiet.

83

Sie fühlte sich ein wenig erholt und ging zurück ins Büro. Bernd Stengel war da und hatte die Fenster geschlossen. Die Zugluft hatte dem Raum tatsächlich den Grundgeruch einer Parfümerie genommen.

„Ich nehme an, die offenen Fenster deuten darauf hin, dass du wohlriechenden Besuch hattest, oder?"

Stengel grinste sie an, er konnte den Kollegen Hempel genauso gut ab wie sie.

„Ja, aber er kam wegen dir, er wollte wissen, mit welcher Technik man sich Spaghettisoße so dekorativ aufs Polohemd spritzt, dass man denken könnte, es sei ein eingewebtes Farbmuster."

Stengel blickte an sich herab und zuckte die Schultern.

„Tja, Kunst kommt von Können. Ist auch keine Spaghettisoße, ich hab 'ne Currywurst gegessen, und mir ist ein Brocken von der Plastikgabel genau ins Herz der Soße geplumpst. Und bevor ich da mit Wasser rangehe, lasse ich es so. Mein Gegenüber, ein Rathausmitarbeiter aus Fuldatal, sieht übrigens noch schlimmer aus. Ich habe mich mit zwei Bieren von seiner Rache freigekauft."

Die Kommissarin berichtete kurz und rief dann die Matussek an, die über die neuen Nachrichten über den Reinhardswald-Fall völlig aus dem Häuschen war. Um 17 Uhr wollte man sich an der Schule treffen. Anke Dankelmann fuhr zu ihrer Wohnung am Kirchweg und ging die hundertfünfzig Meter zum Treffpunkt zu Fuß. Blieb unterwegs am Schaufenster eines Schuhgeschäfts stehen und betrachtete die ausgestellte Ware. Es waren eher Angebote für ältere Herrschaften, die Farben beige und hellbraun, hellgrau dominierten, von modischen Delikatessen konnte nicht die Rede sein. Wie sich solche Familienbetriebe überhaupt noch halten konnten in den Stadtteilen, es wunderte sie immer. Und dennoch war das alles gut so, obwohl sie selbst bei aller Anteilnahme am Schicksal dieser Geschäftsleute in diesem Fall keinen Beitrag zur Umsatzsteigerung leisten konnte. Gesundheitsschuhe in beige – niemals!

84

Karl Dietrich hockte vor der Schule auf einer kleinen Mauer und blickte versonnen den gewaltigen Hochbunker gegenüber der Schule an. Welchen Nutzen sie noch hatten – keiner wusste es so ganz genau. Aber wahrscheinlich war ein Abriss dieser Betonmonster einfach zu teuer. Karl Dietrich sah Anke Dankelmann auf sich zukommen und stand auf, klopfte sich die Hose ab und sagte:

„Ist schon komisch, wenn man an solche Orte kommt, die einen so geprägt haben, dann fängt es bei mir sofort an, im Kopf zu arbeiten. Ich könnte stundenlang erzählen, von diesen Schulstunden in diesen riesigen Klassen. Sehen Sie mal, dort oben, im ersten Stock in der Ecke, da war unsere Klasse. Wir waren über vierzig Kinder – ich kriege die Namen gar nicht mehr zusammen. Da vorn in dem roten Backsteinhaus, da wohnte Rudi Ellenberger, der war der Kleinste in der Klasse, noch kleiner als ich es war, und ich war schon ein Gartenzwerg. Ich bin eben mal hin, da wohnt eine andere Familie drin, Koslowski heißen die. Wissen Sie, ich war so klein, die haben mich irgendwann bei den Reihenuntersuchungen herausgefischt: Ich war auch zu dünn, richtig unterernährt. Dann hat man mich nach St. Peter Ording geschickt. Da habe ich dann Masern bekommen, Keuchhusten, und als ich wieder zuhause war, da hatte ich auch noch eine Tbc. Bin fast dran gestorben und habe ein halbes Jahr in der Schule gefehlt. Untergewicht – kann man sich heute gar nicht mehr vorstellen, oder?"

„Naja, Herr Dietrich, das ist jetzt aber fishing for compliments. Sie haben doch eine prima Figur!"

Anke Dankelmann schüttelte den Kopf.

„Neinnein, so war das nicht gemeint. Ich meine nur, dass man bei meinen 1,85 Metern nicht erwartet, dass man mal so ein Hungerhaken war."

Christiane Matussek kam in diesem Augenblick mit ihrem Wagen langsam durch die Gräfestraße gefahren.

„Sehr vorschriftsmäßig, junge Frau!“, wurde sie von Anke Dankelmann begrüßt.

Die Gräfestraße war eine Spielstraße, und häufig genug fuhren die Autos viel zu schnell an der Schule vorbei.

„Das ist Karl Dietrich, er ging mit Peter Fischer in eine Klasse. Und ist auch dein Zeuge, was den anderen Fall betrifft, praktisch, oder?“

„Christiane Matussek, freut mich, dass Sie sich gemeldet haben. Wäre ja echt ein Ding, wenn Ihre Aussage helfen könnte, den Fall aufzuklären.“

Sie gab ihm die Hand und schaute Anke Dankelmann an.

„Oder, liebe Anke, vielleicht zwei Fälle?“

Die lachte und sagte zu Karl Dietrich:

„Wie machen wir das denn jetzt, Sportsfreunde? Sie gehen mit uns rum und erzählen einfach?“

Karl Dietrich nickte.

„Schauen Sie mal. Hier neben der Turnhalle führte früher ein Trampelpfad in Richtung Kirchweg, mittlerweile ist der asphaltiert. Aber den Weg ist Peter mitten im Winter an diesem Tag gegangen. Der Weg endet an der Buddengasse.“

Ein winziges Sträßchen, das Kirchweg und Schönfelder Straße verbindet.

„Da ist das Pfarramt, und heute noch steht da ein Haus, das schon zu unseren Schulzeiten komplett baufällig war. Hat man damals eigentlich mal die Bewohner gefragt? Kann ja sein, dass die Peter noch einmal gesehen haben.“

Anke Dankelmann schaute die Matussek an. Die schüttelte den Kopf.

„Ich hab ja die gesamte Akte studiert. Man hat die vernommen, aber da kam nichts bei raus. Ich weiß sogar noch, wie die hießen: Runge. Weiß ich deswegen, weil die Wehlheider ja die Wagenrungen genannt werden.“

Stimmt, dachte sich Anke Dankelmann. In Kassel hatten die Einwohner der früher eigenständigen Dörfer, die alle eingemeindet worden waren, höchst merkwürdige Namen. Da gab es die Steineschmeißer, die Zäjenböcke, die Spanschlauchbiedel – nur wussten wahrscheinlich 97,8 Prozent der Stadtteilbewohner nicht, dass es die Bezeichnungen gab und von den restlichen 2,2 Prozent konnten etwa 90 Prozent nicht erklären, was es mit den Begriffen auf sich hatte.

Sie waren mittlerweile den Weg, der langsam anstieg, weitergegangen. Oben kamen sie auf die Buddengasse, Karl Dietrich erzählte weiter, was ihnen zumindest half, sich ein wenig in die Szenerie von damals hineinzudenken. Sie kannte das baufällige Haus, von dem Dietrich gesprochen hatte. Sie war die Buddengasse, durch die man mit dem Auto nicht fahren konnte, schon häufig gegangen – vor allem auf dem Heimweg von der Wehlheider Kirmes zum Kirchweg, wenn sie an den Bierständen im unteren Bereich des Festgeländes sich mit Leuten getroffen hatte. Es war eine etwas unheimliche Gasse, und dieses Haus war ihr immer vorgekommen wie ein Hexenhaus aus dem Märchen.

Sie ging zum Gartentor und schaute auf das Klingelschild.

„Du, Christiane, hier steht tatsächlich Runge. Wohnen die noch da?“

„Das gibt's doch gar nicht. Ist ja eher unwahrscheinlich. Warte, ich klingele mal.“

Ehe jemand Einspruch erheben konnte, hatte sie den Klingelknopf gedrückt.

85

„Sie müssen nidd klingeln, ich bin im Gachden!“

Die schrille Stimme einer Frau mit Kasseläner Dialekt kam näher. Sie war klein, musste sie auch sein, sonst hätte sie in dem Haus niemals aufrecht stehen können.

„Was is dann lose?“, fragte sie.

Anke Dankelmann stellte sich und die anderen beiden vor und musterte die Frau. Sie musste so um die siebzig Jahre alt sein, sie trug einen bunt gemusterten Kittel und hatte Holzlatschen an den Beinen. Braungebrannt – von der Gartenarbeit, nahm sie an, nicht vom Mallorca-Urlaub.

„Wie dann, Polizei? Is dann was passiert?“

Sie wirkte bei der Frage nicht besonders aufgeregt. Anke Dankelmann erklärte den Hintergrund des unerwarteten Besuchs.

„Jojo, ich honn das in der Ziddung gelesen. Honn mich gut an den Tach erinnert. Mäh waren ja gerade ein Jahr vorher hier ingezogen, min Mann hatte das Hüsschen von sinner Mudder geerbt. Hä lewet awer nidd mehr, jetzt bin ich hier ganz alleine, min Sohn kümmert sich nidd drum, und wenn ich ma nen Abgang mache, dann fällt das Haus irgendwann zusammen."

„Wie? Sie können sich an den Tag erinnern?" Anke Dankelmann schaute ungläubig.

„Jojo, ganz gut sogar. Soll ich dann moh erzählen?"

Sie blickte die drei an, die sie leicht fassungslos anstarrten.

„Also, das war so gewesen: Der Junge kam hier dissen Trampelpfad ruff. Es war ja eijentlich au gar kinn richtijer Trampelpfad, vor allem im Winter nidd, weil das so steil is, da isses dann immer so glitschig gewesen, da honnse sich ratzfatz uffs Mull gelechd. Nur im Sommer sinn se hier ruff un ham uns Obst geklaut und im Herbst au. Ich war in der Küche und honn den ussem Fenster gesehen. Honn mich schon gefrachd, was das sollte, es lach ja dick Schnee. Der lach hier so hoch, der musste durch den Schnee wie en Storch durch den Salat. Un dann isser die paar Meter de Buddengasse ruff und als hä oben am Kirchwech war, da kam so'n schwachzes Auto, hielt an und hä is ingestiejen. Mehr honn ich nidd gesehen."

„Frau Runge ...", Anke Dankelmann blieb für einen Moment die Luft weg, „... wieso haben Sie das niemals der Polizei erzählt? Und auch jetzt, nachdem Sie den Artikel gelesen haben, da hätten Sie sich melden müssen. Warum haben Sie das damals nicht ausgesagt?"

„Damals isses so gewesen, dass ich noch am selben Abend ins Krankenhuss musste, Blinddarmentzündung. Da honn se mich sofort operiert, anschließend honn se im Stadtkrankenhaus noch festgestellt, dass ich was mit der Galle hatte, die honnse danach rusgenommen – und vom Krankenhuss bin ich dann direkt vier Wochen in 'ne Kur. Mich hodd kinner gefrachd. Und dann heute – naja, was wodd ihr dann den Jungen suchen? Den honn se entführt und umgebracht. Is doch klar. Was soll ich dann jetzt was schbrechen von nem schwachzen Auto? Hab doch sonst kinnen gesehen. Kinn Kennzeichen, gar nix kann ich sagen. Weiß noch niddema, was das forn Wagen war."

Anke Dankelmann dachte kurz nach. Die Frau hatte Recht. Was half ihnen diese neue Erkenntnis – ein schwarzes Auto holt Peter Fischer ab. Das bedeutete, dass es vorher schon einen Kontakt gegeben haben musste, denn warum sollte zu einer bestimmten Zeit ein Auto dort am Kirchweg halten, Peter Fischer einladen, der offensichtlich freiwillig eingestiegen war, und wegfahren? Wann hatte Peter Fischer mit wem Kontakt aufgenommen? Sie merkte, dass diese Spur, wenn es denn eine war, in eine Sackgasse münden würde. War ohnehin schon eine Sensation, dass sie hier durch Zufall jemanden getroffen hatten, der Peter Fischer gesehen hatte und sich erinnerte.

„Wieso wussten Sie aber, dass das Peter Fischer war, den wir seit so langer Zeit suchen?"

„Ich honn doch damals unten bimm Edeka Ecke Kantstraße usgeholfen, da kam hä manchmal und musste was einkaufen. Das war der Peter, ganz sicher. Meistens kam hä an, wenn es was umzutauschen gab. Wenn de Mudder daheime festgestellt hatte, dass se irjend nen Quatsch eingekauft hatte. Selber gehen war ihr peinlich, also musste der Junge ran."

„Und was hatte er an? Wissen Sie das noch?"

Die Frau schüttelte den Kopf.

„Ne, irjendwas Dunkles und 'ne Bommelmütze hatte er uf, so 'ne orange von der Verkehrswacht, die hatten die alle geschenkt bekommen."

Karl Dietrich lachte kurz auf. „Stimmt. Ich hatte auch so eine, hab die aber nie aufgesetzt, Peter trug die immer."

„Das steht ja auch in den Akten", sagte die Matussek. „Tolles Erinnerungsvermögen, Frau Runge, Kompliment."

„Danke, aber nu is erstema gut. Ich muss widder in den Gachden. Würde Sie gern ins Haus bitten, aber da sieht's uss wie bei Hempels unnerm Sofa."

„Frau Runge, kann ich Ihre Telefonnummer haben, falls ich noch eine Frage habe?"

Anke Dankelmann hatte eine leise Vorahnung, dass dieser Versuch der Reporterin nicht wirklich eine gute Idee war. Die alte Frau winkte ab.

„Telefon honn ich nidd. Da müssder schon selwer kommen, wenn Ihr noch was wissen wollt."

Sie entschwand um die Hausecke.

„Und nach einem Handy musst du gar nicht fragen", sagte Anke Dankelmann und schüttelte schmunzelnd den Kopf.

Dieser Auftritt war eben bühnenreif gewesen. Die Runge war eine Sensation – und rundete den Glückstag dann doch irgendwie positiv und skurril ab. Und der Hinweis auf Hempels Sofa hatte sie wieder an ihren Kollegen erinnert – unter dessen Sofa sah es wahrscheinlich aus wie, naja, ihr fiel gerade kein Vergleich ein. Aber jedenfalls war es dort bestimmt sehr ordentlich, und es roch phantastisch. Wenn man darauf stand, sich die Nasenhöhlen im Dauerbetrieb chemisch zu verätzen. Sie wollte dieses Sofa niemals zu Gesicht bekommen.

86

Karl Dietrich hatte dem Gespräch so fassungslos gelauscht wie alle anderen – außer der Runge vielleicht. Und er kramte in seinen Erinnerungen nach Äußerungen seines Freundes, nach Beobachtungen – und kam kein Stück weiter. Die drei gingen zurück zur Gräfestraße. Karl Dietrich erzählte noch ein wenig – aber das führte zu keiner neuen Erkenntnis. Als sie sich verabschiedeten, sagte Anke Dankelmann noch:

„Ach so, Herr Dietrich, der Bruder von Peter Fischer, Klaus, der wohnt übrigens wieder in Kassel. Wussten Sie das?"

Kopfschütteln. Er wirkte erst irritiert, dann interessiert.

„Können Sie mir seine Kontaktdaten geben? Vielleicht rufe ich ihn mal an. Schicken Sie mir das doch als SMS oder so, wäre nett. Aber mein Gott, den habe ich fünfzig Jahre nicht gesehen, was will man erzählen? Und immer nur die alten Zeiten, ich weiß nicht, ob ich es mache. Aber seien Sie so gut."

Als die beiden verschwunden waren, ließ Anke Dankelmann die Ereignisse des Tages noch einmal in sich plumpsen. Das war ein Tag im Formel-Eins-Tempo gewesen. Und was konnte man mit all den Erkenntnissen anfangen? Sie musste sich und ihre Gedankenwelt sortieren, schaute kurz auf ihr Handy – aber es gab keinen Anruf und auch keine Nachricht, was sie mit Blick auf Rolf Weller ein wenig enttäuschte. Aber vielleicht solltest du selbst mal ein Signal geben, schalt sie ihr Inneres, das sich für ihr Verständnis mal wieder zu kritisch mit ihr befasste.

Sie ging ein paar Meter und sah das „Gambero Rosso", ein kleines italienisches Restaurant mit bester Küche zu vertretbaren Preisen.

Sie hockte sich an einen freien Tisch und bestellte ein Glas Weißwein und eine Portion schwarzer Spaghetti mit Flusskrebsen. Man muss sich belohnen können, sagte sie – und bestellte wenig später ein zweites Glas. Ihr war klar, dass man die alte Runge womöglich tatsächlich nochmal einvernehmen müsste – aber das hatte wirklich Zeit. Und ihr wurde klar, dass man die Ereignisse von damals wohl nie richtig aufarbeiten können würde. Schade, sagte sie, lieber Peter, ich hätte gern herausgefunden, was aus dir geworden ist. Und ich fürchte, die Runge hat mit ihrer Annahme Recht. Das Schicksal eines vor fünfzig Jahren verschwundenen Kindes aufzuklären – dieses Ziel war mehr als ehrgeizig.

87

Aber sie konnte auch hartnäckig sein wie ein Pinscher, dem man einen Oberschenkelknochen eines Ochsen zum Kauen gegeben hat. So ein Hund ließ auch nicht locker, bis der Knochen nach wochenlanger Arbeit verputzt war. Also setzte sie sich eine Stunde später zuhause an den Computer und tippte eine Mail an Werner Edelmann. Und bat ihn, seinen Vater mal zu fragen, ob der möglicherweise einen Hanspeter Willrich gekannt habe. Und wo der Vater als Strafgefangener gelebt habe. Sie hängte noch ein Foto, das sie eingescannt hatte, von Neumaier/Willrich an die Mail an.

Es war dann kurz vor 22 Uhr. Wiedermal ein Tag ohne wesentliche Sozialkontakte. Noch nicht mal ein Telefonat mit ihrem Bruder. Nicht mal ein Telefonat mit ihren Eltern – aber da hatte sie nach dem Auftritt ihres Vaters vor wenigen Tagen auch erst einmal wenig Neigung, sich zu melden. Und wie sah das mit Freunden aus? Du musst dringend was für dich tun, sagte sie sich vor dem Einschlafen. Sonst wirst du eine alte, verbitterte, arbeitsgeile Ziege, deren Welt aus ihren Fällen bestand und gelegentlichen Männerkontakten zum Spaßhaben. Aber was sollte man tun? Freundschaften konnte man nicht herbeizaubern. Schreib wenigstens mal diesem Taximann, sagte sie sich. Oder besuch ihn. Mit welchen Folgen auch immer. Sie nahm ihr Handy und tippte ein paar Zeilen als SMS. Ob er sich freuen würde?

88

Karl Dietrich schaute sich an diesem Abend per DVD ein Fußballspiel an. Deutschland gegen Italien, WM 1970, das Spiel, das so oft als Jahrhundertspiel bezeichnet wurde. Er hatte es mit Mutter und Stiefvater im heimischen Wohnzimmer gesehen und war völlig aufgeregt, als Karlheinz Schnellinger, ausgerechnet der blonde Verteidiger mit der Torgefährlichkeit einer übergewichtigen Nonne in den letzten Sekunden des Spiels den 1:1-Ausgleich erzielt hatte. Dann war Schluss. Auch für ihn. Die Mutter hatte ihn, den 13-Jährigen, ins Bett geschickt. Wegen der Schule am nächsten Morgen. Er war maulend abgezogen, hatte im Bett mit seinem kleinen Transistorradio die Verlängerung gehört. Italien hatte 4:3 gewonnen – und er hatte am nächsten Tag in der Schule beim Nachkarten aller Fußballfans nicht mitreden können. Was für eine Blamage – und er hatte das den Eltern nie verziehen. Und heute schaute er das Spiel nur halbherzig an. Immer wieder drifteten seine Gedanken zurück zum Gespräch mit Frau Runge. Unvorstellbar, absurd, beinahe komisch diese Situation. Und er teilte im Innersten die Einschätzung der Frau. Peter war mit irgend einem Menschen mitgefahren und hatte das mit seinem Leben bezahlt. Er nahm sein Glas Rotwein, nippte dran und war innerlich dankbar für diesen heutigen Tag. Denn die Runge hatte für ihn so etwas wie eine Bestätigung verschafft für das, was er schon immer vermutet hatte. Auto, einsteigen, Abfahrt – und was danach mit seinem Freund passiert war, das wollte er sich nicht vorstellen. Und wie sich Peter gefühlt hatte, wie schmerzvoll, quälend sein Tod möglicherweise gewesen war – eine grauenhafte, gruselige Vorstellung, die sein Herz zum Krampfen brachte. Immerhin aber hatte er in dem anderen Fall möglicherweise für etwas Bewegung gesorgt. Er schaltete den Fernseher aus, es stand 3:3, Franz Beckenbauer lief mit einer Armschlinge über den Platz, er hatte sich die Schulter verletzt – aber zum Glück wusste er ja, wie es ausging. Und die DVD konnte er jederzeit wieder in den Player werfen. Und ob er Klaus Fischer anrufen würde – das sollte der morgige Tag zeigen. Wenn diese Kommissarin überhaupt daran dachte, ihm die Telefonnummer zu schicken.

89

Anke Dankelmann wachte nachts vom Prasseln eines extrem starken Regengusses auf. Der Wind peitschte über das Dach und trieb die Regentropfen genau an ihr Schlafzimmerfenster. Eigentlich wirkte das immer sehr beruhigend auf sie – aber heute rumorte etwas in ihren Gedanken. Sie stand auf und ging in die Küche. Schaute auf ihren Herd. Da stand immer irgendein Topf herum, der dringend gereinigt werden musste. Auch heute. Eine Pfanne. Und der Griff zeigte nach links. Sie war Rechtshänderin. Rechtshänder haben immer die linke Hand am Griff und rühren mit rechts. Bei Linkshändern ist das umgekehrt. Sie erinnerte sich an ihren kurzen Aufenthalt in der Küche von Klaus Fischer. Da standen zwei Töpfe mit langem Stielgriff – die Griffe zeigten nach rechts. Und sie erinnerte sich an die Küche von Willrich. Da standen drei Töpfe – Griffe nach rechts. Das mochte nichts zu bedeuten haben, aber sie wollte zumindest der Sache nachgehen. Das waren zwei Halbbrüder, die nichts voneinander wussten – konnte ja sein, dass die Gene sie beide auf linke Hand getrimmt hatten. Sie schaute auf die Uhr: halb drei. Überlegte kurz. Rief Grit Willrich an, die sich erstaunlich fröhlich und wach meldete.

„Sorry, Grit, wie sehr störe ich denn?"

„Gar nicht, alles okay, bin vor 'ner halben Stunde aufs Zimmer gekommen. Alles gut!"

Anke Dankelmann hörte im Hintergrund ein röchelndes Geräusch.

„Sag mal, erwürgst du gerade einen, oder schnarcht da jemand?"

„Das ist Karlchen, ein alter Schulfreund. Hab den heute auf 'ner Kneipentour getroffen. Dachte, da könnte was laufen. Aber im Hotel zog er sich aus, stieg ins Bett und pennte sofort ein. Aber nachdem ich den jetzt nackt gesehen habe, gratuliere ich mir zu dieser Entwicklung, obwohl die Joghurtkanone recht vielversprechend aussieht. Naja ... Soll ich dir ein Foto schicken?"

Anke Dankelmanns schüttelte sich.

„Danke, danke, nein. Ich ..., äh, ich glaube, es reicht, wenn ich mir das vorstelle. Nur eine kurze Frage: War dein Mann Linkshänder?"

„Nein", kam es kurz und knapp vom anderen Ende. „Warum?"

„Konnte er kochen?"

„Der war in der Küche nur zum Bezahlen des Einkaufs zu gebrauchen.“

„Das heißt dann wahrscheinlich, dass er nicht kochen konnte.“

„Ich muss leiser reden, Anke. Karlchen wird unruhig, nicht, dass der aufwacht und plötzlich doch noch ...“

„Kannst du dich an unseren letzten Besuch am Brasselsberg erinnern, als wir in der Küche waren?“

„Ja, klar, warum?“

„Die ganze Küche war unordentlich, nur am Herd und auf dem Herd war alles sauber und aufgeräumt. Und das bei jemandem, der gar nicht kochen kann.“

„Stimmt. Haben deine Kollegen sich vielleicht, nachdem sie mit den Untersuchungen fertig waren, ein Spiegelei gebraten?“

„Quatsch, so Sachen sind strengstens untersagt.“

„Aber warum hast du jetzt gefragt, ob er Linkshänder war?“

„Weil die beiden Töpfe, die auf dem Herd standen, ordentlich mit dem Griff nach rechts ausgerichtet waren. Das machen nur Linkshänder. Griff rechts, mit der rechten Hand halten, mit links rühren.“

„Ich verstehe nur Bahnhof, bin aber vielleicht auch ein wenig betüttelt von den Mojitos im Fes. Ich mache jetzt auch das Licht aus, du erklärst mir das sicher irgendwann mal, okay? Gute Nacht!“

Anke Dankelmann legte auf. Die Frau war irgendwie extrem lokker im Leben unterwegs. Ob das beneidenswert war, das konnte sie jetzt um diese Uhrzeit nicht mehr beurteilen.

Das mögliche Motiv für den Selbstmord Willrichs erschien für sie in einem völlig neuen Licht. Sie würde am Morgen zum Brasselsberg fahren und ein Bild vom Herd machen. Danach brauchte sie ein ähnliches Foto von einer anderen Küche, in der sie die gleiche Ordnung mit demselben Phänomen gesehen hatte. Sie ging zurück ins Schlafzimmer, nahm sich einen Gedichtband und fing an zu lesen. Sie wusste, sie hatte keine Ader für Poesie. Das war für sie wie ein Schlafmittel. Und es wirkte. Nach drei Minuten machte sie das Licht aus und schlief sofort ein.

90

Das Wetter schlug plötzlich Purzelbäume, in der Nacht hatte es geschüttet, am frühen Morgen sah die Stadt aus, als sei sie in Watte getaucht, Nebel, Dunstschwaden, eine merkwürdige Akustik, ein leichter Temperatursturz. Endlich ein Tag, an dem man mal wieder in Jeans und Cowboystiefeln auftreten konnte.

Nach einer halben Stunde Nordic-Walking fuhr Anke Dankelmann erneut zum Brasselsberg. Und war völlig konsterniert, als im Vorgarten des Willrich-Hauses Grit Willrich schon wieder dabei war, ihre Gymnastik zu machen.

„Hä? Was machst du denn hier?“, fragte sie, sich an das Telefongespräch in tiefer Nacht erinnernd.

„Als wir aufgelegt haben, ist Karlchen aufgewacht. Er ist nur aufs Klo gerannt, es kam überall gleichzeitig, oben, unten, das nahm kein Ende, das Bad und das Zimmer sehen aus wie eine Kläranlage. Ich hab mich angezogen, der Rezeption Bescheid gesagt, dann bin ich hierher gefahren – lieber hier im Müll, als dort in der Scheiße. Das wird ’ne teure Nummer für Karlchen, eigentlich, hihi, war es ja eine Nullnummer.“

Anke Dankelmann wurde die Frau langsam zu viel, sie atmete durch, verwehrte sich die Vorstellung dieses Hotelzimmers, und beide Frauen gingen ins Haus. Zielstrebig steuerten sie die Küche an. Und so war es. Ein sauberer, ordentlicher Punkt inmitten des Chaos. Anke Dankelmann zückte ihr Handy und machte Fotos aus allen Perspektiven. Grit Willrich ließ die Kommissarin allein, die sich noch weiter umsah. Sie packte einen der Töpfe vorsichtig mit einem Stück Küchenpapier am Rand und schob ihn in eine Plastiktüte, die in der Ecke unter dem Hängeschrank lag. Derjenige, der die Töpfe als Linkshänder benutzt hatte, würde sicherlich Fingerabdrücke hinterlassen haben. Sie ging in den Flur und rief nach Grit Willrich.

„Ich bin hier im Arbeitszimmer“, tönte es zurück.

Anke Dankelmann folgte der Stimme und sah Grit Willrich am Schreibtisch sitzen und in Stapeln von gut geordneten Papieren wühlen.

„Mein lieber Mann, bis ich da so durchblicke, was da alles zu kündigen ist – vom ADAC bis hin zu Zeitschriften und der GEZ, Gott sei Dank hat er einen Ordner für Versicherungen, da komme ich schnell durch. Aber alles andere ... Am besten, ich löse das Konto auf, alles was über Einzug über die Bank läuft, wird sich dann schon melden, wenn es nix mehr einzuziehen gibt. Ich habe heute morgen schon jede Menge Kram aus Urzeiten in Kisten geräumt und ins Auto gebracht – kommt alles ins Altpapier. Bücher und so, eigentlich werfe ich das ja nicht weg, aber in dem Fall. Was will ich denn machen. Und dann gibt es hier Dutzende, wenn nicht hunderte von Fotokopien, steht völliger Unsinn drin Schau mal: MfS – HA XX. Nr. 10183. Was soll das bloß bedeuten? Und dann geht es um West-Büros der SPD und sogar um Ballonabflugbasen der Partei. Was soll das denn alles heißen?"

Sie reichte Anke Dankelmann ein ziemlich dunkles Blatt Papier, die Kopie irgendeines Deckblattes. Anke Dankelmann hatte sehr wohl eine Ahnung, was das bedeuten konnte.

„MfS – das steht für Ministerium für Staatssicherheit der DDR. Das scheint also eine Kopie aus einer Stasi-Akte zu sein. Aber warum um Himmels Willen hat dein Mann diese Kopien. Zeig mal her, bitte!"

Sie überflog einen Teil der Kopien. Auszüge aus Gesprächsprotokollen und auch nach zehn Blättern war nicht ganz klar, um wen es sich drehte. Immerhin tauchte ein „IM Grimm" auf – wer immer das sein mochte. Die Gesprächsprotokolle stammten von ihm, Auskünfte über Personen, die er observiert, belauscht, ausgefragt hatte. Alle aus Westdeutschland, beginnend im Jahr 1955. Der Mann war im Aufnahmelager Gießen aufgetaucht. Aber wer verbarg sich dahinter?

Sie blätterte weiter, später kamen die Einsatzorte des Mannes immer näher an die nordhessische Region. Marburg, später Niedenstein, Kassel. Dort hatte er einen Job bei Henschel bekommen, Industriefirma erster Güte, die Lokomotiven genossen weltweit Ansehen – für einen Agenten der Staatssicherheit ideales Terrain. IM Grimm war nicht besonders fleißig gewesen, wenn diese Kopien wirklich alles dokumentierten, was der Mann geliefert hatte.

„Ist das alles?", fragte Anke Dankelmann.

Grit Willrich nickte. „Mehr habe ich nicht gefunden."

„Dann nehme ich das mal mit, darf ich?"

„Klar, ich finde das so interessant wie den Zustand meines Hotelzimmers, wenn ich mir diesen Vergleich erlauben darf."

Sie durfte, aber Anke Dankelmanns Interesse daran, dass die Frau nicht ständig ihr Kopfkino mit unappetitlichen Dingen animierte, wuchs im Minutentakt. Die Kommissarin brauchte ihr Hirn zudem für andere Dinge, als sich nachts dicke, schnarchende fremde Männer vorzustellen, die im Handumdrehen ein sauberes Hotelzimmer in ein Jauchefass verwandeln konnten. Sie schüttelte kurz den Kopf, um die Bilder loszuwerden. Das funktionierte. Die Frauen verabschiedeten sich, Anke Dankelmann ging zu ihrem Golf, packte die Plastiktüte mit dem Topf in den Kofferraum und legte die losen Blätter auf den Beifahrersitz. Als sie den steilen Berg hinauf startete, rutschte der Stapel ungeordnet nach hinten. An der Konrad-Adenauer-Straße am oberen Ende des Brasselsbergs angekommen, bog sie nach rechts in Richtung Wilhelmshöhe, beschleunigte und musste abrupt bremsen, weil ein Bus der Kasseler Verkehrsgesellschaft KVG ohne auf den fließenden Verkehr zu achten aus der Bushaltestelle ausscherte und zwischen die Autos einfädelte. Der Stapel Kopien rutschte in den Fußraum, sie hörte es rascheln, sagte laut „Mist“ und schaute sich, als sie an einer Fußgängerampel warten musste, die Bescherung an. Aus dem Fußraum sah sie ein Gesicht an, das sie mittlerweile bestens kannte. Anders als auf anderen Fotos, aber eindeutig zu identifizieren. Ein Mann in Wehrmachtsuniform lächelte in die Kamera: Hinrich Neumaier alias Hanspeter Willrich. War Willrich etwa IM Grimm? Sie musste sofort ins Präsidium und diese verflixte Akte systematisch lesen. Und wenn ja: was hatte das für weitere Folgen? War der Mann nicht mal Bürgermeister von Gudensberg gewesen? Ein Stasi-Spitzel in den Reihen der SPD, der erst aus einem Rüstungsunternehmen heraus spionierte und dann in Amt und Würden gerät? Ein Mini-Guillaume in Nordhessen – nur eben unentdeckt geblieben? Sie fasste das alles nicht.

91

Bernd Stengel hatte mit dem ungeliebten Papierkram zu tun, um den Selbstmord aktenfähig zu machen. Sie grüßte kurz, wusste, dass sie ihn am besten nicht stören sollte. Sie blätterte konzentriert die Kopien durch, versuchte, eine Struktur in diese Auszüge zu bekommen und fand dann irgendwie alles extrem langweilig. „IM Grimm konnte bisher nicht bestätigen, dass sich in Hof eine Filiale des Ostbüros der SPD befindet. Nur die Tätigkeit einiger dort beschäftigter Personen lässt auf die Existenz einer Nebenstelle des Ostbüros schließen." Dann folgte ein geschwärzter Name. Und immer wieder ging es um Ballonaktionen – sie verstand nichts und kapierte auch nicht, warum ein Geheimdienst wissen musste, warum ausgerechnet in Hof ein Ostbüro der SPD sitzen sollte, wo Hof doch nachweislich in Westdeutschland lag.

Es gab Kurzprotokolle von Kontaktversuchen des IM Grimm mit einigen Personen, die offensichtlich inhaltlich unergiebig geblieben oder komplett gescheitert waren. Schien kein Top-Agent gewesen zu sein, dieser IM Grimm oder Neumaier oder Willrich, filmreif war das jedenfalls alles nicht. Sie nahm das Foto und verglich es mit dem, das auf ihrem Schreibtisch lag – kein Zweifel, ein- und dieselbe Person. Als die Matussek sie anrief, überlegte sie kurz, ob sie ihr die Neuigkeiten mitteilen sollte – aber besser nicht. Die war garantiert komplett heiß auf den anderen Fall, wo neue Fakten möglicherweise schneller aufploppten und sich auch besser für einen Artikel auswerten ließen.

„Habt Ihr mit den Aussagen von Karl Dietrich, was diese Versicherungs-Drückertruppe betrifft, schon irgendwas rausbekommen können?"

Die Frage war berechtigt, sie musste dringend Anja Arslan anrufen und danach fragen.

„Bisher noch nicht", sagte Anke Dankelmann und widerstand der erneuten Versuchung, die Reporterin einzubeziehen.

„Okay, sagst mir Bescheid, ja? Und die andere Sache – ich meine, diese Frau, diese Frau Runge, die wird ja Recht haben. Wer erinnert sich denn heute noch belastbar an irgendetwas, was vor fünfzig Jahren passiert ist. Ich denke mal, das Buch klappe ich zu, was meinst du? Ich weiß, du hängst da ja irgendwie dran."

„Ach, Christiane, ich weiß auch nicht mehr recht, was ich davon halten soll", log sie, „ich kümmere mich jetzt mal um den Köhler-Fall und melde mich."

Nachdem sie aufgelegt hatte, hörte sie den Drucker laufen – Bernd Stengel hatte es wohl geschafft. Schreibarbeit erledigt.

„Da sucht man sich in der Wohnung von diesem Selbstmord-Heini einen Wolf nach irgendwelchen Abschiedsworten oder so – und dann hat der allen Ernstes seiner Ex-Freundin, die sich nach zehn Jahren von ihm getrennt hat, 'ne Mail geschickt, und die hat die heute erst gelesen. Passt alles, auf seinem Laptop geschrieben, haben wir gecheckt, Fall erledigt. Er hat die Trennung nicht verkraftet, die Vorstellung, dass sie demnächst mit einem anderen rummacht – naja, dieser Schmus. Aber das reicht ja eigentlich nicht aus, der hatte sowieso eine Störung. Man bringt sich doch wegen eines Partners nur dann um, wenn man sowieso grundlabil ist. Und wie der sich zerfetzt hat – der Typ muss sich selbst gehasst haben wie die Pest. Willst du mal die Fotos sehen?"

Er grinste sie an. Sie winkte ab. Und erzählte dann doch die Geschichte von den Kopien dieser Stasi-Akte. Bernd Stengel hörte aufmerksam zu.

„Sag mal, Anke, das ist zwar gar nicht der Job unseres Kommissariats, aber weißt du eigentlich, was das alles bedeuten kann? Ein Stasi-Spion als Bürgermeister in Nordhessen? Keiner hat es gemerkt – und dann hat der Typ jahrelang nur ein paar Kilometer von seiner Frau und seinem Sohn gelebt? Ist doch unvorstellbar, so etwas."

„Ja, schon. Aber du musst ja auch bedenken: wenn er das alles rausgefunden haben sollte, dann war seine Frau ja schon wieder verheiratet. Und er war für tot erklärt worden. Wie hätte er seiner Frau denn gegenübertreten können und sagen: Ich heiße jetzt Hanspeter Willrich, ich bin Hinrich Neumaier, und du musst jetzt zu mir zurück? Alles wäre aufgeflogen – und vielleicht hat er in all den Jahren ja wirklich in der Fremde auch seine Liebe verloren."

„Auch die zu seinem Sohn? Diesem, wie heißt er, Karl Fischer?"

„Klaus heißt er. Keine Ahnung. Aber der hat ja irgendwann bewusst den Schritt gemacht und ist Stasi-Mitarbeiter geworden. Oder noch früher: der hat irgendwann eine neue Identität angenommen. Damit war doch klar, dass er sein Leben hinter sich ließ, ein neues anfing und somit der Schritt zurück ja eventuell sogar lebensgefährlich sein konnte. Ich meine, wenn der im Westen plötzlich wieder die Seiten wechselte – das wäre ja ein Aufruhr gewesen, spätestens dann, als er Bürgermeister war."

Da fiel ihr ein, dass die Matussek im Zeitungsarchiv ja eigentlich nach Berichten über den Mann aus dieser Zeit nachschauen wollte. Hatte sie eben gar nicht erwähnt – vielleicht auch als nebensächlich abgehakt und vergessen. Sie würde nachfassen müssen.

„Was wohl mit dem in Russland passiert ist? Ich meine, das Lagerleben über so viele Jahre, das verändert doch alles, da kommst du doch als anderer Mensch heim. Und hast vielleicht Angst, dass deine Familie dich als Fremdkörper sieht und dein Leben für den Rest der Jahre nur noch ein einziges Leiden ist. Vielleicht entscheidet man sich bewusst dafür, jemand anders zu sein, alles hinter sich zu lassen und die Menschen, die man mal geliebt hat oder für die man möglicherweise immer noch etwas empfindet, ihr möglicherweise mittlerweile glückliches Leben nicht zu zerstören. Das ist doch auch ein Liebesbeweis, meinst du nicht?"

Bernd Stengel war mittlerweile emotional voll in den Fall eingestiegen, das freute sie.

„Bernd, ich weiß nicht, da ist doch das Kind, dein Kind. Das willst du doch begleiten."

„Sagen wir heute. Aber der war x-Jahre in Gefangenschaft, wohl in Sibirien. Was macht das aus einem?" Anke Dankelmann überlegte. Was machte das mit einem? „Bernd, du hast Kinder. Stell dir das doch mal vor! Du kommst nach Jahren aus Sibirien, hast deinen Sohn noch nie gesehen, als du in deinen Heimatort kommst, sind sie weg – Frau und Sohn. Keiner weiß was, wo willst du suchen? Du wirst doch irre. Oder hat dir diese Gefangenschaft, die Kälte, hat dir der Hunger die Energie so aus den Knochen und aus dem Herzen genommen, dass du resignierst? Kann man resignieren, wenn man ein Kind hat, das man noch nie gesehen hat? Ich meine, das treibt einen doch an."

Bernd Stengel überlegte eine Weile.

„Weißt du, Anke, meine Mutter hat immer von ihrem Vater erzählt. Mein Opa also, den habe ich nur als Kleinkind kennengelernt, hab also keine Erinnerung an ihn. Der war auch im Krieg. War mehrfach verwundet. Marine. Wieso man da ständig verwundet wird – keine Ahnung. Der kam in britische Kriegsgefangenschaft. Die haben die Gefangenen ja halbwegs gut behandelt, so gut es eben ging. Aber als er nach zwei Jahren wieder daheim war, da war er ein anderer Mensch. Es ist ja nicht nur die Gefangenschaft. Es ist der verlorene Krieg, der verlorene Glaube an eine Ideologie. Alles weg, der Boden unter den Füßen ist weggezogen und du schwebst über einem Abgrund. Ich meine, dieser Mann hier hat sich wegen seiner Freundin umgebracht – diese Jungs damals hätten viel mehr Grund gehabt, nach all den vergeblich investierten Jahren, nach den traumatischen Erlebnissen, sich umzubringen. Haben sie nicht getan, weil sie einen Lebenswillen hatten, den man als normaler Mensch ja auch hat. Gut, manche werden das gemacht haben – aber wie viele dieser Psycho-Wracks haben durchgehalten, das Land aufgebaut? Deine Story von diesem, wie heißt er noch, Willrich oder Neumaier, egal, das ist alles im Rahmen des Normalen für die damalige Zeit, denke ich.“

Lange hatte Bernd Stengel nicht mehr so lange an einem Stück etwas gesagt. Das letzte Mal, als er so einen Redebedarf hatte, war es genauso emotional gewesen, als er mitbekommen hatte, dass sie mit seinem besten Freund, einem Apotheker aus Vellmar, während Bernds Geburtstagsfeier zuhause im Auto nach Mitternacht vor seinem Haus Sex gehabt hatte. Der Apotheker hatte es ihm erzählt – und Bernd, die gute Seele, hatte sich maßlos aufgeregt. Reden konnte er, wenn es ihn im Herzen getroffen hatte. In diesem Fall hatte er vermutlich Recht. „So habe ich das noch nicht betrachtet. Man sollte als Polizist nicht die falschen Fragen stellen, oder? Ich gehe von falschen Voraussetzungen aus, was aber bei Dingen, die sich vor fünfzig Jahren und mehr ereignet haben, auch vorkommen kann. Vor allem, wenn man gerade selbst erst die vierzig überschritten hat.“

Bernd Stengel nickte.

92

Knapp zweihundert Kilometer entfernt in Erfurt saß Werner Edelmann mit seinem Vater in dessen Zimmer im Altenstift, das komplett mit alten Möbeln aus dem Haus der Edelmanns eingerichtet war. Sein Vater hatte ihm bei der Auswahl der Möbel, die er mit in das Stift nehmen wollte, gesagt, er wolle nur die Dinge mitnehmen, die für ihn mit einzigartigen Erinnerungen verbunden waren. Und so saß Werner Edelmann in einem gepolsterten Ohrensessel, sein Vater in seinem Lieblingssessel aus braunem Leder, abgewetzt und mittlerweile schäbig aussehend – aber Lieblingssessel sind Lieblingssessel und müssen wohl so aussehen, dachte sich der Sohn. Warum das sein Lieblingssessel war – das hatte der Vater nie erzählt. Als er seinen Vater nach Hanspeter Willrich gefragt hatte, das ausgedruckte Foto in der Hand, da hatte dieser lange nachgedacht und dann genickt.

„Du meinst also", hatte er seinen Sohn gefragt, „ob es einen gab, der dort seine Identität komplett geändert hat? Hanspeter Willrich – Hinrich Neumaier. Neumaier sagt mir so nix. Ich meine den Namen. Der Mann jetzt wahrscheinlich schon. Den Mann, den kenne ich wahrscheinlich. Ich wusste halt nur nicht, dass er so heißt. Aber, mein Gott, was für eine Geschichte, so lange her, so mit Schmerz verbunden all die Erinnerung. Na gut, also, das war so."

Der alte Mann lehnte sich zurück, schloss die Augen, faltete die Hände auf seinem Schoß und fing an, mit leiser Stimme zu erzählen.

93

„Wir waren in diesen unendlichen Weiten während der Rückzugsgefechte am Gniloi Tikitsch in Gefangenschaft geraten. Wir hatten unwahrscheinliches Glück ..."

„Was heißt denn eigentlich: wir? Hast du nie erzählt."

Werner Edelmann hatte das ganz sichere Gefühl, jetzt endlich mehr über seinen Vater in Erfahrung zu bringen und ihn und sein Leben, sein Verhalten, sein Denken zu verstehen, mehr, als er es in seinem gesamten Leben bisher vermocht hatte. Er war aufgeregt, bemühte sich, kontrolliert zu bleiben. Aber der Vater war so versunken in den Erinnerungen, dass er nichts mitbekam von alldem.

„Wir, das war eine Handvoll Landser, sechs, sieben vielleicht, ich weiß es nicht mehr genau, gar nicht aus einer Einheit oder Kompanie, wir hatten diesen furchtbaren Fluss überquert und uns dann in irgendeinem nahen Dorf tatsächlich ein halbwegs warmes Plätzchen zum Schlafen gesucht und gefunden, die Klamotten trockneten, es gab keinen Kontakt zu unseren Verbänden, wir wussten nicht, wo wir waren, die Strömung hatte uns weit abgetrieben. Kaum noch Munition, es gab noch ein paar Russen in dem Dorf, die, warum auch immer, dageblieben waren und das Wüten der deutschen Sicherheitsdienstmänner, der SS und auch der Wehrmacht überlebt hatten. Ich konnte ja etwas Russisch, deshalb hatten die wohl ein wenig Vertrauen, aber wer weiß, was Menschen im Innersten bewegt in solchen Situationen. Einer von uns, ich erinnere keine Namen mehr, hatte tatsächlich einen großen Kanten Kommissbrot in einem Tornister, den er durch den Fluss gerettet hatte. Das war so eine zugeschraubte Dose, das Brot war trocken geblieben, wundersamerweise. Wir teilten das unter uns und den Russen im Dorf, die völlig ausgehungert waren, auf. Zerlumpte Gestalten, tief in den Höhlen liegende Augen – die hatten auch schon so viel Elend erlebt und hatten wohl eher damit gerechnet, dass wir die einfach niedermachten. Haben wir aber nicht. Wir hatten noch nicht einmal den Gedanken daran. Der Krieg war zu Ende für uns, das war uns klar. Keine Kraft mehr zum Laufen, wohin auch? Wir wussten nur nicht, wie er zu Ende gehen würde. Mit einem letzten Schuss oder in der Gefangenschaft. Ich dachte an meine Eltern, die schon so lange nichts von mir gehört hatten. Wusste, ich würde sie nie mehr wiedersehen. Naja, meine Mutter habe ich dann ja noch wiedergesehen. Aber meinen Vater ..."

Die Stimme wurde brüchig, und seine Gedanken rückten vollends in diese Zeit ab.

Walter Edelmann hatte ein paar Brocken Russisch von seinem Vater gelernt. Der war um die Jahrhundertwende aus dem Wolgaraum zurück nach Deutschland gekommen, wo die Familie eigentlich herkam.

Und nun war er, Walter, wegen dieser paar Brocken Russisch die Hoffnung seiner jämmerlich aussehenden Kameraden. Er sprach und übersetzte, hörte zu und übersetzte, so gut es eben ging. Sie gingen früh in diese Hütte zurück, in der sie schlafen und auf ihr Schicksal warten wollten. Irgendwann am Morgen war einer der russischen Bewohner gekommen und hatte sie geweckt.

„Kommt. Draußen stehen Soldaten, die werden Euch gefangennehmen. Ich habe mich für Euch eingesetzt, macht keinen Unsinn. Ihr habt gestern mit uns Euer letztes Brot geteilt, ihr seid im Grunde Eures Herzens gute Menschen. Und ihr habt noch mehr Glück."

Der alte Mann fing an zu weinen. „Der Hauptmann da draußen, das ist mein Sohn. So ein Riesenzufall, ich hatte befürchtet, dass er längst gefallen ist. Aber er lebt, dem Himmel sei Dank! Er glaubt mir natürlich. Ich habe ihm von gestern Abend erzählt. Kommt mit."

Er schluchzte laut auf, und alle erhoben sich, sie hoben die Arme nach oben und gingen nach draußen. Einer fing leise an zu beten.

Die Russen behandelten sie wie Gefangene, aber es gab nie auch nur Andeutungen spontaner Gewalt. Der Hauptmann wendete sich an Walter Edelmann und sprach ihn auf Russisch an.

„Wir verschonen Euch hier, mehr kann ich nicht tun. Danke, was du mit deinen Leuten für meine Landsleute getan hast. Das war eine große Geste."

Der Russe salutierte, Werner Edelmann und seine Kameraden erwiderten den Gruß.

„Ich habe dir ja schon erzählt, wir kamen dann nach einem langen Fußmarsch, der längst nicht so gewaltfrei war wie die Gefangennahme, in ein Sammellager, eines von so vielen. Es wurde immer kälter, und das spielt auch gleich eine wichtige Rolle. Irgendwann, es lag schon Schnee und der eisige Wind pfiff durch unsere dünnen Klamotten, mussten wir, ausgemergelt und geschwächt, wieder marschieren. Ein Tagesmarsch etwa – wären wir in besserer Verfassung gewesen, dann hätten wir das vielleicht in einem halben Tag geschafft. Und dann immer wieder diese Gewaltausbrüche. Irgendein russischer Soldat packte sich wahllos einen aus dieser endlos langen Reihe von Gefangenen, zog ihn an den Rand und sagte: Du sagen, Hitlerrr gutt. Sonst tott. Wenn der verängstigte Kamerad das sagte, dann schoss der Russe ihm in den Kopf. Wenn er es nicht sagte, dann schoss der Russe auch. Und wenn er sagte: Hitler nix gut – dann wurde er auch erschossen. Habe ich so oft erlebt, mein Gott, wie viele von uns sind so im Schnee liegengeblieben ..."

Der alte Mann brauchte ein paar Minuten, um sich wieder zu sammeln. Werner Edelmann tat sein Vater leid, so eine Qual so spät im Leben – und doch war es ja nichts anderes, als noch einmal ein Ventil zu öffnen, um die Dinge, die man nie verarbeiten konnte, noch einmal rauszulassen. Walter Edelmann atmete tief durch und fuhr fort.

Irgendwann war der Trupp der Gefangenen an einem winzigen Bahnhof mit ein paar Zügen, die voll unter Dampf standen, angekommen. Man packte sie in Waggons, und irgendwann ging die Reise los – Sibirien, das war allen klar, war das Ziel. Der Wind pfiff durch die Wandbretter, die Kälte kroch durch die Ritzen der Bodenbretter nach oben, nur ein Teil von ihnen würde überleben. Oder auch gar keiner. Manche versuchten Löcher in den Boden zu reißen, um sich auf die Schienen fallen zu lassen. Aussichtslos. Aber welchen Hoffnungen rennen kranke Gedanken in höchster Not nicht hinterher? Walter Edelmann hatte sich zusammen mit ein paar anderen in einer Ecke zusammengekauert, dicht an dicht. Die größte Angst war, pinkeln zu müssen, dann musste man den eroberten Platz freigeben.

„Weißt du, Junge, das war bei dieser endlosen Fahrt vor allem nachts eine furchtbare Erfahrung. Man lebte ja voneinander, von der Körperwärme, man gab ab und bekam. Aber wenn du aus deinem Dämmerschlaf nachts aufgewacht bist und eine Seite fror – dann war der Kamerad auf dieser Seite tot. Es gab Haltepunkte, da gab es Verpflegung und Wasser, da wurden die Toten rausgeworfen, immer mehr. Und dann, das hätte ich jetzt beinahe vergessen, hatte es ja im Waggon diese sonderbare Begegnung gegeben. Da trafen sich zwei, die sahen aus wie Zwillinge. Gleiche Größe, gleiches Gesicht, gleiche Bartstoppeln, sogar der Dienstgrad war derselbe. Hauptfeldwebel. Sie waren wohl beide auch überrascht, nur die Augenfarbe war unterschiedlich und der eine, dieser Willrich, so muss er ja nach dem, was du gesagt hast, geheißen haben, also der hatte eine etwas größere Nase. Naja, in diesem Feldgrau sahen die jedenfalls aus wie mindestens Brüder. Ich kannte keinen von beiden – aber die Ähnlichkeit war schon atemberaubend. Und eines Nachts war der eine, Willrich, gestorben. Erfroren, verhungert, verdurstet, entkräftet – alles kam zusammen. Ich hatte Bewegungen gehört, da lag ein wenig Stroh, das raschelte zu laut, wie meine Ohren meinten. Und ich konnte gut sehen, es war ein ziemlich voller Mond, die Nacht war klar, der Schnee verstärkte das Licht, das in den Waggon drang, wie der eine dem anderen die Taschen leerte und den Inhalt seiner Taschen hineinpackte. Er tauschte die Hundemarke aus und die Papiere. Ich sagte nichts, und am nächsten Haltepunkt wurde der andere tot hinausgeworfen. Irgendwo in der Pampa, da wird niemand Gräber geschaufelt haben. Der Mann ist heute verschollen – aber er ist tot. Der andere, der Tote, das war also dieser Willrich, dessen Identität dann dieser Neumaier angenommen hat. Richtig registriert hat das niemand. Und dann hat halt Willrich in diesem Lager überlebt – und der richtige Willrich ist im Waggon verreckt. Also hat Neumaier überlebt, wenn er es war."

Der Sohn überlegte. Wie belastbar war das Ganze?

„Wie, Papa, und du hast nie was gesagt?"

„Nein, wir kamen ja sogar ins selbe Lager nach Workuta oder besser in der Nähe. Da erfuhr ich dann den Namen. Er war ein komischer Mensch, hat sofort an allen Versammlungen teilgenommen, die die Kommunisten zur Umerziehung angesetzt haben. Der war dann hinterher sogar sowas wie der Chefideologe unserer Baracken, anfangs, hinterher war das ja alles weniger streng. Ich habe ihn einmal auf die Szene angesprochen. Er kam von irgendeinem Treffen mit russischen Politoffizieren, die ihm Russisch beibrachten und dabei manchmal auch Wodka gaben. Er war etwas angesäuselt, ne, er war ziemlich besoffen. Da sagte er nur: ‚Kamerad, ich habe eine Vergangenheit. Säuberung, verstehst du? Halt aber dein Maul, dann soll es nicht zu deinem Schaden sein.' Das war aber schon 1953 oder so. Vorher habe ich mich nicht getraut, etwas zu sagen. Mein Gott, ich habe dann weiter die Schnauze gehalten und habe immer wieder Extrarationen, die er besorgt hat, bekommen. Und selbst wenn ich etwas gesagt hätte – wie hätte ich es denn beweisen sollen? Ich war ja selbst wegen Kriegsverbrechen zu 25 Jahren Straflager verurteilt worden, die ich nie begangen habe, und ich war nur ein einfacher Soldat. Die haben doch tausende da abgeurteilt ohne jede halbwegs vernünftige Verhandlung, da waren Verbrecher darunter, wie dieser Willrich oder Neumaier oder arme Schweine, die nur eine Uniform getragen haben. Was wollte ich denn machen? Hunger, Verzweiflung, letzte Hoffnung auf irgendwas, das sich nach Leben anfühlen konnte, denn das hatten wir da nicht ..."

Walter Edelmann schluchzte erneut laut auf, und seinem Sohn stach es ins Herz. Hätte er ihm das wirklich zumuten dürfen? Walter Edelmann fasste sich und sagte:

„Irgendwann ist er dann weg. Mit ein paar anderen, die da zu Kommunisten wurden. Ich habe ihn zum Glück nie wiedergesehen. Kurze Zeit später durfte auch ich nachhause."

Der Mann weinte plötzlich bitterlich. Werner Edelmann ging zu seinem Vater, nahm ihn in den Arm, der ließ sich in dessen Arme sinken, und Werner Edelmann sagte irgendwann:

„Weißt du, mein Papa, ich bin so stolz auf dich. So stolz. Danke für alles, danke für dein Leben. Ohne das alles wäre ich auch nicht so geworden, wie ich geworden bin."

Walter Edelmann richtete sich auf und sah aus einem tränennassen, faltigen, alten Gesicht seinen Sohn an. Und lächelte. Sein Sohn wusste, was das zu bedeuten hatte. Er liebte ihn, wollte er sagen. Denn gesagt hatte er das noch nie.

94

Mit Anja Arslan hatte sie nur kurz telefonieren können, die arbeitete zu allem Überfluss jetzt gemeinsam mit diesem Duftbengel Hempel an der Sache, Anke Dankelmann merkte, wie ihr bei dem bloßen Gedanken an den Mann die Nasenschleimhäute anschwollen. Es gab, so die Arslan, wohl tatsächlich die Hoffnung, dass die Hamburg-Mannheimer Personalunterlagen hatte, aus denen man herausfiltern konnte, wer zu diesem Drückertrupp gehört hatte, bis zum Abend wisse man mehr. Und hatte man die Namen, würde man die Personen ausfindig machen können. Vielleicht war der Fall ja wirklich noch zu lösen. Karl Dietrich sei Dank. Aber Peter Fischer? Anke Dankelmann entschwand müde in den Feierabend.

Die Kommissarin hatte plötzlich das dringende Bedürfnis, Rolf Weller zu besuchen. Es kam aus dem Nichts, aber es war heftig. Sie hatte die vergangenen Tage oft daran gedacht – aber nun war es an der Zeit. Sie fuhr zum Kasseler Klinikum, besorgte eine Flasche kalten Sekt im Kiosk gegenüber der Pforte und erkundigte sich dort nach der Zimmernummer von Rolf Weller. Er hatte ein Einzelzimmer und war völlig überrascht, als sie durch den Türspalt lugte.

„Anke!“, rief er aus, und sein Gesicht zeigte die pure Freude über diesen Besuch an.

„Hab dir ’ne Pulle mitgebracht, sogar richtig gekühlt – und vorsichtshalber mal zwei Pappbecher, damit ich auch was davon habe. Was macht denn der Steiß?“

„Alles so weit okay, übermorgen komme ich raus. Aber das war ja sowas von schmerzhaft und unangenehm. Vor allem nachts. Jede Bewegung tut weh. Ich freue mich total, dass du gekommen bist“, sagte Weller, hatte die Flasche mit einem kurzen Plop längst geöffnet und in die Plastikbecher ausgeteilt. „Ich habe den Vorteil, dass ich schon Abendessen hatte, um zehn vor fünf kamen die mit diesem Fraß an. Salami, Käse, trockenes Brot, Tee, Gurke, Tomate. Gehst du mit mir essen übermorgen?“

Anke Dankelmann lächelte. Sie hasste Krankenhäuser und vor allem Besuche in Krankenhäusern. Es roch so nach kaputtem

Mensch, dass ihr der Aufenthalt immer unerträglich war. Aber diesmal machte es ihr kaum etwas aus. Sie fühlte sich wohl, spürte eine Nähe zu dem Mann, den sie ja eigentlich kaum kannte.

„Ja, gern. Aber diesmal suche ich das Lokal aus, okay? War mir zu viel Ouzo beim letzten Mal."

„Einverstanden. Nur McDonald's ist für mich tabu. Also, Prost!"

Sie stießen an, und Anke Dankelmann sah dem Taxi-Mann in die Augen. Schön waren sie, sanft. Braun, mit leicht wuscheligen Augenbrauen darüber. Sein Gesicht zeigte, dass da jemand ein bisschen mehr Sport gebrauchen könnte, Bartstoppeln wucherten witzig ungleichmäßig auf Wangen und Kinn. Nein, eine Schönheit war Rolf Weller nicht. Aber durchaus charmant, mit einem unaufdringlichen Humor, intelligent und mit Sicherheit keiner, der jemanden direkt anmachte um des Anmachens Willen. Alles Dinge, die ihr passten. Sie horchte in sich hinein und fand nichts, was sich sträubte, den Mann näher kennenzulernen. Aber da war auch nichts, was sie an heftige Verliebtheit erinnerte. Gut so, sagte eine innere Stimme. Wie oft bist du schon stürmisch ins Verderben gelaufen, wie oft hast du durch die Bierbrille Traumprinzen erkannt, die am nächsten Morgen als Ekelpakete neben dir aufgewacht sind? Und nun bist du im Krankenhaus, das du hasst wie Affenkotze und fühlst dich sogar wohl? Auch ohne Bierbrille ...

Als die Flasche leer war, ging Anke Dankelmann und holte Nachschub. Wieder Rotkäppchen-Sekt, diesmal jedoch einen trockenen, beim ersten Mal hatte sie aus Versehen einen halbtrockenen gegriffen und hätte den nach dem ersten Schluck fast ausgespuckt.

„Polizisten achten doch eigentlich immer auf alles", hatte Weller gesagt und das Zeug auf einen Schluck reingekippt. Später hatte sie ihm von dem Fall erzählt, von ihrem Drang, diese aussichtslose Sache um Peter Fischer irgendwie voranzubringen.

Er hatte zugehört, immer wieder Zwischenfragen gestellt, ihn interessierte, was sie tat – und noch viel mehr: Es interessierte ihn, was sie dachte und fühlte. Als sie nach zwei Stunden ein wenig beschwipst ging, verabschiedeten sie sich sehr förmlich, keine Umarmung, kein Händedruck. Beide wussten nicht so recht, wie sie sich verhalten sollten.

„Darf ich dich anrufen, wenn mir langweilig ist?", hatte er sie gefragt.

Sie lächelte ihn an und nickte, schloss die Zimmertür hinter sich und ging mit einem frohen Gefühl durch die Krankenhausflure.

Sie steuerte ihren Golf aus diesem grauenhaft engen Parkhaus, als sie die Mönchebergstraße hinunterfuhr, klingelte ihr Handy. Sie meldete sich, ohne auf das Display zu schauen.

„Mir ist langweilig", sagte Rolf Weller. Anke Dankelmann musste lachen.

„Mir auch", antwortete sie.

„Kannst du morgen noch einmal kommen?", fragte er mit bittendem Unterton.

„Ich würde gern, aber das hängt auch ein bisschen von der Arbeit ab. Ich versuche es, okay?"

Rolf Weller hatte wahrscheinlich gehofft, dass sie noch einmal umdrehen würde, vielleicht mit einer weiteren Flasche Rotkäppchen ausgerüstet noch ein Stündchen bleiben würde. Aber das wäre ihr ein Tick zu viel Speed im Umgang mit ihm gewesen. Und zu viel Alkohol, um noch heimfahren zu können. Obwohl sie ja jetzt Beziehungen zu einem Taxi-Unternehmen hatte.

Zuhause trank sie ein ganzes Glas Milch und loggte sich bei Facebook ein. Sie gehörte nicht zu den Nutzern, die beinahe jede Sekunde ihres Lebens und jede Gefühlsregung mit einer weltweiten Öffentlichkeit teilen mochte. Aber sie suchte gern nach anderen Personen, durchaus neugierig, was die so machten und wie es ihnen ging. Rolf Weller war nicht bei Facebook, sie suchte nach Klaus Fischer – ebenfalls Fehlanzeige. Da gab es einige, aber zu „ihrem" Mann passte kein Foto, kein Standort. Karl Dietrich – dasselbe Ergebnis. Ihr Notfall-Lover Pablo war bei Facebook und hatte jede Menge Freunde, besser gesagt: Freundinnen. Es war an der Zeit, den Mann der restlichen Frauenwelt komplett zu überlassen. Nein, sie musste nicht Schluss machen, denn eigentlich gab es ja nichts, was man beenden konnte. Sie hatte sich nach seinem letzten Besuch geradezu armselig gefühlt. Was für ein Leben führte man, wenn man einen Callboy hatte, der noch nicht einmal was kostete? Das war kein Luxus, das war einfach jämmerlich.

Sie sah auf die Uhr, eigentlich hätte sie nun doch ganz gern mal mit ihren Eltern gesprochen – aber es war nach 22 Uhr, sie hatte keine Lust, schon wieder von ihrem herrischen Vater angeraunzt zu werden. Und eigentlich konnte man von Eltern erwarten, dass die sich auch mal von selbst meldeten. Sie ging ins Bett und konnte der Versuchung nicht widerstehen, Rolf Weller doch eine SMS zu schicken. „Gute Nacht!“, schrieb sie, mehr nicht, es dauerte nur Sekunden, da kam die Antwort.

„Schlaf schön!“, schrieb er, als habe er auf ein Zeichen von ihr gewartet. Sie knipste das Licht aus und wollte diesem Wunsch Folge leisten. Fühlte sich wohlig, wie lange nicht mehr. Sehr lange nicht mehr.

95

Sie kam pünktlichst, auf die Minute zur morgendlichen Besprechung und roch mit Entsetzen schon auf dem Flur, dass die wandelnde Parfümerie namens Hempel wohl dabei war. Sie hatte noch nichts gefrühstückt und der Geruchssinn nahm gerade ihren Magen in einen erbarmungslosen Würgegriff. Klar, es war am Morgen, der Typ hatte wahrscheinlich mit geschätzt zehn verschiedenen Duschessenzen unter der Brause gestanden und sich anschließend für 100 Euro Rasierwasser über sein Gesicht gekippt. Der ganze Raum war erfüllt von dieser Orkanwolke aus Duft, Anja Arslan saß neben ihm und himmelte ihn an, während sie mit ihm flüsterte. Er rührte, den kleinen Finger abgespreizt, in seiner Tasse, wahrscheinlich braute er da seine eigene Duftmischung fürs Büro zusammen – und löste heimlich ein paar Viagra drin auf, denn Anja, das war ersichtlich, würde er bald als Beute verbuchen können. Zum Glück fing Richard Plassek mit der Besprechung an und sie hatte tatsächlich Riesen-Dusel, denn am offenen Fenster war noch ein Platz frei. Sie war sicher, dass die aus dem Fenster strömenden Düfte den ersten Vogel, der vorbeiflog, auf der Stelle betäuben würden, das arme Tier würde wie ein Stein vom Himmel fallen.

Es hatte in der Nacht eine Messerstecherei unter Kosovo-Albanern gegeben, zwei waren leicht verletzt, ein anderer lag mit lebensgefährlichen Stichverletzungen im Krankenhaus, der Täter war flüchtig, und die Beteiligten, die man hatte erwischen können, schwiegen sich aus, so war auch noch kein Motiv ersichtlich. Anja Arslan referierte den Stand der Ermittlungen in der wiederaufgenommenen Mordsache Köhler, sie rechnete fest mit weiteren Informationen am Vormittag, die Hamburger Kollegen waren sehr behilflich. Alles in allem eine Routinebesprechung, die Stadt war, was die kriminellen Aktivitäten betraf, tatsächlich noch ein wenig in den Sommerferien.

Zurück im Büro, schimpfte Stengel über die Geruchsbelästigung bei der Besprechung, Anke Dankelmanns Handy klingelte, die Nummer auf dem Display kannte sie nicht und war überrascht, dass sich Werner Edelmann meldete.

„Ich habe gestern ein sehr langes Gespräch mit meinem Vater geführt, das hat ihn sehr bewegt, er erzählt ja nicht oft aus seiner Gefangenschaft, aber diesmal hat er es getan. Das Rätsel um diesen Hinrich Neumaier beziehungsweise diesen Hanspeter Willrich hat sich vermutlich gelöst."

Er berichtete ausführlich von dem Gespräch, Anke Dankelmann hörte Minuten zu, fragte anfangs nur einmal:

„Darf ich den Lautsprecher anmachen? Ich möchte, dass mein Kollege das mitverfolgen kann."

Bernd Stengel schaute erstaunt auf und lauschte dem weiteren Vortrag Edelmanns gebannt. Nach dem Gespräch schaute sie sprachlos über den Tisch zu Bernd Stengel.

„Das gibt's nicht", sagte der nur, und ein anderes Fazit fiel der Kommissarin auch nicht ein. Sie trank einen Schluck Kaffee, schaukelte auf zwei Beinen ihres Bürostuhls sanft hin und her und sagte dann:

„Was mache ich denn jetzt? Klaus Fischer informieren, dass sein Vater tatsächlich unter anderem Namen noch gelebt hat? Vielleicht nicht die schlechteste Idee, so komme ich vielleicht auch an Fingerabdrücke von ihm – du weißt ja, wegen dieser Töpfe mit den Griffen."

Sie hatte Stengel davon erzählt, und der hatte sie wieder einmal für übermotiviert gehalten. Sie wartete die Antwort gar nicht ab, griff zum Telefon und wählte Klaus Fischers Nummer. Hoffentlich war der nicht wieder mit seinem Köter im Eichwald unterwegs, sie war ein ungeduldiger Mensch und wollte die Dinge gern sofort erledigt haben. Fischer war zuhause und sie kündigte nur kurz ihren Besuch in einer halben Stunde an, es sei dringend und er solle sich auf eine Überraschung gefasst machen. Fischer wirkte verstört, beinahe abwehrend, aber sie ließ sich nicht beirren. Stengel sagte, er wolle mitkommen, das würde die Sicherung irgendwelchen Materials mit Fingerabdrücken erleichtern. Unterwegs erklangen die Glocken des Fritzlarer Doms. Sie linste an der Ampel aufs Display des Handys, das auf der Mittelablage vor sich hin brummte. Stengel konnte das Display ebenfalls sehen. Sie ging nicht dran – und Stengel fragte dann:

„Wer ist denn Weller?"

Sie hatte sich im Laufe der Jahre angewöhnt, die Vornamen ihrer jeweiligen Partner oder Ex-Partner oder künftigen Partner im Handy nicht mehr zu speichern. Die Frage „Wer ist denn Weller?" war irgendwie weniger intim als die Frage „Wer ist denn dieser Rolf?".

Ihr Handy lag oft im Büro und Stengel linste, wenn sie nicht da war, bei Anrufen immer auf das Display. Sie hätte jetzt gern mit Rolf Weller telefoniert – aber der musste jetzt warten.

„Weller? Ein Nachbar meiner Eltern aus Borken."

„Und warum nimmst du den Anruf nicht an? Vielleicht ist etwas mit deinen Eltern!"

„Ich rufe gleich zurück. Jetzt fahren wir erst einmal in den Eichwald."

Stengel schüttelte den Kopf. „Verstehe ich nicht ..."

Sie ließ ihn mit seinem Unverständnis allein auf dem Beifahrersitz.

96

Klaus Fischer wirkte tatsächlich verstört, als er gleich zwei Kriminalbeamte vor seiner Haustür stehen sah. Er bat sie dennoch hinein, und sie gingen ins Wohnzimmer. Oswald bellte nicht einmal, verkroch sich gleich in sein Körbchen im Flur, die Körperhaltung ließ mitteilen, er brauche dringend Ruhe und Schlaf.

„Herr Fischer, es gibt überraschende Neuigkeiten, ich habe via Internet einen Mann ausfindig gemacht, dessen Vater ebenfalls Kriegsgefangener in Sibirien war, der konnte sich an Hanspeter Willrich noch sehr gut erinnern – und dabei klärt sich wohl auch das Schicksal ihres Vaters auf."

Anke Dankelmann beobachtete Klaus Fischer genauestens. Keine Gefühlsregung, er starrte aus dem Fenster, vielleicht mit ein wenig Angst vor dem, was jetzt noch kommen würde. Sie schilderte so knapp und präzise wie möglich, immer wieder auf ihre Notizen schauend, das, was Edelmann ihr berichtet hatte. Wie Willrich gestorben war im Zug, wie Neumaier seine Identität angenommen hatte.

„Das führt dazu, dass man wohl annehmen kann, dass Ihr Vater unter neuer Identität nach dem Krieg hier gelebt hat – und es immerhin zum Bürgermeister von Gudensberg gebracht hat. Und dass Peter Willrich somit ihr Halbbruder ist – oder war."

Klaus Fischer wendete den Kopf und sah sie an. „Das verstört mich sehr, Frau Dankelmann. Sind Sie deshalb mit Herrn Stengel gemeinsam gekommen, um mir das auszurichten? Das ist ja so, als würden Sie einer Familie vom Unfalltod eines Familienmitglieds berichten."

„Durchaus, Herr Fischer. Wir wussten ja nicht, wie Sie auf diese Enthüllungen reagieren würden, reine Vorsichtsmaßnahme, sehen Sie es uns bitte nach."

Stengel räusperte sich.

„Es ist mir sehr unangenehm, Herr Fischer, aber ich müsste mal dringend auf die Toilette."

Fischer nickte. „Auf dem Flur nach rechts, erste Tür links, ich habe leider keine Gästetoilette."

Stengel ging. In Fischers Badezimmer würde er garantiert etwas Verwertbares für den Fingerabdruckvergleich finden.

„Tja, Frau Kommissarin, ich weiß nicht so recht, was ich von alldem halten soll. Nun habe ich also den nächsten toten Halbbruder und vermutlich ein Grab, in dem mein Vater mit falschem Namen liegt. So richtig ergriffen macht mich das nicht, es ist eher so ein Gefühl, wie soll ich sagen, als sähe man einen ziemlich unverständlichen Film. Verstehen Sie, wie ich das meine?"

Anke Dankelmann hatte nicht wirklich eine Ahnung, wie man sich in einer solchen Situation fühlen könnte, nickte aber pflichtbewusst.

„Nur der Vollständigkeit halber", sagte sie, „sind Sie diesem Peter Willrich mal über den Weg gelaufen?"

Fischer schüttelte den Kopf. „Nicht, dass ich wüsste. Vielleicht ist er mal in derselben Straßenbahn gefahren wie ich – wer weiß das schon ..."

Stengel kam zurück, man hatte die Wasserspülung gehört, Fischer beachtete ihn gar nicht, und Stengel nutzte das, um leicht mit dem

Kopf zu nicken. Alles klar, hieß das, auch dieser Teil der Mission war erfüllt.

„Wenn Sie mir nichts weiter zu sagen haben, dann wäre ich Ihnen sehr verbunden, wenn Sie mich jetzt allein ließen. Und sagen Sie mir bitte noch, auf welchem Friedhof mein Vater begraben ist."

Das wusste Anke Dankelmann nicht und versprach, die Information nachzuliefern.

97

Klaus Fischer stand hinter der Gardine seines Wohnzimmerfensters und sah, wie die beiden den Weg zur Straße gingen, ohne sich zu unterhalten. Das Gespräch hatte ihn regelrecht kaltgelassen, ihn interessierte die Geschichte zunehmend weniger, je unerträglicher sie wurde. Das Telefon riss ihn aus seinen Gedanken. Er meldete sich.

„Hallo, Klaus Fischer hier."

„Ähm, ich weiß nicht, wie ich das sagen soll, aber – ich habe die Telefonnummer von der Kommissarin bekommen. Ich bin Karl Dietrich, der Schulfreund deines Bruders, aus der Leibnizstraße. Ich weiß nicht, ob du dich an mich erinnern kannst ..."

Klaus Fischer fiel aus allen Wolken.

„Na klar kann ich das. Du warst doch der Junge, der immer Lederhosen trug und immer stolz erzählte, dass man damit die Schläge mit dem Kochlöffel nicht so spüren würde."

Beide mussten lachen.

„Ja, Klaus, ich habe erfahren, dass du in Kassel wohnst, und ich dachte, ich rufe mal an. Wir sind ja wohl beide in diese Sache mit der Zeitungsgeschichte verwoben, vielleicht sehen wir uns mal und tauschen uns mal aus. Ich bin zur Zeit krankgeschrieben und hätte Zeit. Kommt jetzt drauf an, ob du Zeit – und Lust hast."

Klaus Fischer wusste nicht genau, ob er auf ein Treffen Lust hatte. Und davon hing ja denn auch ab, ob er Zeit haben würde. Er gab seinen Gedanken einen Stoß und sagte sich: Warum nicht?

„Komm doch heute am Nachmittag vorbei, 16 Uhr? Ich wohne im Eichwald."

Er nannte ihm die genaue Adresse und legte nach einem kurzen „Tschüss!" auf. Was war denn das jetzt für eine Wendung? Er fragte sich, warum er sich darauf eingelassen hatte und kam zum Ergebnis, dass es einfach Zeit wurde für ein paar Kontakte in der Stadt. Immer nur der Hund und er – das war auf Dauer dann vielleicht doch ein wenig zu überschaubar. Und schlecht geklungen hatte Karl Dietrich am Telefon nicht. Nicht aufdringlich, höflich, abwartend – das war in seinem Sinn.

98

Die beiden Polizisten fuhren durch den immer stärker werdenden Verkehr zurück ins Büro. Der Altmarkt, eine zentrale Kreuzung in Kassel, direkt an der Fulda, sollte demnächst eine Großbaustelle werden – kaum auszudenken, was dann für ein Stau in alle Richtungen die Stadt lahm legen würde. Klar, solche Arbeiten mussten erledigt werden, aber wahrscheinlich würde es an weiteren Baustellen drumherum nur so wimmeln. Man würde dann Umwege fahren, um in einer Sackgasse zu enden. Oder so. Zwischendurch klangen wieder die Glocken des Fritzlarer Doms. Wieder stand „Weller" auf dem Display, und Bernd Stengel war beinahe wütend, als er sagte:

„Willst du immer noch nicht drangehen? Vielleicht ist wirklich was mit deinen Eltern!"

Die Kommissarin war genervt und gab etwas zu hart zurück: „Und wenn ich das gar nicht wissen will?"

Stengel verbarrikadierte sich innerlich auf dem Beifahrersitz, es tat ihr auch gleich leid, aber was sollte sie machen. Anke Dankelmann setzte Stengel am Präsidium ab und gab vor, sich noch einen Hamburger holen zu wollen. Der versprach, die Zahnpastatube, die er hatte mitgehen lassen, zur Untersuchung zu bringen.

Sie schlenderte dann tatsächlich in Richtung Bahnhof, verschwand dann aber hinter einem Baugerüst, das seit gefühlten Jahrzehnten an der Fassade stand. Allerdings ohne dass da jemals auch gearbeitet wurde. Das Gerüst stand, die Bahn zahlte, und der Gerüst-Vermieter konnte sich von diesen Umsätzen mittlerweile eine eigene Südsee-Insel leisten. Sie rief im Krankenhaus an und erreichte niemanden. Das fand sie schade, sehr sogar. Mehr noch: es machte sie traurig. Hatte sie Sehnsucht? Sie ging in den Bahnhof, der Hauptbahnhof war ein Kopfbahnhof, und setzte sich auf einem der Bahnsteige auf eine Bank. Es war nichts los, es waren Ferien, und hier kippten die Züge morgens die Pendler und Schüler von außerhalb in Hundertschaften raus, sammelten sie ab mittags alle wieder ein – aber um diese Tageszeit war es still. Es roch, wie es auf Bahnhöfen immer roch, wenn Gleise in der Nähe waren. Man wusste nie, woraus sich dieser Geruch zusammensetzte. In Zeiten, als die Toilettensysteme noch so waren, dass man bei Knopfdruck nur eine Klappe öffnete und alles auf die Schienen kippte, hatte sie immer gedacht, dass dieser Umstand möglicherweise die Kernursache für alles war: Fäkalien, die hölzernen Schwellen der Schienenstränge, Öl – und was sonst noch alles. Aber es roch heute immer noch so. Sie streckte die Beine aus, schloss die Augen und versuchte, dieses Durcheinander im Kopf zu ordnen. Neumaier, Willrich, Fischer, Edelmann, Weller. Auf allen Ebenen wurde gedanklich Polka getanzt. Was den Fall betraf: sie musste unbedingt die komplette Stasi-Akte von Willrich haben. Was Edelmann betraf: dem würde sie eine Ahle Wurscht als Dankeschön schicken. Was Weller betraf: den würde sie heute wieder besuchen. Es war eine schöne Zeit gewesen mit ihm gestern. Sie griff erneut zum Telefon und rief ihn an, ihre Stimmung machte einen Purzelbaum, als er sich meldete, sie ließ ihn gar nicht zu Wort kommen, sie erklärte, was alles passiert war und merkte, wie er viel zu froh war, dass sie anrief, um ihr böse zu sein. Und kündigte ihren Besuch an.

„Nicht nötig, Anke. Ich habe so lange gequengelt, bis sie einverstanden waren, mich heute schon zu entlassen. Es geht ja auch wieder ganz gut. Ich muss halt noch etwas vorsichtig sein, muss ja auch nicht gleich wieder ins Taxi, weiß ja eh keiner, dass ich heute schon rauskomme. Außer dir und den Ärzten. Also: gehen wir heute Abend essen?"

„Dann suchen wir ein Lokal, in dem man zu Tisch liegen kann wie die Römer, oder?"

Er lachte.

„Alles, was du willst. Ich bin so froh, wieder aus diesem Krankenhaus herauszukommen, das glaubst du nicht."

Eigentlich hätte sie sich gefreut, wenn er gesagt hätte, er sei froh, sie zu bald sehen. Oder in diesem Augenblick zu hören. Aber Krankenhaus-Hölle – sie konnte verstehen, dass er erst mal raus wollte.

„Ich überlege mir was und rufe dich an", sagte sie noch, verabschiedete sich und schlenderte langsam zurück zum Präsidium. Beschwingt.

Sie war dennoch müde, hätte gern einen Tag irgendwo in der Sonne in einem schönen Hotel. Service, Pool, Sonne, einen Tag gammeln, lesen, trinken und essen, was immer man wann am Tag auch wollte. Mal sorglos sein – wann war sie zum letzten Mal so in Urlaub gewesen ...

Im Präsidium schaltete sie wieder auf Betriebsmodus. Schaute Stengel im Büro an, der immer noch grummelig war. Da musste er jetzt durch, sie war nicht für jede seiner Gemütslagen zu jeder Zeit zuständig. Die Tür ging auf, und Anja Arslan kam strahlend herein – und um sie herum plötzlich eine Duftwolke von aggressivem Parfüm. Bestimmt gut und teuer – aber in der Menge? Verflixt, hatte sie dieser Duftvogel von Hempel infiziert? Steckte so was an, ein Virus etwa? Der in wenigen Wochen aus diesem Präsidium mit seinen vielen Stockwerken eine Art betoniertes Duftkissen mit tausend Geschmacksrichtungen machte? Jeder sprühte sich ein, bis auch die letzte Fliege mit weißer Fahne am Flügel das Gebäude verlassen hatte? Sie wollte tief durchatmen, gab das Vorhaben aber aus Gründen des Selbstschutzes und Überlebenswillens auf.

„Wir haben eine Adresse, einen Namen! Und, wisst Ihr was? Dieser Typ wohnt in Kassel, ist pensioniert. Alleinstehend."

Sie schaute die beiden triumphierend an. Alleinstehend? War das von Bedeutung? In Anja Arslans aktueller Situation, hormonell und olfaktorisch zur Willenlosigkeit verdammt, war das wahrscheinlich. Aber egal.

„Der Reihe nach!", sagte Stengel. Anke Dankelmann konnte nicht sprechen, nur zuhören und sehen, das waren die Spürsinne, die gerade noch funktionierten, denn sie hatte das Gefühl, dass ihr Geschmackssinn beeinträchtigt war durch die Parfümwolke und sie gerade anfing, Pickel auf der Haut zu kriegen.

„Also", sagte Anja Arslan und wedelte mit einem Papier durch die Luft, was dazu führte, dass die Parfümwolke, die sie umgab, sich in Richtung Anke Dankelmann bewegte, die nun auch glaubte, ein Brennen in den Augen zu verspüren. „Die Hamburg-Mannheimer hat in der Tat noch Unterlagen aus der Zeit – hat wahrscheinlich jede Personalabteilung, aber diese Drückertruppe war gar nicht fest angestellt. Anhand von Verträgen, die laufen bei den Versicherungsunternehmen ja Jahrzehnte, haben die alles rekonstruiert. Sehr kooperativ waren die, sagen die Kollegen in Hamburg. Die hatten einen unter Vertrag, der wahrscheinlich dann mit Kumpels den Markt abgegrast hat. Und den haben wir. Der Name: Gerald Schulze, da er immer noch von den Verträgen Kohle bekommt, haben die alle Daten. Adresse, Kontonummer und so weiter. Ich meine: das ist doch ein ungerechtes System, oder?"

Anke Dankelmann verstand nicht, was daran ungerecht sein sollte, wenn jemand einen Namen, eine Adresse und eine Kontonummer hatte.

„Der schließt einen Vertrag ab und kriegt jahrelang von jeder Beitragszahlung ein paar Kröten rübergeschoben? Hallo? Was ist denn das?"

Ach so, ja, das war in der Tat ungerecht.

„Aber jetzt mal egal. Der wohnt nämlich, tärätärä, in Kassel."

„Sagtest du schon", sagte Stengel und hustete.

Aha, dachte Anke Dankelmann, der merkt es also auch. Wenn er mich nachher wegen irgendwas anzickt, dann sprühe ich mich morgen auch ein wie ein schwuler Oberkellner in der Herrensauna – war das ein guter Vergleich? Sie wusste es nicht. Sie hörte der Arslan weiter zu.

„Keine Vorstrafen. Er wohnt: Wilhelmshöher Weg 31, das ist in Harleshausen."

„Oder Kirchditmold, der ist nämlich ziemlich lang", warf Stengel ein, nur, um sich dem Giftgasangriff nicht wortlos zu ergeben.

„Oder so, kann sein, ist ja auch egal, wir finden das ja. Also: Richard meint, ob du mitkommen kannst, Anke, den Typen mal einzuvernehmen. Günther ist beim Arzt, kann sein, dass er ausfällt für ein paar Tage."

Günther Brück war der Kollege, mit dem sie zusammen den Fall bearbeitete.

„Der Typ ist mittlerweile Rentner. Du hast doch Zeit, oder? Bist ja im Augenblick vornehmlich mit diesem Uralt-Fall befasst."

Stengel grinste seine Kollegin an. Malte sich wahrscheinlich aus, wie sie den kompletten Oberkörper aus dem Autofenster hielt, weil bei einer gemeinsamen Fahrt wahrscheinlich die Scheiben nicht nur beschlugen, sondern irgendwann auch Risse kriegten von der Beize, mit der sich die junge Frau bearbeitet hatte. Ein klarer Fall für Carglass, die reparierten laut Werbung zwar alles – aber so einen Schaden?

„Okay, klar, ich komme mit. Wir fahren aber mit zwei Autos, ich muss hinterher nochmal nach Nordshausen", log sie.

Anja Arslan schaute skeptisch.

„Ich dachte, im Auto könnten wir alles vorbesprechen", warf sie ein.

Das stimmte, das war eine gute Möglichkeit, aber wie sollte sie reden, wenn sie tot im Fußraum lag, erstickt, verätzt – oder wie auch immer? Die Ausrede war zu schwach gewesen, sie war geliefert.

99

Zehn Minuten später steuerte Anja Arslan ihr Audi Cabrio mit offenem Dach durch die Stadt. An roten Ampeln half ein wenig Wind, und als sie im Wilhelmshöher Weg angekommen waren – Stengel hatte mit anonymer Nummer bei dem Burschen angerufen und, als der sich gemeldet hatte, aufgelegt, sie wussten also, er war zuhause –, stiegen sie aus, ein Streifenwagen hielt ein paar Meter vorher, auch die uniformierten Kollegen stiegen aus, blieben aber am Auto. Ein Einfamilienhaus, unscheinbar, mittelmäßig gepflegter Vorgarten, ein Zaun, wie man ihn in den achtziger Jahren gern errichtet hatte, breite, dunkelbraun gestrichene Holzbretter quer, nicht schön, aber auch nicht hässlich.

Sie klingelten – es ertönte innen das Glockengeläut von Big Ben. Der Fritzlarer Dom klingt schöner, dachte sich Anke Dankelmann. Sie hörten schlurfende Schritte, dann öffnete jemand die dunkel getönte Glastür mit Messing-Türgriff.

Ein groß gewachsener Mann stand vor ihnen, in Sportkleidung, klassische Tennisklamotten, wie Wilhelm Bungert einst in den Sechzigern sah er aus. Sie wussten, dass er Jahrgang 1935 war und sah dafür ziemlich knackig aus. Störend waren nur die Haarbüschel, die ihm aus der Nase ragten.

„Ja, bitte?", sprach er sie freundlich an.

„Mein Name ist Anja Arslan, Kriminalkommissarin, das ist Kriminalhauptkommissarin Anke Dankelmann. Sind Sie Gerald Schulze?"

Sie hielten ihm beide ihre Ausweise vor die Nase.

„Ja, der bin ich. Was kann ich für Sie tun?"

Anke Dankelmann bemerkte das Flackern in den Augen des Mannes. Er hatte sich im Griff, glaubte er zumindest, aber er irrte sich.

In dem Mann kroch nicht Angst, sondern etwas Panikartiges hoch. Er atmete plötzlich flacher – Volltreffer, dachte sie sich.

„Wir möchten Ihnen ein paar Fragen stellen zu einem Fall, der uns Kopfzerbrechen bereitet“, sagte Anke Dankelmann.

„Ja, aber ich kann jetzt nicht, bin auf dem Weg zum Tennisplatz, heute ist Freitag, da spiele ich immer um dieselbe Zeit mit meinem Freund Tennis. Zwei Stunden lang.“

„Doch, Sie können.“

Anke Dankelmann blickte ihm knallhart in die Augen. Den Moment der Schwäche bei ihm ausnutzen, gleich wissen lassen, wer hier das Sagen hat – angeschlagen war er mit Sicherheit.

„Wenn Sie nicht hier mit uns reden wollen, dann nehmen wir sie mit, dort vorn steht der Streifenwagen, die freundlichen Kollegen in Uniform werden Sie gern als Taxi-Ersatz befördern.“

„Nnnein, nicht nötig, kommen Sie herein, vielleicht geht es ja schnell.“

Er ging vor, Anja Arslan machte die Tür zu. Er führte sie ins Esszimmer, das mit Stahlrohrmöbeln eingerichtet war. Gemütlich wie ein Bettgestell in einem leeren Hallenbad-Schwimmbecken. Die Tür zur Küche und eine Schiebetür zum nächsten Zimmer, wahrscheinlich ja das Wohnzimmer, waren geschlossen. Eigentlich keine Schiebetür, eine, die sich beim Schieben aus- und zusammenfaltete. Auch so ein Modegag der Innenarchitektur aus zum Glück vergangener Zeit. Er bat sie, sich zu setzen, nahm selbst Platz und schaute die beiden an. Immer noch dieser unstete Blick. Erwartungsvoll war dieser Ausdruck nicht, eher extrem angespannt.

„Herr Schulze“, sagte Anja Arslan, beugte sich vor und verbreitete schon wieder ihr Parfüm. Konnte hilfreich sein, dachte sich Anke Dankelmann, vielleicht ergab sich der Mann irgendwann einfach.

„Es geht um einen Fall, der einige Jahrzehnte zurückliegt. Wir ermitteln erneut in dem Mordfall Werner Köhler, ein Mann, der 1976 ermordet im Reinhardswald aufgefunden worden war. Kannten Sie Werner Köhler?“

„Warum fragen Sie mich das?“

„Reine Routine. Wir haben Hinweise, dass er damals Teil jenes Teams war, mit dem Sie für ihre Versicherung versucht haben, so viele Versicherungsverträge wie möglich über vermögenswirksame

Leistungen bei jungen Leuten abzuschließen, das Thema war ja damals noch hinreichend unbekannt."

Schulzes Blick hellte sich auf, als gewinne er Oberwasser, dann sah er in Anke Dankelmanns stahlharten Dauerblick und sackte ein wenig zusammen.

„Nein, einen Mann dieses Namens hatten wir nicht im Team."

„Kannten Sie ihn denn?"

Anke Dankelmann hatte die Frage herausgebellt wie ein Polizeihund.

„Köhler?"

„Das war die Frage." Diesmal ganz leise. Jemanden im Team haben und jemanden kennen – das war der feine Unterschied. Die Schutzschicht um Schulze war brüchig.

„War das so ein Blonder?"

Die Stimme war fast kaum noch zu hören, obwohl er sich um eine starke Haltung bemühte. Der überfallartige Angriff, den sie im Auto besprochen hatten, war gelungen.

„Jawoll. Hier ist ein Foto."

Anja Arslan hatte ein Bild von ihm, eins von der Leiche und eins aus dem Pass. Sie reichte ihm das Porträt des lebenden Köhler.

„Hmm, sagt mir irgendwie nichts."

„Dann vielleicht das?"

Jetzt die Leiche. Schulze zuckte nicht zusammen, alle Muskeln in ihm bemühten sich, die Körperspannung zu halten. Alles natürlich aussehen zu lassen. Was natürlich nicht gelang.

„Ist er das?", fragte er.

„Nein, das ist der Oberförster vom Obersalzberg, nachdem er von Hitlers Schäferhund gebissen wurde."

Anke Dankelmann wollte bewusst verwirren.

„Äh, was? Hitler? Wieso ..."

„Vergessen Sie es. Kennen Sie den Mann?"

„Ich weiß nicht recht, kann sein, kann nicht sein – ist das hier eigentlich ein Verhör?"

„Nein, ein Gespräch."

„Dann entschuldigen Sie bitte, für ein Gespräch habe ich jetzt wirklich keine Zeit mehr. Ich muss jetzt zum Tennis. Wir können ja einen neuen Termin vereinbaren, vielleicht nächste Woche?"

Schulze schaute sie plötzlich überlegen an und rückte den Stuhl zurück, stand auf, die beiden Frauen auch.

„Ja, wir vereinbaren einen neuen Termin, Herr Schulze. In etwa zwanzig Minuten im Polizeipräsidium. Sie kommen bitte mit, nein, so, wie Sie sind, Sie müssen sich nicht umziehen."

Anja Arslan hatte bereits mit einem Winken durch das Fenster die Streifenkollegen informiert, sie öffnete die Eingangstür, und die beiden kamen herein und nahmen den sprachlosen Schulze in ihre Mitte.

„Ich protestiere, will meinen Anwalt ...", die Stimme verebbte.

Die beiden Frauen verließen das Haus.

„Naja, das ging ja schnell ...", sagte Anja Arslan.

„Der macht sich ja jetzt schon beinahe in die frisch gebügelte Tennishose."

Anja Arslan verzog das Gesicht.

„Anke, das ist eklig ...", protestierte sie. Klar, die Dame war an andere Gerüche gewöhnt.

„Den Fall hast du heute noch gelöst, das habe ich im Gespür, ganz sicher."

„Das wär was, echt, und was für ein Zufall, nur wegen diesem Dieter Karl."

„Karl Dietrich", verbesserte ihre Kollegin.

Anke Dankelmanns banger Blick galt dem Himmel, der plötzlich grau verhangen drohte, die Welt unter sich mit Regen zu beglücken. Hoffentlich hielt das noch so lange, dass sie mit offenem Verdeck bis ins Präsidium kamen.

„Meinst du, ich sollte das Verdeck lieber schließen?", fragte Anja Arslan, und Unruhe stieg in Anke Dankelmann hoch.

„Neinnein, bitte nicht, ich habe so selten Gelegenheit, mal in einem Cabrio zu fahren. Das macht ja richtig Spaß."

„Okay."

Anja Arslan lächelte stolz, startete den Motor, und sie fuhren hinter dem Streifenwagen her. Ging schneller, denn im Zweifel würden die Jungs das Blaulicht einschalten, um durchs Verkehrsgewühl zu kommen. Anke Dankelmann überlegte zwischendurch, wie man sich von einem Polizistengehalt ein Cabrio leisten konnte. Auf dem Parkplatz erschloss sich die Lösung. Anja Arslans Auto hatte ein Saisonkennzeichen – und ein Wolfsburger Nummernschild. Ein Leasingwagen. Mehr Schein als Sein, wenn sie und dieser Hempel das doch auch bei ihrer Duft-Graffiti so machen würden ...

100

Karl Dietrich war um kurz vor vier am Nachmittag im Umbachsweg und drehte noch eine Runde. Als Kind war er oft in der Gegend gewesen, seine Tante Sophia, die alle im Kasseläner Jargon nur Soffie nannten, hatte mit Mann und Kindern in der Freudenthalstraße gewohnt, nur ein paar hundert Meter entfernt vom Umbachsweg. Mit seiner fast gleichaltrigen Cousine Geli war er oft in der Nachbarschaft herumgestreift, hatte sogar die eine oder andere Woche in den Ferien komplett da verbracht. Die Wohnung war sehr klein gewesen, aber oben, unter dem Dach, da gab es noch zwei Zimmer. Eins für Gelis älteren Bruder Heinz, der in einer Kammer auf dem Dachboden immer mit einem Luftgewehr Schießübungen auf Blechbüchsen machte. Und eins für ihn und seine Cousine. Am liebsten war er an Sonntagen, wenn alle am Kaffeetisch saßen, in den Eichwald gegangen, wo es einen kleinen Sportplatz gab. Dort spielte, immer in grün-weißen Trikots, Viktoria Bettenhausen. Er hatte dagesessen und war manchmal auf die anderen Zuschauer neidisch, die Geld hatten, um sich ein Bier oder eine Limo zu kaufen. Er hatte nie Geld gehabt, Taschengeld gab es erst, als er aufs Gymnasium kam. Er wollte nach dem Treffen mit Klaus Fischer unbedingt zu diesem Sportplatz – wahrscheinlich der am schönsten gelegene Sportplatz Kassels. Mitten im Wald halt. Punkt vier Uhr klingelte er bei Klaus Fischer. Der öffnete, und die Männer musterten sich.

„Lange her, was?“, sagte Klaus Fischer.

Plötzlich kam Oswald aus der Tür.

„Wie? Du bist das? Ich habe dich neulich gesehen mit dem Hund. Im Eichwald. Ich hatte ’ne Radpanne. Ihr zwei seid an mir vorbei!“

Klaus Fischer dämmerte es.

„Du warst das?“

Er gab Karl Dietrich die Hand.

„Gibt es nicht, oder. Hab dich jetzt nicht wiedererkannt, wahrscheinlich der Helm, die Fahrradkleidung und so. Willkommen! Ich war erst etwas unsicher, wie das sein wird nach all den Jahren – aber schön, dass du da bist. Komm rein. Der Hund heißt Oswald.“

Klaus Fischer schenkte einen Kaffee ein, erstaunlicherweise entwickelte sich das Gespräch gar nicht so zäh, wie er befürchtet hatte. Sie tauschten sich aus, über all das, was so gelaufen war im Leben.

Als sie auf die Leibnizstraße und die alten Zeiten zu sprechen kamen, da war das Eis endgültig geschmolzen.

„Weißt du noch?", so begannen die meisten Fragen. Irgendwann sagte Klaus Fischer:

„Warum hast du nie richtig Fußball gespielt? Du warst ein Klasse-Torwart für dein Alter."

Karl Dietrich wurde nachdenklich.

„Weißt du, Klaus, meine Eltern hatten weder Geld für Fußballschuhe noch für einen Vereinsbeitrag. Ich war gern Torwart – aber wie kommst du darauf?"

„Wir hatten doch damals mal ein Spiel gegen die Belgier, oben auf der Wiese am ‚Düsseldorfer Hof'. Erinnerst du dich?"

Karl Dietrich nickte. Ihre Wohnsiedlung grenzte an zwei Seiten an das Belgische Dorf an, das extra für die belgischen Besatzungssoldaten angelegt worden war und das im Volksmund nur Belgiersiedlung hieß. Der „Düsseldorfer Hof" war eine Kneipe, die heute noch existiert und immer noch von derselben Familie betrieben wird. Der heutige Wirt hatte mit ihnen damals auf der leicht abschüssigen Wiese gegenüber Fußball gespielt, er war etwas jünger als Karl – aber was machte das damals schon aus? Wenn die Mannschaften zusammengestellt wurden, kamen die Kleineren halt als Letzte zur Verteilung und spielten dann irgendwie mit.

„Die Belgier waren älter als ihr Jungs, die damals sonst jeden Tag da gekickt haben, und deshalb habt ihr mich gefragt, ob ich mitmachen wollte, als ihr euer Länderspiel ausgetragen habt, weißt du noch?"

Karl Dietrich nickte erneut.

Als Klaus Fischer weitererzählte, schweiften seine Gedanken ab in die Zeit.

101

Sie hatten eine Lederpille, braun, mit Blase und Schnürverschluss. Wenn man beim Kopfball das Ding mit der Naht auf den Kopf bekam, dann tat das richtig weh. Aber wenn der Rasen nass war und das Leder sich mit Wasser vollgesaugt hatte – dann war ein Kopfball so etwas wie ein Schlag mit einem Vorschlaghammer. Vielleicht ein Grund, warum er, und er hatte noch lange hobbymäßig gekickt, nie ein Kopfballtor erzielt hatte. Er hatte Angst vor diesem Schlag, der einem, wenn man die Kugel nicht richtig mit der Stirn traf, Farben vor den Augen zeigte, von denen man nie geglaubt hatte, dass sie existierten.

Sie hatten sich auf einheitliche Kleidung geeinigt. Was natürlich nicht klappte, weil die meisten Mütter ihren Jungs nicht erlaubten, mit weißen Hemden oder Unterhemden zu spielen – um nicht sofort wieder waschen zu müssen, also hatten sie alle mit freiem Oberkörper gespielt. Die Belgier trugen gelbe Hemden und schwarze Hosen. Die spielten von oben nach unten in der ersten Halbzeit, denn der Platz war leicht abschüssig, nicht viel, aber entscheidend konnte das schon sein. Und waren drückend überlegen. Die Torpfosten hatten sie mit Kleidungsstücken markiert, beide Tore genau vermessen nach Tip-Top-Methode: einen Fuß direkt an den nächsten gesetzt, genau abgezählt. Er hatte gehalten wie ein Weltmeister. Schüsse gefaustet, war im richtigen Moment herausgelaufen, war durch die Luft geflogen, und irgendwann hatte einer von ihnen das 1:0 für die Deutschen gemacht. Die Belgier waren wütend geworden, es war ja auch ein ungerechtes Ergebnis. Später gab es Elfmeter für die anderen. Man hatte sich darauf geeinigt, weil einer der Deutschen im Strafraum, der auch nur aus imaginären Linien bestand, den Ball mit der Hand berührt hatte. Wer es gewesen war – die Männer erinnerten sich nicht mehr daran. Der Elfmeterschütze, ein untersetzter, bulliger Kerl, Karl Dietrich sah ihn noch vor Augen, ausgerüstet mit richtigen Stollenschuhen, hatte Vollspann geschossen, Karl Dietrich war stehengeblieben und kriegte den Ball voll an den Kopf. Als er wieder zu sich kam, blutete die Lippe, und ein anderer stand im Tor, der prompt das 1:1 kassierte. Danach setzte ein Wolkenbruch ein, und man trennte sich unentschieden, die Deutschen feierten es wie einen Sieg. Und sangen ein Loblied auf ihren Torwart, der pitschnass mit genauso nassen Schuhen nachhause kam, immer noch aus der Nase blutend und von seinen Paraden dreckig wie ein Spatz nach einem Bad in einer Schlammpfütze.

Zuhause erhielt er als Anerkennung eine Ohrfeige und durfte das ganze Treppenhaus wischen, weil er überall schlammige Fußabdrücke hinterlassen hatte. Am meisten wurmte es die Mutter, dass er ein Bad nehmen musste. Normalerweise, wenn er nach dem Fußball mit Gras- und Erdflecken an Armen, Beinen und Kopf nachhause kam, dann musste eine Wäsche am Waschbecken reichen. Egal, wie verschwitzt man gewesen war.

102

„Mein Gott“, sagte Karl Dietrich, „was müssen wir damals immer gestunken haben.“

Klaus Fischer lachte.

„Aber als Kind empfindet man nicht so, wie ein Erwachsener. Wenn ich in der Straßenbahn fahre, und da verströmt heutzutage einer einen Geruch, als hätte er zwei Tage nicht geduscht – glaub mir, ich muss aussteigen oder mindestens den Platz wechseln. Mir wird schlecht.“

Karl Dietrich nickte. Er kannte das.

„Wenn man sich heute die Wiese ansieht: da stehen lauter Bäume, der Kiosk ist weg, der an der Ecke stand, und man fragt sich, wie man auf einer so kleinen Rasenfläche mit so vielen Kindern Fußball spielen konnte ...“, sagte er.

Klaus Fischer nickte. „Stimmt. Aber Kiosk ist ein gutes Stichwort. Erinnerst du dich? Da stand manchmal ein Mann herum, ganz dunkel gekleidet, und hat uns zugesehen. Vielleicht trügt mich die Erinnerung, aber der sah immer so bedrohlich aus. So dunkel, hat immer geraucht und immer ernst dreingeschaut – und wenn ich heute die Bilder meines Vaters sehe, dann denke ich, dass der das damals war.“

Karl Dietrich musterte sein Gegenüber. „Wer weiß? Vielleicht war er es ja. Aber wahrscheinlicher ist ja, dass man Erinnerung ergänzt, also die Bruchstücke, die man hat, einfach rundmacht mit Eindrücken, die man neu hat und gerne im Bild sehen würde, verstehst du, was ich meine? Darf ich mal bei dir auf Toilette? Der Kaffee treibt.“

Klaus Fischer beschrieb ihm den Weg, Karl Dietrich verschwand. Ja, Karl hatte sicher Recht mit seiner Vermutung, die Erinnerung betreffend. Aber sein Bauchgefühl sagte ihm, dass es da eine Verbindung gab zwischen dem dunklen Mann und seinem Vater. Was ihm aber nicht weiterhalf, denn sein Vater war tot. Aber wenn er es gewesen sein sollte, dann hatte er seinen Sohn und dessen Bruder, der natürlich auch mitgekickt hatte, obwohl er ein miserabler Fußballer gewesen war, beobachtet. Was immer danach passiert sein mochte.

Als Karl Dietrich zurückkam, fragte ihn Klaus Fischer: „Kennst du eigentlich die ganze Geschichte, die im Zuge der Ermittlungen herausgekommen ist?"

Karl Dietrich sah ihn fragend an, dachte kurz nach und schüttelte den Kopf.

„Naja, Peter war ja mein Halbbruder. Und wie es aussieht, habe ich noch einen. Und der hat sich vor ein paar Tagen erschossen."

„Das musst du mir erklären", sagte Karl Dietrich fassungslos.

Klaus Fischer erzählte die ganze Story um Willrich und seinen Vater, den Teil der Namensänderung inklusive.

Als er fertig war, schaute er seinen Jugendfreund an und sagte: „Du siehst aus, als könntest du jetzt einen Cognac vertragen. Ich übrigens auch."

Karl Dietrich nickte. „Einen doppelten bitte!"

Klaus Fischer schenkte aus einer vollen Flasche üppig Hennessy in große Cognacschwenker ein, die sie beide in einem Zug leerten.

„Dann war dein Vater also in Nordhessen, macht Karriere als Bürgermeister, deine Mutter weiß nichts davon – und dann glaubst du, dass der Peter entführt hat, möglicherweise?"

„Ich weiß gar nichts, aber warum sollte er das tun? Er hatte ja auch ein Kind gezeugt, diesen Willrich."

„Ja, aber das war sein Kind – Peter war es nicht. Peter war ein Eindringling für ihn. Vielleicht. Und vielleicht hat er deine Mutter noch geliebt, hat sich seine Frau nur zugelegt, weil er so etwas brauchte für eine reine, saubere Biografie, auch in der Politik."

Klaus Fischer atmete tief durch und schenkte noch einmal ein. Diesmal tranken sie langsamer.

„Ich weiß gar nicht mehr, wo vorn und hinten ist. Vor 'ner Woche war mein Leben geordnet und klar, und jetzt ist alles durcheinander. Am Montag wird übrigens Onkel Volker begraben."

Auch von der Begegnung hatte er erzählt.

„Um 11 Uhr, Friedhofskapelle hier um die Ecke. Hat die Seniorenwohnanlage, besser gesagt: die Verwaltung organisiert. Ich wollte mich drum kümmern, aber bei denen läuft das wie geschmiert. Ist ja auch klar, die sind Dauerkunde bei Pietäten und Friedhofsverwaltungen."

Er trank einen Schluck, ließ den Cognac im Mund rotieren, genoss den Geschmack. „Er hat wohl keine Adressen von Verwandten angegeben, vielleicht gibt es ja auch keine mehr. Nur mich hat er kurz vor seinem Tod hinzugefügt. Sieht so aus, als wäre ich der Erbe. Hab aber keine Ahnung, ob es was zu erben gibt. Naja, da werde ich wohl der Einzige sein, der zur Trauerfeier kommt – das heißt: Vielleicht sind ein paar aus der Seniorenwohnanlage da. Auch so ein Termin, den keiner braucht." Er trank seinen Cognac aus und hielt fragend die Flasche hoch. Karl Dietrich nickte. Ihm war jetzt danach. Das Auto würde den Heimweg schon finden. Und den Besuch auf dem Sportplatz, den würde er nachholen.

103

Als Anke Dankelmann im Präsidium ihre Tasche im Büro abstellte, fragte Stengel mit hartem Ton: „Und? Hast du diese Wellers angerufen? Ist was mit den Eltern?"

„Ja, Papi, habe ich erledigt."

Manchmal behandelte er sie wie ein kleines Mädchen, manchmal fand sie das rührend – und heute schlichtweg ärgerlich.

„Sie machen eine Gartenparty, die Wellers. Wollten wissen, ob ich auch Lust habe zu kommen. Habe ich aber nicht. Ich gehe dann mal, den bösen Buben verhören."

Sie war Stengel dann doch dankbar, dass er sie indirekt an Rolf Weller erinnerte. Es war mittlerweile nach drei am Nachmittag, und sie hatte keine Ahnung, wie lange das heute hier dauern würde. Sie rief ihn mit schlechtem Gewissen an und erklärte ihm die Situation.

„Naja, das ist dann so, als würde ich vor Feierabend noch eine Fahrt nach Hamburg kriegen, das muss man halt machen."

Er wirkte verständnisvoll – aber Enttäuschung belegte seine Stimme.

„Du, wie wäre es, wenn ich mich melden würde, wenn wir fertig sind, und ich käme zu dir nachhause auf ein Bier oder so?"

Das war ihr herausgerutscht, weil er ihr einfach leid tat und sie ihn wirklich dringend sehen wollte.

„Na, das wär' ja was!", rief er begeistert. „So machen wir das!"

Sie atmete durch, hatte überhaupt nichts dagegen, nach einem möglicherweise langen Verhör doch noch zu ihm zu fahren. Ihm ihre ganze Müdigkeit und Versehrtheit zu demonstrieren. Im Gegenteil. Vielleicht fand sie ja mal jemanden, der genau damit umgehen konnte.

„Wo wohnst du denn?", fragte sie.

„Ich wohne im Kirchweg, ganz oben Nähe Breitscheidstraße. Nummer 73."

Ihr fiel die Kinnlade runter. „Im Kirchweg? Da wohne ich auch. Aber ganz unten, am Wehlheider Platz."

„Unfassbar. Und wir sind uns nie begegnet. Sachen gibt's ..."

Naja, dachte sie nach dem Telefonat, das mit dem Begegnen war da gar nicht so logisch, der Kirchweg war eine lange Straße, unterbrochen von der Wilhelmshöher Allee, dem Bebelplatz – und ganz oben, das wusste ohnehin kaum jemand, dass dies auch noch Kirchweg war.

Nach dem Telefonat und der Aussicht auf einen nicht-einsamen Abendausklang, auf den sie sich jetzt schon freute, ging sie in den Raum, in dem Anja Arslan bereits mit Schulze saß. Sie zeichneten das Gespräch auch auf, er hatte sich einverstanden erklärt, war beeindruckt von diesem ganzen Apparat, den die Leute nur aus Krimis im Fernsehen kennen und der in Realität einfach nur einschüchterte, wenn man das nicht gewohnt war. Anja Arslan hatte dankenswerterweise kein Parfüm nachgegossen, im Cabrio war einiges verflogen, jetzt war es auszuhalten. Halbwegs. Anke Dankelmann blieb stehen, verschränkte die Arme, sah Schulze konzentriert an.

„Herr Schulze, um das gleich zu sagen: wir wissen, dass dieser Werner Köhler, von dem wir vorhin gesprochen haben, in jenem Jahr kurz vor seinem Tod bei einem Banküberfall in Holzhausen das Tatfahrzeug gesteuert hat. Wir wissen, dass er drei Komplizen hatte. Wir wissen, dass er der Fahrer eines Autos war, in das Sie mit ihren beiden Kollegen nach einem erfolglosen Besuch, um unerfahrene, junge Zivildienstleistende zu Verträgen zu nötigen, im CVJM Kassel eingestiegen sind. Wir haben einen Zeugen, der genau Sie identifiziert hat. Sie kennen den Mann – oder kannten ihn. Würden Sie jetzt bitte aufhören, uns irgendeinen Mist zu erzählen? Und im Übrigen: Mord verjährt nicht. Das kann im Zweifel vierzig, fünfzig, sechzig Jahre her sein. Wenn wir das aufklären, dann sitzt der Mörder. Seine Helfer werden Glück haben wegen der Verjährung – denn geschossen haben wird nur einer. Sind Sie der Mörder?"

Schulze sagte nichts. Blickte auf den Tisch und murmelte irgendwann etwas vor sich hin.

„Wie bitte?“, fragte Anja Arslan, die wie Anke Dankelmann kein Wort verstanden hatte.

Schulze fing an zu wimmern. Der Kopf sank auf den Tisch. Immer ein gutes Zeichen bei Verhören, dachte die Kommissarin. Da brach innerlich eine morbide Konstruktion des Vergessens, Verdrängens, Schönredens zusammen. Beinahe konnte man die Balken brechen hören. Sie dachte an den Film „Das Boot“, wenn die U-Boot-Besatzung unter Wasser das vom Torpedo getroffene feindliche Boot auseinanderbrechen hören konnte. Aber hier, das ging beinahe zu schnell. Eine Frage und der Mann brach zusammen?

Mit einem Ruck richtete er sich auf. „Wissen Sie, ich bin ein alter Mann. Ich kann dieses Spiel nicht mehr. Hab mich mein halbes Leben mit so vielen Gedanken, Erinnerungen, Vorwürfen gequält. Wurde immer wieder eingeholt von Erlebnissen. Träume, die mir den Schlaf raubten. Das alles hat mich völlig unerwartet immer wieder gepackt. Ich habe Tennis-Matches verloren, weil ich plötzlich Bilder vor Augen hatte. Ich habe plötzlich Namen von Freunden vergessen, mit denen ich mich unterhalten habe, weil es ‚Klick‘ im Hirn machte, ausgelöst durch eine Beobachtung, ein Wort. Das kann ich nicht mehr aushalten.“

Den Satz hatte er fast geschrien. Mit Flüstern fuhr er fort.

„Ich erzähle es Ihnen jetzt einmal, wie es war.“

Er fingerte ein Taschentuch aus der Hose und schneuzte sich mehrmals laut.

104

„Wir waren zu dritt, die Namen der anderen beiden werden Sie ja auch haben, wenn Sie meinen, wahrscheinlich über die Versicherung, herausgefunden haben. Dass einer mal diese Querverbindung herstellen könnte, das war jahrzehntelang meine Angst. Wir drei standen damals unter immensem Erfolgsdruck. Die Versicherung bezahlte nur nach Erfolg – und Kassel und seine Umgebung war damals alles andere als ein gutes Pflaster für Versicherungen. Die Leute hatten kein Geld, die Arbeitslosigkeit war hoch. Deshalb beschlossen wir irgendwann, immer zu dritt aufzutreten, die jungen

Leute, um die es ja in erster Linie ging, einzuschüchtern und sozusagen zur Unterschrift zu nötigen. Das klappte auch, aber eben nicht immer. Wo es nicht klappte, sind wir so schnell wie möglich verschwunden. Wir arbeiteten uns in der Region von Norden nach Süden vor, und in den Käffern nördlich von Kassel lief praktisch gar nichts. Auf den Dörfern mussten wir anfangen, weil das irgendein Heini aus einer oberen Etage so entschieden hatte. Stadt kann jeder, hat er gesagt, auf dem Land muss man sich beweisen. So ein hirnrissiger Idiot.

Wir hatten zunehmend Geldnot: Abends soffen wir in Dorfkneipen, dröhnten uns mit Joints die Birne zu – und das kostete alles Geld. Wir mussten ja auch alles auslegen. Benzin. Das Auto, die Klamotten – man kann ja nicht im T-Shirt da rumlaufen. Wir alle Drei hatten Raten für Häuser zu zahlen – ich wohnte damals noch in Goslar, meine Frau saß zuhause rum, genoss Haus und Garten, und ich lief mir die Hacken ab, redete mir den Mund fusselig – und es kam kaum was dabei heraus. In Kassel, da arbeiteten wir uns in den östlichen Stadtteilen ab – die Firmen in Bettenhausen, Hagen-Batterien gab es da noch, Enka, AEG – und abends dann in unserer kleinen Pension mit Kneipe, ich habe den Namen vergessen, da trafen wir diesen Burschen, diesen Köhler. Er setzte sich an unseren Tisch, hatte wohl unsere Gespräche mitbekommen und hatte einen Tipp. Ein Banküberfall – eben diese Filiale in Holzhausen. Keiner von uns war bis dahin kriminell gewesen."

Er trank einen Schluck. Nicht kriminell?, dachte sich Anke Dankelmann. Wenn man mal von eurem Umgang mit den jungen Kunden absieht.

„Wieso hatte er den Tipp für Sie? Wo kam das Wissen her?" Anja Arslan schaute kritisch.

„Keine Ahnung, das haben wir uns erst hinterher richtig gefragt. Er hat erzählt, er plane einen Bankraub und hat in den Dörfern Ausschau gehalten, war sich aber sicher, dass das nicht allein funktionieren würde. Mein Gott, die Banken hatten doch damals Personal ohne Ende. Allein hätte man das nie gepackt."

Er trank einen Schluck Wasser. „Wir lehnten das alle Drei ab. Damit wollten wir nichts zu tun haben. Aber unsere finanzielle Situation wurde in den nächsten Tagen und Wochen immer schlimmer. Und unsere geistige Verfassung durch die Drogen auch. Wir hatten unsere Familien schon drei Wochen nicht gesehen, wir hatten kaum Geld fürs Nötigste, die Zeche am Abend ließen wir anschreiben. Der Wirt wollte Ende der Woche abrechnen, die Versicherung machte Druck wegen der schlechten Abschlusszahlen. An einem Sonntag fuhren wir dann dahin. Stellten den Wagen auf einem Wanderparkplatz ab und liefen wie Spaziergänger durchs Dorf. Köhler hatte sich, woher auch immer, einen Plan besorgt. Sich im Schalterraum umgesehen, als gerade viel Publikum da war. Köhler hatte Knarren besorgt. Geliehen, hatte er gesagt. Und Munition. Keine Ahnung, woher das kam. Hat auch keiner gefragt. Hat uns auch in unserer Verfassung nicht interessiert. Wir wollten erst nicht, als wir besoffen genug waren, da sind wir dann doch von Bettenhausen aus irgendwo in den Wald gefahren, es war ja noch hell, und haben wie die Blöden zur Probe und zum Training um uns geballert. Er auch, obwohl er ziemlich nüchtern war. Da ertönte irgendwann ein Martinshorn, die Ballerei muss irgendjemand gehört haben, da sind wir ins Auto, Köhler ist gefahren, der kannte sich aus, und sind über die Feldwege entkommen. So wurde er der Fahrer."

Er trank erneut einen Schluck. „Also, wir sind dahin, den Plan hatten wir am Abend vor der Ballerei ausgearbeitet, er wollte nicht rein, weil er vielleicht wiedererkannt worden wäre. Naja, dann ist das so gelaufen, wie Sie es ja kennen. Wir danach raus, ins Auto und ab durch die Mitte. Erst mal in Kassel abgetaucht, das Auto irgendwo, weit weg von der Pension, abgestellt. Wir verkrochen uns mit der Kohle und den Waffen aufs Zimmer – absolut amateurhaft, wir hatten ein Riesenglück, denke ich. Am nächsten Tag hat dann Roland, das war der, der dem Passanten eins über den Schädel gezogen hatte, ausgerechnet bei der Sparkasse in der Wolfsschlucht ein Schließfach angemietet und die Kohle da deponiert. Abends dann, nach dem Job, trafen wir verabredungsgemäß Köhler wieder. Wir gingen spazieren, damit niemand das Gespräch mitbekommen konnte. Er wollte plötzlich zwei Anteile haben – schließlich habe er mitgemacht und außerdem den Tipp gegeben. Die Waffen geliefert. Wir stritten uns, und Roland sagte dann plötzlich: Er hat ja recht, wir haben doch auch für die paar Minuten Arbeit genug verdient. Er erklärte Köhler dann, dass wir das Geld im Reinhardswald versteckt hätten, samt der Waffen. Wir würden am nächsten Morgen hinfahren, das Geld aufteilen, die Waffen übergeben und uns dann trennen. Köhler war skeptisch, aber was sollte er tun? Um 8 Uhr war Treffpunkt. Abends auf unserem Dreibettzimmer besprachen wir das Ganze noch einmal. Roland war knallhart. Er sagte: Erstens hat der keinen Anspruch auf die Kohle. Zweitens: wenn der Typ, bei dem er sich die Waffen geliehen hat, Verdacht schöpft, dann sind wir geliefert. Drittens: er weiß, wie wir heißen, wo wir wohnen, welches Auto wir fahren. Der Mann ist ein Risiko. Ich konnte die Nacht nicht schlafen. Am Morgen ging es dann in den Reinhardswald auf diesen Parkplatz. Ich beobachtete die Umgebung. Roland und Wolle gingen mit Köhler hinter diesen Holzstapel. Der hatte sich eine dicke Lederjacke über die Schulter gehängt. Roland schaute nach mir, ich nickte, er riss ihm die Jacke von der Schulter, warf sie Wolle zu, der hatte die Pistole, kannte sich damit auch aus, weil er als einziger von uns bei der Bundeswehr gewesen war. Hüllte den Pistolenlauf in die Jacke ein, Köhler hatte sich völlig überrascht umgedreht, Roland stieß ihn zu Boden, Wolle setzte die Pistole auf den Körper und drückte ab. Der war sofort tot, leblose Augen blickten uns an. Der Schuss war zu hören, aber nicht so laut. Die beiden zerrten ihn zu diesem Holzstapel, versteckten ihn – und wir sind dann abgehauen. Offenbar hatte uns kein Mensch gesehen und gehört. Wieder Glück gehabt.

Wir sind dann zur Sparkasse, haben das Geld geholt, aufgeteilt, haben die Pension und die Zeche bezahlt, bis dahin lief alles prima, ich hatte komischerweise auch gar kein schlechtes Gewissen oder so. Wir haben dann zwei Wochen später, wir hatten kaum noch Verträge abgeschlossen, bei der Versicherung aufgehört. Die haben das auch akzeptiert. Eine derart erfolglose Truppe ... Und wir haben uns getrennt.

Ich bin nach Goslar zu meiner Frau, die beiden anderen sind ebenfalls nachhause, Wolle wohnte in Bamberg, Roland in Frankfurt. Wir haben beschlossen, nie wieder in Kontakt zu treten. Und das haben wir auch geschafft. Ich weiß noch nicht einmal, ob die noch leben. Zuhause, als der Adrenalinspiegel wieder runtergefahren war, da ging es dann los. Ich hatte zwei schwere Jahre. Sauferei, keinen Job, Arbeitslosengeld, Haus verkauft, Entzug, Kur, bis ich danach wieder in meinem alten Beruf anfing: Ich habe wieder als kleiner Buchhalter angefangen, der Kontakt kam über einen Firmeninhaber, der mir beim Entzug half, zustande. So kam ich wieder auf die Beine. Die Firma war in Kassel, eine Schraubenfirma in der Frankfurter Straße, Schrauben Becker."

Schulze sah plötzlich entspannt aus. Als wäre einen Tonnenlast von ihm gefallen. Er schaute die beiden Frauen an.

„So war das."

105

Er wirkte zufrieden, als er das sagte, was Anke Dankelmann maßlos ärgerte.

„Ja, Sie sind wieder auf die Beine gekommen. Gratuliere. Herr Köhler dummerweise nicht. Sein Grab wird längst eingeebnet sein."

Ein Schatten senkte sich auf das Gesicht des Mannes. „Verzeihen Sie, Sie haben Recht. Tut mir leid."

Ob es ihm leid tat oder nicht, das war ihr herzlichst egal.

„Ich habe Ihnen ja jetzt gesagt, wie es war. Kann ich jetzt gehen? Ich habe den Mord ja nicht begangen, das liegt doch auf der Hand. Was Sie nicht wissen: meine Frau, die in all den Jahren immer zu mir gehalten hat und der ich im Übrigen nie etwas von den Vorkommnissen erzählt habe, die ist im Pflegeheim Am Sängelsrain. Ich besuche sie jeden Nachmittag, auch nach dem Tennis. Sie reagiert auf niemanden mehr, nur auf meine Besuche. Sie sagt nichts, aber wenn ich komme und mit ihr spreche, dann hellt sich ihr Gesicht auf, manchmal bewegt sie die Hand in meine Richtung. Es ist jetzt Besuchszeit, ich würde gern dahin."

Anke Dankelmann fasste es nicht. Der Mann hatte einen Banküberfall begangen und mitgeholfen – oder er war es selbst gewesen und hatte irgendwelchen Blödsinn erzählt, um sich zu schützen – einen Menschen kaltblütig aus niedrigen Motiven zu killen und nun diese Mitleidsnummer. Klar, die Frau tat ihr leid. Aber so lief das hier nicht.

„Wir sind noch längst nicht fertig, Herr Schulze", sprang Anja Arslan ein, die sich an ihrer Handtasche zu schaffen machte und hoffentlich nicht irgendeinen Parfümflakon herausfingerte, mit dem sie jetzt eine Duftdusche einleiten würde. „Sie nennen uns jetzt die Namen Ihrer Mittäter – wir gleichen das dann mit den Informationen ab, die wir schon haben."

Schulze schaute sie an. Bockiger Blick, zunächst, und sehr nervös. Aber da steckte mehr dahinter als nur die Angst, seine Frau nicht rechtzeitig besuchen zu können. Angst vor den Komplizen?

„Wenn das rauskommt, dass ich die Namen gesagt habe, dann bringen die mich um. Im Zweifel im Knast. Muss man da eigentlich auch in meinem Alter noch hin?"

Gibt es nicht, dachte Anke Dankelmann, wo lebte dieser Vogel eigentlich? Mitleid mit der Frau, mit sich selbst, die Furcht, seine geliebten Tennispartien nicht mehr spielen zu können – kein Wort des Bedauerns, was die beiden Taten anging. Aber ähnliche Erfahrungen hatte sie schon bei so manchen Verhören gemacht.

„Herr Schulze, Sie sind festgenommen wegen des Verdachts, Werner Köhler erschossen zu haben oder zumindest wegen gemeinschaftlichem Mordes. Sie werden so schnell wie möglich dem Haftrichter vorgestellt. Wandern in Haft. Und dann wird Ihnen der Prozess gemacht." Anja Arslans Augen funkelten, als sie das sagte.

Es entwickelte sich ein Zwiegespräch zwischen den beiden, Anke Dankelmann wurde beinahe schlecht, weil dieser Typ heulte wie ein Schlosshund, und sie freute sich, dass ihre Kollegin ihn schlicht und einfach wie ein Bergpanzer überfuhr. Als Schulze dann endlich abgeführt wurde, hatten sie auch die Namen der Komplizen. Roland Christ und Wolfgang Herbst, die Angaben stimmten mit den Informationen der Versicherung überein. Sie hatten die Adressen, man würde versuchen, beide noch am selben Tag festzunehmen.

106

„Gut gemacht!", sagte Anke Dankelmann zu ihrer Kollegin, nachdem der heulende Schulze abgeführt war.

„Danke! Aber wie du den gleich geknackt hast – großes Kino!"

„Hätte auch anders laufen können, dann würden wir hier noch tagelang mit diesem selbstmitleidigen Widerling sitzen."

Anke Dankelmann reckte und streckte sich, sah auf die Uhr: Das hatte doch länger gedauert als gefühlt. Halb acht war es schon, und sie war hundskaputt.

„Was machst du heute noch?", fragte die Kollegin.

„Weiß nicht. Wochenende einläuten, ausruhen."

Was ging die es an, dass sie noch zu Weller fahren wollte.

„Und du?"

„Ich hab noch ein Date, dachte schon, das würde platzen."

Ein Date? Anke Dankelmann ging in die Offensive. „Mit Hempel?"

Anja Arslan zuckte zusammen. „Woher weißt du das?"

„Das habe ich gerochen!"

„Wissen das andere auch?"

„Nö. War mein Instinkt."

Instinkt beinhaltete das Wort ‚stinkt', sie fand, der Sprachwitz war ihr gelungen, aber die Kollegin war zu nervös, um das zu merken.

„Behalt es bitte für dich, ja?"

Anke Dankelmann hob beschwichtigend die Hände. Sie war eh keine Tratschtante, aber dass sich hier jetzt etwas anbahnte, das irgendwann zu chemischen Reaktionen führen würde, deren Folgen niemand voraussagen konnten, das würde sie garantiert niemandem mitteilen.

„Ich drücke dir die Daumen, Ihr seid ein schönes Paar", log sie, Anja Arslan freute sich aufrichtig über das Kompliment und versprach, alle anfallenden Arbeiten nach dem Verhör noch zu erledigen.

Das wird Mitternacht, dachte sich Anke Dankelmann, die sich bedankte und ihre Vorstellungskraft, was die beiden betraf, auf Flugmodus stellte.

107

Bernd Stengel war längst ins Wochenende abgerauscht. Ungewöhnlich, dass sie sich nicht ausgetauscht hatten über ihre Pläne für Samstag und Sonntag. Taten sie sonst meistens. Naja, er würde es am Montag erzählen – und am nächsten Freitag würde es dann sein wie immer. Sie fand noch einen Zettel auf dem Schreibtisch. „Trauerfeier Weisbrod, Montag, 11 Uhr, Friedhofskapelle Bettenhausen. Trauerfeier Willrich, Montag, 15 Uhr Westfriedhof." Sie nahm es erst einmal hin, ob sie hierhin oder dorthin gehen würde – keine Ahnung, jetzt war Wochenende. Sie hatte immer noch nicht die Personalakte Weisbrod eingesehen, immer noch nicht sich um die Stasi-Akte Willrich bemüht. Sie schaltete jetzt auch den Dienstgedanken ab und fuhr nachhause. Frischmachen, was essen, ein Feierabend-Naturtrüb trinken, dann den Kirchweg hinauflaufen. In einem Winkel ihrer Gedanken sagte ihr jemand, dass sie doch lieber auf der Couch Platz nehmen solle, abhängen, nichts mehr. Verlockend, sicher. Aber das hatte sie in den vergangenen Jahren zu oft gemacht. Raff dich auf, Anke, sagte ein anderer Winkel im Kopf, der sich durchsetzte. Sie würde sich aufraffen.

108

Klaus Fischer war ziemlich betrunken, als Karl Dietrich gegangen war und sich unbeholfen hinter das Steuer seines Autos zwängte. Der fuhr los, mit etwas zu hoher Drehzahl, die letzte Stunde hatten sie, Cognac-schwanger, nur noch wild durcheinandergeredet. Aber angenehm, durchaus. Er musste eigentlich noch mit Oswald um die vier Ecken, aber diesmal ließ er ihn nur in den Garten, wo der kastrierte Dackel sich wie eine Hündin hinhockte und pinkelte. Gefressen hatte er noch nicht, also war auch nicht mit einem größeren Geschäft zu rechnen. Er würde ihn auch nicht mehr füttern, sonst würde er in die Bude machen. Klaus Fischer ging zurück in die Wohnung, schloss ab, ging pinkeln, kam schwerfällig von der Toilettenbrille wieder hoch und torkelte ins Wohnzimmer. In der Flasche war noch ein Fingerbreit Cognac, was soll's, dachte er sich, nahm die Flasche und trank sie aus. Setzte sich aufs Sofa, das Telefon klingelte, er nahm die Fernbedienung, drückte einen Knopf, der Fernseher ging an, er hielt sich das Teil ans Ohr und meldete sich. Es klingelte weiter und gleichzeitig sang irgendjemand eine ihm durchaus bekannte Melodie aus einer Oper. Er schüttelte den Kopf, merkte seinen Fehler, war zu faul aufzustehen, um das Telefon zu holen, schaltete den Fernseher wieder aus und sank aufs Sofa.

Er schloss die Augen, dachte, er würde sofort einschlafen – aber er sah die Szene vom Fußball vor seinen Augen. Der dunkle Mann am Kiosk. Rauchend, eine Flasche Bier in der Hand, auf die Jungs schauend. ‚Papa, warst du das?', murmelte er. Er hatte in Träumen und wachen Gedanken noch nie zu der Figur seines Vaters, die immer wieder aufgetaucht war, ‚Papa' gesagt. Der Dackel legte den Kopf schief und staunte nur noch, als sein Herrchen hier im voll beleuchteten Wohnzimmer einschlief und sofort anfing zu schnarchen.

109

Karl Dietrich war irgendwie nachhause gekommen. Hatte seinen Wagen abgestellt und hatte sich bemüht, auf dem Weg zum Hauseingang nicht zu sehr zu torkeln. Mein Gott, bin ich besoffen, sagte ein Teufelchen oder ein Engel in seinem Kopf. Stimmt, dachte er – aber wer redete jetzt hier mit wem? Es war ein schöner Abend mit Klaus Fischer gewesen, hochgradig emotional. Diese verdammten Scheiß-Erinnerungen an diese Zeit, im Rückblick verklärend schön, aber für die Kinder in ihren Familien, die mit jedem Pfennig rechnen mussten und in denen Kinder noch funktionieren mussten wie auf dem Drillplatz der US-Army, war es ein ständiger Wetterwechsel von Gefühlen, Pflichten und Freiheiten gewesen. Komisch, dass im Rückblick das Glück der Freiheit überwog. Aber das war auch befreiend, dass dieses System des Sich-immer-beugen-müssen, dieses bedingungslose Gehorchen, dieses System der körperlichen Bestrafung, dass dies in der Psyche nicht gewonnen hatte. Das war sicher nicht bei jedem so gelaufen. Ganz gewiss nicht.

Er fummelte und fummelte und kriegte den Schlüssel nicht in die Haustür. Wieder und wieder nicht. Er versuchte seinen alten Trick: Zeigefinger an den Bart des Schlüssels, gleichzeitig die Öffnung im Schlüsselloch suchen – dann passte es. Eigentlich ging das immer. Diesmal nicht. Zum Glück kam sein alter Kumpel Michael Fröhlich, der unter ihm wohnte, mal nicht erst um halb drei mit irgendeiner halbbesoffenen Tusse nachhause, sondern jetzt schon – er würde wohl noch auf die Rolle gehen und später mit der halbbesoffenen Tusse anrücken.

„He, Karl, du bist doch krankgeschrieben, verstehe, Alkohol tötet Bakterien, konserviert und verlängert das Leben." Er lachte laut. „Komm, ich helfe dir. Aber nur, wenn du noch ein Bier ausgibst."

Karl Dietrich schüttelte verzweifelt den Kopf. Keinen Tropfen mehr.

„Wie? Nix mehr? Okay, dann eben morgen oder so. Wusstest du eigentlich", er schloss die Haustür auf, „dass Queen Victoria von England ein eigenes Rezept gegen Grippe hatte?"

Karl Dietrich schüttelte den Kopf. Ihm war übel. Und die Grippe von Queen Victoria war ihm irgendwie völlig egal. Selbst wenn sie Tbc gehabt hätte, hätte ihn das wenig berührt.

„Also, das ging so: Queen Victoria hat sich, wenn sie Grippe hatte, ins Bett gelegt, mit Federbetten zugedeckt, einen Zylinder auf die

Füße gesetzt – also, wahrscheinlich haben das ihre Dienerinnen gemacht – und dann einen Grog nach dem anderen getrunken. Getreu dem Motto: Wasser kann, Zucker darf, Rum muss."

Karl Dietrich konnte dem Ganzen, als er mit Michael die Treppen hochstieg, nur schwer folgen. Wieso hatte Queen Victoria Zukker? Und soff trotzdem?

„Und wenn sie dann den Zylinder doppelt gesehen hat, dann hat sie noch ein Federbett draufgepackt und hat geschlafen. Hat die ganze Nacht geschwitzt wie ein Eisbär in der Sauna und war am nächsten Tag gesund. So ist die Überlieferung."

Aha, dachte Karl Dietrich, ich habe aber keine Grippe, bin nur komplett besoffen. Michael schloss noch die Wohnungstür auf, brachte ihn ins Schlafzimmer, holte von irgendwo einen Eimer, stellte den neben das Bett und schubste Karl ins Bett.

„Soll ich dich ausziehen?", fragte er.

Aber der Mann war schon eingeschlafen. Michael Fröhlich deckte ihn zu und ging. Schaute sich noch um. Die Wohnung war tiptop in Schuss. Anders als bei ihm. Aber dieser Karl hatte ja auch mehr Zeit, ging nie unter Leute, hatte keine Frauen, war einfach ein solider Mensch. Er legte den Schlüsselbund auf den Wohnzimmertisch und zog dann die Wohnungstür hinter sich zu. Warum der bloß so besoffen ist, fragte er sich kurz und stieg hinab zu seiner Wohnung.

110

Anke Dankelmann stand vor dem Spiegel in der Damentoilette im Präsidium. Die Zimmer und Flure waren leer, sie hatte aus ihrer Handtasche eine kleine Schminktasche geholt, schaute in den Spiegel und entschied, kosmetisch nichts mehr mit sich anzustellen. Sie war total kaputt, reif für ein Bier, das Bett – aber bestimmt nicht für ein Date, auf das sie sich aber dennoch freute. Okay, dachte sie, dann los. Packte alles zusammen und startete wenige Minuten später ihren Golf. Und entschied sich dann doch, erst noch einmal nachhause zu fahren. Sie duschte, wechselte ihre Kleidung, weite weiße Bluse, schwarze enge Jeans, knallrote Pumps, ihre Haare band sie zu einem Pferdeschwanz und verzichtete, wie immer, auf Schmuck. Ihre Handtasche stand auf dem Küchentisch, als sie nach ihr griff, fiel ihr ihr Kalender ins Auge. Dort notierte sie ihre privaten Dinge.

Verabredungen, Besuche bei den Eltern – und wann sie ihre Periode hatte. Sie blätterte kurz in ihren Aufzeichnungen und rechnete – heute müsste es eigentlich wieder so weit sein. Sie legte das Buch zurück auf den Tisch. Pablo benutzte immer ein Kondom, darauf bestand sie. War das neulich auch so gewesen? Mit Sicherheit, dachte sie, obwohl sie sich nicht mehr erinnern konnte. Sie drängte die Gedanken erst einmal beiseite.

Sie lief den Kirchweg hinauf, überquerte den Bebelplatz, wo reges Leben vor den Kneipen herrschte, und stand wenige Minuten später vor dem Haus, in dem Rolf Weller wohnte. Sie klingelte an der Haustür, Sekunden später meldete sich seine Stimme aus der Gegensprechanlage. „Ja, bitte?"

„Ich bin's, Anke."

„Huch – hast du den Täter schon zum Geständnis gebracht? Super, komm schnell hoch, dritter Stock."

Auch das noch, Leistungssport am Abend. Im Treppenhaus roch es so, wie es in Treppenhäusern immer roch. Manchmal wechselten die Gerüche von Stockwerk zu Stockwerk, besonders am Wochenende, wenn in allen Wohnungen gekocht wurde. Rolf Weller stand in der Tür, barfuß, blaue Jeans, schwarzes T-Shirt.

„Wow, die Schuhe sind ja grell, so ein knalliges Rot, klasse."

Als sie vor ihm stand, wussten sie beide nicht, wie sie sich begrüßen sollten. Er überwand sich und breitete die Arme aus.

„Willkommen in meiner bescheidenen Hütte", sagte er und drückte sie leicht an sich. Er roch unparfümiert, was sie erfreute. Er führte sie durch den kleinen Flur in ein großes Wohnzimmer, das geschmackvoll mit einer Mischung aus alten und modernen Möbeln eingerichtet war. Allerdings: wenig Deko, keine Bilder an der Wand, vielleicht hatte er keinen Sinn dafür. Das war bei Männern manchmal so. Er wollte die Getränkefrage klären und meinte nur: „Ich habe wenig Alkoholisches im Haus, liegt daran, dass ich ja häufig fahren muss, oft schon morgens um sechs, da lasse ich es dann lieber mit dem Alk. Eine Flasche Sekt habe ich kaltgestellt, ist ein Glas okay?"

„Wenn er trocken ist, dann gern!", sagte sie.

Er schaute sie entrüstet an. „Meinst du, ich trinke flüssige Gummibärchen?" Er ging in die Küche, und sie hörte Gläserklappern und später das Ploppen der Sektflasche. Auf dem Wohnzimmertisch lag ein Buch in englischer Sprache, „The Innocent Man" von John Grisham. Ihr Englisch war eingerostet, sie hatte seit der Schulzeit kaum mehr die Sprache benutzt.

„Liest du Bücher auf Englisch?"

„Ja", kam es aus der Küche. „Aber richtig gut kann ich das auch nicht, ich quäle mich da durch, wir haben immer mehr Kunden, die Englisch sprechen, das Lesen ist so etwas wie Unterricht. Die Vokabeln erschließen sich häufig aus dem Kontext. Aber das Buch auf dem Tisch ist richtig gut. Es geht um einen Mann, der unschuldig zum Tode verurteilt wurde, bin etwa zur Hälfte durch. Auf deutsch heißt das viel weniger spannend ‚Der Gefangene'. Hier ist der Sekt!"

Er kam zurück und hielt ihr ein Glas hin. „Zum Wohl, schön, dass du nach dem harten Arbeitstag trotzdem gekommen bist, ich hatte wirklich viel später mit dir gerechnet oder auch mit einem Anruf, dass du gar nicht mehr kommst."

„Ja, das war schon hart, wenn man ein Verbrechen nach all den Jahren aufklärt, dann ist das so eine Mischung aus Erfolgsgefühl und Mitleid mit allen, die darunter gelitten haben. Was hätte aus dem Opfer werden können? Hätte er Kinder gehabt, ach, es ist dann schon eine Anstrengung, immer sachlich bleiben zu müssen, gerade dann, wenn du so ein selbstgerechtes Arschloch wie den heute vor dir sitzen hast. Bleibt halt nicht immer in den Kleidern hängen, auch nach so vielen Berufsjahren."

Sie trank einen großen Schluck und ließ sich unaufgefordert in einen Ledersessel fallen, der viel gemütlicher war, als er aussah. Rolf Weller setzte sich auf einen anderen Sessel und schaute sie eindringlich an. Ihr gefiel der Blick, der Interesse an ihrem Zustand signalisierte. Sie erzählte, wieder unaufgefordert, von dem Verhör, ohne Namen zu nennen, erzählte, was damals passiert war und wie man jetzt den Tätern auf die Spur gekommen war. Rolf Weller hörte zu, Körperhaltung und Blick zeigten, dass er das alles spannend und interessant fand. Ihre Schuhe drückten, und sie zog sie einfach aus. Merkte das gar nicht und erst, als Weller schmunzelte, fiel es ihr auf.

„Oh, sorry, aber die drücken so!", erklärte sie – und Weller hielt als Erwiderung nur seine Füße in die Luft.

„Das zeigt doch nur, dass du dich ein wenig wohlfühlst hier – und das ist doch schön!"

Er stand auf, nahm ihr leeres Glas, ging in die Küche und schenkte beiden nach. Anke Dankelmann erzählte auch noch von Peter Fischer – und war nach einer Stunde, in der vor allem sie geredet hatte, komplett müde.

Das sagte sie auch, Rolf Weller nickte und sagte: „Ich möchte nicht, dass du jetzt im Dunkeln allein nachhause gehst. Ich rufe mal einen Wagen."

Als sie protestieren wollte, da hob er nur die Hand und rief in der Taxi-Zentrale an. Sie hörte ihn länger reden.

Sie zog sich die Schuhe wieder an, meinte dann: „Jetzt habe ich dich den ganzen Abend zugetextet, und du konntest kaum was sagen. Doof?"

Rolf Weller reichte ihr eine Hand, sie stand aus dem bequemen Sessel auf.

„So ein Quatsch, das war total spannend. Und außerdem. Wenn du was von mir wissen willst, dann musst du mich wiedersehen. Das ist doch toll!"

„Das machen wir. Ich melde mich morgen Abend mal oder am Sonntag, muss erst einmal ausschlafen."

Es klingelte, das Taxi war da. Er brachte sie noch die Treppe hinunter, streichelte ihr sanft über den Arm und sagte „Tschüss, Anke. Danke für die schöne Zeit!"

Sein Blick traf sie ins Gemüt, sie hielt sich zurück und streichelte ihm mit zwei Fingern über die Wange. „Danke dir, für Zeit, Sekt und Zuhören. Bis bald."

Sie stieg ins Taxi ein, sagte die Adresse, winkte noch einmal Richtung Haustür, und der Taxifahrer startete, ohne das Taxameter einzuschalten. Eine wohlige Müdigkeit nahm sie in Besitz. Lange her, dass sie so gefühlt hatte. Zuhause ging sie sofort ins Bett. Ein letzter Blick aufs Handy – eine SMS von Weller. „Du bist bezaubernd" stand da. Du auch, dachte sie, antwortete aber nicht und schlief ein.

111

Klaus Fischer wachte mit einem dicken Kater auf, es war halb acht am Samstag, er musste mit dem Hund raus. Wunderte sich kurz darüber, dass er in Klamotten auf dem Sofa geschlafen hatte, doch dann kam die Erinnerung kopfschmerzend durch seine Gedankenkanäle gekrochen. Es regnete in Strömen, heute fand er das richtig gut, da würde er wachwerden. Wie es wohl Karl Dietrich gehen würde? Er wollte nicht anrufen, er hatte außerdem zu tun, musste Onkel Volkers kleines Apartment räumen, und er freute sich sogar drauf. In alten Unterlagen zu kramen, das machte immer Spaß. Nur Frühstücksappetit hatte er nicht. Er nahm die Leine, ging nach draußen, Oswald blinzelte in den Regen, nein, dieses Wetter war nichts für ihn, ein Dackel hatte Besseres verdient. Zum Schluss siegte die volle Blase. Er rannte raus, zur Hecke, hob das Bein und pinkelte, was das Zeug hielt. Und ging dann zurück zum Haus. Klaus Fischer kannte das. Er nahm den Dackel auf den Arm und ging ein paar hundert Meter, bevor er ihn wieder auf den Boden setzte. Oswald hatte kapiert.

112

Karl Dietrich schaute gegen neun Uhr auf die Uhr und drehte sich noch einmal um. Horchte in sich hinein, merkte, dass er pinkeln musste und stand dann doch auf. Auf unsicheren Beinen ging er aufs Klo, im Haus plärrte durch eine offene Wohnungstür irgendein Radio schrecklichste Musik. Es regnete, ein Tag, um im Bett zu bleiben. Aber davon hatte er in den vergangenen Jahren schon zu viele gehabt. Einkaufen, Wohnung aufräumen, bloß den Kopf nicht zu sehr anstrengen, das war das Programm.

113

Anke Dankelmann räkelte sich wohlig im Bett. Sie hatte zehn Stunden geschlafen und war topfit. Draußen regnete es, sie würde mit dem Sport bis später warten. Zog sich an und beschloss, nicht nur fürs Frühstück, sondern auch für die nächsten Tage einzukaufen. Auch ein Single-Schicksal, wenn man einen so unkalkulierbaren Beruf hatte. Man kaufte viele Sachen ein, die lange haltbar waren – ob das so gesund war. Am längsten haltbar war aber das Bier im Kühlschrank. Und das war gesund. Na also.

Lust zum Einkaufen hatte sie nicht, zwang sich aber. Dann habe ich es hinter mir, dachte sie. Ging nach unten und verließ das Haus. Mal wieder hatte sie die Einkaufstasche vergessen, da würde sie die nächste Einkaufstüte aus Plastik kaufen müssen. Die stapelten sich nicht nur in einem Küchenschrank, sie drückten langsam die Schranktür nach außen. Sie trat in den Regen, wollte den Regenschirm aufspannen – da hupte es. Sie drehte sich um: Da stand ein Taxi, und sie sah Rolf Weller am Steuer. Er winkte und lächelte sie an. Anke Dankelmann durchschoss ein Glücksgefühl, sie ging zur Beifahrertür, surrend ging die Scheibe des Mercedes hinunter, und Rolf Weller sagte:

„Ich will nicht, dass du nass wirst. Also fahre ich dich. Komm, steig ein, wo soll es denn hingehen?"

Anke Dankelmann freute sich immens über diese Geste der Fürsorge – stieg ein und fragte: „Wie lange wartest du denn schon hier?"

„'Ne knappe Stunde, oder so. Hab Kreuzworträtsel auf dem Handy gelöst, ich hab da so 'ne App. Hat man als Taxifahrer, um die Wartezeiten zu überbrücken. Ich bin bei Stufe acht – keine Ahnung, wieviele es gibt. Schau mal hier, so 'ne komische Frage, die man wohl nur mit Kreuzworträtsellexikon beantworten kann: Ein Fluss in der Ukraine, irgendwas mit ilo und iki – wer soll sowas wissen?"

„Gniloi Tikitsch", sie buchstabierte. „Aber es gibt auch andere Schreibweisen. Ist ein Quellfluss der Synjucha, in den Oblasten Kiew und Tscherkassy in der Ukraine." Innerlich lachte sie sich gerade schlapp, weil Rolf Weller sie anschaute und dabei aussah wie ein ausgebrannter Opel Blitz.

„Hä? Woher weißt du das, schönes Genie?"

„Erkläre ich dir später einmal. Fahr bitte los, ins Rewe in der Sternbergstraße."

„Wie Sie meinen, gnädige Frau. Ich bin beinahe sprachlos. Gniloi Wasislos – nie gehört."

„Tikitsch", sagte Anke Dankelmann und brach in Lachen aus, sie drehte sich zu Rolf Weller, der sie immer noch fassungslos anstarrte und nahm ihn in den Arm. „Danke, du bist sehr süß", sagte sie. Und setzte sich wieder gerade hin.

Es waren nur ein paar Minuten bis zum Rewe, als Rolf Weller einen Parkplatz suchte, klingelte ihr Handy. Es war Anja Arslan.

„Anke, wollte dich nur informieren. Also: dieser Wolfgang Herbst liegt im Krankenhaus nach einem Schlaganfall. In einem Bamberger Krankenhaus, man sagt dort, dass er, wenn er Glück hat, nicht wieder aufwachen wird. Er war wohl einige Minuten aus dem Leben getreten, die Reanimation kam zu spät, er wird von Maschinen am Leben gehalten. Er hat Familie, Frau, fünf Kinder. Roland Christ haben wir gestern Abend noch festgenommen. Er war unterwegs, und als er heimkam, hat ihn eine Zivilstreife vor seinem Wohnhaus hopp genommen. Hat auch Familie, Frau, zwei Kinder. Komischerweise ist der auch gleich zusammengebrochen, hat gar keinen Widerstand geleistet. Wir sollen ihn morgen vernehmen, die bringen ihn nach Kassel. Fall so gut wie gelöst. Er hat auch gestanden, dass er den Mann erschossen hat. Und darauf einen Dujardin!"

„Klasse, Anja, gratuliere, dir und uns. Dann ist das vielleicht schon für die Dienstagausgabe der HNA eine Story – fast vierzig Jahre nach dem Todesfall wird der Fall geklärt. Super. Die machen ein Bild, mit dir und den Akten."

„Glaubst du wirklich?"

„Ja klar. Brezel dich nicht auf, du bist attraktiv genug. Das sagt doch sicher auch dein Verehrer, oder?"

Anja Arslan kicherte. „Kann jetzt nicht sprechen", sagte sie. War es Atemnot wegen des Parfüms oder die Tatsache, dass der Kerl in nächster Nähe war – oder gar beides?

Anke Dankelmann lächelte und beendete das Gespräch. Rolf Weller sah sie fragend an.

„Wir haben den Fall wohl geklärt, von dem ich gestern erzählt habe. Komm, lass uns schnell einkaufen."

Sie überlegte – lass uns einkaufen, habe ich gesagt. Wieso gehe ich davon aus, dass er mit reinkommt?

Er kam mit rein. Hatte Spaß daran, mit ihr durch die Gänge zu schlendern. Sie war eine schnelle Einkäuferin, hatte sich in all den Jahren als Single antrainiert, nur das zu kaufen, was sie in den nächsten Tagen auch brauchte. Rolf Weller lief ebenfalls herum und machte sich einen Spaß daraus, den Menschen Dinge in den Einkaufswagen zu legen, die sie spätestens an der Kasse entdeckten und sich aufregten, oder gedankenverloren aufs Band legten – die Diskussionen mit der Kassiererin, der Streit mit den nachfolgenden Kunden, Anke Dankelmann hatte ebenfalls ihren Spaß an dieser Vorstellung. Sie zahlte, ging zum Bäcker und betrachtete das nächste Opfer von Rolf Weller, der prustend vor Vorfreude neben ihr stand. Einer etwa 60-jährigen sehr dicken Dame hatte er unter das Gemüse eine Riesenpackung Kondome gelegt. Die Frau schwatzte mit einer anderen Frau vor ihr und stutzte erst, als sie die Kondome, die schon eingescannt waren, einpacken wollte. Puterrot lief das Gesicht an, sie überlegte, was sie anstellen sollte und steckte das Zeug tatsächlich in die Tasche. Die Kassiererin war in diesem Fall ein tätowierter Mann, der die Frau angrinste – das Gesicht der Kundin wurde tiefrot, beinahe blau. Anke Dankelmann und Rolf Weller lachten, bis tatsächlich die Tränen kamen. Und gingen ein paar Minuten später auf den Parkplatz, wo des Dramas nächster Teil stattfand. Der Gatte der Dicken war nämlich im Auto geblieben, dann aber, als die Frau nahte, ausgestiegen, um die Tasche im Auto zu verstauen. Und hatte mit sicherem Blick die Packung Kondome erspäht, die er jetzt vorwurfsvoll seiner Frau vor die Nase hielt, begleitet von eindeutigen Worten.

Die Kommissarin und Rolf Weller machten, dass sie davonkamen. Er fuhr sie zurück zum Kirchweg.

Anke Dankelmann fragte: „Willst du meine Wohnung sehen? Kommst du mit auf einen Kaffee?“

Rolf Weller schüttelte den Kopf. „Liebend, liebend gern – aber ich muss noch ein wenig Geld verdienen. Aber das war jetzt heute vormittag eine wunderschöne Zeit mit dir. Ich liebe dein Lachen.“

Sie merkte, wie gut ihr diese Zurückhaltung und dieses Kompliment taten. Eine kribbelige Wärme durchströmte sie, und sie stieg aus, strich ihm wieder mit der Hand über die Wange. Und sah dem Taxi nach, das sich langsam vom Kirchweg in Richtung Friedensstraße entfernte, um die Ecke bog – und sie sah den Arm des Fahrers, der aus dem Fenster heftig winkte, bis das Auto verschwunden war. Das Problem war nur, dass sie die Einkaufstaschen im Kofferraum gelassen hatte.

Mein Gott, sind wir Schussel, dachte sie. Und warum? Möglicherweise war sie auf dem besten Weg, sich zu verlieben, und da dachte man gelegentlich an andere Dinge als an Waschmittel und Klopapier. Sie nahm ihr Handy und wollte gerade anrufen, da sah sie den Wagen schon wieder den Kirchweg entlang kommen.

„Wie konnte denn das passieren?“, fragte Rolf Weller, als er ausstieg und den Kofferraum öffnete.

„Keine Ahnung, ich war mit den Gedanken woanders.“

„Bei deinem Fall?“, fragte er.
„Nein, nicht so weit weg. Viel näher.“
Er gab ihr die beiden Einkaufstaschen und das Klopapier, sie hatte beide Hände voll bepackt, da nahm er sie mit beiden Armen und drückte sie ganz sanft an sich, was sie geschehen ließ.
„Mit dir ist das Leben irgendwie federleicht, danke dafür ...“
Er wollte sie aufs Haar küssen, traf nur die aufgesteckte Sonnenbrille, und beide mussten lachen. Sie schenkte ihm einen tiefen Blick und ging zum Haus. Der Wagen fuhr weg, und sie wünschte sich, sie hätte noch eine Einkaufstasche im Kofferraum vergessen.

114

Am Nachmittag war sie wieder vollends in der Spur, was ihre Fälle betraf. Sie saß am Schreibtisch und recherchierte im Internet – warum hatte Neumaier seine Identität geändert? Was war da in der Ukraine vorgefallen? Sie wusste, dass die Wehrmacht an Kriegsverbrechen beteiligt gewesen war. Vor Jahren war sie in der umstrittenen Ausstellung „Verbrechen der Wehrmacht“, die von Hannes Heer kuratiert worden war, gewesen. Eindrucksvoll alles, für Nachkriegsgenerationen unverständlich, beschämend, Schuldgefühle erzeugend. Das war jahrelang, über Jahrzehnte sogar, ein Tabuthema gewesen. Die Wehrmacht, so der Glaube, hatte keine Verbrechen begangen. Das waren SS, SD, Gestapo gewesen, die Verbrecherorganisationen des Regimes. Doch das stimmte nicht. Es gab die Grauzone, die rückblickend als logische Erscheinung daherkam.

Weil das so war, recherchierte sie ins Blaue. Nein, sie fand im Internet nichts, was darauf hindeutete, dass Neumaiers Regiment in irgendwelche Kriegsverbrechen verstrickt gewesen war. Aber es musste etwas passiert sein, das dazu geführt hatte, dass der Mann seine Identität wechselt. Und man gibt nicht einfach Namen und die eigene Lebensgeschichte ab, aus irgendeiner Laune heraus. Sie googelte und googelte – und gab es auf. Wie viele deutsche Soldaten hatten wohl Dreck am Stecken? Sie hatte auf einer Website gelesen, dass die Schätzungen von 5 bis 80 Prozent reichten – daran konnte man erkennen, wie wenig zuverlässig die verlässliche Forschung darüber im Detail war. Sie wusste aber auch, dass die Russen bei den Soldaten in Gefangenschaft gar nicht auf irgendwelche Fakten warteten, bei den Gerichtsverhandlungen, die darüber bestimmten, wie lange die Deutschen in russischer Haft bleiben mussten, ging es häufig nach Lust und Laune der Richter.

Neumaier hatte sich womöglich erhofft, durch eine andere Identität einen Vorteil verschaffen zu können – und musste dann dennoch zehn Jahre in Sibirien bleiben. Da hatte ihm Willrichs Identität nun keinen Vorteil erbracht. Und wie war er überhaupt darauf gekommen, sich auf die neue Identität verlassen zu können? Auch Willrich hätte ein Kriegsverbrecher gewesen sein können. Aber konnte man aus heutiger Sicht die Handlungen dieser Männer in diesen Zeiten überhaupt nachvollziehen? Wohl kaum.

Irgendwann klappte sie den Laptop zu. Vielleicht konnte man all das heute nicht mehr rekonstruieren. Sie hatte noch eine Mail an Werner Edelmann geschrieben und sich für die Unterstützung bedankt. Das war ja auch für diese Familie eine Zumutung, sich nach so vielen Jahren mit allen Erinnerungen des alten Vaters beschäftigen zu müssen – und was das erst mit dem Vater anrichtete ...

115

Sie packte ihre Sporttasche und ging in die Muckibude. Ein heftiger Workout würde jetzt das Wochenende zu dem machen, wozu es eigentlich bestimmt war: sich zu erholen. Als sie nach zwei Stunden wieder daheim war, schaute sie noch einmal in ihren Mailaccount. Edelmann hatte geantwortet.

„Liebe Frau Dankelmann, das ist lieb, dass Sie sich bedanken. Vielleicht noch ein paar Fakten. Mein Vater redet seit unserem Gespräch, dass ich wegen Ihrer Anfrage mit ihm geführt habe, bei jedem Besuch wie ein Wasserfall über diese Zeit. Als müsse alles aus ihm heraus. In jenem Gespräch hatte er mit erzählt, dass dieser Neumaier/Willrich ihm gesagt habe, er habe die Identität gewechselt, weil er an Säuberungen beteiligt gewesen sei. Die beiden haben sich nie angefreundet, aber mein Vater hätte natürlich mit entsprechenden Aussagen den Mann vors Erschießungskommando bringen können. Also hatten sie weiter Kontakt. Papa hielt den Mund, Neumaier/Willrich erkannte in ihm eine Person, der man vertrauen konnte, und hat dann später mehr erzählt. Die müssen, ein Haufen von ein paar Soldaten, nicht das Regiment, wohl irgendwo in der Ukraine in einem Dorf, in dem sie bleiben mussten, mitbekommen haben, wie der SD nach Juden suchte. Natürlich gab es welche, und die Soldaten der Wehrmacht, die da die Wodkavorräte der Dorfbevölkerung niedermachten, haben dann einfach besoffen mitgemacht. Die Juden wurden durch die Dorfstraße getrieben, in den Fenstern der Häuser saßen die Soldaten, und jeder hatte einen Schuss. Manchmal sind die wohl sofort getroffen worden, manchmal irgendwo auf dem Weg, und einige haben es, weil die Männer zu besoffen zum richtigen Zielen gewesen sind, bis ans Ende des Dorfes geschafft. Da war dann der SD und hat ihnen einen Kopfschuss verpasst. Die Dorfbevölkerung musste ein großes Grab ausheben, da hat man die Leichen reingekippt. Zum Schluss hat der SD die Russen auch noch erledigt. Neumaier/Willrich hat wohl erzählt, dass die meisten seiner Kameraden, die dabei gewesen waren, gefallen sind. Er hat das alles, immerhin, sehr bereut, und Papa sagt, dass dieser Typ gar kein so falscher Mensch gewesen sei und dass er wie ein Beleg dafür sei, was Krieg und Naziideologie aus einem Menschen machen können. Mich selbst beschäftigt das im Augenblick sehr, weil ich merke, dass mein Vater erst jetzt beginnt, durch diese Erzählungen in seinem hohen Alter einen Schlussstrich zu ziehen unter das, was ihn, seine Persönlichkeit, sein Denken, sein Handeln über Jahrzehnte so geprägt hat. Das berührt mich so sehr, weil ich merke, dass ich ungerecht ihm gegenüber war. Mir war immer klar, dass diese Generation eine komplett betrogene ist – aber wie sehr betrogen, ausgebeutet, bestraft – das wird mir erst jetzt deutlich. Ich freue mich, obwohl ich bei diesen Erzählungen leide wie ein Hund, dass dieses zufällige Ereignis sozusagen den Korken aus der Flasche gezogen hat. Papa wird, in hoffentlich ferner Zeit, sterben – aber er hat dann seinen Frieden mit sich gemacht. Was ein Segen. Ich habe meinen Vater noch nie so erlebt – und verzeihen Sie, dass ich jetzt so privat werde. Er hat heute zum ersten Mal zu mir gesagt, dass er mich liebt wie nichts auf der Welt. Weil ich sein Kind bin, für das er immer leben wollte. Sonst wäre er irgendwann von der Brücke gesprungen. Ich grüße Sie von Herzen, Ihr Werner Edelmann.“

Anke Dankelmann atmete tief durch und wischte sich mit dem Zeigefinger der rechten Hand Tränen aus beiden Augen. Was für eine Doppelreaktion dies war, der Vater schafft es, den Cocon des Sich-nicht-mitteilens zu durchbrechen. Nun war also klar, worum es bei Neumaier/Willrich gegangen war. Die Engländer schossen zum Spaß auf Enten, die Deutschen auf Juden, die man durch eine Dorfstraße getrieben hatte.

Neumaier/Willrich war also nach der Kriegsgefangenschaft erst einmal unter seinem neuen Namen in der DDR geblieben – vielleicht hatte er mit seiner neuen politischen Überzeugung sogar eine kleine Karriere dort gemacht – und war dann in den Westen gekommen, wurde hier Bürgermeister einer kleinen Stadt. Von diesem Typen musste es eine Stasi-Akte geben, jede Wette. Am Montag würde sie sofort versuchen, an die Unterlagen zu kommen.

116

Anke Dankelmann suchte ihr Handy und fand es nicht, das passierte ihr einige Male die Woche. Sie rief vom Festnetz ihre Nummer an und hörte weder die Glocken des Fritzlarer Doms noch ein Brummen. Sie ging zu ihrem Auto – was Quatsch war, denn das hatte sie heute noch nicht einen Meter bewegt. Zum Einkaufen war sie mit dem Taxi gefahren, in die Muckibude war sie gelaufen, und sie wurde, wie immer in dieser Situation, nervös und nervöser – diesmal aber vor allem, weil sie nicht wollte, dass Rolf Weller möglicherweise vergeblich versucht hatte sie zu erreichen – und der sich nun möglicherweise wunderte, warum sie nicht ans Telefon ging. Sie hatte ein wenig Hunger und wollte sich einen kleinen Salat machen – und fand das Handy im Gemüsefach des Kühlschranks. Mein Gott, Anke, wie bist du denn durch den Wind? Sie erinnerte sich, dass sie in Gedanken komplett bei Weller verweilt war. Zum Glück war sie nur am Kühlschrank gewesen mit dem Handy in der Hand … Weller hatte tatsächlich angerufen, hatte auf die Mailbox gesprochen, er wolle sich am Abend noch einmal melden, sie müsse nicht zurückrufen, er müsse bis 22 Uhr fahren.

117

Ein zweiter Anruf war von Anja Arslan. Donnerwetter, das Mädel gab jetzt aber richtig Gas, was den Fall betraf. Anke Dankelmann machte sich den Salat, goss sich ein Glas Rotwein ein, in unbändiger Vorfreude auf einen Fernsehabend auf der Couch, und rief Anja Arslan zurück.

Die sprudelte sofort los. „Super, dass du zurückrufst, Anke. Ich wollte dir auch nur sagen, wie sich die Sache weiterentwickelt hat. Alle Drei haben, wie sagt man, nach dem Tötungsdelikt ein komplett rechtschaffenes Leben geführt. Mal ein Punkt in Flensburg, aber das war es auch schon. Die Jungs müssen damals so unter Strom und Drogen gestanden haben, dass denen bei dem Mord jede Kontrolle verlorengegangen ist. Also, die Sache ist geklärt, wir haben zwei Geständnisse, wir können jetzt die Reporterin informieren, hat Richard gesagt. Willst du das machen, oder soll ich?"

Anke Dankelmann war das ziemlich egal, da sie aber den Kontakt zur Matussek hatte, entschied sie sich für eine Doppellösung.

„Ich rufe sie an, sage ihr Bescheid, und du verklickerst ihr dann die Fakten, okay?"

„Klaro, bin das ganze Wochenende zu erreichen. Ach so, der zweite Punkt: gestern Abend kam noch das Ergebnis des Fingerabdruck-Abgleichs. Du warst nur schon weg."

Hä? Welche Fingerabdrücke? Ach so, klar, die Töpfe in Willrichs Haus.

„Also: die stammen eindeutig von Klaus Fischer. So heißt er doch, oder? Dann nimm ihn mal in die Mangel. Ich schicke dir das Ergebnis per Mail. Tschüss, Anke!" Anja Arslan legte eilig auf.

Anke Dankelmann schaute auf die Uhr, es war 19.30 Uhr, wahrscheinlich musste die noch vor Ladenschluss um 20 Uhr eine Parfümerie in der Innenstadt leerkaufen. Das mit den Fingerabdrücken überraschte sie nicht wirklich, sie hatte das beinahe gewusst, zumindest sicher geahnt. Zu spät für einen Anruf bei Fischer – aber eigentlich wollte sie dem Mann bei ihren Fragen auch ins Gesicht schauen. Sie suchte die Nummer von Christiane Matussek und rief an. Die schien zuhause zu sein, im Hintergrund lief laut ein Fernseher, als sie sich meldete, und es gab keine weiteren Nebengeräusche.

„Hi, ich bin's, Anke. Braucht ihr noch 'ne Story für die Montagausgabe?"

„Hi, äh, eigentlich nicht, alles schon geplant. Jetzt sag nur, wir haben einen Treffer gelandet."

„Nein. Einen Volltreffer." Sie berichtete von den Ereignissen des letzten Tages, von den Geständnissen und gab ihr die Rufnummer von Anja Arslan.

„Das ist ja der pure Wahnsinn", entfuhr es der Matussek. „Fast vierzig Jahre danach klären wir einen Mordfall auf, und die Jungs kommen in den Knast. Mord verjährt ja nicht, oder?"

„So ist das. Es sei denn, die Verteidiger kriegen es hin, dass es nur Totschlag war. Dann spazieren die fröhlich aus dem Gerichtssaal als freie Menschen."

„Naja, bei den Fakten glaube ich das nicht. Es gibt ja auch die Geständnisse. Wie auch immer. Ich rufe deine Kollegin an. Was ist denn das überhaupt für ein witziger Name? Hat die einen Türken geheiratet?"

„Ne, Mutter Russin, Vater Türke. Und wann begießen wir den Erfolg?"

„Von mir aus nach meinem Telefonat. Haste Zeit und Lust?"

Anke Dankelmann hatte sich parallel das Fernsehprogramm angeschaut. Und entschied sich spontan für ein Treffen.

„Lass uns im Vorderen Westen bleiben, wie wäre es mit ‚Boccaccio'?"

„Okay, ich simse kurz durch, wenn ich starte. Freue mich drauf!"

Zehn Minuten zu Fuß – das war ideal, fand sie. Sie schickte eine kurze Nachricht an Rolf Weller in der Hoffnung, dass er vielleicht auch noch käme. Und aß ihren Salat, ständig aufs Handy schielend, weil sie auf eine Antwort hoffte.

118

Das „Boccaccio" war eine Eckkneipe, Ecke Goethestraße/Querallee, mitten drin im Kiez des Vorderen Westens, dem Quartier mit dem größten Flair der Stadt, eine Mischung aus Szene, Kultur, Alternativen, Kneipen, Nachtleben, Studentenleben – und dieser Italiener hatte auch was Besonderes. Garantiert nicht das Essen, sonst hätte sie zuhause keinen Salat gegessen. Aber eine tolle Terrasse, die natürlich an diesem Samstagabend proppevoll war. Zum Glück ging gerade eine Familie, und Anke Dankelmann, die die Bedienung kannte, schnappte sich sofort einen Stuhl.

„Hallo, Ernesto, ist hoffentlich nicht reserviert, kommt gleich noch eine Freundin von mir.“

„Ne, isse nixxe reserviert. Wolle esse?“

Der Mann lebte seit dreißig Jahren in Deutschland und hatte immer noch ein Verständnis für die deutsche Sprache wie ein Haifisch für die Kalahari-Wüste.

„Ne, bring mir bitte einfach ’ne Karaffe Rosé.“

„Naturlig, Bella!“

Eigentlich hatte sie Bierdurst – aber das war in italienischen Restaurants immer so eine Sache. Kam drauf an, wer den Zapfhahn bediente – wenn man Pech hatte, dann schmeckte das schönste Naturtrüb wie vergorene Kamelmilch.

Sie schielte aufs Handy – keine Nachricht von Weller. Sie spürte eine tiefe Enttäuschung, gepaart mit Unruhe.

Die konnte sie überspielen, als die Matussek kam. Sie nahmen sich kurz in den Arm, auch die Reporterin wollte Rosé trinken – und bestellte sich auch eine Karaffe.

„Danke, dass du Zeit hast, ich musste daheim mal raus, Holger geht mir im Augenblick maßlos auf die Nerven. Der hockt daheim nur noch auf dem Sofa und glotzt irgendwelche Trash-Sendungen. So ein schöner Abend – und Holger will nur unterm Dach in der Geibelstraße hocken. Also, egal, prost, auf unseren Sieg!“

Sie tranken einen Schluck, und Christiane Matussek erzählte vom Telefongespräch mit Anja Arslan, dass sie ihren Redaktionsleiter gleich informiert hatte, der wollte unbedingt die Story für die Montagausgabe haben. Sie brauchte Fotos der Täter, da war Anke Dankelmann eher skeptisch, sie kannte ihre zurückhaltenden Kollegen von der Pressestelle. Und freute sich sehr für die Journalistin, die mit ihren Kriminalgeschichten aus alten Zeiten wahrscheinlich nicht unbedingt nur Fans in ihrer Redaktion hatte. Nun also der Volltreffer.

„Eigentlich kann man das ja gar nicht mehr toppen, aber die nächste Seite mit der nächsten Geschichte ist schon fertig.“

„Naja, ich denke mal, dass die Leute nach diesem Erfolg noch aufmerksamer die Stories lesen werden.“

Eine Karaffe weiter wollte Christiane Matussek gerade ihre Beschwerden über ihren lustlosen Mann weiterführen, als sie stockte. „Mannomann, die gehen mir so auf die Nerven, immer diese Rosenverkäufer.“

Anke Dankelmann fand diese Auftritte auch nicht besonders prickelnd, aber wenn die Leute so ein wenig Geld verdienten, dann sollte man sie machen lassen. Sie waren ja nicht unangenehm im Auftreten, wenn man ‚Nein' sagte, dann gingen sie einfach weiter.

„Jetzt kommt der zu uns, soll ich dir 'ne Rose kaufen?", flüsterte die Reporterin.

Der Rosenverkäufer baute sich vor dem Tisch auf, das Gesicht hinter den Blüten verborgen.

„Nein, wir möchten keine Rosen", sagte Christiane Matussek.

„Ich verschenke die ja auch", sagte eine Anke Dankelmann bekannte Stimme.

Das Gesicht lugte jetzt seitlich hinter den Rosen hervor – es war Rolf Weller. Er reichte ihr den Strauß, und sie merkte, dass sie wahrscheinlich gerade ziemlich rot anlief im Gesicht.

„Das ist ja süß", sagte Christiane Matussek grinsend.

„Danke!", flüsterte Anke Dankelmann, der es richtig warm ums Herz geworden war.

„Das ist Rolf Weller, ein Bekannter. Und das ist Christiane Matussek, Reporterin bei der HNA, die hat diese Uralt-Kriminalstories für die Zeitung gemacht, du weißt schon, den einen Fall haben wir ja jetzt gelöst, das hatte ich dir ja erzählt."

„Darf ich mich setzen, oder seid Ihr gerade in Gesprächen, bei denen ein Mann nur stören würde?"

„Quatsch, setz dich, ich heiße Christiane, da hat Anke aber Glück, ein Verehrer, der Rosen schenkt. Dass es sowas noch gibt ... Schickt man heutzutage doch als Emoticon, oder?"

Ernesto hatte aufmerksam zugesehen und kam mit einer Blumenvase angeeilt.

„Habe Geburtstag?", fragte er und betrachtete Rolf Weller kritisch.

„Neinnein, nur so. Dankeschön für die Vase."

„Prego, Bella!", erwiderte er und verschwand. Ohne den neuen Gast nach seinen Wünschen zu fragen.

Weller war überrascht, aber er lächelte. „Macht nix, ich muss eh mal ums Eck, ich bestelle an der Theke", sagte Weller und ging rein.

„Bekannter? Was ist denn das für ein Ausdruck. Das hat man vielleicht in den sechziger Jahren gesagt. Anke, los, mach's nicht so spannend, ist das dein Freund? Dein Lover?"

Die schüttelte mit dem Kopf. „Nein. Wir kennen uns noch gar nicht lange, waren mal essen, gestern Abend bei ihm haben wir ziemlich lange gequatscht, mehr nicht."

„Wie romantisch. Scheint nett zu sein. Das mit den Rosen war ein starker Auftritt, alle Achtung. Rosen hat Holger mit das letzte Mal mitgebracht, als er mir den Heiratsantrag gemacht hat."

Weller kam zurück und hatte ein nur noch halbvolles Weizenbier in der Hand. „Mannomann, ich habe einen Durst, das war 'ne Schicht. Aber nächste Woche wieder Büro, kann die Kiste auch nicht mehr sehen. Ich hab ein Taxiunternehmen", sagte er erklärend für Christiane Matussek.

„Echt? Da kriegst du doch ständig irgendwelche Stories mit, die auch für uns interessant sein könnten. Bin für jeden Tipp dankbar!"

Weller lächelte. „Ja, man verliert irgendwann die Illusionen, was den intellektuellen Zustand der Gesellschaft betrifft. Wenn man die jemals hatte ..."

Er trank die zweite Hälfte des Weizenbieres in einem Zug aus. „Aber Tipps, ne, lass mal, da habe ich wohl auch kein Gespür für. Und ob es in der Zeitung stehen muss, dass ein stadtbekannter Unternehmer besoffen in meinem Wagen Volkslieder grölt, also ich weiß nicht ..."

Ernesto, so die Vermutung, war verschollen, denn er kam gar nicht mehr auf die Terrasse. Anke Dankelmann machte sich bei Ada, einer jungen Frau aus Marokko, die erst zwei Jahre in Deutschland lebte, aber wahrscheinlich schon besser Deutsch sprach als Ernesto Italienisch, bemerkbar und bestellte noch eine Runde – diesmal aber Gläser Rosé.

Nach Getränk und Smalltalk verabschiedete sich Weller, er sah komplett müde aus, er gab der Matussek die Hand, und Anke Dankelmann und er verabschiedeten sich mit einer lockeren und sehr unbeholfen anmutenden Umarmung.

„Schade", flüsterte er ihr ins Ohr, „ich melde mich morgen mal, okay?"

Sie nickte und lächelte. Wollte jetzt auch nachhause – Christiane Matussek, die nach ihrem Portemonnaie suchte, offensichtlich auch.

„Das geht auf mich, ein kleines Dankeschön. Und Ihr zwei seid ja ein paar Herzchen. Traut Euch noch nicht mal, Euch richtig zu umarmen. Nun mal ran an die Gewehre, Anke, oder bist du beim anderen Geschlecht immer so zurückhaltend? Das ist einer, bei dem musst du aktiv werden. Obwohl es für den, so wie er aussieht, keinen Grund gibt, schüchtern zu sein. Isser aber wohl. Beim nächsten Telefonat will ich eine Vollzugsmeldung!"

Sie grinste. Legte Geld auf den Tisch, auf dem die Rechnung unter dem Aschenbecher im leisen Nachtwind flatterte. „Tschüss, träum süß, hast ja wohl schon damit angefangen, so wie du guckst. Das freut mich für dich. Ich geh mal heim zu meinem Sofatiger. Mal sehen, ob ich den noch zum Schnurren kriege."

Kurze Umarmung – und dann rauschte sie ab. Anke Dankelmann nahm ihre Handtasche, strich sich die Haare aus dem Gesicht und ging auch langsam nachhause. Was war das bloß alles, was da gerade in ihrem Leben passierte? Einen Uralt-Mordfall im Eilzugtempo gelöst, die Gefühlsbalance verloren, ein anderer Fall, der vielleicht gar keiner mehr war, lag ihr auf der Seele – Mannomann, ganz schön viel für ein kleines Landmädel aus Borken, dachte sie beim Zähneputzen. Und freute sich im Bett über eine SMS von Rolf Weller.

„Vergiss die Blumen nicht noch einmal anzuschneiden, bevor du sie ins Wasser stellst, gute Nacht."

Super Hinweis, die Vase hatte sie im „Boccaccio" stehenlassen. Mit den Blumen. Die Matussek hatte sie mit ihrem Dauergequassel so kirregemacht, dass sie das aus den Augen verloren hatte. Mit schlechtem Gewissen schlief sie ein, simste nur ein Smiley zurück. Wie die Teenager, dachte sie. Und das mit vierzig.

119

Am Sonntag, nach Frühsport und Frühstück, rief sie Klaus Fischer an. Irgendwie wollte sie jetzt mit aller Energie in der anderen Sache Klarheit haben.

„Waren Sie schon mit Oswald draußen?", fragte sie.

„Nein, noch nicht, ist ja Sonntag", antwortete er, leichte Verwunderung war aus seinem Tonfall herauszuhören.

„Kann ich mitkommen? Ich wollte Sie nur noch eine Kleinigkeit fragen."

Er zögerte kurz. „Ja, warum nicht? Aber ungewöhnlich ist das schon. Gibt es einen besonderen Anlass?"

„Eine kleine Frage noch, die mich bewegt, ich verbinde nur das Angenehme mit dem Nützlichen, bis gleich!“

Sie sauste die Treppe hinunter und fuhr durch die autoleere Stadt nach Bettenhausen. Klaus Fischer und der eigenwillige Dackel warteten schon am Straßenrand. Es war frisch geworden über Nacht, und Anke Dankelmann war viel zu dünn angezogen. Klaus Fischer, eingepackt in einen dicken Anorak, ging es eher andersherum. Er zeigte mit der rechten Hand die Richtung an, in die er laufen wollte. Der Dackel war nicht angeleint, er kannte den Weg und wusste, was von ihm erwartet wurde. An einer Box an einer Laterne deckte sich Fischer mit ein paar braunen Plastiktüten ein – falls der Dackel es mal wieder vorzog, sich mitten auf dem Gehweg zu entleeren.

Am Morgen, nach einem kurzen SMS-Wechsel mit Rolf Weller, der sie sehr beschwingt hatte, hatte sie das Ergebnis der Untersuchung der Fingerabdrücke als Mailanhang gelesen. Es gab keine Zweifel. Klaus Fischer war in der Wohnung Willrichs gewesen oder hatte zumindest, wie auch immer auf einem anderen Wege, die Töpfe in der Hand gehabt. Klaus Fischer erzählte ein wenig vom Eichwald, den sie mittlerweile erreicht hatten. Anke Dankelmann hörte die Autobahn rauschen, selbst am Sonntagmorgen, fand das Fleckchen Erde dennoch sehr schön.

„Aber Sie wollen doch sicher nicht einen Exkurs über dieses kleine Wäldchen hier hören, sondern wollen etwas anderes. Was ist denn los, wenn ich fragen darf?“

Anke Dankelmann sagte ein paar Sekunden nichts. „Es gibt da etwas, da passen die Seilenden nicht zusammen. Schauen Sie, in Willrichs Wohnung, das ist der Typ, der sich im Habichtswald erschossen hat, war ein komplettes Chaos, der Mann hat gelebt wie ein Messie. Nur das Arbeitszimmer war piccobello aufgeräumt – und in der verwüsteten Küche der Herd. Der war blitzblank, und die Töpfe standen aufgereiht wie eine Zinnsoldatenarmee. Warum nur?“

„Keine Ahnung. Wie soll ausgerechnet ich Ihnen das beantworten?“

Sie bemerkte, dass die Stimmer ein wenig unsicher geworden war. Sie war auf der richtigen Fährte, ganz klar. Stimmen im Laufe eines Gesprächs oder gar eines Verhörs zu analysieren, das gehörte zu den Grundlagen des Jobs. Machte wieder ein paar Sekunden Pause.

„Sind Sie Linkshänder?“

„Ja, warum?“

„Willrich war Rechtshänder.“

Sie blieb stehen, Fischer sah sie misstrauisch an.

„Herr Fischer, wenn Sie kochen, einen Topf mit Griff in die Hand nehmen, wie machen Sie das dann?“

„Hmm, na so!“ Er tat so, als würde er mit der rechten Hand den Griff halten und machte mit der linken Hand eine unbeholfene Rührbewegung.

„Und so stellen Sie den Topf auch ab, oder?“ Fischer nickte.

„Ich verstehe Ihre Fragen nicht. Das kann Ihnen doch jeder Linkshänder beantworten.“

„Schauen Sie. Ich bin Rechtshänderin und könnte so gar nicht kochen, wäre mit beiden Händen unsicher. Und ich frage Sie das, weil Ihre Fingerabdrücke auf den Töpfen in Willrichs Küche waren und weil auf dem Herd dieselbe Ordnung herrschte wie in Ihrer Küche. Waren Sie in Willrichs Wohnung? Wenn ja: warum waren Sie da? Wie kam es dazu?“

Fischer sagte nichts. Es arbeitete fieberhaft in ihm, er war völlig konsterniert. Er rief nach dem Dackel. Jetzt versucht er, Zeit zu gewinnen, dachte Anke Dankelmann und fixierte Fischer mit strengem Blick.

„Ich möchte nachhause“, sagte er dann, leinte den Dackel an. „Nicht hier in der Öffentlichkeit.“

Das gab ihm Zeit zum Überlegen, aber sie konnte ihn hier nun tatsächlich nicht in die Mangel nehmen und willigte ein. Fischer wirkte auf dem Weg zurück wie ein verprügeltes Tier. Keine Körperspannung mehr, der Gang war schleppend, selbst der Dackel merkte, dass mit seinem Herrchen irgendwas passiert war. Fischer sprach den ganzen Weg kein Wort, Anke Dankelmann, die am Morgen sehr spontan zum Telefon gegriffen hatte, bekam ein wenig Zeit, sich mehr auf das Gespräch vorzubereiten.

Klaus Fischer setzte sich im Wohnzimmer in einen Sessel und war so in sich versunken, dass er weder Getränke noch Platz anbot. Anke Dankelmann setzte sich ihm gegenüber und schaute ihn weiter streng an.

„Es war vor ein paar Monaten“, fing er mit tonloser Stimme an, „Ostersonntag, irgendwann am Nachmittag. Ich hab irgendwas im Fernsehen gesehen, es war grauenhaftes Wetter.“

Anke Dankelmann erinnerte sich. Sie hatte den Nachmittag bei ihren Eltern verbracht, einer dieser Pflichtbesuche. Mittagessen, Kaffeetrinken, Abendessen, Kind nun iss doch noch was, – was, du willst schon wieder los, du hast aber auch nie Zeit ...

„Da klingelte das Telefon. Und da meldet sich dieser Mann, er wirkte ein wenig angetrunken, murmelte was von Brüderchen, ich wollte schon auflegen, da sagte er: ‚Kennst du eigentlich Hinrich Neumaier, deinen Vater?‘ Ich war völlig verdattert und habe sogar noch geantwortet. ‚Nein‘, habe ich gesagt, ‚ich habe ihn nie gesehen, der ist im Krieg vermisst.‘ ‚Aber ich kenne ihn‘, hat er gesagt und fing an zu schluchzen. ‚Denn er hieß nach dem Krieg ganz anders. Und ich bin sein Sohn.‘ Das war mir zu viel, da habe ich aufgelegt. War aufgewühlt. Sauer. Was bildete der sich ein? So ein Märchen da aufzutischen, offenbar betrunken. Und dann fingen die Teufelchen im Kopf an zu arbeiten – und wenn das doch stimmte? Und er vielleicht noch lebt? Ich war hin- und hergerissen. Schaute dann im Telefon, ob der anonym angerufen hatte oder mit seiner Nummer. Zum Glück war die Nummer gespeichert. Eine Festnetznummer in Kassel. Dann habe ich bis zum Abend gewartet.“

Er nahm ein sauberes, weißes Stofftaschentuch aus der Hosentasche und schneuzte sich. „Am Abend habe ich dann zurückgerufen, aber keiner ging dran. In der Nacht, so gegen null Uhr, dann der nächste Anruf von ihm.“

Er atmete tief durch, als wolle er einen dicken Kloß aus seinem Inneren saugen und wegpusten.

„Ich war verschlafen und immer noch sauer und sagte ihm das auch. ‚Wenn du mir nicht glaubst, dann komm doch mal vorbei, ich habe Unterlagen, stapelweise Unterlagen, ein paar sind von ihm, er ist 1999 verstorben. Die habe ich jetzt erst beim Ausräumen dieser Nachlasskiste auf dem Dachboden hier gefunden. Mich hat der alte Kram nie interessiert, Bilder von Menschen, die ich nie gesehen habe. Aber wegen dieser Unterlagen habe ich dann bei der Stasi-Behörde nachgefragt, ob ich an seine Stasi-Akte kommen könnte. Habe das dann schriftlich begründet und die haben mir Auszüge geschickt. Sieh dir das alles an, dann wirst du mir glauben.‘ Er wirkte diesmal ziemlich nüchtern und irgendetwas in mir sagte, dass ich zumindest mal hinfahren müsse, sonst würde alles in mir ewig unaufgelöst rumoren.“

Anke Dankelmann hatte jede Menge Fragen und war auch sauer, dass der alte Mann sie so hatte auflaufen lassen, ja beinahe in die Irre geführt hatte.

Doch sie ließ ihn weiterreden.

„Ich bin dann am nächsten Tag hin, es war Ostermontag, der Mann machte einen völlig wirren Eindruck, er sah dreckig und verwahrlost aus. Das Haus war eine Müllhalde, und ich dachte, hier halte ich es nicht aus. Wir gingen ins Arbeitszimmer, er redete kein Wort, war unglaublich nervös, ich aber auch. Das Arbeitszimmer war völlig verwüstet, und da habe ich mich erst einmal rangemacht, da System und Ordnung zu schaffen. Er hat nicht mal protestiert. Sich in den Sessel gesetzt und mir zugesehen."

Deshalb also die Ordnung, dachte sich Anke Dankelmann.

„Als alles an einem vernünftigen Platz stand und ich wenigstens mal mit dem Besen durchgegangen bin, deutete er mit der Hand auf eine Zigarrenkiste, die ich auf den Schreibtisch gestellt hatte. Zwei Fotos waren darin, eins von einer Frau – Erika stand hinten drauf. Das war eindeutig ein Bild meiner Mutter. Mir wurden die Knie weich. Das andere zeigte ihn in Soldatenuniform mit ein paar Kameraden. 34/34 stand hinten drauf, in Bleistift. Wie Peter Willrich herausgefunden hatte, war das wohl Regiment und Division – und in der hatte mein Vater gedient, Hanspeter Willrich nicht. Ganz unten lag ein Brief, der wohl nie abgeschickt wurde oder nie abgeschickt werden konnte. Ich habe den Wortlaut so halbwegs im Kopf:

‚Meine geliebte Erika, vielleicht ist das der letzte Brief, den ich dir schreibe. Die Russen setzen uns mächtig unter Beschuss, viele Kameraden sind gefallen oder verwundet. Wir ziehen uns immer weiter zurück, sind gestern durch einen eisigen Fluss geschwommen und hoffen, den Krieg wenigstens in Gefangenschaft zu überleben, denn so nachhause, das schaffen wir nicht mehr. Eigentlich müsste das Baby ja bald geboren werden – ob ich es jemals sehen werde? Das tut mir alles so weh, aber ich will das hier überleben. Pass auf unser Kind auf, ich muss Schluss machen, die Artillerie vom Iwan deckt uns wieder ein. Es grüßt Dich Dein Hinnerk.'"

Klaus Fischer rannen die Tränen über die Wangen.

„Aber wie hat denn Willrich die Verbindung zu Neumaier hergestellt? Aus all dem geht das doch gar nicht hervor."

Anke Dankelmann runzelte fragend die Stirn. Ihr Telefon summte, es war die Matussek – aber dafür war jetzt wirklich keine Zeit.

„Mein Vater muss vor seinem Tod eine Art schriftliche Lebensbilanz gezogen haben, die er, er war ja dann Politiker und wollte auf Nummer sicher gehen, dass das nicht in falsche Hände geriet, bei einem Notar hinterlegt hat. Fünfzehn Jahre nach seinem Tod sollte das dem Sohn übergeben werden – wenn der nicht mehr leben sollte, dann sollte es vernichtet werden. Komische Nummer, oder? Willrich hatte die zwei Seiten Briefpapier noch, hat sie mir aber nicht gegeben, sondern nur vorgelesen. Darin stand, dass er seine Identität im Krieg gewechselt hat, weil er wegen Kriegsverbrechen, die haben wohl Jagd auf Juden in der Ukraine gemacht, befürchtete, die Russen könnten kurzen Prozess machen mit ihm. Da steht dann auch drin, dass er trotzdem seine Familie gesucht hat, in Neustrelitz, und dann aber erst einmal in der DDR geblieben ist. Da hat ihn dann die Stasi angeworben und in den Westen geschickt. Das war alles ein total sachlicher Text, im Stenogrammstil, ohne Emotionen. Als hätte er vor seinem Tod gedacht: Liebe Nachwelt, hier sind die Fakten, macht was draus. Er ist dann ins Aufnahmelager nach Gießen, hat da seine Frau kennengelernt, kurz danach kam Willrich zur Welt, also der Sohn. Er hat in der SPD Karriere gemacht, kam über verschiedene Stationen nach Nordhessen, wo er dann Bürgermeister von Gudensberg wurde. Und immer fröhlich Berichte an seine Auftraggeber im Osten geliefert hat. Und um seine Identität und seine Karriere zu schonen hat er nie Kontakt zu mir gesucht. Obwohl er wusste, wo ich lebte. Da stand dann sinngemäß: Frau und Kind in Kassel gefunden. Mein Kind heißt Klaus. Erika hat wieder geheiratet, hat ein weiteres Kind."

„Das glaube ich alles nicht", sagte Anke Dankelmann. „Und das haben Sie mir alles verschwiegen? Warum? Haben Sie Ihrem Onkel etwas davon erzählt?"

Klaus Fischer schüttelte den Kopf. „Onkel Volker hatte kurz vor seinem Tod seine eigenen Vorstellungen von allem, ich wollte ihn nicht belasten. Und mich wollte ich auch nicht weiter quälen. Vater ist seit fünfzehn Jahren tot, ich kann alles nicht rückgängig machen, ich war gerade nach dieser Begegnung dabei, meinen Frieden wieder zu schließen, da kam der Artikel in der Zeitung. Zu Willrich hatte ich ja kaum Kontakt, warum auch? Der war entweder ständig betrunken oder, wenn er nüchtern war, fahrig, nervös, ein todkranker Depressiver, wenn Sie mir diese Diagnose erlauben und vielleicht auch glauben. Ich dachte, ich sitze das aus, wenn alle Recherchen keine Ergebnisse bringen würden, dann würden auch keine Artikel mehr erscheinen. Hat ja auch fast geklappt. Fast. Und dann kamen Sie mit Ihrer Beobachtungsgabe und haben das mit den Töpfen entdeckt. Dabei habe ich da nur einmal gekocht. Ein einziges Mal. War sogar nur ein einziges Mal da."

Seine Gedanken entschwanden an diesen Tag im Haus am Brasselsberg.

120

„Ich habe Hunger, hab seit Tagen nichts Richtiges mehr gegessen." Willrich hing in dem einzig freien Sessel im Arbeitszimmer und brachte die Worte nur wimmernd hervor. Klaus Fischer hatte bis eben die Stasi-Unterlagen über seinen Vater studiert. Er schaute Willrich an. Dieses Wrack von Mann war also sein Halbruder. Ungepflegt, heruntergekommen. Wollte, sollte er sich bemühen, um ihn wieder in die Spur zu bringen? Der Kerl widerte ihn an. Was wollte der so plötzlich in seinem Leben? Alles war geordnet gewesen und jetzt alles in Unordnung. Er hatte Bilder vor Augen, sein Vater in Russland, in Gefangenschaft, Reden haltend auf Parteitagen, ein falsches Leben führend. Auch widerlich, aber er konnte das zumindest ein Stück weit nachvollziehen. Er hatte überleben wollen und war sich nach dem Wechsel seiner Identität wohl gar nicht im Klaren darüber, dass das Überleben in seinem Fall unweigerlich zu einem komplett anderen Ich führen musste. Dieser Bursche hier, sein Halbbruder, der war ganz gewiss kurz davor, durchzudrehen. Und was dann mit all den Unterlagen passieren würde ...

„Ich kann ganz gut kochen, mal schauen, was sich machen lässt", sagte er und ging in die verwüstete Küche. Das einzig Brauchbare in diesem Unrat waren eine Dose Linsensuppe und ein paar Wiener Würstchen im Glas. Er räumte den Herd frei, fand dabei sogar einen Dosenöffner, denn er pingelig säuberte. Er wischte den Herd ab, säuberte zwei Töpfe mit Henkeln und machte die Suppe in dem einen, die Würstchen im anderen Topf warm – er mochte es nicht, wenn die Wurst in der Suppe schwamm. Er fand zwei tiefe Teller, wusch die gleich zweimal in der Spüle und genauso die zwei Löffel, die sie brauchten. Verteilte die Portionen und stellte im Arbeitszimmer die Teller und den Topf mit den Würstchen auf einen kleinen Rauchtisch vor dem Sessel mit Willrich. Als dieser die Suppe und die Würstchen sah, stürzte er sich aufs Essen. Wenigstens aß er halbwegs manierlich, stellte Klaus Fischer erleichtert fest. Nach dem Essen blieb Willrich sitzen, Klaus Fischer räumte ab, machte die Töpfe sauber und stellte sie auf den Herd. Wegräumen konnte und wollte er sie nicht, da hätte er erst einmal Ordnung in die Schränke bringen müssen – und diese saubermachen. So blieben die Töpfe auf dem Herd. Ordentlich, so wie er es gewohnt war.

„Gib mir doch mal die Papiere, aus denen du mir eben vorgelesen hast", forderte Klaus Fischer Willrich auf.

„Nene, die kriegst du nicht. Du bist zwar auch sein Sohn, aber die soll niemand mehr zu sehen bekommen. Dieser Kriegsverbrecher, dieser Betrüger, dieser Arsch."

„Wie war er denn als Vater?", fragte Klaus Fischer.

„Wie war er, wie war er – ein Arsch war er, habe ich doch gesagt. War nie zuhause. Politiker haben wichtige Termine, Dienstreisen. Anfang der sechziger Jahre, ich war noch ganz klein, da sind wir nach Nordhessen gezogen, da hat er sich noch einmal gewandelt. Da wurde er noch abweisender. Als wenn er seine Familie nur als Last empfand."

„Das war vielleicht der Zeitpunkt, als er seine erste Frau wiedergefunden und von meiner Existenz erfahren hat."

Willrich nickte. „Ja, kann sein. Aber was geht mich das denn an? Ich war auch sein Sohn, und meine Mutter war seine Frau. Mutter hat sich seinetwegen umgebracht. Stell dir das vor: Der Mann verdient gutes Geld und lässt seine Frau im Eisenbahnausbesserungswerk in Rothenditmold schrubben – da ist sie ja dann auch aus Verzweiflung irgendwann vor den nächsten Zug gelaufen. Und ich bin dann quasi alleine groß geworden. Geschwister hatte ich ja nicht, Großeltern waren tot, eine Tante meiner Mutter hat sich gekümmert, die hatte einen Finanzbeamten aus Melsungen geheiratet und wohnte ein Haus weiter. Tante Elfi – der habe ich zu verdanken, dass ich überhaupt die Kurve gekriegt habe. Und wie ist es dir ergangen?"

Willrich hatte einen seiner klareren Momente und schaute Klaus Fischer fragend an. Der erzählte von seinem Leben, merkte aber, dass das Willrich schnell langweilte, was ihn ärgerte. Er beschleunigte die Erzählung und fragte zum Schluss: „Und was machen wir jetzt mit all diesen Erkenntnissen?"

„Was heißt: was machen wir damit? Wir treten den ganzen Mist in die Tonne, vergessen das, macht uns doch eh nur fertig, oder?"

„Sag mal: hast du eigentlich eine eigene Familie?", fragte Klaus Fischer unvermittelt.

„Ja, bin verheiratet, die Schlampe ist mit meinem Hausarzt durchgebrannt, aber der weiß sicher auch, dass er die nicht alleine hat. Sie lebt auf Mallorca in seinem Haus, wenn er nicht da ist, säuft und vögelt sie sich den restlichen Verstand weg."

Verbitterung pur war zu spüren.

„Kinder?"

„Ne. Zum Glück. Und du?"

„Weder Frau noch Kinder."

„Bist du etwa schwul?"

„Nein, keineswegs, aber es hat sich nicht ergeben." Sein Standardspruch. „Nun sag aber mal: was willst du mit dem ganzen Papierkram machen?"

„Weiß nicht. Vielleicht mit der gesamten Bude abfackeln."

„Kann ich wenigstens das Bild von meiner Mutter haben."

Willrich nickte Richtung Zigarrenkiste. Klaus Fischer nahm das Bild, wurde von seinem Halbbruder genau beobachtet und traute sich nicht, etwas von den anderen Unterlagen mitzunehmen. Als er ging, war der Schritt ins Freie eine Erlösung. Sie hatten sich nicht die Hand gegeben, Willrich hatte die Tür hinter ihm zugeknallt. Klaus Fischer war sehr daran gelegen, dass dies eine einmalige Begegnung blieb. So gern er etwas mehr über seinen Vater erfahren hätte – aber dieser Bursche hier war so verbittert, deprimiert, depressiv, das würde ihm keinen Schritt weiterhelfen.

121

„So war das, wir haben dann noch ein paar Mal telefoniert, das habe ich aber auch eingestellt, bin einfach nicht mehr rangegangen, wenn ich seine Nummer sah", sagte Klaus Fischer, stand auf und nahm ein gerahmtes Bild vom Fernseher. „Das ist das Foto, das ich mitgenommen habe“, sagte er.

Anke Dankelmann war diese Geschichte so zu Herzen gegangen, dass ihr Zorn beinahe verflogen war. Aber eben nur beinahe, ihre Gefühle durften das berufliche Denken, das bitte nüchtern zu sein hatte, nicht übertünchen. Sie hatte diese Erika ja schon auf Fotos bei Volker Weisbrod gesehen und erkannte die Frau wieder. Sie nickte und stand auf.

„Ich habe schon einmal ein Gruppenbild aus dieser Zeit gesehen, Ihr Onkel hat es mir gezeigt. Da war Ihre Mutter drauf, ich erkenne sie wieder.“

Klaus Fischer nickte geistesabwesend.

„Also, lieber Herr Fischer, gut finde ich Ihr Verhalten nach wie vor nicht. Aber, sei's drum. Danke für die Geschichte, die Sie sicher sehr mitgenommen hat. Glauben Sie eigentlich, dass Ihr Halbbruder sich wegen dieser ganzen Enthüllungen das Leben genommen hat?“

„Das wird so sein, richtig erfahren wird man es ja nie. Aber wenn Sie ihn damals am Brasselsberg erlebt hätten – der war da schon kurz davor, komplett durchzudrehen.“

„Haben Sie ihn mal nach Ihrem anderen Halbbruder gefragt?“

„Nein, warum sollte ich? Hätte ihn vielleicht noch mehr verstört oder verwirrt. Ich habe da auch keinen Zusammenhang gesehen, ganz ehrlich. Sehen Sie einen?“

„Nein, eigentlich nicht. Kam mir nur gerade in den Sinn.“

Bevor sie ging, kam ihr noch ein Gedanke. „Haben Sie gesehen, ob er eine Pistole hatte?“

Klaus Fischer dachte kurz nach und sah sie an. „Nein. Weiß ich nicht. Gesehen habe ich nichts.“

Er sagte die Wahrheit, das spürte sie.

Die Kommissarin fuhr nachdenklich zurück durch die Stadt. Gab es noch einen Schritt, der hier zu gehen war? Machte das alles Sinn? Sie hatte die Stasi-Unterlagen oder besser das, was Willrich im Haus gelassen hatte, gesehen. Einfach mal alles anfordern, was konnte daran falsch sein? Spätestens dann würde sie den Deckel auf diesen Fall klappen. Und anderes verwertbares Material hatte man im Haus nicht gefunden. Was er mit der Lebensabrechnung seines Vaters gemacht hatte – in den Müll geworfen, verbrannt, in irgendeinen Fluss geworfen – das würde nicht zu rekonstruieren sein. Es gab also nur noch eine Option.

122

Auf der Fahrt, als sie sich wieder langsam beruhigte, dachte sie an Rolf Weller, und ihr fiel siedend heiß ein Wort ein: „Boccaccio“! Die Rosen. Hoffentlich hatte diese Knalltüte von Ernesto die Vase nicht entsorgt, beziehungsweise den Inhalt. Es war mittlerweile halb eins, der Laden hatte mittags immer auf, sie fand einen Parkplatz gegenüber, direkt vor dem Starclub, einem Varieté, das im Sommer aber geschlossen hatte. Ging rüber zum „Boccaccio“. Blieb auf den Straßenbahnschienen stehen. Irgend eine Kleinigkeit aus dem Gespräch mit Klaus Fischer rumorte, da passt etwas nicht, und sie fand keinen Punkt, an dem sie ansetzen konnte, wieder mal reiner Instinkt.

„Hör auf dein Bauchgefühl. Das machst du doch auch, wenn du aufs Klo musst. Oder wenn du Hunger hast. Oder wenn du brechen musst. Da hast du immer Recht – und mach das andere auch so.“

Rolf Weller hatte ihr das gesagt, am Freitag, als sie endlos erzählt hatte von diesem anderen Fall. Und die Sache mit Peter Fischer und ihrem Beharrungsvermögen eigentlich nur gestreift hatte. Überhaupt: hatte er sich gemeldet? Hatte sie sich gemeldet?

Dieser turbulente Vormittag – sie schaute auf ihr Handy, dessen Akku gerade den Geist aufgegeben hatte. Wieso habe ich Vollpfosten denn nicht das Ding ans Ladegerät gestöpselt über Nacht? Weil du das Handy am Bett haben wolltest, falls er sich meldet, und zu faul warst, das Ladegerät aus dem Badezimmer zu holen, sagte ihr Verstand.

Okay, wutentbrannt warf sie ihr Handy in die Handtasche und stiefelte in das Restaurant. Ernesto hatte Dienst und rief ihr zu: „Ciao, Bella, habe vergesse Blume!“ Und lachte.

Sie hätte diesem schmierigen Idioten eine reinhauen können, und er hätte wahrscheinlich hinterher besser ausgesehen.

„Sì, wo sinde Blume, eh?“

Ada war auch da, balancierte gerade einige Teller mit verschiedenen Pizzen und lachte dezent, als sie das hörte. „Habe Blume in Küche, komme mit, eh?“

In der Küche war das Personal schlecht gelaunt, die Kneipe war voll, es gab jede Menge zu tun, und jede Person, die überflüssigerweise in diesem Dunst auftauchte, wurde gehasst. Doch die Blumen standen gleich neben der Tür.

„Da, prego, habe erlaubt, Rose von mir dazu zu stecken, Bella. Kleine Geschenke, eh? Isse Kollega deine Freund?"

Er schaute sie mit unsicherem Blick an, da tat ihr dieser kleine gegelte Dackel schon wieder leid. Aber ihr saß der Schalk im Nakken.

„Wir haben die ganze Nacht gevögelt!", sagte sie leise.

Der kleine Italiener brach sofort innerlich komplett zusammen. Hatte er sich etwa in sie verliebt, wenn ja – dann ‚Ach du Scheiße'.

„Gute Heimreise!", murmelte er und steuerte eine Grappaflasche an, die neben dem Herd stand. Was meinte er mit Heimreise? Sie nahm die Blumen aus der Vase, eine Serviette, von denen es stapelweise in der Küche gab, sah noch, wie der Mann die Grappaflasche öffnete und senkrecht nach oben haltend schluckweise daraus trank. Gute Heimreise, dachte sie und machte sich wieder los. Handy aufladen, vielleicht ein Bier trinken, Mittagsschlaf, den Sonntag ausklingen lassen – das war der Plan. Und das „Boccaccio" war für sie nach diesem Trampelauftritt ja nun wahrscheinlich verbotenes Terrain. Er konnte zwar kein Deutsch – aber dieser Grappa-Schwamm namens Ernesto war einer der Pächter.

Zuhause lud sie das Handy auf, als der Akku 10 Prozent anzeigte, schaute sie in Mails und SMS. Natürlich hatte Rolf Weller geschrieben, zweimal. Hatte einen guten Morgen gewünscht und sich gegen Mittag, als er noch keine Antwort erhalten hatte, kurz mit „Hallo?" gemeldet. Sie fing sofort an, eine lange Antwort zu tippen. Eigentlich hasste sie SMS, eigentlich hasste sie all diese neuen Plattformen, die das Leben beschleunigten, Privatsphären durchbrachen, Menschen bloßstellten und in gewisser Weise überflüssig waren. Aber sie war Polizistin, dort spielte sich ein Großteil des Lebens ab, spiegelte sich wider. Man musste es akzeptieren. Aber mitmachen wollte sie privat eigentlich nicht. Nur jetzt eben mal. Im Augenwinkel sah sie dabei das Sofa, das sie beinahe unwiderstehlich anlockte. Nach der SMS hockte sie sich darauf. Dachte an Klaus Fischer und daran, wie es dem Mann, den sie mochte, wohl gehen würde in diesem Moment. Hatte sie denn überhaupt noch eine

Chance, einen Millimeter weiter vorwärts zu kommen in diesem Fall? Ab morgen wäre beruflich wieder alles anders, eben so, wie vorher. Normale Dienste, was allerdings an den Diensten im K 11 normal sein sollte, das erschloss sich niemandem. Zwei Herzen schlugen jetzt in ihrer Brust: Alles ignorieren – dann würde wahrscheinlich genau zu dem Zeitpunkt, wenn sie ein Nickerchen machte, die Matussek anrufen. Den Ton abstellen konnte sie aber nicht – dann liefe sie Gefahr, einen Anruf von Rolf Weller zu verpassen. Das wollte sie auch nicht. Also war es besser, die Matussek jetzt zurückzurufen. Das Leben, dachte sie mit einer Mischung aus Zerknirschtheit und Fröhlichkeit, bestand auch am freien Sonntag aus lauter Zwickmühlen und Kompromissen zugunsten anderer. Die Reporterin war gut gelaunt, freute sich über den Rückruf.

123

„Na, hast du deinen Sofakater noch zum Schnurren gebracht gestern?", fragte Anke Dankelmann.

„Ne. Geschnarcht hat er nur. Hab ihn zur Strafe auf dem Sofa liegen gelassen. Jetzt ist er sauer. Und sitzt wieder auf dem Sofa und schaut Formel 1. Wollte vorhin eigentlich nur wissen, ob du gut nachhause gekommen bist. Naja, ganz ehrlich, eigentlich interessiert mich ja auch, wie es mit dem Bekannten weitergegangen ist. Geht mich zwar nichts an, aber interessieren tut es mich halt."

Das Wort ‚Bekannten' hatte sie ironisch betont.

„Gar nix weiter, habe ihn ja nicht wieder gesehen. Ich lasse das mal locker angehen."

„Locker? Wenn du dich gestern gesehen hättest, wie du dich über die Überraschung gefreut hast, dann wüsstest du, dass das garantiert alles andere als 'ne lockere Einstellung war."

Anke Dankelmann fühlte sich ertappt und gleichzeitig wohl dabei, ging aber nicht darauf ein und erzählte von ihrem Gespräch mit Klaus Fischer.

„Mann, das ist ja ein Hammer!", entfuhr es der Reporterin. „Das glaube ich nicht. Das ist ja dann auch 'ne Mörderstory. Wann besorgst du denn die Stasi-Unterlagen?"

„Ich kümmere mich morgen drum – aber wie lange das dann dauert? Keine Ahnung."

„Ein Stasi-Agent als Bürgermeister, SPD-Mitglied, lebt unbescholten bis zu seinem Tod. Wie Günter Guillaume bei Brandt. Andererseits: was konnte der der Stasi schon berichten? Neuer Pächter im Dorfgemeinschaftshaus? Bushaltestelle neu gestrichen? Ach, egal, das gibt ein Erdbeben. Zumindest in Gudensberg."

„Warte aber, bis ich alle Unterlagen habe. Das musst du mir versprechen."

„Klar. Mache ich. Hab noch 'nen schönen Sonntag!"

Die Matussek war völlig aus dem Häuschen, konnte ihr Reporterglück nicht fassen und rief zwei Minuten später wieder an. „Ich bin ein Schussel, entschuldige. Willst du kollegialerweise mal über die Texte für die morgige Ausgabe schauen? Wir stellen das erst heute Abend online, damit uns das keiner klauen kann."

124

Anke Dankelmann wollte jetzt ihre Ruhe haben, verneinte und die Reporterin war wieder aus der Leitung. Endlich, dachte sich die Kommissarin, schnappte sich ein Buch und streckte sich auf dem Sofa aus. Da fiel ihr ein, dass sie am nächsten Tag ja zu zwei Trauerfeiern musste und nicht wusste, ob sie irgendeine passende Garderobe im Schrank hatte. Sie fand eine schwarze Jeans, ein dunkelgraues Oberteil aus Seide, beides schon einige Zeit alt, und sie fand es besser, zu testen, ob die Teile noch passten. Sie stand in Slip und ohne BH vor dem Schlafzimmerspiegel, fand sich figürlich noch ansprechend für ihr Alter, wollte gerade einen schwarzen BH anziehen – da klingelte es. Sie trabte zur Wohnungstür und betätigte die Gegensprechanlage zur Eingangstür. „Hallo?", fragte sie. Keine Antwort. Stattdessen klopfte jemand an die Tür. Sie erschrak und lugte durch den Spion nach draußen. Da stand Rolf Weller, wahrscheinlich hatte die Eingangstür offengestanden.

„Ähm, Moment, ich habe gerade ziemlich wenig an, Sekunde nur ..."

Quatsch, dachte sie sich, ich bin doch keine dreizehn mehr, machte die Tür leicht auf, verbarg mit einem Arm ihre Brüste und ging zurück ins Schlafzimmer. Sie hörte, dass Weller hereingekommen war und spürte seine Blicke. Im Schlafzimmer zog sie sich schnell etwas über und kam zurück ins Wohnzimmer. Er stand am Fenster und drehte sich um, als er ihre Schritte hörte.

„Mein Gott, Anke, du bist wunderschön. Total erotisch, entschuldige, wenn ich das so sage. Hallo erst einmal, die Tür stand auf unten, und ich dachte, dann klingele ich oben, wusste ja nicht, dass du ganz oben wohnst."

Er nahm sie behutsam in den Arm.

„Gute oder schlechte Überraschung?"

Sie schaute ihn an. „Eine schöne natürlich."

Ihre beinahe-komplett-Nacktheit war ihr überhaupt nicht peinlich, im Gegenteil, sie hatte die letzten Schritte ins Schlafzimmer mit seinen Blicken im Rücken regelrecht als prickelnd empfunden, die Sekunden genossen. War es tatsächlich so, wie die Matussek gesagt hatte, dass sie die Initiative übernehmen musste? Denn dass sie was von diesem Mann wollte, das war ihr spätestens in den vergangen zwei Minuten klargeworden.

„Ich habe eben nur mal Modenschau machen wollen, ich habe morgen zwei Trauerfeiern und wollte sehen, ob mir die alten Sachen noch passen."

„Dann mach doch weiter", sagte er, „ich bin die Jury."

„Okay! Warte einen Moment."

Sie zog sich im Schlafzimmer die Jeans, das graue Oberteil und schwarze Pumps an und kam zurück.

„Sieht doch gut aus", sagte er.

„Ich finde, ich habe da drin einen ziemlich dicken Hintern."

„Auf Bemerkungen, die nur fishing-for-compliments sind, reagiere ich nicht."

Sie lachte. „Warte, eine Alternative habe ich noch."

Sie wechselte das Oberteil, zog eine weiße Bluse an und kam zurück. „Was gefällt dir besser?"

Er überlegte – „Also, ganz ehrlich, am besten gefällt mir das, was du getragen hast, als ich zur Tür hereingekommen bin."

Sie lächelte, sah ihn tief an und ging zurück ins Schlafzimmer. Zog bis auf den Slip alles aus, verschränkte einen Arm vor ihrer Brust und kam zurück. Er schaute sie bewundernd an.

„Anke, ich habe heute ein Foto für dich!", sagte er. Er saß in ihrem Lieblingssessel, sie kam näher, stellte sich vor ihn und nahm den Arm weg. Seine Hände berührten erst ihre Beine, glitten dann nach oben, strichen sanft über ihre Brüste und zogen ihr auf dem Weg zurück den Slip nach unten.

„Ich habe mich schon oft gefragt, wie du wohl aussehen würdest – aber du bist tausendmal schöner, als ich es mir jemals vorstellen konnte."

Er beugte sich nach vorn und küsste zart ihren Bauchnabel.

Als er spätabends ging, machte sie das traurig. Die Wohnung fühlte sich plötzlich leer an. Sie ging duschen, das warme Wasser auf ihrem Körper tröstete sie ein wenig. Sie hatte in diesen Stunden viel über den Mann erfahren, hatte gemerkt, dass er unsicher, verletzlich war, nichts falsch machen wollte – und gerade deshalb war der Sex einfach nur schön gewesen. Weil sie merkte, dass er ihre Nähe suchte und vielleicht auch brauchte. Eben nicht nur Leidenschaft – war das doch noch einmal Liebe in ihrem Leben? War da tatsächlich noch so viel Mutterboden für feste Gefühle in ihr? Sie ging ins Bett und schnüffelte, ob es nach ihm roch. Das war zwar nicht der Fall – wenn es aber der Kollege Hempel gewesen wäre, dann wären wahrscheinlich Schmetterlinge aus Südafrika angezogen worden vom Duft der Laken.

Rolf Weller musste morgens um vier Uhr raus – es war einfacher, wenn er jetzt nachhause ging statt sie nachts zu wecken, nachhause zu fahren, sich umzuziehen. Das hatte sie eingesehen und eingewilligt. Widerwillig. Er war gegangen. Widerwillig.

Anke Dankelmann trank dann doch noch ein Glas Rotwein am Fenster, das Licht war ausgeschaltet. Sie blickte in die Nacht, hing einfach nur, ohne gefühlsmäßige Problemzonen zu erkennen, ihren Gedanken nach. Zufrieden mit sich, zufrieden mit dem Leben. In Gedanken fernab der Wohnung, sich kuschelnd an diesen Mann legend, ihn spürend und riechend und genießend.

125

Nach der Morgenlage im Präsidium informierte sie Bernd Stengel über das, was ihr Klaus Fischer über Willrich erzählt hatte. Er hatte einen dunklen Anzug an, wollte auch zur Trauerfeier.

„Jungejunge", meinte er, als sie abgeschlossen hatte. „Das ist ja echt ein Ding. Dann ist der Mann langsam, aber sicher durchgedreht und hat dann sein Leben beendet. Hat all diese Erkenntnisse und Entdeckungen nicht verkraftet. So eine arme Sau. Hast du seine Frau schon informiert?"

Sie schüttelte den Kopf. Auf die durchgedrehte Grit Willrich hatte sie jetzt keine Lust. Die würde wahrscheinlich sowieso um diese Zeit mit Restalkohol halbnackt in einem Vorgarten stehen und einen auf holländische Windmühle machen.

„Später. Jetzt rufe ich erst einmal bei der Stasi-Behörde an. Die Akte will ich mir noch antun, dann, ich verspreche es, lege ich den Peter-Fischer-Fall ad acta."

Bernd Stengel zuckte mit den Schultern, er würde seine Kollegin nicht bremsen können. Er kannte das und akzeptierte es mittlerweile. Ihr Sturkopf, oder wohlwollend ausgedrückt: ihre Beharrlichkeit hatten schon so manchen Fall geklärt. Aber in erfolglosen Angelegenheiten auch sehr viel Zeit gekostet. In der Gesamtbilanz hielten sich Plus und Minus die Waage.

Anke Dankelmann rief beim Landeskriminalamt an – Anfragen bei der Stasi-Behörde liefen immer über das LKA. Sie kannte den Mitarbeiter aus der Ausbildung und schaffte es, ihn von der Dringlichkeit des Falles zu überzeugen.

„Wenn du Glück hast, kriegst du dein Päckchen schon morgen. Wenn du Glück hast ...", sagte er.

Auch in Zeiten elektronischer Kommunikation gab es die Unterlagen nur als Kopie – und die musste versendet werden.

„Spätestens Mittwoch habe ich alles. Dann weiß ich ja schon, was ich abends mache. Lesen auf dem Sofa. Was macht denn dein anderer Selbstmord? Und hat sich Anja Arslan blicken lassen, die habe ich heute morgen gar nicht gesehen?", fragte sie Stengel. „Die lässt sich bestimmt gerade Autogrammkarten drucken, nach dem Bericht in der Zeitung heute."

Stimmt, das hatte sie ganz aus den Augen verloren. Sie ging auf die Website der Zeitung, überflog die Beiträge, versehen mit einem Porträtfoto der lächelnden Kollegin, die auch als die zentrale Heldin im Polizeiapparat herüberkam. Das machte ihr nichts aus, ihre Eitelkeit hielt sich in Grenzen, Hauptsache, der Fall war gelöst, und das junge Mädel konnte solche Publicity sicher gut gebrauchen.

126

Als sie um kurz vor 11 Uhr am Westfriedhof ankamen, war der Parkplatz ziemlich voll. Der Westfriedhof hatte eine schöne Lage, direkt am Naturschutzgebiet Dönche, man hatte hier, von der Heinrich-Schütz-Allee, einen wunderbaren Blick Richtung Osten auf die im Kessel liegende Stadt. Doch dafür war keine Zeit. Die Friedhofskapelle war gut gefüllt, sie kannte aber keinen der Anwesenden, Stengel ebenfalls nicht. Vielleicht ehemalige Arbeitskollegen, vielleicht entfernte Bekannte, die auf eine Einladung zum Kaffee nach der Zeremonie hofften. Grit Willrich war nicht gekommen, erst empörte sich Anke Dankelmann innerlich darüber, dann aber fand sie, dass das wenigstens eine ehrliche Reaktion war. Die Frau hatte garantiert alles organisiert und wickelte auch alles ab – sicher nicht ganz selbstlos, denn sie erbte ja das Haus. Warum also jetzt noch die trauernde Witwe spielen, die sie gar nicht war. Und sich den ganzen Kondolenz-Schmus anhören, den eigentlich keiner loswerden und vor allem sie nicht hören wollte.

Es war eine Trauerfeier zur Einäscherung – Willrich war nicht Mitglied einer Kirche gewesen, es war ein Laienprediger der mittelguten Sorte, der eine kurze Ansprache hielt, der Sarg war schlicht, wenig Blumenschmuck, keine Fotos. Für Polizisten waren solche Ereignisse immer eine Überwindung – denn schließlich wussten sie oft als einzige der Anwesenden, wie der Tote aufgefunden worden war. Ihr ging noch einmal das Bild durch den Kopf, als sie den Mann gefunden hatten. Die Hirnmasse auf dem Gesicht – die Leute, die sich umbrachten, wussten meist gar nicht, was sie mit sich anstellten. Jahrzehntelang mit teurem Geld einen Körper gepflegt, manche mehr, manch weniger, und dann blieb nur eine zerstörte Masse übrig. Sie saßen in der letzten Reihe, beobachteten die Trauergemeinde und waren froh, als sie anschließend wieder abziehen konnten.

„Wo liegt der Vater eigentlich begraben?“, fragte Bernd Stengel auf der Fahrt zurück.

„Ich nehme an, in Gudensberg. Warum?“

„Naja, man könnte, wenn es so wichtig wäre, einen genetischen Vergleich anstellen. Aber das ist wahrscheinlich in dem Fall zu aufwändig.“

Er schimpfte vor sich hin, weil vor ihnen auf der zweispurigen Druseltalstraße hinunter in die Stadt zwei ältere Frauen mit ihren

Wagen mit Tempo 35 nebeneinander fuhren. Die eine war offensichtlich sehr klein oder hatte nur ganz kurze Beine, denn sie hatte das Lenkrad praktisch direkt vor der Brust und schaute angestrengt aus der Frontscheibe, die Existenz eines Rückspiegels war ihr wohl nur für Schminkzwecke geläufig. Wie schnell sie fuhr, war ihr so unbewusst wie die Tatsache, dass sie nicht allein auf der Straße unterwegs war.

127

Anke Dankelmann fummelte an ihrem Handy herum, was sie sonst im Auto selten tat. Stengel fiel das auf.

„Ein Spiel – oder hast du was laufen?“, fragte er humorvoll.

„Vielleicht beides zugleich?“, antwortete sie und schalt sich selbst für diesen unwahren Spruch.

Der tat aber seine Wirkung, denn Stengel hielt die Klappe. Sie hatte sich an den SMS von Rolf Weller erfreut, den eine Form von Sprachlosigkeit ergriffen hatte, denn er schaffte es nicht, eine SMS so zu schreiben, dass er eine Geschichte oder Fakten mitteilen wollte, außer: „Ich habe mich in dich verliebt.“

Das stand in jeder Kurzmitteilung.

Sie schaute aus dem Fenster, als sie die Friedrich-Ebert-Straße entlangfuhren, sie sah die Bauarbeiten an der Straße, die Menschen und kriegte das alles nur halbwegs mit. Dass ich das noch erleben darf, sagte sie selbstironisch zu sich selbst. Sie fühlte sich glücklich. Glück mit sechzehn war etwas anderes als Glück mit fünfundzwanzig, aber Glück mit vierzig schien ein erwachsenes Glück zu sein. Aber deshalb auch bedrohlicher, weil die Angst, genau das zu verlieren, einfach größer war. Man war sich des darauf folgenden Leidens mehr bewusst. Sie hatte keine Ahnung, was sie an Rolf Weller so anzog. Aber es waren einige Dinge. Wie aufmerksam er war, wie er um sie warb, was er sagte, wie er sich kümmerte – die Taxifahrt zum Supermarkt, war das nicht schon so eine kleine wortlose Liebeserklärung gewesen? Sie mochte seinen Humor – und dachte an die Kondome im Einkaufswagen. Und bei dem Stichwort Kondom fiel ihr die Sache mit Pablo wieder ein. Sie hatte ein schlechtes Gewissen, aber vielleicht hatte Rolf ja auch kurz vorher noch mit einer anderen ... Der Gedanke fasste sie mit eruptiver Wucht, ein Eifersuchts-Tsunami baute sich auf. Mannomann, ist Liebe kompliziert, sagte ihr eine innere Stimme.

Im Präsidium schrieb sie von der Damentoilette erst einmal eine lange SMS an Rolf Weller, erklärte, dass sie heute lange arbeiten müsse. Ein älterer Fall war wieder hochgespült worden, es gab neue Erkenntnisse und Zeugen eines Überfalls auf einen Kiosk in der Unterneustadt vor ein paar Wochen, als die oder der Täter am späten Abend den Besitzer, einen Inder, beim Abschließen überfallen, mit einer vollen Weinflasche auf den Kopf geschlagen und schwerst verletzt hatten. Die Kasse war geplündert worden – wieviel drin gewesen war, konnte so genau niemand sagen. Die Frau des Inders hatte behauptet, an einem solchen Tag sei am Abend ein Umsatz von tausendfünfhundert Euro normal gewesen. Viele Leute waren auf der Straße, doch es war Stadtfest gewesen, die Menschen kriegten in ihrer beschwipsten Fröhlichkeit vieles nicht mit. Der Inder hatte schwer verletzt überlebt, aber hatte Kopfverletzungen, von denen man nicht sagen konnte, ob er sie jemals überstehen würde – und wenn doch, was für ein Mensch er danach sei. Sie hatten mittags einen Zeugen einbestellt, den Hausmeister der angrenzenden Seniorenanlage, dann war ja die nächste Trauerfeier, danach weitere Vernehmungen. Sie war noch auf der Toilette, da kam eine SMS zurück. Ein Smiley-Gesicht mit herunterhängenden Mundwinkeln und Tränen in den Augen. Sie hatte noch nie einen Mann erlebt, der so ein Emoticon verwendete. Sie musste lächeln.

128

Die Trauerfeier zur Einäscherung für Volker Weisbrod war genauso unwirklich wie die für Willrich. Die Friedhofskapelle in Bettenhausen war etwa ähnlich gefüllt – in dem Fall war aber wenigstens ein Verwandter, Klaus Fischer, anwesend. Der Friedhof hatte von der Lage her etwas Unheimliches. Auf der anderen Straßenseite lag der Jüdische Friedhof mit seiner ganz eigenen Geschichte. Sie hatte solchen Respekt davor, dass sie sich noch nie getraut hatte, sich dort umzusehen, obwohl es sie wahnsinnig interessierte. Und er lag keine zweihundert Meter Luftlinie von Klaus Fischers Wohnung. Der saß in der ansonsten leeren ersten Reihe, blickte starr nach vorn und hatte nicht bemerkt, dass sie da war. Stengel war im Präsidium geblieben, er hatte ja keinen Bezug zu der Sache. Vertreter der Polizei waren da, alle so jung, dass sie Weisbrod wahrscheinlich nie kennengelernt hatten. Und ein paar Pensionäre. Vertreter der Seniorenwohnanlage, die üblichen Hobby-Besucher – und es war die nächste dröge Zeremonie. Noch so eine, dachte sich Anke Dankelmann, und, ich sterbe einfach nicht, das brauche ich nicht, selbst, wenn ich es nicht mehr mitbekomme.

Der Pfarrer erklärte, die Familie wolle auf eine Zusammenkunft der Trauergemeinde verzichten, was niemanden so richtig störte, bis auf die Hobby-Besucher. Aber die trauten sich nicht, lautstark zu murren. Anke Dankelmann wartete auf Klaus Fischer, der sich beim Pfarrer bedankte und dann aus der Kapelle kam.

„Schön, dass Sie gekommen sind. Das freut mich wirklich!"

Sie gaben sich die Hand.

„Alles okay mit Ihnen? Was denkt man so, wenn man einen Verwandten zur letzten Ruhe begleitet, den man so lange nicht gesehen hat?"

„Tja, wissen Sie ... Uns verbinden ja jetzt nicht die wirklichen Gefühle. Aber ich hatte ja familiär praktisch nur noch ihn. Das ist schon merkwürdig, wenn so die Äste eines Stammbaums abbrechen und der Stamm dann irgendwann auch weg ist. Keine richtige Trauer. Eher Selbstmitleid, oder so. Weil der Stamm bin ja jetzt ich. Eltern weg, Halbbrüder weg, ja, Willrich war das ja auch, und selbst bei ihm denke ich, wie froh ich gewesen wäre, wenn ich ihm früher begegnet wäre."

Er atmete tief durch. „Frau Dankelmann, ich möchte mich bei Ihnen für mein Verhalten entschuldigen. Das kann aus Ihrer Sicht nicht akzeptabel gewesen sein. Aber ich muss auch sagen: Sie sind eine wirklich gute Kommissarin. Das mit den Töpfen hätten selbst die Top-Kommissare im Fernsehen nicht hingekriegt – und das sollen doch die besten sein, oder?"

Er grinste, sie wusste, das mit den Fernsehkommissaren war nicht ernstgemeint. Sie strich ihm über den Arm und sagte:

„Alles Gute, Herr Fischer, ich habe Ihnen längst verziehen. Vielleicht hätte ich dasselbe gemacht. Ich wünsche Ihnen von Herzen alles Gute. Und dass die Lasten von Ihnen fallen."

Fischers Augen wurden ein wenig wässerig.

„Sagen Sie, Frau Dankelmann, haben Sie einen Mann?"

Sie hatte ein ungutes Gefühl bei der Frage, antwortete dennoch: „Nein, warum?"

„Haben Sie einen Freund?"

Ein noch unguteres Gefühl kam auf, sie hatte Angst, dass ein einsamer alter Mann plötzlich Frühlingsgefühle und Ambitionen entwickelte.

„Ja, habe ich."

Er lächelte.

„Sagen Sie ihm, dass er ein Glückspilz ist. Auf Wiedersehen!"

Puh, dachte sie, das war mal ein Kompliment. Nicht schmierig oder aufgesetzt, offensichtlich ehrlich gemeint. Sie ging ein paar Momente später zum Ausgang des Friedhofs. Ging über die Straße und schaute über die Mauer auf den Jüdischen Friedhof. Sah umgestürzte Grabsteine, verwucherte und dachte sich, dass dies eine schönere Art war, die Toten in die Ewigkeit zu entlassen als jeden Sonntag einen Strauß Blumen in eine grüne Friedhofsvase zu stekken und auf dem Grab in die Erde zu bohren.

Sie musste zurück, hatte im Präsidium noch Zeit für weiteres Studieren der Akten und ging dann mit Stengel zu den Vernehmungen. Zwei waren es noch. Der Hausmeister am Morgen, der hatte ihnen nur von einem Mann erzählt, der zur fraglichen Zeit aus dem Kiosk gekommen war und mit einem alten Hollandrad – da war er sich sicher, er hatte angeblich früher selbst so eins besessen – hektisch in Richtung Hafenbrücke davongerauscht war. Das Hollandrad war schwarz gewesen und hatte eine Rücktrittbremse gehabt. Und einen knallroten Rennradsattel. Na gut, immerhin. Von diesen Rädern gab es nicht allzu viele. Nun waren als nächste Zeugen eine Bewohnerin aus dem Haus gegenüber, die zur Tatzeit nach eigenen Angaben im Parterre aus dem Wohnzimmerfenster gelehnt und geraucht hatte, sowie noch einmal der Kunde, der den Inder gefunden hatte, einbestellt worden. Bernd Stengel führte die Gespräche, sie folgte dem Ganzen aus dem Nebenraum, beobachtete die beiden. Danach, es war schon fast 20 Uhr, setzten sich die beiden Partner zusammen.

„Was meinst du?", fragte Stengel.

„Viel Neues haben wir nicht erfahren."

„Nein. Aber die Nachbarin von gegenüber ist eine fette, versoffene Wichtigtuerin, der andere ist schon komplett ausgequetscht.

Ich denke mal, wir sollten nach dem Fahrrad und seinem Besitzer suchen. Muss ja nicht der Täter sein", sagte sie energisch, als Stengel etwas einwenden wollte. „Aber das war vielleicht der letzte Kunde, der, wie heißt er noch ... dieser Singh –, warum heißen die eigentlich alle so? Na, tut nichts zur Sache ... Wo war ich? Ach so, der ihn lebend gesehen hat."

„Stimmt ja so nicht. Lebend hat ihn auch der gesehen, der ihn gefunden hat."

„Du elender Pedant, dann also für die Akten korrekt formuliert: der ihn als Letzter vor der Tat gesehen hat."

Stengel grinste und nickte. „Sehr brav, Anke."

Sie hätte ihn auf den Mond schießen können, in diesem Moment. Beide waren müde, und Anke Dankelmann hatte den zehrenden Wunsch, noch irgendwas von Rolf Weller zu hören. Sie spürte förmlich seine Haut an der ihren und hatte sich gestern schon gewundert, wie sehr sie sich in seinen Armen geborgen gefühlt hatte.

129

Zuhause duschte sie lang und ausgiebig – auch etwas, was sie eigentlich nie machte. Sie war die schnellste Kurzduscherin unter allen Frauen der nördlichen Hemisphäre – da war sie sich bisher immer ganz sicher gewesen. Und diesmal ... Nach dem langen Duschen fror sie und mümmelte sich dick in eine Fleecejacke ein. Rolf Weller kannte ja ihr Tagesprogramm und hatte nur zwei SMS geschrieben, auf die sie jetzt eine Antwort geben wollte. Eine bestand aus einem Blumenstrauß von Rosen-Emoticons, eine Anspielung auf den Abend im „Boccaccio". Die andere war noch gar nicht so alt. „Ich möchte gern noch mit dir telefonieren" – das war der Text. Sie rief an und, als er abnahm, hörte sie im Hintergrund den Fernseher laufen, offensichtlich wurde ein Fußballspiel übertragen. Am Montag?

„Moment, Anke, ich suche die Fernbedienung, mache gleich leiser. Schaue auf Sky Fußball. Zweite Liga. So, da ist sie."

Sie hatte keine Ahnung von Fußball, fand das aber süß, dass er zuhause saß und jetzt da irgendein Spiel schaute.

„Wer spielt denn eigentlich?", wollte sie wissen.

„St. Pauli gegen Heidenheim."

Klar, dachte sie, das muss man sehen. Wo lag überhaupt Heidenheim? Sie erzählte ein wenig von ihrem Tag, er berichtete, dass sie stundenlange Verhandlungen geführt hatten, weil sie ein anderes, kleineres Taxiunternehmen aus dem Landkreis Kassel übernehmen wollten. Der Eigentümer war vor zwei Monaten verstorben, und die beiden Söhne hatten keinen großen Drang, das Geschäft weiterzuführen. Sie hatte lange niemandem mehr von ihrem Berufsalltag berichtet und freute sich, dass er solch ein Interesse daran hatte.

„Ich würde ja gern mal zusehen und zuhören, wenn du jemanden in die Mangel nimmst", sagte er. „Das ist bestimmt vollkommen anders als in all den Krimis."

„Wird leider nicht gehen. Aber wenn du dich mal einen Tag nicht meldest, dann wirst du das persönlich erleben können", sagte sie und gab ihrer Stimme einen bedrohlichen Unterton.

„Dazu habe ich zu große Sehnsucht. Aber noch lieber würde ich dich morgen mal sehen, kriegen wir das hin?"

Sie lächelte. „Das kriegen wir hin, wenn nicht gerade wieder irgendein Inder überfallen wird, sich jemand umbringt oder jemanden massakriert. Abends könnte klappen."

„Was macht denn der Fall mit dem entführten Jungen?" Sie berichtete kurz von der Stasi-Akte, die sie angefordert hatte.

„Ich muss dir noch was sagen, Anke", sagte er, als sie beide schon gesagt hatten, jetzt schlafen gehen zu wollen. Sie hatte urplötzlich ein ungutes Gefühl, und das bedrückte sie. Was kam jetzt?

„Ich glaube, ich habe mich in dich verliebt. Sehr sogar. Dass das einem so alten Esel passieren kann ..."

Wann hast du eigentlich Geburtstag?", fragte sie und merkte sofort, dass Weller sich eine andere Äußerung erhofft hatte.

„Am 30. Mai. Und du?"

Komisch, dass sie darüber noch nie gesprochen hatten.

„Am 16. Juni."

„Dann sind wir ja beide Zwilling."

„Ist das nicht völlig egal?"

„Klar. Ich gebe da auch nichts drauf. Aber dann wären wir ja Vierlinge, wenn wir zusammen wären."

„Aus meiner Sicht können wir gern Vierlinge sein", gab sie ihm mit leiser Stimme eine verspätete Antwort auf seine Liebeserklärung. Sie hörte ihn tief durchatmen.

„Das macht mich sehr glücklich“, flüsterte er, es hatte den Anschein, als sei seine Stimme tränenbelegt.

„Mich auch“, sagte sie, und dann verabschiedeten sie sich. Viel Zeit zum Nachdenken und Nachempfinden blieb ihr nicht, denn sofort erklangen die Glocken des Fritzlarer Doms wieder – Christiane Matussek.

„Die Story hat eingeschlagen wie ein Hammer“, rief sie gleich ohne Begrüßung. „Wir haben Anfragen aus dem ganzen Land, von Medien jeder Art, alle wollen wissen, wie das gelaufen ist und ob es weitere Stories geben wird. Und mein Chef hat mich für einen Journalistenpreis vorgeschlagen. Ich wollte mich nur bei dir bedanken, das ist alles absolut super gelaufen.“

Anke Dankelmann freute sich für die Journalistin, wusste aber nicht, was sie sagen sollte, das Gespräch mit Weller hatte sie im positiven Sinn benebelt. Die Matussek erzählte weiter und weiter, so dass sie zum Glück auch nur wenig zum Telefonat beitragen musste – ein Gespräch im eigentlichen Sinn war es ja auch nicht, eher ein Vortrag. Nach zehn Minuten verabschiedete sich die völlig aufgedrehte Frau, sofort klingelte das Telefon wieder – Grit Willrich. Sie stellte das Telefon auf stumm, die würde sie morgen zurückrufen. Jetzt war Schlafen angesagt. Sie aß noch eine Banane, trank ein halbes Glas Rotwein und war eingeschlafen, kaum dass sie das Licht ausgemacht hatte. Ihr letzter Gedanke aber war ein unruhiger gewesen: Sie hatte ihre Periode immer noch nicht.

130

Am nächsten Mittag gab es die ersten Hinweise zu dem Hollandrad, von einem Fahrradhändler aus Bettenhausen, der einen Monat vorher genau ein solches Rad zur Reparatur gehabt hatte – die Rücktrittbremse war kaputtgewesen – und solche Räder mit einem roten Sattel gab es in der Tat kaum auf dem Markt. Daher konnte er sich bestens erinnern. Die Suche nach dem Rad hatte man zwar am Morgen erst per Pressemitteilung herausgegeben – aber auf den Internetseiten der Medien war das schon längst publik. Der Fahrradhändler, Eigentümer eines alteingesessenen Geschäftes, hieß Jürgen König und das Geschäft folgerichtig Fahrrad-König. Er hatte noch den Auftrag mit Namen und Telefonnummer des Kunden, der hatte mit EC-Karte bezahlt, und somit hatte man auch eine Bankverbindung. Bernd Stengel machte sich auf den Weg zum Fahrradgeschäft, Anke Dankelmann wusste bereits, dass es sich um die Kasseler Sparkasse handelte, musste aber formal bedingt einen Umweg gehen. Für das Bundesamt für Finanzdienstleistungsaufsicht waren solche Anfragen mittlerweile Routine. Sie hatte den Kontoinhaber inklusive Adresse und Geburtsdatum eine Stunde später. Tarek Becker, wohnte in der Mönchebergstraße – wenn er am Kiosk gewesen war, dann verlief der kürzeste Weg dahin über die Hafenbrücke. Geboren war der Mann am 13.10. 1985 in Kassel – woher die komische Namenskonstellation kam, ähnlich wie bei Anja Arslan, das würde sich noch klären. Als Bernd Stengel sich meldete war klar, dass der Mann seinen Auftrag mit dem richtigen Namen erteilt hatte.

„Dann lass uns den mal suchen", sagte Stengel und unterbrach das Gespräch. Anke Dankelmann veranlasste die Fahndung, zunächst ohne Öffentlichkeit. Eine Streife würde zur Adresse fahren und schauen, ob der Mann zuhause war. Man würde herausbekommen, wo er arbeitete und ihn im Zweifel an seinem Arbeitsplatz besuchen.

Nach der Mittagspause nahm die Sache plötzlich eine dramatische Wendung. Ein Anruf aus dem Krankenhaus: Balbir Singh war im Krankenhaus gestorben. „Seine Hirnverletzungen waren ohnehin irreparabel, die Körperfunktionen wurden immer schwächer, seit gestern hat er praktisch nur noch durch Maschinen gelebt", sagte der Arzt. Sie war ihm dankbar, dass er sich gleich gemeldet hatte, aber mit diesem Dr. Viktor Pawlowski hatten sie häufiger im Zusammenhang mit Gewaltverbrechen zu tun, auf ihn konnten sie sich verlassen.

„Die Familie hat dann entschieden, die Geräte abzustellen, ich weiß nicht, ob es religiöse Hürden gab, aber wir haben hier in einer anderen Klinik einen indischen Oberarzt, der die Familie kennt und der hat die ausgiebig beraten. Nun haben Sie also einen Mord aufzuklären."

„Oder Totschlag", sagte Anke Dankelmann, bedankte sich und rief danach sofort Stengel an.

„Schöne Scheiße", meinte der nur, legte auf, denn er war schon auf dem Parkplatz vor dem Präsidium und zwei Minuten später im Büro.

Anke Dankelmann hatte am Morgen noch mit Rolf Weller telefoniert, sie wollten abends essen gehen, er wollte, trotz ihrer Bedenken, unbedingt wieder ins „Boccaccio", und nun sah sie das Wiedersehen in weite Ferne entschwinden. Was ihr richtig zusetzte. Würde man diesen Becker kriegen, dann könnte das noch ein langer Abend werden. Ihr tat die Familie des Inders leid, sie kannte die Frau vom Sehen, weil dieser Kiosk eigentlich immer auf hatte, wie auch immer das möglich war. Da hatte sie mal an Heiligabend um 17 Uhr ein Brot geholt – nicht das beste, aber immerhin Brot.

Der Tag flog vorbei – und als am Nachmittag ein Bote ein Paket brachte, wunderte sie sich. Sie öffnete es und sah stapelweise Kopien aus der Stasi-Akte von Hanspeter Willrich. Das hatte sie ganz vergessen und war sofort begierig, darin zu lesen. Aber wann sie dazu kommen würde, das stand nun in den Sternen. Der Fall des Peter Fischer, der sie so bewegt hatte, der rückte plötzlich notgedrungen in den Hintergrund.

Im Lauf des Nachmittags war klar, dass dieser Tarek Becker arbeitslos war, zuhause hatte ihn die Streife nicht angetroffen, eine Zivilstreife wartete jetzt vor dem Haus und würde zugreifen, sobald er sich dort sehen ließ. Stengel und sie standen auf Abruf bereit und machten gegen 19 Uhr Feierabend. Anke Dankelmann nahm das Paket mit den Stasi-Unterlagen und fuhr ins „Boccaccio". Rolf Weller saß an einem Zweiertisch am Fenster auf einer kleinen Empore und wartete bereits auf sie. Sie freute sich unbändig, als sie ihn sah, sie umarmten sich und gaben sich einen Kuss auf den Mund. Wie anstrengend der Tag gewesen war, das merkte sie, als sie ein paar Schlucke Naturtrüb getrunken hatte. Die Energie wich aus ihrem Körper, und Rolf Weller merkte das.

„Du musst dich ausruhen, Anke", sagte er besorgt und bekam eine leise Ahnung, wie anstrengend der Job eines Polizisten sein konnte.

„Nach dem Essen gehen wir zu mir, da kannst du mir helfen, die Stasi-Unterlagen zu sichten, okay?"

Sie lächelte ihn an und stocherte dann etwas appetit- und lustlos in der Lasagne herum, die Ada eben gebracht hatte. Es war einer dieser Momente, in denen sie sich ein wenig überfordert fühlte. In Gedanken bei der Fahndung nach diesem Tarek Becker, jeden Augenblick konnte ja das Telefon klingeln, angespannt wegen der Stasi-Unterlagen und gleichzeitig aufgeregt wegen dieses Mannes, der so mirnichtsdirnichts in ihr Leben eingetreten war und sie erobert hatte. Was mochte der denken, jetzt eine so müde Figur vor sich sitzen zu haben, die eigentlich nur nachhause wollte. Er gab auf diese Frage selbst unaufgefordert die Antwort:

„Wenn du müde bist, so wie jetzt, dann bist du ganz besonders schön. Schön bist du immer, aber jetzt bist du bezaubernder als jemals zuvor."

Sie stand auf, ging um den kleinen Tisch, nahm seinen Kopf in beide Hände und küsste ihn auf den Mund. Und drückte ihn danach ganz fest an sich. Voller Gefühl, überwältigt.

131

Als sie dann im Kirchweg waren, hatte sich Rolf Weller die Wohnung angesehen, Platz genommen auf ihrem Lieblingssessel. Sie hatten auf dem flauschigen Teppichboden miteinander geschlafen und dann auf dem Boden das Paket mit den Stasi-Unterlagen geöffnet. Die Lektüre war spannend – und albern zugleich, weil all das, was da in Akten festgehalten war, manchmal so nebensächlich war, dass sie lachen mussten. Sie hatte einen Block geholt, um die wichtigsten Ereignisse aus dem Aktenleben von Hanspeter Willrich festzuhalten, so ließen sich die Dinge besser sortieren. Wie ein Puzzle war das, langsam fügten sich die Fakten zu einem erst groben, dann immer feineren Gesamtbild.

Er war 1954 aus der Gefangenschaft in die DDR gekommen und musste zu einer sechswöchigen Kur ins „Carl-von-Ossietzky-Heim" in Sülzhayn im Kreis Nordhausen. Unterernährt war er, die Lungenfunktion war wohl ziemlich angegriffen. Während dieser Kur kam der Kontakt zur örtlichen SED-Leitung zustande. „Angaben oder Hinweise über seine Ehefrau konnten nicht ermittelt werden, da hier keine Aufzeichnungen vorhanden sind." So hieß es in einem Absatz. Klar, da wird er mit seiner falschen Identität auch kein Wort drüber verloren haben, dachte die Kommissarin, die versuchte, sich in die Gedankenwelt dieses heimat- und familienlosen Menschen hineinzuversetzen. „W. wird als arbeitswilliger, ehrlicher und klassenbewußter Genosse geschildert" hieß es in einer anderen Passage. Nach der Zeit in der Kur, in der er offenbar ein Verhältnis mit einer der Krankenschwestern hatte, die wesentlich älter war als er – sie war Jahrgang 1900 – hatte er zunächst in Tiefurt bei Weimar, dem Heimatort seiner Geliebten, als Heizer in einer Kaserne gearbeitet und sich intensiv in der örtlichen Partei engagiert. Dort kam dann 1955 die Verbindung zur Staatssicherheit zustande, und man entwickelte den Plan, ihn zunächst mit einer wichtigen Funktion im SED-Landesbüro in Weimar zu betrauen und ihn dann Kontakt zum SPD-Ostbüro aufnehmen zu lassen – mit der Folge, das er als „Republikflüchtling" in den Westen ging, in der SPD hoffentlich Karriere machte und die Stasi kontinuierlich mit allen erdenklichen Informationen versorgte. Willrich wurde Leiter der Geschäftsstelle des SED-Landesbüros und verschwand schon fünf Monate später aus der DDR. Die Liaison mit der Krankenschwester war längst beendet. Dass die Stasi ihren eigenen Mitarbeitern nicht über den Weg traute, das sah man anhand eines Gesprächsprotokolls, das ein anderer Mitarbeiter angefertigt hatte, nachdem sich Willrich in einer Kneipe mit einem Mitglied des SPD-Ostbüros getroffen hatte. Der Mitarbeiter hatte den Gastwirt angewiesen, sich häufig in der Nähe des Tisches aufzuhalten, an dem die beiden Männer saßen, und die Gesprächsfetzen hinterher wiederzugeben. „Gastwirt M. berichtet, W. habe im Wesentlichen Fragen zur Arbeit im Westen gestellt, man müsse den Eindruck haben, hier handele es sich um einen möglichen Republikflüchtling." Weller schüttelte immer wieder ungläubig den Kopf.

„Mannomann, was die alles so festgehalten haben, das gibt's doch gar nicht. Aber bis wir das alles durchgesehen haben – das kann ja Tage dauern."

Anke Dankelmann wusste, dass er Recht hatte. Aber was sollte man tun? Richtig geordnet nach den Themen, die sie interessierten, waren diese Unterlagen nicht. Manches ließ sich auch nur schemenhaft rekonstruieren. Dieser Willrich war dann ab November 1955 im Notaufnahmelager Gießen angestellt gewesen. Dort hatte er eine andere Frau kennengelernt, eine Erna Wimmer, die in Cottbus geboren worden war und in Erfurt als Straßenbahnschaffnerin gearbeitet hatte. Die beiden heirateten, als sie schwanger wurde, er war dann ab 1958 auch Leiter der Einrichtung. Hatte dort Aufträge erhalten – meist von weiteren Republikflüchtlingen, die aber zur Stasi gehörten, für die er mit seinen systematisch aufgebauten Kontakten auf politischer Ebene den Weg im Westen zu ebnen versuchte. Er war natürlich längst SPD-Mitglied, lieferte befremdlich aussagelose Dossiers über die Parteigrößen, mit denen er zu tun hatte, ab. So beispielsweise über Georg August Zinn, den langjährigen hessischen Ministerpräsidenten. Anke Dankelmann und Rolf Weller studierten das einseitige, eng geschriebene Manuskript. Willrich schwafelte darüber, dass man Zinn, der ja ein ausgewiesener Nazi-Gegner gewesen war, möglicherweise ansprechen und für eine Mitarbeit gewinnen könne. Anhaltspunkte, warum er das glaubte, gab der Schriftsatz nicht her.

„Ich glaube, der wollte nur bewirken, dass man seine politische Karriere unterstützte, damit er einen gut dotierten Job in Wiesbaden in der Nähe des Ministerpräsidenten bekam."

Anke Dankelmann schaute Rolf Weller an, der aber sagte nur „Da ist alles möglich, auch das. Hast du eigentlich gewusst, dass Zinn in Kassel Abitur gemacht hat? An der heutigen Albert-Schweitzer-Schule. Ich habe mal gehört, dass er in der Kasseler Stadtverordnetenversammlung, als da der Ober-Nazi Freisler mal wieder am Redepult tobte, einen Krankenwagen und Zwangsjacken bestellt hat, die sollten einen Tobsüchtigen abholen. Der war irgendwie ein cooler Typ, wenn das stimmt."

Fand die Kommissarin auch, die merkte, wie die Müdigkeit wieder angekrochen kam. Diese Unterlagen enttäuschten sie, brachten sie keinen Schritt weiter. Sie nahm den nächsten Stapel und überflog die Seiten. Protokolle hier, Protokolle da – sinnlose Zeitverschwendung für alle Beteiligten, damals wie heute. Immerhin war das Ganze zeitlich geordnet, und sie näherte sich dem Jahr 1965. Da gab es eine kurze Notiz, die sie, wegen der Müdigkeit schon beinahe geistesabwesend, überflog. Und plötzlich hellwach war. „Der Genosse Willrich wird nach einem Autounfall mit seinem Sohn Peter ins Katholische Krankenhaus Erfurt eingeliefert. Der Genosse W. hat ein Schleudertrauma und eine Gehirnerschütterung, der Sohn hat lebensgefährliche Kopfverletzungen." Sie schaute auf das Datum: 11. Januar 1965. „Schau mal!" Sie hielt Rolf Weller das Blatt hin. Der las den Text und fragte „Ja, und?" Sie wollte schon was sagen, da fiel ihr ein, dass der Mann ja gar nicht so in den Details des Falles steckte. „Schau mal, am 11. Januar 1965 ist Peter Fischer verschwunden. Zu der Zeit arbeitete Willrich beim SPD-Unterbezirk Kassel, die saßen damals schon in der Humboldtstraße. Bürgermeister in Gudensberg wurde er erst 1971, kurz vor der Gebietsreform. Aber das ist auch nebensächlich."

„Gibt es Unterlagen, was aus dem Jungen geworden ist? Ist der gestorben? Wieso fährt der überhaupt mit seinem Sohn in den Osten?"

Anke Dankelmann griff zum Telefon und rief Grit Willrich an.

„Na, schön, mal was von dir zu hören, ich habe schon ein paarmal versucht, dich zu erreichen. Also, in aller Kürze: das Haus ist am Wochenende ausgeräumt worden, ich habe es jetzt einem Makler gegeben, der soll es verkaufen. Ich bleibe noch bis Donnerstag, dann geht es zurück nach Malle. Gehen wir vorher nochmal einen trinken?"

„Können wir machen, Grit. Aber dann gleich morgen, ich muss dir dann auch jemanden vorstellen."

Sie schaute in Richtung Rolf Weller, der erstaunt die Augenbrauen hochzog. „Sagen wir wieder um acht Uhr im ‚Lichtenhainer'? Vielleicht ist dein Bewunderer von der Skatrunde wieder da."

Grit Willrich lachte. „Dann ziehe ich vorsichtshalber den kurzen Rock wieder an."

„Ich wollte dich was fragen: Hat dein Mann jemals etwas erwähnt von einem Autounfall, den er mit seinem Vater 1965 in der DDR hatte? Den er mit lebensbedrohlichen Verletzungen überstanden hat?"

„Ne. Hat er nie erzählt. Hätte er aber bestimmt. Wie kommst du denn darauf?"

Anke Dankelmann erzählte kurz den Zusammenhang.

„Mein lieber Scholli, das ist ja 'ne Geschichte. Ist mir alles komplett unbekannt. Aber das ist mir ohnehin alles viel zu viel. Und zu kompliziert. Kannst mir ja morgen mehr erzählen, okay? Ciao!" Und weg war sie.

Anke Dankelmann erklärte kurz den Hintergrund des Telefonats und schaute erneut auf das Blatt mit den wenigen Sätzen, die so rätselhaft waren. Irgendetwas stimmte nicht, irgend etwas hatte sie übersehen, aber sie kam nicht drauf. Es war gleich 22.30 Uhr, ihr Arbeitsspeicher war komplett leer, sie wollte, dass Rolf Weller die Nacht über bei ihr blieb, und der musste dann auch gar nicht lange überredet werden. Als sie, Arm in Arm, im Bett lagen, sie im Nacken den Atem dieses Mannes spürte, da fühlte sie sich ungewohnt geborgen. Sie hatte das Gefühl, als könne sie zum ersten Mal in einer Beziehung komplett sie selbst sein. Er streichelte ihr rhythmisch über die Oberschenkel, bis die Bewegungen langsamer wurden und dann aufhörten. Er atmete gleichmäßig und war offenbar schon eingeschlafen. Eigentlich wollte sie jetzt gar nicht mehr einschlafen, sondern diese Minuten des vollkommenen Glücksgefühls noch ausgiebig genießen. Aber ihr Körper nahm auf diese Wünsche keine Rücksicht.

132

Mitten in der Nacht wachte sie auf. Der Mond erhellte mit seinem Licht die Wohnung ein wenig. Ihre Gedanken eilten wieder zu dem Paket mit den Stasi-Unterlagen.

„Der Geburtstag!“, entfuhr es ihr plötzlich, und sie war glockenklar im Verstand und hellwach. Peter Fischer und Peter Willrich hatten am selben Tag Geburtstag. 3. Juli 1956. Der eine, Willrich, war in Gießen geboren worden, der andere, Peter Fischer, in Kassel. Das war ihr ja schon aufgefallen, als sie mit Stengel diesen Selbstmord im Habichtswald entdeckt und die Identität des Toten geklärt hatte. Was für ein unglaublicher Zufall: Die Mutter des einen, Peter Fischer, hat ein Kind mit dem Vater des anderen, Peter Willrich. Der Vater wechselt im Krieg die Identität aus Angst vor einer Strafe durch die Russen. Gründet hinterher eine neue Familie, vielleicht auch, weil er seine Frau und das gemeinsame Kind, Klaus Fischer, nicht mehr findet und als verschollen abhakt. Was wäre denn, wenn er damals, am 11. Januar 1965, Peter Fischer in sein Auto gelockt hätte, in die DDR gefahren war, warum auch immer, das würde sich heute niemals mehr klären lassen, und dann mit diesem Kind im Krankenhaus gelandet wäre? Es wäre ja ein leichtes gewesen, Peter Fischer als seinen Sohn auszugeben – gleicher Vorname, gleiches Geburtsdatum. Und als Stasi-Mitarbeiter hätte er auch den Grenzübertritt im Voraus organisieren können. Wenn dieses Kind nun schwerst verletzt überlebt hätte, dann müsste man natürlich nicht nach Peter Fischer suchen, sondern nach Peter Willrich. Oder, wenn es verstorben wäre, dann müsste man nach einem verstorbenen Peter Willrich suchen. Sie ging, völlig aufgeregt, zurück ins Schlafzimmer, hätte am liebsten jetzt sofort im Katholischen Krankenhaus in Erfurt angerufen – aber das war ja sinnlos um diese Nachtzeit. Rolf Weller schlief tief und fest, sie legte sich wieder neben ihn und versuchte, sich mit autogenem Training zu beruhigen und wieder einzuschlafen. Sie achtete darauf, alle Muskeln im Körper zu entspannen, arbeitete sich dann bis zum Gesicht hoch, merkte, wie angespannt sie gerade da war, es gelang ihr tatsächlich, sie atmete ruhig und schlief wieder ein.

Gegen Morgen hatte sie einen wirren Traum. Ein dunkler Mann begleitete sie den ganzen Tag, was sie auch machte, er war immer in ihrer Nähe. Er hatte kein Gesicht, alles war dunkel – und es erinnerte sie stark an diesen Horrorfilm von Steven Spelberg, in dem ein Truck einen anderen Autofahrer jagt – „Duell" hieß der Streifen. Ein gruseliger Film, wenn sie auf der Autobahn ähnlich aussehende Trucks sah, dann schüttelte sie sich innerlich, so unheimlich war das alles. Nach der Arbeit kam sie im Traum aus dem Präsidium, der dunkle Mann hatte seinen Wagen vor dem Eingang geparkt, die Beifahrertür geöffnet und machte eine einladende Geste. Auf dem Fahrersitz saß der kleine Peter Fischer. Er war offensichtlich behindert, Speichel lief ihm aus den Mundwinkeln, seine Füße reichten gar nicht an die Pedale heran, aber der Motor lief bereits. Sie tastete nach ihrem Handy und wollte Rolf Weller anrufen, aber der Mann, der sich meldete, war der dunkle Mann. Panik kam in ihr hoch. Sie rannte zurück zum Präsidium, doch die Tür war abgeschlossen. Sie drehte sich um – hinter ihr stand der dunkle Mann und hielt ein Schlüsselbund in die Höhe. Er sagte kein Wort.

Schweißgebadet wachte sie auf, orientierte sich kurz. Rolf Weller summte ein Lied in der Küche, es roch nach Kaffee, der Wecker zeigte 6.18 Uhr. Er brachte ihr eine Tasse und setzte sich aufs Bett.

„Soll ich Brötchen holen?", fragte er.

Sie schüttelte mit dem Kopf. „Ich hole mir immer was auf dem Weg", sagte sie. „Du hast ganz tief geschlafen heute nacht", sagte sie und strich ihm eine Haarsträhne aus dem Gesicht.

„Ich habe wunderbar geschlafen neben einer wunderbaren Frau", antwortete er, und seine Augen schauten sanft. Am Abend würden sie sich also sehen, der Taifun Grit Willrich würde erneut über den „Lichtenhainer" einbrechen – aber erst einmal musste man abwarten, was der Tag so brachte.

133

Sie war ganz früh im Büro, es war 7.30 Uhr, Bernd Stengel würde erst in einer halben Stunde kommen. Sie rief sofort im Katholischen Krankenhaus in Erfurt an. Die Nummer des Sekretariats der Geschäftsführung hatte sie über die Website herausgefunden und war sicher, dass dort um die Zeit schon gearbeitet wurde. Zu DDR-Zeiten waren Verwaltungen manchmal schon um sechs Uhr morgens besetzt gewesen – das war heute sicher nicht mehr der Fall. Aber war der Rhythmus in Krankenhäusern nicht ohnehin ein anderer als in anderen Unternehmen?

Tatsächlich, es nahm jemand den Anruf entgegen. Die Sekretärin war unfreundlich, genau der Typus, auf den der Begriff Vorzimmerdrache zutraf. Der Geschäftsführer Schwartzmann sei nicht zu sprechen, sagte sie mit starkem Thüringer Akzent. Aber Anke Dankelmann verstand ihr Geschäft. Als sie androhte, den Mann mit einem Streifenwagen abholen zu lassen, gab die Sekretärin auf. Sekunden später hatte sie Schwartzmann an der Strippe. Sie erzählte ihm den Hintergrund ihrer Anfrage.

„Da könnten Sie Glück haben, Frau Dankelmann, wir heben die Akten genau fünfzig Jahre auf. Wenn das 1965 war, dann müssten wir da noch was haben. Wie dringend ist es denn? Ach, egal, es ist ja noch früh am Morgen, ich schicke mal jemanden auf die Suche. Kann ich Sie unter der Nummer erreichen, die ich jetzt auf meinem Display sehe?"

Sie bejahte und gab ihm zusätzlich ihre Handynummer.

Im Fall des toten Inders hatte sich nichts Neues ergeben. Tarek Becker war spurlos verschwunden. Man würde heute die Öffentlichkeit informieren. Anke Dankelmann fühlte sich trotz des bescheuerten Traums in absoluter Hochform. Rolf Weller hatte sie nichts von ihren nächtlichen Überlegungen erzählt, auch Stengel gegenüber würde sie nichts sagen. Um acht Uhr schon kam der Rückruf von Schwartzmann.

„Wir haben hier in der Tat Patientenakten auf den Namen Willrich. Einmal Hanspeter, einmal Peter. Hanspeter Willrich wurde nach einem Verkehrsunfall auf der Autobahn bei Erfurt mit einer Gehirnerschütterung eingeliefert, Peter Willrich, also offenbar sein Sohn, hatte schwerste Kopfverletzungen."

„Hat er überlebt?"

„Beide haben überlebt. Der Vater ist nach zwei Tagen entlassen worden, der Sohn lag aber drei Monate bei uns. Er hat schwere Hirnschäden davongetragen und wurde in eine Reha-Klinik in Bad Langensalza verlegt. Mehr kann ich Ihnen nicht sagen."

„Wie schwer waren denn die Verletzungen bei Peter Willrich?"

„Wenn ich die Berichte jetzt alle richtig gelesen habe, dann ist der Unfall so passiert: Die beiden sind auf der Autobahn mit ihrem Wagen, was das für einer war, kann ich nicht sagen, ins Schleudern gekommen, von hinten ist dann ein Lkw in die Beifahrertür geknallt. Da hat der Sohn gesessen – und es gab keine Airbags und keine Sicherheitsgurte. Willrich senior ist durch den Aufprall auf den Junior geschleudert worden, der Kleine hatte keine Chance. Schweres Schädel-Hirn-Trauma, als er hier entlassen wurde, konnte er allein atmen. Mehr nicht. Keine Sprache, keine Verständigung, ein kompletter Pflegefall. Ein Wunder, ein absolutes Wunder, dass er das überlebt hat."

Nach dem Gespräch war ihr beinahe übel, so ein mulmiges Gefühl hatte sich breitgemacht. Wenn dieser Peter Willrich noch lebte, dann war das Peter Fischer. Dann hatte sie ihn nach fast fünfzig Jahren gefunden. Aber was für einen Bruder bekam Klaus Fischer zurück? Sie hatte sich die Nummer und die Adresse geben lassen und rief in Bad Langensalza in der Reha-Klinik an, wo sie dieselbe Polizeinummer aufführen musste, um durchgestellt zu werden. Auch dort gab es noch eine Patientenakte Willrich, der Mann war aber schon vor der Wende in ein Pflegeheim im Harz verlegt worden – der Ort trug ausgerechnet den Namen Elend. Sein Zustand hatte sich kontinuierlich verbessert, er war nicht mehr bettlägerig, reagierte auf Ansprache, war von keinen Geräten mehr abhängig. Anke Dankelmann wurde zunehmend nervöser, aufgeregter.

Also ein weiterer Anruf, Pflegeheim Stuckmüller in Elend im Harz – diesmal funktionierte der Anruf ohne Androhung polizeilicher Maßnahmen.

„Ja, wir haben hier einen Peter Willrich. Ein armer Kerl, wie aber alle hier. Hat jahrelang immer Besuch bekommen von seinem Vater, zweimal im Jahr. Aber der scheint nun verstorben zu sein, seit Jahren kommt niemand mehr", sagte die Pflegedienstleiterin, die seit dreißig Jahren in der Einrichtung tätig war. „Der Mann ist kerngesund, von den Organen her. Aber er kann nicht mehr sprechen seit diesem Unfall, wir wissen gar nicht so recht, was er wahrnimmt. Aber wir tun alles, damit er ein würdiges Leben führen kann, soweit es seine Umstände zulassen."

„Wann kann ich denn mal vorbeikommen?", fragte die Kommissarin.

„Jederzeit. Nur nicht nach 20 Uhr. Da sind alle auf den Zimmern und sollten Ruhe halten."

Anke Dankelmann saß an ihrem Schreibtisch und murmelte vor sich hin.

„Das glaube ich nicht, das glaube ich einfach nicht ..." Was war am 11. Januar 1965 passiert? Was hatte Willrich/Neumaier vor, als er sich den kleinen Peter Fischer geschnappt und in die Ostzone gefahren hatte? Wollte er ihn im Osten umbringen, damit das im Westen verborgen blieb? Wie hatte er den kleinen Kerl in sein Auto gelockt? Wie konnte dieses Arschloch danach noch Jahre lang sorglos leben und politische Karriere machen? Da wird er Bürgermeister von Gudensberg, ist gleichzeitig Stasi-Spitzel, ruiniert eine Familie für den Rest des Lebens, macht einen kleinen Jungen zum Krüppel – und ist ein angesehener Bürger? Was für eine Scheiß-Vita, fluchte sie vor sich hin, das alles ist so zum Kotzen.

Als Bernd Stengel kam, war sie nicht mehr auf 180, sondern auf 260. Ihr Kollege hatte keine Chance, sie streckte ihn mit einem aggressiven Wortschwall förmlich nieder. Der setzte sich und hörte zu. Als sie fertig war, warf sie ihren Block, auf dem sie die Telefonnummern notiert hatte, gegen die Wand.

„Scheiße", flüsterte Bernd Stengel. „Was ist das denn für eine Story?"

Richard Plassek kam herein, wollte wissen, wie der Stand der Dinge bei der Fahndung nach Tarek Becker sei – stellte die Frage aber nicht, weil er spürte, dass da irgendein Riesengewitter in der Luft hing.

Anke Dankelmann hatte sich aber wieder beruhigt, ein wenig zumindest. Sie wischte sich mit einem Tempo-Taschentuch Tränen aus den Augen, so hatte sie das Ganze mitgenommen. Plassek stand erschüttert im Raum, so hatte er seine toughe Kollegin noch nie erlebt. Bernd Stengel berichtete dem Chef des K 11 von all dem, was Anke Dankelmann herausgefunden hatte. Auch Plassek war gebügelt.

„Mein Gott, Anke. Das ist ja furchtbar. Ich meine, du hast da wahnsinnig gute Arbeit geleistet, aber menschlich ist das alles ja unvorstellbar. Unvorstellbar."

Sie beschlossen, dass die Kommissarin Klaus Fischer anrufen und mit ihm nach Elend fahren sollte. Wenn der Mann dem gewachsen war. Ob sie selbst dem gewachsen war, danach fragte mal wieder keiner, dachte sie sich. Bevor sie Fischer anrief, schrieb sie Rolf Weller eine lange SMS. Und beendete diese zum ersten Mal mit den Worten „Ich liebe dich!" Danach war ihr wohler.

134

Klaus Fischer hatte nach der Trauerfeier alle Hände voll zu tun gehabt. Vom Eigentum seines Onkels behielt er kaum etwas, die Fotos, ein paar Bücher, sonst nichts. Die Kleidung kam in die Kleidersammlung, die Möbel aus seinem Apartment in den Sperrmüll. Bei der Bank löste er die Konten auf, das Girokonto war im Plus, auf dem Sparbuch hatte er immerhin knapp 80.000 Euro angehäuft, die Klaus Fischer jetzt erbte. Alle behördlichen Dinge hatte er in den vergangenen Tagen erledigt. Seit langem hatte er nicht mehr so konzentriert gearbeitet, seit er sein Geständnis bei der Kommissarin abgelegt hatte, fühlte er sich wie befreit. Und war absolut erstaunt, als er auf dem Display seines Telefons zuhause ihre Nummer sah. Er meldete sich.

„Herr Fischer, sitzen Sie gut?"

Ihm wurde schlecht.

„Nein, ich sitze nicht, das mache ich jetzt aber."

Er nahm auf einem Sessel Platz. Was mochte jetzt kommen? Anke Dankelmann riss sich zusammen, Mitgefühl drohte sie zu überwältigen, und das durfte jetzt nicht sein. Sie erzählte ihm von ihrer Recherche und schloss mit den Worten: „Es kann gut sein, dass wir Ihren Bruder gefunden haben. Aber wenn er es ist, dann ist er schwerst behindert."

Kurze Pause. Jetzt musste es raus. „Ich möchte, dass wir noch heute zu diesem Heim in den Harz fahren." Sie wartete auf eine Antwort, hörte aber nur ein Wimmern am anderen Ende. Klaus Fischer weinte bitterlich. Sie ließ ihm Zeit.

„Das ist zu viel für mich, viel zu viel", stammelte er dann.

„Was wollen wir tun?“, fragte sie mit sanfter Stimme.

„Hinfahren natürlich. Aber wie soll man denn das alles verkraften. Nach so langer Zeit. Und was ist, wenn es nicht Peter ist?“

Darauf hatte sie keine Antwort. Es gab in diesem Fall auf so viele Fragen keine Antworten mehr.

Sie holte ihn eine halbe Stunde später ab. Die beiden fuhren schweigend knapp hundert Minuten, über Göttingen, Herzberg, Bad Lauterberg und Braunlage. Was sollte man auch bereden? Alle Wanns, Wies, Warums – sie wussten beide, dass man erst würde reden können, wenn man sicher war, in die richtige Richtung gelaufen zu sein. Als sie die Ortseinfahrt erreicht hatten, sagte Klaus Fischer zum ersten Mal etwas.

„Ausgerechnet in Elend, was ist das denn für ein Zufall. Und wie kann denn ein Dorf so heißen.“

Das Pflegeheim lag außerhalb des Ortes, an einem Waldrand. Der Ort – es war ein kleines Dorf und dieses Pflegeheim auch nur eine kleine Einrichtung, die Fassaden mit dunklem Holz verkleidet, typisch für den Harz, so mancher Ort erhielt durch die Architektur der Häuser ein finsteres äußeres Bild. Sie merkte, wie ihr die Knie weich wurden, als sie das Haus betraten. Wie mochte es erst Klaus Fischer gehen. Sie sah ihn an, der Mann war käsebleich.

„Geht es?“, fragte sie ihn und streichelte ihm über den Arm. Er nickte stumm. Was für eine Frage, der Mann war innerlich im Eimer. Die Pflegedienstleiterin, Frau Hellwig, kam, eine kleine, stämmige Frau mit kurzen, grauen Haaren. Sie hatte ein geblümtes Kleid an – warum bloß hatte sie jemanden in einem weißen Kittel erwartet?

„Herr Willrich ist beim Mittagessen, da würde ich ihn ungern stören. Kommen Sie, wir gehen zum Speisesaal.“

Sie schaute Klaus Fischer an. „Und das kann wirklich sein, dass er Ihr Halbbruder ist, den Sie seit fast fünfzig Jahren nicht gesehen haben?“

Fischer nickte. „Eigentlich gehen wir alle in der Familie seit Jahrzehnten davon aus, dass er tot ist“, sagte er, sein Unterkiefer bebte.

Anke Dankelmann machte sich Sorgen, Klaus Fischer war in sich zusammengefallen, ein Haufen Elend – wie der Ort. Sie gingen eine Treppe hinauf, sahen durch eine verglaste Wand in den Speisesaal. Frau Hellwig zeigte an den rechten Rand des Raums, wo ein Mitarbeiter mit Dreadlocks in den Haaren einen Mann mit kurz geschorenen Stoppelhaaren fütterte.

„Unser Zivildienstleistender. Und der Mann im Rollstuhl, das ist Herr Willrich."

Anke Dankelmann hatte ein Foto von Peter Fischer in der Tasche, nahm es heraus und suchte nach Ähnlichkeiten. Auf die Entfernung von etwa acht Metern war schwer etwas zu erkennen. Sie sah Klaus Fischer an. Der starrte wie gebannt auf den Menschen im Rollstuhl und fragte dann mit erstaunlich gefasster Stimme:

„Peter hatte am rechten Unterarm, gleich über dem Handgelenk, ein großes, braunes Muttermal."

Er zeichnete es auf seinem Arm mit dem Zeigefinger nach. Das war zwar keine Frage, aber als solche gemeint. Frau Hellwig sah Anke Dankelmann an und nickte leicht. „Das hat Herr Willrich auch."

Ein Zucken durchlief den alten Mann, Anke Dankelmann nahm ihn in den Arm und ließ ihn hemmungslos weinen, ob ihre Bluse danach in die Waschmaschine musste oder nicht – was machte das schon. Sie hatte einen mächtigen Kloß im Hals und auf dem Herzen, dies war die wahrscheinlich bewegendste Situation ihres gesamten Berufslebens. Der Zivi war fertig mit dem Füttern, räumte den Tisch ab und schob den Rollstuhl dann Richtung Ausgang. Kam näher. Und Anke Dankelmann, die immer noch das Foto des Jungen in der Hand hatte, sah jede Menge Ähnlichkeiten in der Physiognomie. Sie war sich mit einem Schlag sicher: Das ist er! Die drei traten zurück und ließen den Zivi vorbei. Frau Hellwig ging hinter ihm her und redete kurz mit ihm. Sie winkte – und die beiden kamen langsam nach. Klaus Fischer hatte sich bei Anke Dankelmann untergehakt, sie spürte sein Gewicht, der Mann brauchte eine Stütze. Was mochte da in seinem Kopf und in seinem Herzen bloß alles vorgehen? Der Zivi öffnete eine Zimmertür und schob den Rollstuhl hinein. Anke Dankelmann war von dieser so emotionalen Situation so gefangen, dass sie gar nicht hätte sagen können, wie groß Peter Fischer/Willrich eigentlich war. Was im Augenblick ja auch völlig unerheblich war – aber sie hatte nichts registriert, keine Kleidung, welche Farbe hatten seine Schuhe? Sie standen vor der offenen Tür, der Zivi kam heraus, schaute sie kurz an, nickte als Begrüßung und verschwand.

„Gehen Sie hinein, Herr Fischer. Sagen Sie irgendetwas. Reden Sie ruhig, bemühen Sie sich, und schauen Sie sich das Muttermal an. Er wird sie wahrnehmen, seine Augen folgen Bewegungen, er kann sehen und aufnehmen – was er daraus macht, das wissen wir nicht. Versuchen Sie es.“

Klaus Fischer nickte, machte zwei Schritte, drehte sich um und sagte zu Anke Dankelmann:

„Kommen Sie mit? Bitte! Ich schaffe das nicht allein.“

Anke Dankelmann nickte und ging leise und langsam hinterher. Klaus Fischer näherte sich dem Rollstuhl, Peter sah aus dem Fenster. Es roch muffig im Raum, was auch klar war: Hier wurden ständig Windeln gewechselt, hier wurde ein Mensch gewaschen, weil er nicht selbst duschen oder baden konnte. Es war so ein Übergangsgeruch, zwischen Leben und Tod. Klaus Fischer kniete sich neben den Rollstuhl. Peters Kopf glitt zur Seite, er sah ihn an. Klaus Fischer hatte Tränen in den Augen, sah kurz zu Boden. Er nahm den rechten Arm Peters, schob den Pullover nach oben, wo man direkt über dem Handgelenk ein Muttermal sehen konnte. Er zeigte es Anke Dankelmann, die sich aufs Bett gesetzt hatte. Was würde sie darum geben, wenn Rolf Weller jetzt bei ihr wäre, wie gern hätte sie seine Hand gehalten ... Klaus Fischer merkte, dass Peter ihn beobachtete. Er sah ihm in die Augen.

„Peter, ich bin Klaus, dein Bruder, ich habe dich endlich gefunden.“

Peter schaute ihn verständnislos an.

„Weißt du, Papa und Mama sind schon lange tot. Aber du hast mich, ich werde mich ab jetzt um dich kümmern. Du bist nicht mehr allein.“

Gestammelte Worte, aber wer hatte in einem solchen Moment auch nur einen halbwegs vernünftigen Plan?

In Peters Augen war nichts zu erkennen. Klaus Fischer fing plötzlich einfach an zu erzählen. Von dem Wiking-Polizeiauto, er griff in die Tasche seines Jacketts und holte es hervor. Hielt es Peter vors Gesicht. Der schaute auf das Auto, hob plötzlich den Arm und nahm ihm das Auto ab. Seinem Mund entrang sich irgendein Laut, und Klaus Fischer konnte die Tränen nicht mehr halten, er weinte lautlos, die Tränen rannen ihm über die Wangen. Er nahm seinen Bruder in den Arm und gab ihm einen Kuss auf die Wange. Der hielt das Polizeiauto mit beiden Händen fest, als wolle er es nie wieder hergeben. Seine Füße wippten hektisch, er ließ alles sonst regungslos mit sich geschehen, Klaus Fischer umarmte seinen Bruder weiter und, der stierte das Polizeiauto an.

Anke Dankelmann wischte sich mit den Händen Tränen aus den Augen, stand auf und ging leise hinaus. Schloss die Tür. Sah Frau Hellwig an, die sich mit einem Taschentuch die Augen abtupfte. „Sowas", sagte sie, „sowas habe ich noch nie erlebt. Diese armen Jungen. Wie konnte das denn nur passieren?"

Anke Dankelmann zuckte mit den Schultern, diese Geschichte, die konnte sie jetzt nicht erzählen, wollte sie auch nicht. Irgendwann einmal, ja. Diese gute Frau Hellwig hatte ein Recht darauf zu wissen, was passiert war. Anke Dankelmann atmete tief durch und hatte unglaubliche Sehnsucht nach Rolf Weller. Sie machte das Handy wieder an, machte ein Foto von sich mit ihrem verheulten Gesicht und schickte es ihm. „Eine unglaubliche Geschichte" schrieb sie dazu.

Als Klaus Fischer nach einer Weile – niemand hatte eine Ahnung, wie lange er bei seinem Bruder gewesen war, niemand hatte auf die Uhr geschaut, und niemand hatte auch nur den Ansatz von Zeitgefühl in diesen Momenten – aus dem Zimmer kam, da war er nicht mehr der gebrochene Mann, der er vorher gewesen war.

„Frau Dankelmann, Frau Hellwig, das waren eben die schönsten Momente meines Lebens. Ich habe meinen Bruder wieder. Ich habe meinen Bruder wieder!"

Die Wiederholung des Satzes schrie er förmlich heraus. Er wurde übermannt von Gefühlen. Anke Dankelmanns Handy gab einen kurzen Summton von sich. Klaus Fischer ging an ihnen vorbei, musste raus, an die frische Luft, Frau Hellwig verabschiedete sich von der Kommissarin, sie hatte einen Besprechungstermin, man kam überein, in den nächsten Tagen zu telefonieren, Anke Dankelmann hinterließ ihre Karte. Dann stand sie allein auf dem Flur. Holte das Handy aus der Handtasche – eine SMS von Rolf Weller. „Wish you were here" hatte er geschrieben, da gab es ein Lied von Pink Floyd, immer aktuell und immer hörenswert und immer schön. Sie kannte es, kannte es gut. Hörte es gern. Mochte es besonders gern. Mit ihrem Musikgeschmack, der für ihre Generation gar nicht typisch war. Und jetzt das. Sie rannte auf die Toilette, schloss sich ein und heulte wie ein Schlosshund. Erleichterung, Freude, Liebe. Alles kam zusammen. Aber nur Gutes.

135

Sie setzte Klaus Fischer zuhause ab. Er hatte auf der Heimfahrt geschlafen, sich dafür entschuldigt – aber, mein Gott, der hatte vor Anspannung heute mehr Kalorien verbraucht als ein Zehnkämpfer an zwei Tagen Wettkampf. Sie sah ihm hinterher, wie er zur Tür ging, kurze Zeit später mit Oswald herauskam – das Tier war sehr lange allein gewesen. Pinkelte sofort auf der Wiese vor dem Haus. Klaus Fischer bemerkte gar nicht, dass sie noch da war. Schwebte gedanklich irgendwo, vermutlich in Elend, im Harz, in Sachsen-Anhalt. Es war 18 Uhr, sie fuhr nachhause und telefonierte dabei mit Rolf Weller, erzählte die Geschichte.

„Da muss ich ja beim Zuhören beinahe weinen“, sagte er, und sie hätte sich nur wegen dieses Satzes, so gefühlvoll und ehrlich ausgesprochen, in ihn verlieben können. Als sie im Kirchweg ankam, stand sein Taxi da. Er stieg aus und nahm sie in den Arm. Sagte nichts, drückte sie einfach, küsste ihr Haar und ging dann mit ihr nach oben in die Wohnung. Sie hatte kaum etwas gesagt bisher, was für ein Tag auch, sie schloss die Wohnungstür, warf den Schlüssel auf die Ablage und knöpfte sein Hemd auf, zog ihn aus, dann sich und ließ sich noch im Flur lieben. Sie duschten danach zusammen, seine Augen beteten sie an, sie war geradezu sprachlos vor Glücksgefühlen. Und fuhren dann gemeinsam zum „Lichtenhainer“.

Grit Willrich hatte Wort gehalten. Der megakurze Rock stand ihr bestens. Sie hatte Rolf auf die Dame vorbereitet, und Grit Willrich machte ihrem Ruf mit allem, was sie sagte und tat, Ehre. Die Skatspieler waren nicht da, aber ausgerechnet der dicke Grauhaarige saß da, zusammen mit seiner Frau – beide trugen einen Ring am rechten Ringfinger. Der Dicke hätte beinahe neue Augen gebraucht, so fielen sie ihm beinahe aus dem Kopf, als er die Willrich sah. Die spielte dann im Laufe des Abends mit dem Feuer, ging busenschwenkend an dem Dicken vorbei.

Es wurde ein lustiger Abend, Grit Willrich freute sich auf die Kohle vom Verkauf des Hauses, irgendwann packte sie, als im Radio Helene Fischers „Atemlos“ ertönte, einen Typen am Nachbartisch und tanzte wild mit ihm. Der Dicke saß derweil atemlos an der Theke, das war alles zu viel für ihn. Grit Willrich ging irgendwann hin und sprach mit ihm, er lief rot an, seine Frau langte ihm eine und entschwand, der Dicke hinterher. „Was hast du ihm denn gesagt?“ fragte Anke Dankelmann, als die Willrich zurück an den Tisch kam. „Nix!“ antwortete sie lachend und packte sich ihren Tanzpartner erneut. „Billie Jean“ von Michael Jackson kam gerade, und die Willrich fing an, in dieser Kneipe einen Tanz hinzulegen, der eine Mischung aus ihrer Gymnastik und Breakdance war. Anke Dankelmann und Rolf Weller zahlten und verabschiedeten sich grußlos.

Im Kirchweg, wo sie irgendwie automatisch gelandet waren, lagen sie nebeneinander im Bett. Rolf Weller streichelte sie. An den Oberschenkeln, liebevoll, streichelte ihre Haare, ihre Brüste, ihren Bauch.

„Das war der intensivste Tag meines Lebens“, sagte sie irgendwann zu ihm.

„Kann ich verstehen, was machst du jetzt in der Sache?“

„Ich muss das mit Fischer absprechen, am liebsten würde ich da gar nix draus machen. Lass die Brüder ihr Ding machen, das gehört nicht in die Öffentlichkeit.“

Sie schaute ihn an. Er lächelte.

„Was denkst du?“, fragte sie.

„Ich habe mich gerade wieder in dich verliebt.“

„Warum?“

„Weil du genau so bist, wie du bist.“

Er legte seinen Kopf auf ihren Bauch. Sie genoss das und war wohlig müde, verliebt, am Ende, beschwingt, alles zusammen. Sie konnte nicht einschlafen, hörte Rolf neben sich gleichmäßig atmen und musste irgendwann aufs Klo. Sie nahm Toilettenpapier, wischte sich ab und entdeckte das Blut. Ihr fiel ein Felsblock von der Größe Helgolands vom Herzen. Das schlechte Gewissen holte sie ein, sie ging ins Bett, nahm den Mann fest in die Arme, vergoss ein paar Tränen, Rolf Weller wachte auf.

„Was ist denn los?“, fragte er mit müder Stimme.

„Ach, nichts, nur der Tag ...“, sagte sie.

Horst Seidenfaden, Jg. 1956, ist seit 2002 Chefredakteur der Tageszeitung Hessische/Niedersächsische Allgemeine (HNA) in Kassel. Nach Volontariat und kurzem Studium der Wirtschaftswissenschaften wurde er zunächst Redakteur im Wirtschaftsressort, später in der Lokalredaktion der HNA. Sein Debüt als Krimiautor gab er mit dem Roman „Fullewasser" (zusammen mit Frank Thonicke). „Der Tag, an dem Peter Fischer verschwand" ist der bereits sechste Kriminalfall der Kasseler Kult-Kommissarin Anke Dankelmann.